시인을

만나다.

시인을 만나다.

— 한용운에서 기형도까지
우리가 사랑한 시인들

— 이운진 지음

북트리거

시인에게 가는 길

"나는 어렴풋한 첫 줄을 썼다."

이것은 칠레의 시인 파블로 네루다가 쓴 「시」의 한 구절입니다. 내 안에서 나온 말인지 아득한 곳에서 내게 당도한 말인지 알 수 없는 문장이 첫 줄로 어렴풋하게 쓰였을 때, 누군가 그것을 시라고 불러 주었고 시인이 되고 싶다는 비장한 생각을 했습니다. 잠깐 빛나는 말의 언저리를 맴돌며 시인을 꿈꾸는 일이 그 이후 내 삶을 어떻게 바꾸어 갈지에 대해서는 아무 생각이 없었습니다. 그저 어렴풋한 첫 줄의 매혹을 놓치고 싶지 않았습니다. 그 강렬한 끌림으로 가슴속에서 무엇이 자라는지 모르는 채, 사람을 만나는 대신 시를 읽는 날이 길어져 갔습니다. 눈과 귀와 마음이 지금까지와는 다른 것을 보고 듣고 어루만졌습니다. 새벽을 맞게 하는 시들이 점점 늘어났고, 좋아하는 시인이 친구 수보다 많아지게 되었지요. 깨진 마음을 안고 찾아갈 데가 없을 때, 끈질기고 감당할 수 없는 슬픔에 빠질 때마다 늘 시집이 쌓여 있었습니다.

그 후로 삼십여 년에 이르는 시간 동안 수많은 시를 읽었습니다.

이야기로 전할 수 없는 마음들이 시가 되기도 했습니다. 그러나 정작 내면의 메마름을 지켜 주었던 시인의 삶에 대해서는 잘 모르고 있었다는 것을, 우연히 윤동주의 생애를 살피며 깨달았습니다. 우수를 담은 잘생긴 시인의 얼굴과 슬픈 죽음의 큰 사건 말고, 윤동주라는 시인의 마음결을 만든 것이 무엇인지 헤아려 본 적이 없었던 것입니다. 널리 알려진 대로, 식민지 청년의 괴로움을 그의 전부로 생각하고 그의 시를 해석하곤 했습니다. 그렇지만 일부러 찾아내지 않으면 알 수 없는 시인의 개인적인 체험들과 그의 책꽂이에 꽂혔던 책들을 알고 나자, 행간에 숨은 새로운 목소리가 들리는 듯했습니다. 시인의 취향과 습관, 학교생활, 독서 편력, 좋아했던 예술가, 시가 탄생한 뒷이야기들을 하나씩 알아 가면서 시인의 삶을 한 조각씩 맞추는 듯한 기분이 들었습니다. 한 작가의 삶과 작품을 완전히 하나로 생각할 수는 없으나 삶이 녹아들지 않은 작품 또한 없을 테니, 시인의 전기적 사실을 고찰하는 일은 작품을 더 깊고 넓게 이해하도록 도와주었지요. 지나온 삶의 길보다 더 긴 시구를 가진 시는 없다는 말도 새삼 생각해 보았습니다.

시간과 공간을 가로지르는 시인들과의 만남이 그렇게 시작되었습니다. 남겨진 작품과 자료와 증언들을 읽으며 그들의 삶이 어떻게 흘러갔는지, 작가가 시를 쓰면서 어떤 몽상에 잠겼을지 상상해 보곤 했습니다. 여름 밤 은하수를 바라보던 어린 김소월을 만났고, 눈동자가 없는 눈으로 울고 있는 자화상을 그리는 청년 이상도 만났으며, 멋진 양복을 입고 나타샤를 그리던 백석이 세월이 흘러 깊은 산골에서 양을 키우는 노인이 된 모습도 만났습니다. 암울한 시대와 전쟁, 가난과 상처 등의 어둠 속에서도 순수한 마음을 지켜 나갔던 시인들. 때로는 시보다 더 아픈 삶을 견뎠던 그들의 생애에 가슴을 쓸어내려야 했습니다.

하지만 한 사람의 삶을, 더욱이 한 시인의 삶을 깊이 살피고 되돌려 보는 일은 예기치 못한 감정을 불러오기도 했습니다. 일제강점기의 친일 행적과 6·25 전쟁 시기에 부역한 이력이 있는 노천명, 친일 시를 발표하고 독재 정권을 옹호했던 서정주, 5공 신군부 정권의 제안을 거부하지 않고 정치에 발을 담갔던 김춘수의 모습은 당혹감을 안겨 주었습니다. 이들의 시를 아꼈던 만큼 시인의 실수와 모순이 더욱 크게 느껴져, 때로는 부정하고 외면하고 싶은 마음이 들기도 했습니다. 그러나 비난받는 이력에도 불구하고, 그들의 문학적 성취는 한국 시사(詩史)를 더욱 풍성하고 빛나게 했음을 인정하지 않을 수 없었습니다.

시인들의 발자취를 뒤쫓는 내내 그들도 나와 똑같이 인생에 대한 묵직한 물음과 떨쳐 버리지 못한 사소한 욕망을 안고 고민했음을 보았습니다. 예술이라는 거대한 망망대해를 표류하며 고독과 고통을 겪었던 시인의 삶과 혼란스러운 나의 삶이 문득 이해되기도 했습니다. 특히 각 시인들의 마지막 작품을 찾아서 읽을 때면 매번 몸살 같은 떨림이 스쳐 갔습니다. 평생을 시작(詩作)에 바치고도 시에 치열하지 못한 스스로를 후회하는 목소리, 남겨질 가족들을 향한 애틋한 눈길, 혹은 죽음의 그림자를 예감하는 두려움이 다른 시편들에서보다 더 짙게 전해져 왔습니다. 결국 시를 사유하는 것은 삶을 성찰하는 일임을 알게 되었지요. 그 때문에 어떻게 살아야 하는지를 가르치는 책보다 전(全) 인생의 무게를 담은 시 한 편이 보다 진실하게 느껴지기도 했습니다.

짧게는 일주일, 길게는 여러 달에 걸쳐 시인 한 사람, 한 사람을 만나는 동안, 나는 늘 혼자였지만 외롭지 않았습니다. 삶의 부피와 시의 깊이를 헤아리게 해 준 스물다섯 시인들. 그들의 삶의 곡선을 따라가며 다시 읽은 시 속에서, 해 지는 바다는 슬픈 빛이었고, 역사의 함성이 들리던 날들은 뜨거웠습니다. 막다른 골목길에서 달려 나오면, 거친 심장을 달래는 기타 소리에 상처를 잊었습니다. 시인과 함께하는 그 순간에는 시간도 흐르다 말고 내 곁에 와 앉아 있는 듯했습니다. 마음의 황량함을 치열하게 살아 낸 시인들은 말없이도 속 깊은 이야기를 들어 주었던 것입니다.

지나온 날의 어디쯤에서 섬광 같은 순간을 열어 준 시가 있다면, 잘 몰랐던 시인들의 모습을 좀 더 가까이 들여다보고 싶다면, 시인에게 가는 이 길을 따라 걸어 보면 어떨까 합니다. 이제는 별이 된 그들의 이름이 어둠 속에서 반짝이는 것을 볼지도 모릅니다. 그러다 눈길이 닿은 별 하나와 외로운 사랑에 빠져서, 내내 그리워지는 한 문장이 생기기를 지극한 마음으로 바랍니다.

2018년 새해에

이운진

1장

'오래된 미래,를 찾아서

: 전통의 재구성

한용운

1879 ~ 1944

"독자여, 나는 시인으로 여러분의 앞에 보이는 것을 부끄러합니다.
여러분이 나의 시를 읽을 때에, 나를 슬퍼하고 스스로 슬퍼할 줄을 압니다."
— 시집 『님의 침묵』의 「독자에게」에서

‘님,을 향한 노래

독립을 부르짖다

1919년 3월 1일 오후 2시. 서울 종로의 태화관이라는 음식점에서 만세 삼창이 크게 울려 퍼졌습니다. "대한 독립 만세! 대한 독립 만세! 대한 독립 만세!"

이 소리를 이어받아 종로 탑골공원에 모여 있던 수천 명의 시민과 학생들이 태극기를 흔들며 거리로 쏟아져 나왔습니다. 길을 가득 메운 사람들은 일제히 "독립 만세!"를 외쳤고, 서울은 물론 지방과 농촌으로 뜨거운 불길이 점점 크게 번져 갔지요. 이 일이 바로 3·1 운동이랍니다. 3·1 운동은 국내뿐 아니라 국외로까지 확산되어 수개월 동안 이어진 최대 규모의 항일 독립운동이었습니다. 그리고 그날, 선두에서 만세 삼창을 선창했던 사람이 민족 대표 33인 중 한 명인 한용운이었지요.

한용운은 3·1 운동에 앞장선 독립운동가였고, 불교를 개혁하고자 한 승려였으며, 아름다운 시를 남긴 시인입니다. 그는 1879년 충청남도 홍성에서 몰락한 양반가의 둘째 아들로 태어났습니다. 어릴 때부터 눈에 띄게 총명하여 그의 집은 '신동집'으로 통했고, 한용운의 아버지도 장래에 그가 성공하기를 몹시 기대했다고 해요. 서당에서 한학(漢學)을 배운 것이 교육의 전부였는데도 평생 여러 종류의 뛰어난 글과 책을 썼으니, 소문이 틀리지 않은 듯합니다.

한용운은 그 시절의 조혼 풍습에 따라 열네 살에 결혼을 하고 아들까지 두었지만, 결국 스물일곱이던 해에 출가하여 강원도 인제의 백담사에서 스님이 되었습니다. 그때 받은 법명(法名)이 용운(龍雲)이고, 법호(法號)가 만해(萬海)여서 우리는 그를 '만해 한용운'이라고 부르는 것이지요. 원래 이름은 유천(裕天)이었거든요.

당시 독립 선언식에 참석했던 민족 대표들은 그 자리에서 모두 일본 경찰에게 잡혀가 감옥살이를 했습니다. 한용운도 유죄판결을 받고 3여 년의 옥고를 치러야 했지요. 그때 한용운이 주변에 당부한 말을 보면 그가 얼마나 꼿꼿한 성품을 지녔는지 짐작할 수 있습니다. 그는 감옥에서 변호사를 구하지 말고, 사식(私食)을 들이지 말며, 보석(保釋)을 요구하지 말 것을 3대 행동 원칙으로 내세웠습니다. 잘 먹고 편히 지내려고 감옥에 들어온 것이 아니라는 굳건한 의지를 실천한 것이지요. 나라 잃은 백성이 마땅히 해야 할 일을 했다고 여긴 그에게는 당연한 일이었습니다.

수감 생활 중 한용운은 "독립을 선언한 이유가 무엇이냐"는 일본 검사의 심문에 「조선 독립의 서(書)」라는 명문을 써서 제출하기도 했습니다. 1만 자에 이르는 이 긴 글은 한용운의 독립사상과 애국정신이 잘 나타나 있는 옥중 선언문입니다. 그는 이 글을 휴지에 빽빽하게 따로 옮겨 적은 뒤 노끈 모양으로 말아서 면회 온 이에게 몰래 건네주었는데, 이것이 여러 비밀 경로를 거쳐 상하이임시정부에 닿아 《독립신문》에까지 실리게 되었지요. 3·1 운동을 회개하는 참회서를 쓰면 사면해 주겠노라는 일제의 회유 따위는 애초부터 통하지도 않는 얘기였던 것입니다.

'님'을 둘러싼 겹겹의 의미

일제강점기 항일 독립투사의 모습만으로도 한용운은 충분히 역사에 기억되고 남을 인물이지만, 여기에 또 승려와 시인의 모습을 더해야 우리는 그의 실체에 더 가까이 갈 수 있습니다. 그 시절 조선의 불교는 부패로 얼룩져 있었고, 일제는 1911년부터 '사찰령'을 시행해 불교계의 자주권을 빼앗으려 했습니다. 한용운은 이를 개탄해 승려 궐기대회를 열기도 하고, 「조선 불교 유신론」이라는 글을 발표하며 불교의 개혁을 주장했습니다. 우리가 한용운의 시를 읽을 때 '조국'과 함께 '부처'를 늘 염두에 두는 이유가 바로 여기에 있습니다. 독립사상과 불교사상이 한용운의 삶을 이끌어 온 두 기둥이었거든요. 이런 한용운의 삶은 그의 작품에 자주 등장하는 '님'을 해석하는 실마리가 되어 줍니다. 그의 시집 『님의 침묵』에서 서문 격인 「군말」을 읽어 보면 '님'의 실체가 더 분명하게 보인답니다.

> 「님」만 님이 아니라, 기룬¹ 것은 다 님이다. 중생이 석가의 님이라면, 철학은 칸트의 님이다. 장미화²의 님이 봄비라면 마시니³의 님은 이태리다. 님은 내가 사랑할 뿐 아니라 나를 사랑하나니라.
> ─「군말」에서

한용운이 말하는 '님'이란 어느 하나로 정해진 것이 아닙니다. 연인 사이에서는 사랑하는 이가, 종교적 측면에서는 구원의 말씀을 주는 이가 '님'이 되며, 또 '마시니'처럼 자신의 조국을 '님'으로 여길 수도 있는 것이지요. 마음에서 깊이 자리 잡은 존재라면 무엇이든 '님'이 될 수 있다는 뜻입니다.

한용운은 독립운동가로서 '조국'에 대한 열정이 컸고, 승려로서 '부처'를 한시도 잊지 못한 삶을 살았습니다. 따라서 작품 속의 '님'을 '조

---

1. '그리운', '기릴 만한', '안쓰러운' 등으로 폭넓게 이해할 수 있다.
2. 장미꽃.
3. 주세페 마치니(Giuseppe Mazzini). 이탈리아의 혁명가.

국'과 '부처'로 해석하는 것이지요. 게다가 그의 시들은 애틋한 사랑의 노래로 읽어도 손색없을 정도로 아름답기 때문에 '님'을 그리운 연인으로 이해해도 어긋나지 않습니다. 아니, 오히려 쉬운 언어로 소박하게 쓴 연애편지 같은 느낌으로 읽을 때 시 맛이 더욱 살아날 때가 많답니다. 이처럼 「군말」은 '님'이 지닌 여러 가지 함축적 의미를 밝혀 놓고 있어서 한용운의 시 세계를 이해하는 데 중요한 작품으로 평가받고 있습니다.

아름다운 복종을 꿈꾸다

시인 한용운의 출발은 그가 펴낸 불교 잡지에서 시작되었습니다. 한용운이 불교의 대중화와 개혁에 한창 힘을 쓰던 무렵인 1918년, 그는 문예지 성격을 띤 월간지 《유심(唯心)》을 창간합니다. 비록 세 번 발간되고 중단되었지만 한용운은 여기에 첫 작품을 발표했습니다. 그는 잡지의 창간호에 자신의 첫 시 「심(心)」과 첫 수필 「고학생」을 수록했습니다. "심(心)은 심(心)이니라./심(心)만 심(心)이 아니라 비심(非心)도 심(心)이니 심외(心外)에는 하물(何物)[4]도 무(無)하니라."라고 노래한 시가 바로 그가 최초로 발표한 자유시였습니다.

그 후 한용운은 시와 수필, 한시와 소설, 논문과 불교 서적 등을 넘

---

4. 어떤 것.

나들며 잠시도 창작 활동을 쉬지 않았어요. 300여 편에 달하는 작품이 그렇게 탄생했습니다. 그리고 첫 시를 발표한 지 8년 뒤인 1926년, 백담사에서 탈고한 88편의 시를 묶어 드디어 『님의 침묵』을 출간했습니다. 이것은 한용운의 유일한 시집입니다. 노벨 문학상을 받은 인도 시인 타고르Rabindranāth Tagore의 시로부터 영향을 받은 이 시집은 문단에 큰 파문을 일으켰습니다. 주요한 시인은 "님이 주시는 한숨과 눈물은 아름다운 생의 예술"이라는 말로 격찬했지요. 『님의 침묵』은 이전의 시에서 보기 어려운 은유와 역설을 멋지게 구사했을 뿐 아니라, 심오한 불교 철학을 녹여 내어 시적 깊이를 더했기 때문입니다. 그중에서 저는 「복종」이라는 시에 숨어 있는 시인의 올곧은 마음을 만날 때가 언제나 좋습니다.

복종

남들은 자유를 사랑한다지마는, 나는 복종을 좋아하야요.
자유를 모르는 것은 아니지만, 당신에게는 복종만 하고 싶어요.
복종하고 싶은데 복종하는 것은 아름다운 자유보다도 달금합니다, 그것이 나의 행복입니다.

그러나 당신이 나더러 다른 사람을 복종하라면 그것만은 복종할 수가 없습니다.

다른 사람을 복종하랴면, 당신에게 복종할 수가 없는 까닭입니다.

이 시의 놀라움은 '복종'에 대한 새로운 발상에서 옵니다. 흔히 복종이라고 하면 부정적인 느낌이 먼저 들지만, 시적 화자는 자유보다 복종을 더 좋아한다고 단호하게 표현하고 있거든요. 대부분은 남이 시키는 대로 하는 것을 좋아하지 않잖아요. 「조선 독립의 서」의 첫 문장이 "자유는 만물의 생명이요, 평화는 인생의 행복이다"일 만큼 한용운도 자유가 중요하다고 주장했고요. 그런데 왜 「복종」에서는 이렇게 말했을까요?

남의 간섭이나 강요 때문이 아니라, 운명처럼 누군가를 좋아하거나 동경해 본 적이 있다면 알 것입니다. 한 사람을 깊이 사랑하거나 존경하게 되면, 그 사람이 시켜서가 아니라 내 마음이 저절로 그 사람을 따라가게 된다는 것을요. 「복종」에서 한용운은 자신의 자유의지로 선택한 '자발적 복종'이 진정한 사랑이고 사랑의 자유라는 점을 강조하고 있는 것입니다. 다른 사람이 아닌 오로지 당신만을 좇는 것, 당신에게만 복종하고 싶은 것. 시적 화자는 이런 지극하고 간절한 사랑을 고백하고 있습니다.

이때의 '당신'은 앞에서 살펴본 '님'처럼 여러 가지 해석의 가능성을 품고 있습니다. 연애시로 읽으면 '사랑하는 대상'이지만, 이 작품이 창작되던 시대 상황을 고려하면 다른 해석이 가능해집니다. 일제가 무조건적인 복종을 강요하고 있던 때였으니, 그에 대한 거부를 나타낸 시라고 읽을 수도 있는 것이지요. 겨레에 대한 깊은 사랑을 실천했던 한용운의 삶을 비추어 보면, 그가 충분히 '나의 조국'(당신)이 아닌, '일본'(다른 사람)에 복종할 수 없다고 말했을 듯하니까요.

그의 서릿발 같은 의지를 뒷받침해 주는 유명한 일화가 있답니다. 한용운이 심우장(尋牛莊)이라는 자신의 집을 지을 때였는데, 조선총독부가 마주 보이는 남쪽이 싫다며 굳이 북향으로 집을 지었다고 합니다. 「복종」의 표현을 빌리자면, '다른 사람'은 쳐다보지도 않고 복종하지도 않겠다는 마음의 실천이지요. 그가 끝까지 창씨개명을 반대했던 것도, 변절한 문인들을 외면하며 평생 일본을 찬양하는 한 줄의 글도 쓰지 않았던 것도 같은 맥락이었을 거예요. 내가 사랑하는 '당신'인 '조국'에만 진실로 복종하고, 여기에서만 기쁨을 찾고 싶은 마음이었던 것이지요. 일제의 어떤 요구에도 굴복하지 않은 그의 모습을 겹쳐 보면 '복종'이라는 말에는 애국의 마음이 깊이 숨어 있음을 느낄 수 있습니다. 더불어 인류의 보편적인 문제인 '사랑'에만 초점을 맞춰도 이 시는 누구나 공감할 수 있기에, 지금까지도 애송되는 것이겠지요.

아아, '님'은 갔지만…

『님의 침묵』에는 '님', 혹은 '당신'에 대한 절실한 사랑과 끝없는 갈구가 드러납니다. 또 시집 전체에 잔잔히 흐르는 이별과 그리움의 정조는 한용운의 시를 굳건하게 떠받치고 있지요. 「의심하지 마서요」라는 시에서 그는 말합니다. "나에게 죄가 있다면, 당신을 그리워하는 나의 슬픔"이라고요. 이별의 순간 '당신'은 "슬퍼하지 말고 잘 있으라"고 당부했지만, 시인은 그럴 수 없었다고 합니다. "당신을 그리워하는 슬픔은 곧 나의 생명"이기 때문입니다. 그렇기에 시인은 봄을 만나도, 꽃을 보아도 기쁨의 노래를 부르지 못했던 것 아닐까요.

꽃이 먼저 알어

옛집을 떠나서 다른 시골에 봄을 만났습니다.
꿈은 이따금 봄바람을 따러서 아득한 옛터에 이릅니다.
지팽이는 푸르고 푸른 풀빛에 묻혀서, 그림자와 서로 따릅니다.

길가에서 이름도 모르는 꽃을 보고서, 행여 근심을 잊일까 하고 앉었습니다.
꽃송이에는 아츰 이슬이 아즉 마르지 아니한가 하얏더니, 아아 나의 눈물이 떨어진 줄이야 꽃이 먼저 알었습니다.

어김없이 이별 뒤의 이야기가 이어집니다. 시적 화자는 정든 곳을 떠나 정처 없이 떠돌다가 낯선 마을에서 새봄을 맞았나 봅니다. 해는 바뀌고 계절은 새로 돌아오는데 이별의 슬픔은 조금도 희미해지지 않습니다. 아무리 멀리 떠나와도, 꿈은 옛 시절로만 돌아갈 뿐이지요.

시적 화자는 그 하릴없는 슬픔이 행여 잊히려나 싶어, 길가의 꽃송이 곁에 앉아 봅니다. 새봄에 새로 핀 꽃이라면 이별한 당신 생각을 덮어 주리라 믿고서요. 하지만 그에겐 봄꽃도 소용없는 일이었나 봅니다. 꽃잎 위에 아침 이슬 같은 눈물만 떨구었다고 하니까요.

저는 '꽃이 먼저 알어'라는 제목이 무척 마음에 듭니다. 울음이 터져 나오는 마음을 나보다 꽃이 먼저 알고 넌지시 받아 주었다는 이 표현에는 여러 겹의 행간이 있다는 생각이 들거든요. 꽃 말고는 슬픔을 나눌 대상이 아무것도 없는 커다란 외로움도 느껴지고, 혹은 꽃처럼 누군가 먼저 알고 손잡아 주었으면 하는 시적 화자의 바람도 읽힙니다. 무엇이건 간에 한 가지 분명한 것은 한용운에겐 "지금의 이별이 사랑의 최후는 아니"(「요술」)며, "님은 갔지마는 나는 님을 보내지 아니하얏"(「님의 침묵」)다는 신념이 있다는 점입니다. 그러므로 언제든지 '님'과 만날 것을 믿고 기다림을 지켜 갈 수 있는 것이지요. '님'이 돌아오기를, 조국이 자유의 날을 맞이하기를 꿈꾸면서요.

"머리는 희여 가도 마음은 붉어"(「거짓 이별」)만 간다는 그의 시구처럼, 한용운은 예순을 넘긴 나이에도 조선인 학도병 출정을 반대하는 목소리를 내며 독립의 의지를 꺾지 않았습니다. 불교계의 비밀결사 조직인 만당(卍黨)을 이끌며 항일운동도 계속했지요. 일생을 조국의 어려움을 껴안고 살았지만, 그는 그토록 그리던 광복을 눈앞에 두고 1944년 6월 29일에 66세의 나이로 세상을 떠났습니다.

밤을 지키는 등불

작은 키에 꽉 다문 입, 쌀쌀한 표정으로 좀처럼 농담을 하지 않았다는 한용운의 삶에는 열정과 도저한 정신이 흐르고 있습니다. 불교 개혁을 이끈 '승려'이자 어두운 식민지 시대를 뚫고 나온 '독립운동가'로서의 삶은 치열하고 엄정했으며, 아름다운 시를 남긴 '시인'으로서의 삶은 모국어에 대한 사랑으로 가득했지요. 이 세 가지 면모를 묶어야 비로소 한용운의 진면목을 제대로 볼 수 있습니다.

한용운의 생애와 문학이, 신념과 실천이 하나로 조화를 이루었다는 점이 그의 시를 더욱 빛나게 한다는 생각이 듭니다. 조선 땅덩이가 하나의 감옥이니 불 땐 방에서 편히 지낼 수 없다며 언제나 냉방에서 살았다는 그에게, 시집 『님의 침묵』은 어두운 밤을 지키는 등불이었음을 짐작케 합니다. 그가 남긴 시는 시대의 어둠에 침묵하지 않고 저항했던 강인한 긍정의 힘으로, 지금까지도 우리에게 등불이 되어 주고 있지요. 그렇기에 그의 이름 앞에 대한민국 건국공로훈장이 바쳐지고, 시집 『님의 침묵』이 다음 세기에도 남을 고전이라는 평가를 받는 것은 결코 아깝지 않은 일입니다.

한용운의 삶을 되짚어 보면서 이런 생각을 했습니다. 명백한 절망을 목격하고도 그것을 감당할 용기를 지닌 삶이란 그 자체로 충만했을 것 같다고요. 그래서 그는 '님'의 품이 아니면 죽음의 품이 '나의 길'이라고 당당히 말할 수 있었던가 싶습니다.

어옹(漁翁)

1

푸른 산 맑은 물에

고기 낚는 저 늙은이

갈삿갓[5] 숙여 쓰고

무슨 꿈을 꾸엇든가

웃부다[6] 새소리에 놀래어

낚시대를 드는고녀

2

세상일 잊은 양하고

낚시 드린 저 어옹(漁翁)[7]아

그대게도 무슨 근심 있어

턱을 괴고 한숨짓노

5. 쪼갠 갈대로 결어 만든 삿갓.
6. '우습다'의 영탄조 표기로 보인다.
7. 고기를 잡는 노인.

창파(蒼波)[8]에 백발(白髮)이 비치기로

그를 슳어하노라.

　시집 『님의 침묵』을 발간한 이후 세상을 떠날 때까지 한용운이 발표한 시가 작품은 그리 많지 않습니다. 「어옹」은 1938년 12월, 소설가 김동인이 발간한 《야담(野談)》이라는 잡지에 발표되었어요. 이것은 한용운이 생전에 발표한 마지막 시조입니다. 한용운은 그 뒤 수필과 논문을 발표하고, 『삼국지』를 번역하여 《조선일보》에 연재했지만 시가 형식의 작품은 더 이상 발표하지 않은 것으로 보입니다.

　예순에 든 한용운의 눈빛은 『님의 침묵』에서와는 사뭇 달라져 있습니다. '님'에 대한 믿음, 불굴의 의지 대신 오히려 은자(隱者)의 목소리에 더 가까워 보일 정도이지요. 시조라 그런지도 모르겠습니다만, 제목부터 예스러운 '고기 잡는 노인'입니다. 푸른 산 아래 맑은 강에서 고기를 잡는 늙은이에게 자신의 심정을 투사하고 있지요. 그토록 꼿꼿했던 시인도 이제는 새소리에 놀라 잠을 깨는 늙은이가 되어, 푸른 물결에 비치는 백발을 서러워합니다. 세월을 야속해하는 모습이 보이는 것 같습니다.

8.　푸른 물결.

하지만 한용운의 삶을 익히 아는 우리는 이 시가 발표된 시기를 염두에 두며 시인의 숨은 마음을 살펴볼 필요도 있습니다. 1930년대 후반은 일제의 탄압이 극에 달한 일제강점기 말기였으므로, 시인이 자신의 소망을 시 속에 넌지시 담은 것은 아니었을까 싶거든요. 조국이 독립되어 마침내 세상일을 다 잊고 고기나 잡는 노인으로 살기를 바라는 마음 말이지요. 한편으로는 세상의 마지막 시간에 이르기까지 한용운은 조국에 대한 근심을 놓지 않았다는 것도 짐작할 수 있습니다.

김소월

- -

1902 ~ 1934

"우리에게는 우리의 몸보다도 맘보다도
더욱 우리에게 각자의 그림자같이 가깝고
각자에게 있는 그림자같이 반듯한 각자의 영혼이 있습니다."
— 산문 「시혼(詩魂)」에서

민족의 서정이 된 가객

옛이야기를 좋아했던 소년,
시에 눈을 뜨다

평안북도 정주군의 한 가정집. 모깃불을 피워 놓은 마당에서는 견
우와 직녀의 옛이야기가 무르익고 있었습니다. 마치 이야기 속의 은하
수가 하늘에 바로 펼쳐진 듯한 아름다운 여름밤이었고, 이야기는 오작
교에서의 이별 장면 대목에 이르렀지요. 그 풍경 속에서 열심히 귀를
기울이고 있던 여덟 살짜리 어린아이가 갑자기 눈물을 흘리면서 이야
기를 들려주는 숙모에게 이런 말을 했습니다.

"이제 슬픈 이야기가 더 좋아요."

자신이 이야기 속의 주인공이라도 된 듯 감정에 복받쳐 울고 만 이 작은 아이가 바로 김소월 시인입니다. 여덟 살 남자아이라면 영웅 이야기나 무서운 괴담에 더 관심이 있을 법한데, 이야기 속의 슬픈 정감을 좋아할 만큼 조숙하고 일찍부터 시인의 감성을 가졌던가 싶습니다.

김소월은 1902년 평안북도 구성의 외갓집에서 태어났습니다. 첫 아이의 출산을 친정에서 해야 좋다는 당시의 풍습에 따라, 외가에서 태어나 백일을 지냈던 것입니다. 그 뒤에는 친가가 있는 평안북도 정주로 돌아와 유년기를 보냈는데, 정주는 우리 역사에 이름을 남긴 유명한 문인이 여럿 태어난 곳입니다. 소설 『무정』을 쓴 춘원 이광수, 김소월의 스승이었던 시인 김억, 김소월보다 10년 뒤에 태어나서 문학사에 이름을 높이 새긴 시인 백석의 고향도 바로 정주였지요. 조그만 고장에서 이렇게 출중한 인물이 많이 배출된 것을 보면 김소월이 "내 집도/정주 곽산/차 가고 배 가는 곳이라"(「길」)던 그 고장의 풍경이 더욱 궁금해집니다.

우리에게 친숙한 이름인 소월(素月)은 그의 호이고, 원래 이름은 김정식(金廷湜)입니다. 그는 공주 김씨 종가의 장손이었어요. 큰 대문 밖에는 채소밭이 이천 평 펼쳐지고 머슴 집도 두 채나 있을 정도로 유복한 환경에서 어린 시절을 보낸 터라, 큰 어려움을 모르고 자랐지요. 다만 그가 세 살 때 아버지가 일본인들에게 폭행을 당해 그 후유증으로 정신이상이 되어 평생 폐인으로 지냈는데, 이것이 김소월의 마음에 큰 그늘을 드리웠습니다. 김소월의 시에 줄곧 나타나는 슬픔의 정서는 식민지라는 어두운 시대를 비롯해 아버지의 불행을 보고 자란 유년 시절의 영향이 컸을 것입니다.

아버지의 사랑을 제대로 느껴 보지 못한 채 어린 시절을 보냈지만, 그래도 다행히 그 빈자리를 조금이나마 채워 준 사람이 있었습니다. 처음 들려준 일화에서 그에게 견우직녀 이야기를 해 준 숙모가 바로 그런 역할을 했습니다. 친구가 별로 없었던 김소월은 갓 시집온 젊은 숙모를 잘 따랐고, 숙모는 그런 그가 기특해서 옛이야기를 많이 해 주었습니다. 김소월은 틈만 나면 숙모에게 전설, 신화, 민담 같은 옛이야기를 들려 달라고 졸랐는데, 그렇게 해서 들은 이야기들을 유난히 잘 기억했다고 합니다. 그의 시 중에 「접동새」나 「물마름」같이 옛이야기를 모티프로 한 작품들이 더러 있는 것은 바로 이런 배경이 있었기 때문이지요. 훗날 김소월의 숙모는 소월의 문학적 바탕을 만들었던 이 시절을 회상하며, 더 많은 이야기를 해 주지 못한 것이 아쉽다고 말하기도 했습니다.

할아버지에게 천자문을 배우고 가정교사격인 독선생을 모셔와 한문 공부를 하던 고향에서의 어린 시절을 끝내고, 김소월은 오산학교로 진학합니다. 그곳에서 여러 선생님을 만나 크고 작은 영향을 받았는데, 그중에서도 그의 삶을 크게 바꿔 놓은 중요한 일이 있습니다. 바로 안서(岸曙) 김억 시인과 사제의 인연을 맺게 된 것이지요. 김억은 우리나라 최초의 서구 시 번역 시집 『오뇌(懊惱)의 무도(舞蹈)』를 출간한 시인입니다. 당시 김억은 프랑스와 러시아의 시를 번역해 소개하는 한편,

창작 시를 열심히 발표하며 문단에서 중요한 역할을 하고 있었습니다. 그랬던 김억이 우연히 김소월의 습작들을 보고는 그의 놀라운 재능을 한눈에 알아본 것입니다. 김억은 김소월을 따로 불러 지도하며 정식으로 작품을 발표하도록 지면을 소개했지요. 그렇게 김소월은 문단의 주목을 받는 시인이 됩니다. 그의 나이 겨우 열아홉에 말이지요.

절제된 슬픔을 담은 이별시의 백미

김소월이 문단에 데뷔한 것은 1920년 《창조》 5호에 「낭인의 봄」, 「그리워」 등 5편의 시를 발표하면서부터입니다. 이후로 꾸준히 작품을 발표한 김소월은 마침내 127편의 시를 수록한 시집 『진달래꽃』(1925)을 출판했습니다. 이는 그가 생전에 발간한 유일한 시집인데, 꽤 많은 작품이 실려 있어 눈길을 끕니다. 비슷한 시기에 활동했던 정지용의 첫 시집 『정지용 시집』이 87편, 김영랑의 『영랑 시집』이 53편의 시를 수록하고 있는데, 이와 비교해 보면 상당히 많은 편수가 실려 있는 것이지요. 게다가 시집 『진달래꽃』은 김소월이 10대 후반에서 20대 초반까지 쓴 작품을 모아 엮은 것이니, 짧은 문단 생활에도 불구하고 그의 창작열이 무척 뜨거웠음을 짐작케 합니다.

김소월의 시는 우리 문학사에서 독보적인 위치를 차지하고 있습니다. 『진달래꽃』이 출간된 지 100여 년의 세월에 이르는 지금까지도 여전히 애송되고 있다는 사실은 김소월의 가치와 힘을 느끼게 하지요.

이것은 그의 시가 간결한 운율과 쉬운 표현으로 쓰여 있으며, 이별과 그리움, 자연이라는 보편적인 소재를 다루고 있어 시간과 세대를 초월해 많은 이들에게 큰 호소력을 가지기 때문입니다. 특히 사랑과 이별은 동서고금을 막론하고 문학 작품에서 애용되어 온 단골 소재인데, 김소월의 시는 이러한 소재를 애절하게 담아내 많은 이의 심금을 울리고 있습니다.

　　먼 후일

　　먼 훗날 당신이 찾으시면
　　그때에 내 말이 "잊었노라"

　　당신이 속으로 나무리면[1]
　　"무척 그리다가 잊었노라"

　　그래도 당신이 나무리면
　　"믿기지 않아서 잊었노라"

　　오늘도 어제도 아니 잊고

1.　나무라시면.

먼 훗날 그때에 "잊었노라"

시를 쓴 사람이 열아홉 소년이라고는 믿기지 않습니다. 그 사랑의 마음이 너무나 절절하고 어조가 여성스러워서 그렇습니다. 좀 부끄러운 고백이지만 전 중학생 때, 「진달래꽃」을 처음 읽고는 김소월이 분명 여성 시인일 것이라고 생각했습니다. 시가 수록된 『한국의 명시』라는 문고판 시집에는 시인의 사진과 약력 같은 건 없었거든요. 이름도 여자 이름 같았고 "나 보기가 역겨워/가실 때에는/죽어도 아니 눈물 흘리우리다"라는 표현에서 풍기는 느낌만 봐서는 시인이 남자라는 것을 결코 상상할 수 없었지요. 그런데 나중에 김소월 시인의 사진을 보고는 얼마나 놀랐는지 모릅니다. 지금까지의 짐작과 달리, 넓은 이마에 짙은 눈썹의 듬직한 인상을 풍기는 청년이었거든요. 지금도 시인의 사진을 볼 때면 그 생각이 나서 혼자 피식피식 웃곤 합니다. 시 속의 화자가 시인과 같은 인물이라고 믿은 것이 잘못이었지만, 그만큼 시인이 작품 속에 여성적이고 애처로운 목소리를 잘 살려 냈다는 말이기도 할 것입니다.

「진달래꽃」을 비롯한 수많은 김소월의 작품은 사랑하는 사람을 떠나보낸 뒤 슬퍼하고 그리워하는 마음을 노래하고 있습니다. 「먼 후일」도 떠난 연인에 대한 그리움을 담고 있습니다. 그러나 김소월은 늘 '가신 임'에 대해 원망하거나 분노하는 모습을 보이지 않아요. 슬픔을 참고, 돌아오기를 끝내 기다리며, 혼자 설움을 삭이는 자세가 바로 김소월 시 속의 여성 화자들이거든요. 「먼 후일」에서도 화자는 악다구니를

* 36 * 김소월

하거나 직설적으로 말하지 않고 오히려 반어적으로 마음을 표현하고 있습니다. "잊었노라", "잊었노라"고 여러 번 강조하면서 실은 당신을 절대로 잊을 수가 없다는 진심을 드러내고 있지요. 아주아주 먼 훗날, 당신을 만나면 그때에 마침내 잊겠노라고 말이지요. 참으로 지독한 그리움입니다. 만약 이 시가 남성 화자의 목소리로 불렸다면 이만큼 간절하게 읽히지 않았을 거라고 확신합니다.

자연에 기대어 살고 노래하다

김소월이 이별과 그리움만큼이나 많이 노래한 소재는 자연입니다. 그가 나고 자란 고향은 산과 바다를 아우르는 아름다운 고장입니다. 그는 일본에서 유학하던 한 학기를 제외하고는 그곳을 거의 떠나지 않고 살았는데, 그래서 고향을 둘러싼 자연의 풍경을 시에 많이 담았던 것 같습니다.

산유화(山有花)

산에는 꽃 피네
꽃이 피네
갈 봄 여름 없이
꽃이 피네

산에

산에

피는 꽃은

저만치 혼자서 피어 있네

산에서 우는 작은 새여

꽃이 좋아

산에서

사노라네

산에는 꽃 지네

꽃이 지네

갈 봄 여름 없이

꽃이 지네

김소월이 노래한 자연은 단순한 시적 공간 이상의 역할을 하고 있습니다. 그가 시 속에서 그린 자연은 시적 자아의 심리 및 정서와 깊이 연관되어 있거든요. 작품 속 자연의 정경이 시적 화자의 심정을 반영하고 있다는 뜻입니다. 「산유화」는 바로 이런 특징이 잘 드러난 시입니다. 소설가 김동리는 「산유화」를 '기적적인 완벽성'을 갖춘 작품이라고 극찬했는데, 그만큼 이 시는 나무랄 데 없이 아름답습니다. 그건 김소월의 고향 풍경이 다른 곳보다 유난히 아름다워서라기보다, 작품 속에서 아름다움을 찾아내는 시선과 더불어 깊은 고독을 받아들이는 시적 화자의 마음이 느껴지지 때문이지요. 그래서 어쩌다 혼자 먼 산을 우두커니 바라볼 일이 있으면 어느샌가 이 시의 한 구절을 중얼거리게 되나 봅니다.

산에서는 누가 보든 안 보든 저 혼자 꽃이 피었다 지고, 새가 울고, 시간이 변함없이 흘러갑니다. 자연의 질서는 멈추는 법 없이 늘 순리대로 흘러가지요. 시인은 그 모습을 멀찍이 떨어져서 바라보고 있습니다. 마치 떠나가는 임을 잡지 못하고 바라만 보는 사람처럼 거리를 좁히지 못합니다. 그래서 저는 이 시에서 "저만치"라는 말이 유독 아프고 쓸쓸하다는 생각이 듭니다. 이 한 마디에 시인의 심정과 처지가 다 담긴 듯하거든요. 또 "꽃"과 "새"와 "산"에 마음을 기대고 살았다는 것은 가까운 사람이 별로 없이 외로웠다는 말이 아닐까 싶기도 하고요. 스스럼없이 사람들과 어울리는 성격이 아니었기에, 세상으로부터 "저만치" 떨어져 살았던 시인의 삶이 연상되기도 합니다. 그렇게 아득한 시선으로 자연을 바라본 작품들은 시인의 외로움을 그대로 전하는 것 같습니다.

그런가 하면 「산유화」에서는 운율의 매력을 흠뻑 느낄 수 있습니다. 이 작품을 소리 내어 읽으면 마치 노래를 부르는 것 같거든요. 김소월의 많은 시는 가곡이나 대중가요로 만들어져 애창되고 있는데, 「산유화」도 눈 밝은 몇몇 작곡가가 선율을 붙여 가곡으로 발표했습니다.

부드러운 멜로디로 풀어낸 노래도 노래지만, 시 자체의 운율이 워낙 섬세하고 아름다워 소리 내어 읽기만 해도 노래가 될 것만 같답니다. 우선 눈에 띄는 "갈"이라는 시어는 '가을'을 줄여 쓴 것으로, 간결하면서도 생동감을 살려 줍니다. 그리고 "산에는/꽃 피네/꽃이 피네" 하고 세 마디씩 끊어지는 호흡은 리듬감을 만드는데, 이를 3음보라고 합니다. 그는 이렇게 3음보의 민요적 운율을 계승하고 있어서 '민요 시인'이라고도 불립니다. 그의 시에서 느낄 수 있는 운율의 아름다움은 시와 노래가 본래 한 몸이었음을 새삼 일깨워 줍니다.

거미줄에 걸린 잠자리 같은

『진달래꽃』을 쓰던 김소월의 왕성한 창작열이 오래 지속됐더라면 우리는 더 많은 작품을 선물로 받았을 텐데, 안타깝게도 시집을 출간한 이후로 김소월의 작품 활동은 점점 줄어들었습니다. 그렇게 된 데에는 시대와 집안 환경의 영향이 컸습니다. 식민지 시대를 살던 그는 유학을 가고 공부를 많이 했다는 이유로 일본 경찰로부터 계속 감시를 받았고, 또 집안의 장손이라는 이유로 원하는 대로 마음껏 학업과 문학 활동을 하며 살지 못했습니다. 오죽하면 스스로를 '거미줄에 걸린 잠자리' 같은 신세라고 한탄했으려고요. 거미줄에 걸려 꼼짝달싹 못 하고 죽음을 기다리는 잠자리라고 할 만큼 마음이 괴롭고 힘들었던 것이지요. 자유로운 삶을 꿈꾸었지만 현실은 정반대였으니까요.

말리지 못할 만치 몸부림하며

마치 천리만리나 가고도 싶은

맘이라고나 하여 볼까.

　　　　　—「천리만리(千里萬里)」에서

그즈음에 쓴 시「천리만리」에는 김소월의 답답한 마음이 비쳐 보입니다. 아무도 말리지 못할 만큼 몸부림을 쳐서 천 리나 만 리쯤 아주 멀리 가고 싶은 마음이라니요. 그가 억누르고 있는 가슴속 열기가 느껴지는 듯합니다. 그런 연유 때문인지 김소월은 결국 고향을 떠나 처가가 있는 고장으로 옮겨 가 사업을 하기도 했지만 이마저도 실패로 끝나고 말았습니다. 그러면서 천재로 촉망받던 젊은 시인은 폭음을 하며 조금씩 황폐해져 갔습니다. 김소월이 스승 김억에게 마지막으로 보낸 편지 글은 그의 힘든 모습을 보여 주고 있어서 마음이 아픕니다.

"독서도 아니 하고 습작도 아니 하고 그저 다시 잡기 힘든 돈만 좀 놓아 보낸 모양이옵니다. 인제는 돈이 없으니 무엇을 하여야 좋겠느냐 하옵니다."

이렇게 조금씩 내몰리다 삶의 벼랑 끝에 선 김소월은 1934년 12월 23일 밤에 아편을 먹고 서른셋의 짧은 생을 마감했습니다.

갑작스런 제자의 죽음을 맞은 김억은 곧바로 그의 유작들을 챙겨 보관했습니다. 그러고는 몇 해가 지난 뒤『소월시초(素月詩抄)』(1939)라는 유고 시집을 발간했지요.『진달래꽃』에서 53편을 가려 뽑고, 이후의 후기작에서 25편을 더해 만든 시집이었습니다. 그러나 이 시집은 김억의 손에 의해 편집되었고, 또 김억이 보관하고 있던 김소월 시의 일부만 수록되어 안타까움을 낳습니다. 김억이 소장했던 김소월의 모든 작품을 다 묶어 놓았더라면, 우리가 만나 볼 수 있는 김소월의 작품 세계는 더 풍성하고 넓어졌을 테니까요. 그가 왜 갑작스런 죽음을 선택했는지도 조금 알 수 있을지 모르고요. 그러나 지금은 그로부터 너무 많은 시간이 흘렀고, 김억은 6·25 전쟁 때 납북되어 정확한 사실을 확인할 길조차 없어졌습니다.

문화재로 등록된 시집 『진달래꽃』

식민지 시대에 우리말과 글로, 우리의 리듬으로, 우리의 서정을 아름답게 노래한 시인 김소월. 그의 이름 앞에 붙는 수식어는 참 많습니다. '한국 시인의 대명사', '한국 서정시의 원형', '시인 공화국의 정부(政府)', '민족시의 탯줄' 등등 수많은 수식어가 따라붙으면서도 여전히 새롭게 읽히고 있는 시인이 바로 김소월입니다. 그는 한국 문학사에서 불멸의 위치에 올라 있는 시인이지요.

김소월이 시를 쓰던 시기는 한국 근대시가 형성되던 초기였습니다. 최남선의 창가와 신체시에서 막 벗어나고 있던 즈음이지요. 따라서 본보기로 삼아 시를 배울 작품이나 스승이 거의 없었지만, 김소월은 척박한 환경에서도 우리말의 가락을 살려 내고 모국어를 능수능란하게 구사해 아름다운 시를 창작했습니다. 그뿐만 아니라 김소월의 시는 앞 시대 문학이 보였던 계몽적인 내용에서 벗어나, 그리움과 슬픔의 정한을 노래하며 식민지 민중의 마음을 따뜻하게 어루만져 주었습니다. 김소월 이전에는 누구도 그만큼 시다운 향기를 내지 못했던 것을 생각하면 그가 왜 지금까지 사랑받는지 알 수 있습니다. 그래서 2011년에는 시집『진달래꽃』의 초판본이 우리나라 근대 문학 작품으로는 최초로 문화재에 등재되는 영광을 안게 된 것입니다.

김소월의 시는 순정하고 아름답습니다. 그가 살려 놓은 모국어와 자연스러운 리듬은 우리의 몸속에 새겨진 것과 다르지 않아 더욱 친근합니다. 앞으로도 세월이 켜켜이 쌓이고 시대가 바뀌어도 우리는 그가 남긴 시로부터 따뜻한 위로를 받을 것입니다. 우리의 삶에서 상처받고 이별하고 그리워하는 일이 사라지지 않는 한 말이죠.

기회(機會)

강(江) 위에 다리는 놓였던 것을!
건너가지 않고서 바재는² 동안
때의 거친 물결은 볼 새도 없이
다리를 무너치고³ 흘렀습니다.

먼저 건넌 당신이 어서 오라고
그만큼 부르실 때 왜 못 갔던가!
당신과 나는 그만 이편저편서.
때때로 울며 바랄 뿐입니다려.

　강 위에 다리가 놓여 있는 것을 보고도 머뭇거리고 주저하다가 거
친 물살에 다리가 무너져 길을 잃었습니다. 저편에서 당신이 오라고

2.　주저하는.
3.　무너뜨리고.

손짓하는 것을 보고도 왜 못 갔던가, 때늦은 후회를 하며 울고 있는 화자가 보입니다. 내가 "바재는 동안" 나는 사랑하는 당신의 손짓을 놓치고, 수많은 내일을 놓치고, 결국 행복을 놓치고 말았습니다. 게다가 이젠 다시 한 번 더 기다려 볼 기회조차 없습니다. 거센 강물 앞에서 망연자실, 넋을 잃고 멈춰 서 있습니다.

저도 이런 마음일 때가 있었습니다. 당신의 눈빛이 진심인지 아닌지 망설이다가 지나고 난 뒤에야 그 순간을 안타까워했지요. 당신에게 닿을 작은 섭다리마저 강물에 휩쓸려 보냈을 때, 당신이 있는 저 건너편은 우주의 어둠처럼 아득했습니다.

김소월이 학업의 기회를 놓치고 돈을 놓치고 시인으로서의 삶을 놓치던 생의 막바지에 발표한 작품이 「기회」라는 것은 우연으로만 생각되지 않습니다. 그가 죽기 한 달 전에 발표한 이 시는 작품 속에 당신이라는 연인을 상정해 놓고 이별을 노래하고 있지만, 실연보다 더 아픈 생의 목소리가 들리는 듯합니다. 어쩌면 모든 것과 생의 저편으로 영영 헤어져야 하는 자신의 운명을 예감했던 건 아닐까 싶어서요.

하지만 조금만 더 삶을 견뎌 보았더라면, 기회가 또 기다리고 있다는 것을 알았을 텐데. 어제와 오늘, 우리의 하루가 그렇듯이 시간이 손에 쥐어 주는 한 줌의 힘이 기회라는 것도 알게 되었을 텐데. 김소월보다 훨씬 나이가 많아진 저는 그의 마지막 시편을 읽을 때면 이런 안타까움이 듭니다.

박
용
래

1925 ~ 1980

"나에게 격정이 있었을까.
글을 쓰고 싶어 못 견디는 것도 격정의 소산이라면
그런 백주(白晝)의 격정을 죽도록 갖고 싶다."
— 시 「월훈(月暈)」의 시작 노트에서

세상 어느 것 하나 눈물겹지 않은 게 없다

반의반쯤만 창문을 열고

주변에서 종종 이런 이야기를 듣곤 합니다. 시인은 뛰어난 언어 감각 못지않게 순수한 마음을 지닌 사람이 아니냐고요. 노벨 문학상을 받은 터키의 소설가 오르한 파묵Orhan Pamuk도 "시인이란 신이 말을 걸어 주는 자"라고 했을 만큼 시인의 깨끗한 마음을 높이 샀습니다. 그런 기대와 기준을 대면 과연 몇 명이나 진짜 시인일까 부끄럼이 앞서는데, 그래도 그 말에 어울리는 시인이 있어 다행이라는 생각이 듭니다. 흔히 '눈물의 시인'으로 불리는 박용래가 그렇습니다. 실제 지인들의 얘기로도 그는 어디서건 자주 울었다고 하는데 시에도 눈물이 흠뻑 젖어 있습니다.

　박용래는 1925년 충청남도 논산시 강경읍에서 3남 1녀 중 늦둥이 막내로 태어났습니다. 태어나서 자란 고향은 그의 작품 곳곳에서 배경으로 등장하여 옛 풍경을 그대로 전해 주고 있습니다. 누이를 따라다니며 보았던 채운산, 놀뫼나루, 황산천과 옥녀봉을 그는 기억 속에서 꺼내 시에 새겨 놓았지요. 학창 시절에는 전국에서 손꼽히는 실업학교였던 강경상업학교를 수석으로 졸업할 만큼 우수한 인재였다고 합니다. 그뿐만 아니라 재학 당시에는 정구 선수로 활약했고, 아침마다 전교생을 호령하는 대대장이었다는군요. 처음에 저는 이 이야기를 듣고 무척 놀랐답니다. 그의 시를 읽고 혼자 상상하던 시인의 모습과는 많이 달랐기 때문입니다. 게다가 사진 속 시인의 모습 어디에서도 그 우렁찬 목소리를 떠올리기 어렵거든요.

　하지만 다재다능하고 성실한 청소년이던 그의 삶과, 앞으로 그가 쓰게 될 시 모두에 영향을 미친 슬픈 사건이 일어났습니다. 바로 박용래가 가장 사랑하던 누나와 사별을 하게 된 것입니다. 그는 바로 손위 누나와 열 살이 넘는 터울을 두고 태어나 어린 시절을 거의 누나의 보살핌 속에서 자랐습니다. 그래서 박용래에게 누나는 무척 특별한 존재였지요. 시나 산문에서 종종 회상되는 '홍래'가 바로 시인의 가슴에 묻힌 누나입니다. 시인이 중학교 2학년이던 해에 홍래 누나는 첫아이를 낳다가 산고로 그만 세상을 떠나고 말았지요. 그 슬픔이 얼마나 크고 믿기지 않았던지 당시 시인은 울지도 못했다고 합니다.

늘 안식처가 되었던 누나를 잃은 상실감은 그의 시에 눈물을 만드는 원천이 된 듯합니다. 그때부터 시인은 점점 더 "방 안 아이"가 되어 갔다고 산문집에 기록하고 있습니다. "반의반쯤만 창문을 열고" 바깥을 내다보기 시작했다고요. 이것은 누이를 데려간 세상을 정면으로 바라보기가 힘들었다는 말이겠지요. 이처럼 완전히 열린 공간이 아니라 반쯤 닫힌 공간은 시인에게 외로움을 알게 하고 문학으로 시선을 돌리게 했습니다. 「담장」이라는 시에서도 거듭 "검정 치마, 흰 저고리, 옆 가르마, 젊어 죽은 홍래 누이 생각도 난다"라고 말하고 있는데, 시인의 슬픈 사연을 생각하며 읽으면 애잔한 느낌이 더욱 짙게 전해집니다. 홍래 누이의 갑작스런 죽음은 박용래의 내면에 깊게 각인되어 눈물을 이끌어 내고 있는 것이지요.

이십 대가 된 그는 우수한 성적 덕분에 졸업 후 조선은행 서울 본점에 취직하면서 사회생활을 시작했습니다. 그때 그에게 맡겨진 일은 소각장에 넘겨질 헌 돈을 세는 일이었다고 합니다. 하지만 은행 일과 서울살이는 그에게 잘 맞지 않았나 봅니다. 고향에 핀 달개비의 보랏빛과 황톳빛이 그립다고 했고, 서울은 처음으로 고독을 알게 했다고 고백하고 있거든요. 그런 마음이 그로 하여금 시를 향해 가도록 점점 부추겼던 것 같습니다. 중학교 시절에 이미 『부활』과 『죄와 벌』 등을 읽으며 문학을 가까이한 것도 시인의 소양을 기르는 데 한몫했고요.

그러나 박용래는 남들이 선망하는 직업을 가졌는데도 항상 자신을 잃어버린 느낌을 가지고 있었습니다. "환한 거울 속에도/아침상에도/얼굴은 없다"(「솔개 그림자」)고 말하곤 했지요. 결국 박용래는 조선은행에 사표를 내고 다시 고향으로 돌아왔습니다. 이후로 그는 중·고등학교 선생님으로 교편을 잡기도 했지만 그리 오래 하진 못했습니다. 그는 천부적으로 문명과는 잘 어울리지 못했던 것 같아요. 늘 농촌에서의 삶을 꿈꾸었고 작고 소박한 것들, 보잘것없어서 보듬어 주고 싶은 것들에 큰 관심을 보였거든요. 그의 눈길이 항상 문명의 때가 묻지 않은 것들을 향해 있었다는 것은 무엇보다 그의 시가 잘 보여 주고 있습니다.

은행을 그만둔 박용래는 부산 근교에서 농장을 경영하던 김소운을 찾아갔습니다. 그곳에서 머무른 50여 일 동안, 농장 일을 도우며 김소운과 문학에 대한 이야기를 나누었다고 합니다. 김소운은 우리의 민요와 동요를 일본어로 번역하여 일본에 알린 시인입니다. 박용래는 김소운의 『조선 동요선』의 서문을 줄줄 외울 정도로 김소운에게 외경심을 가지고 있었지요. 이 일은 박용래가 문학의 길을 걷기로 결심한 직접적인 계기가 되었던 것 같습니다. 부산에서 돌아온 그는 대전 지역 문인들과 '동백시회'를 결성하고, 여기서 발간한 《동백》에 「새벽」이라는 시를 최초로 발표했으니까요. 물론 정식으로 등단하기 전의 일이지만 여러 편의 작품을 같은 지면에 선보였지요. 그러다가 1955년에 이르러 그는 박두진 시인의 추천을 받아 시인으로 데뷔하게 되었습니다. 《현대문학》에 박두진의 추천으로 「가을의 노래」를 발표하고, 그 이듬해에도 연이어 「황토길」과 「땅」이 추천을 받음으로써 정식으로 문단에 이름을 올렸지요.

가장 쓸쓸한 시간에 오는 눈

　박두진의 추천사와 같이 그는 "가늘고 섬세하고 치밀한 감각"의 시를 썼습니다. 4·19 혁명으로 시작되는 1960년대의 정치적·역사적 시류와 한 발짝 떨어져, 작품 속에 향토적 정서를 담아내며 자신만의 시 세계를 구축해 나갔지요. 주로 짤막하게 쓰인 '서정적 소품'들은 시어를 정제하고 압축하여 10행 이내의 형태를 이루고 있습니다. 첫 시집 『싸락눈』(1969)에도 간결한 함축미를 보여 주는 작품이 많이 수록돼 있지요. 이러한 특징을 잘 보여 주는 대표작 가운데 하나가 바로 「저녁눈」이 아닐까 합니다. 그는 이 시로 《현대시학》이 제정한 제1회 작품상을 받기도 했습니다.

　저녁 눈

　늦은 저녁때 오는 눈발은 말집 호롱불 밑에 붐비다

　늦은 저녁때 오는 눈발은 조랑말 발굽 밑에 붐비다

　늦은 저녁때 오는 눈발은 여물 써는 소리에 붐비다

　늦은 저녁때 오는 눈발은 변두리 빈터만 다니며 붐비다.

박용래는 시를 쓸 때 우리말을 정성스럽게 골라 꼭 필요한 자리에만 두려는 것처럼 말을 아끼고 다듬어 썼습니다. 그의 가장 친한 친구인 임강빈 시인은 "박용래는 조각을 하듯이 시를 썼다. 낱말 하나하나에 대한 정성은 비길 데가 없었다. 한 자 한 획도 소홀히 다룬 적이 없다."라고 그를 기억하고 있답니다.

「저녁 눈」에 드러난 공간과 풍경에도 군더더기가 전혀 들어 있지 않습니다. 우선 절제된 형식이 눈길을 끕니다. 그는 주로 짧은 시를 쓰면서 응축과 생략으로 간결한 느낌을 만들어 냈습니다. 때로는 지나치다 싶을 정도로 깎아 낸 시어들이 감정 이입을 방해하기도 하지만, 여백과 행간까지 고려하는 그의 정성이 시에 오롯이 담겨 있다는 생각이 든답니다.

한 줄을 한 연으로 나누어 시적 효과를 고려한 점도 주목할 만하지만, 저는 "붐비다"라는 시어로 눈발을 표현한 시인의 솜씨가 무척 인상적입니다. '내린다'라고 했으면 평범해졌을지도 모르는데, 그는 얼마나 많이 고심한 끝에 시어를 골라냈을까요. 낱말 하나하나에 정성을 다했다는 말에 새삼 고개가 끄덕여집니다.

게다가 겨우 넉 줄짜리 시를 "늦은 저녁때 오는 눈발은"으로 똑같이 시작하고 있는데도 단조로움을 느낄 수 없는 것은, 이 구절이 매번 우리의 기억을 재생하기 때문인 듯합니다. "말집 호롱불"이나 "여물 써는 소리"는 시인이 살던 뒷집의 풍경이라지만, 시 속의 풍경과 무관하게 저녁 눈은 우리에게 갖가지 추억의 순간을 불러내 줍니다. 또 가장 쓸쓸한 시간에 오는 눈이라는 느낌과 "변두리 빈터"만 찾아다니며 내린다고 하는 시인의 연민 어린 시선에 가슴이 먹먹해져, 시 앞에서 한참을 머물게 됩니다.

보잘것없는 것들은 눈물을 부른다

박용래의 시에는 거창한 조국, 유구한 역사가 보이지 않습니다. 그 대신 돌담과 실개울, 강아지풀이 지천이고, 막버스가 다니는 소박한 풍경이 펼쳐집니다. 하나같이 고향에서 비롯되었는데, 박용래는 특히 향토적인 소재에 눈물겹도록 깊은 시선을 보내고 있습니다. 우리 주변에 산재한 조용하고 갸륵한 것들이 시인에게 눈물의 빌미를 만들어 주고 있는 것이지요.

박용래와 아주 가깝게 지낸 소설가 이문구에 따르면 "그는 사랑하지 않은 것이 없었으며, 사랑스러운 것들을 만날 적마다 눈시울을 붉히지 않은 때가 없었다."라고 했습니다. 실제로 박용래는 누구보다도 눈물이 많아서 '눈물의 시인'이라고도 불리는데, 모든 아름다운 것들로부터 눈물을 받아 낼 줄 알기 때문에 이런 별명을 얻었을 것이라는 생각도 해 봅니다. 그의 시집 어디를 펴든 촉촉한 물기가 스미지 않은 곳이 없으니까요. 그중에서도 고향을 그려 낸 작품들은 더욱 애잔한 느낌이 듭니다.

꽃물

수수밭

수수밭 사이로

기우는

고향

가까운

산자락

보릿재

내는

사람들

귀향 열차

뒤 칸에

매달린

노을,

맨드라미 꽃물.

　두 번째 시집 『강아지풀』(1975)에 수록된 「꽃물」은 마치 한 폭의 그
림처럼 고향의 풍경을 그리고 있습니다. 시어를 절제하고 간결한 형태
를 취하는 그의 특성을 잘 보여 주는 작품이지요. 그런데 밝고 역동적
인 느낌보다 쓸쓸한 분위기가 더 강하게 전해집니다. 고향도 물기 머금

은 풍경으로 어른거리는 것이지요. "기우는 고향"이라는 말에서 고향을 떠올리는 시인의 마음을 짐작할 수 있습니다. 옛 모습을 잃어버린 고향을 생각하면 누구든 허전하고 안타까워지니까요. 특히 시인처럼 고향을 애틋하게 그리워하는 사람이라면 그 마음은 몇 곱절 더할 것입니다. 그는 다른 시에서도 "이마 조아리며 빌고 싶은 고향"(「밭머리에 서서」)이라고 하여 순수했던 시절에 대한 그리움을 표현하고 있습니다.

「꽃물」에 사용된 소재들에서 알 수 있듯이, 박용래는 "인간의 손을 안 탄 것, 저절로 묵은 것"과 같은 주변의 소재를 작품 속으로 불러옵니다. 그의 시 곳곳에는 '제비꽃', '앵두꽃', '엉겅퀴', '감꽃', '각시풀', '상치꽃', '아욱꽃', '구절초'가 피어 있지요. 또 그는 '초가지붕', '쇠죽가마', '얼레빗', '아궁이', '놋대야', '곰방대', '삼베올', '호롱불'처럼 우리 곁에서 사라져 가고 있는 사물들을 세세하게 기록합니다. 시인의 관심은 늘 누추하고 초라해 보이는 것을 향하고 있지요. 이처럼 스러지는 것들에 보인 각별한 관심은 자연스럽게 눈물로 이어질 수밖에 없었습니다.

그는 세 번째 시집 『백발(白髮)의 꽃대궁』(1979)을 출간했지만, 문단 생활 25년 동안 100여 편의 작품을 남긴 것이 전부입니다. 다소 적은 양이라고 할 수 있지요. 이는 시의 올이 곱고 한결같도록 노력한 박용래의 자세와 연관이 있어 보입니다. 그는 "당사실 같은 언어로 떨어진 시인의 옷을 한 뜸 한 뜸 정성스레 깁고 싶다."라고 말했거든요. 그가 얼마나 섬세한 결로 고운 시를 쓰고자 했는지 확인할 수 있지요. 그러나 그는 못다 부른 "애잔한 삶의" 노래를 두고 1980년 늦가을, 심장마비로 세상을 하직했습니다. 그가 남긴 아름다운 시는 눈물이 메말라 가는 시대에 조용히 가슴을 어루만져 줍니다.

몇 구절의 시에 생애를 걸다

그는 절제된 언어, 그리고 응축과 생략의 짧은 시로 한국적 서정의 계보를 이은 시인이었습니다. 서정주는 「박용래」라는 시에서 그를 "대한민국에서/그중 지혜 있는 장 속의 시의 새"라고 표현했습니다. 박용래를 아는 사람들은 그가 세상에 나와서 시 쓰는 일 외에는 제대로 한 일이 없었다고도 말합니다. 그의 딸도 "아버지는 몇 구절의 시에 생애를 걸었다."라고 추억하지요. 그는 많은 이들이 이야기하는 것처럼 시인이 아니면 아무것도 아닌 사람이었던 것 같습니다. 섬세하고 아름다운 시 세계를 위해, 시인 자신도 그런 삶을 기꺼이 살았지요. 평생 시인이라는 직함만 가지고 싶다던 그의 말이 새삼 무겁게 느껴집니다. 시인으로서의 자긍이 그만큼 강했다는 뜻일 테니까요.

맷돌 가는 소리에서, 시락죽 끓는 냄새에서, 달밤의 나뭇잎에서 더 이상 눈시울이 뜨거워지지 않는다면, 박용래의 시집을 펴고 그가 길어 놓은 눈물로 메마른 가슴을 다시 적셔 보는 것은 어떨까요. 어떤 문장도 우리를 곤혹스럽게 하지 않는 그의 시가 마음의 빈터만을 찾아다니며 조용히 붐빌지 모릅니다.

감새

감새
감꽃 속에 살아라

주렁주렁
감꽃 달고

곤두박질 살아라

동네 아이들
동네서 팽이 치듯

동네 아이들
동네서 구슬 치듯

감꽃
노을 속에 살아라

머뭇머뭇 살아라

감꽃 마슬[1]의
외따른 번지 위해

감꽃 마슬의
조각보 하늘 위해

그림 없는
액자 속에 살아라

감꽃
주렁주렁 달고

감새,

---

1. '마을'의 방언.

낙엽이 다 지고 난 늦가을이면 눈길을 끄는 풍경이 있습니다. 빈 가지 꼭대기에 빠알간 까치밥을 달고 있는 감나무입니다. 겨울을 나야 하는 날짐승을 위해 다 따지 않고 남겨 둔 감을 까치밥이라고 하잖아요. 조상들의 인정이 담긴 풍경이라 그런지 꽃 피는 봄날의 모습보다 정겹고 아름다워 보입니다. 이 까치밥을 즐기는 새들은 주로 까치나 참새, 개똥지빠귀 들이라는데, 감을 먹어서 감새라고도 부른다고 하는군요. 참으로 예쁜 이름이라는 생각이 듭니다. 하지만 박용래의 시가 아니었으면 이렇게 다정한 느낌으로 만나지 못했을지도 모릅니다.

시인이 살던 집 마당에도 감나무가 있었다고 합니다. 그는 그 감나무를 좋아했던지 당호를 푸른 감나무집이라는 뜻으로 '청시사(靑柿舍)'라고 붙였지요. 동네에선 그를 '홍시집 어른'으로 불렀다는 이야기도 있는 걸 보면 감나무 사랑이 지극했으리라 짐작되기도 합니다. 그러니 감나무 그늘이라든가 감꽃 향기가 시에 스미는 건 당연한 일이지요. 감새도 그런 인연이 아니었을까요.

그는 이 시에서 감새가 감꽃 속에 살아가듯 그렇게 살라고 말합니다. 그것도 감꽃을 주렁주렁 달고 꽃 속에 곤두박질하라고 합니다. 마치 동네 아이들이 팽이치기와 구슬치기에 온 정신을 팔 듯 그렇게 깊이 빠져 살라고요. 그런가 하면 또 한편으로는 머뭇머뭇 살라고도 합니다. "곤두박질"과 "머뭇머뭇"의 간격이 멀어서 시인의 의중을 정확히 읽기가 힘듭니다. 그래서 저는 평생 "외따른 번지"에서 감나무와 함께 사는 자신의 모습을 이 두 단어로 표현한 건 아닐까 생각해 봅니다. 시를 향해서는 곤두박질했고, 세상을 향해서는 머뭇거린 시인의 모습이 시 속에 어른거리거든요.

박용래는 세상을 떠나기 이틀 전, 이 시를 써서 아내에게 보여 주었다고 합니다. 아내는 시를 읽고 "이 양반이 점점 동시 작가가 될래나." 하며 면박을 주었는데, 이 말이 두고두고 마음에 걸린다고 안타까움을 전한 글이 있습니다. 시에서만은 세상을 맑게 그리고 싶어 했던 시인은 마지막까지 수채화 같은 삶을 시로 옮겼나 봅니다.

박
재
삼

1933 ~ 1997

"가장 슬픈 것을 노래한 것이 가장 아름다운 것을 노래한 것이다.
이 말에 나는 제일 많은 신뢰를 걸어 왔다."
— 산문 「한(恨)에 입각하여」에서

슬픔과 한의 아름다운

연금술

안 쓰고서는 못 배기는 운명

대학 도서관 창가에 서서 우연히 발견한 시집을 읽던 날, 처음으로 시인이 되고 싶다는 생각을 했습니다. 먼지가 곱게 내려앉은 시집에 얼핏 보이는 시인 이름이 낯설었지만, 바로 덮지 못했던 것은 시 한 편의 제목에 이미 마음을 빼앗겼기 때문이지요. '울음이 타는 가을 강'이라니. 마침 먼 하늘 위로 노을이 깔리고 있었고, 저는 붉은 풍경 속에서 천천히 시를 읽었습니다.

행간과 풍경 사이에 녹아든 슬픔과 아름다움은 놀라웠습니다. 그리고 지금까지 만난 적 없는 감정에 가슴이 떨려 왔지요. 슬픔이 아름다울 수 있다는 것을 아는 순간이었습니다. 시를 읽는 동안 시 속의 풍경이 눈앞에 환하게 펼쳐지는 듯했습니다. 아니, 제가 그 시 속의 풍경에 앉아 있는 것 같다는 느낌이 들었지요. 저절로 외워질 만큼 친근한 리듬과 잔잔하게 번지는 슬픔에 단숨에 빠져 버린 후로, 저는 늘 이 시와의 만남을 운명이라고 생각하곤 합니다. 시의 길 앞에서 머뭇거릴 때 제 손을 이끌어 주었던 「울음이 타는 가을 강」은 박재삼의 작품입니다.

박재삼이 태어난 곳은 일본 도쿄였습니다. 그의 아버지는 일제 치하에서 먹고살기가 어려워 일본으로 건너가 근근이 노동으로 생계를 이으며 1933년 시인을 낳았다고 합니다. 그러나 일본에서도 가난을 벗어날 수 없어, 시인이 네 살 무렵 어머니의 고향인 경상남도 삼천포로 돌아왔습니다. 박재삼은 삼천포의 아름다운 바닷가를 보며 성장했습니다. "마흔한 해 동안 고향 앞바다 보고/제일 많이 배운 바이니라"(「바다에서 배운 것」)라고 노래할 수 있었던 것도, 그의 시에 유독 '바다'와 '강물'이 많이 등장하는 이유도 이런 배경이 있었기 때문이랍니다.

하지만 고향이라고 생활이 갑자기 좋아질 리는 없었겠지요. 박재삼은 학비가 없어서 중학교에 제때 입학하지 못할 정도로 집안 형편이 어려웠습니다. 아버지는 지게 품팔이를 하고 어머니는 생선 행상을 하는 힘든 생활이었지요. 그도 낮에는 삼천포여자중학교의 사환으로 일하고 밤에는 야간 중학교를 다녔는데, 그곳에서 박재삼을 시의 길로 이끌어 준 뜻밖의 사람을 만났습니다. 당시 삼천포여중에는 시조 시인 김상옥이 교사로 근무하고 있었거든요. 박재삼은 김상옥의 첫 시조집

『초적(草笛)』을 베끼며 시에 심취해 갔고, 시를 쓰기로 결심하게 되었다고 합니다. 선생님의 가르침에 저절로 문학에의 뿌리가 내려졌다고 회고하기도 했어요.

어느 것 하나 부족하지 않은 것이 없는 어려운 환경이었지만 시가 있어 "홀로 쓸쓸한 소학생"(「은행잎 감상」)이던 시절을 견뎠던 것 같습니다. 그래서 훗날 그는 시인이 될 수밖에 없는 운명이었다고 누차 말하곤 했습니다. 수필집 『찬란한 미지수』에서는 "나는 시 쓰는 일이 과연 무엇인가 싶었다. 그 하찮은 일을 포기하지 못하고 계속하고 있는 것은 수입을 위해서가 아니라 무한정의 그리움이 거기에 있었기 때문이었다. 즉 안 쓰고서는 못 배기는 이것을 나는 그저 운명이라고만 느끼고 있다."라고 했지요.

운명 같은 시를 공부하기 시작한 박재삼은 중학교 교내 신문에 동요를 발표하고, 도내 예술제의 백일장에서 수상을 하며 재능을 선보이기 시작했습니다. 그러다 1953년 삼천포고등학교를 졸업할 즈음에는 「강물에서」라는 시조를 써서 문예지에 투고했다가 모윤숙 시인의 추천을 받게 되었지요. 2년 뒤 《현대문학》에서 추천 완료된 작품 중 하나도 시조였습니다. 그는 《현대문학》에서 시조 「섭리」로 유치환의 추천을 받고, 몇 달 뒤 시 「정적」으로 서정주의 추천을 받아 마침내 정식으로 시인이 된답니다.

박재삼에게 문학의 눈을 열어 준 것도 시조였고, 두 번에 걸친 추천작도 시조라는 점은 주목할 만합니다. 박재삼은 운율을 예민하게 고려하고 리듬에 애착을 가진 시인이거든요. 그의 시는 3음보 혹은 4음보의 운율이 적절히 배합되어 익숙하고 아름다운 리듬이 느껴집니다. 이것은 시조의 영향과 무관하지 않습니다. 특히 '-이었을레', '-것가', '-을지니라', '-하누나', '-더니라', '-을진저', '-란 말가'와 같은 독특한 구어체 표현을 다채롭게 활용해 운율을 만들어 낸 것과 종결 어미를 압축하는 방법은 그의 시에서 흔히 보이는 시작법입니다. 시어의 조탁에 남다른 관심과 노력을 기울인 박재삼은 시를 쓸 때 "이 말이 들어맞는 말인지", "말의 배치가 제대로 되었는지", "가락이 제대로 흘러가고 있는지" 늘 따져 보고 고심했다고 합니다. 때로는 시상과 함께 시어도 오래 간직해서 익혀야 한다고 주장했지요. 이런 그의 시적 특성을 일컬어 서정주는 "한(恨)을 가장 아름답게 성취한 시인"이며 "리듬의 중요성을 태생적으로 알아차린 시인"이라고 평하기도 했습니다. 그리고 그 '한'과 아름다운 가락이 절정에 이른 시가 바로 저를 사로잡았던 「울음이 타는 가을 강」입니다.

슬퍼서 아름다운 이야기

"슬픔을 통한 아름다움이 가장 큰 아름다움"이라던 박재삼은 가난과 설움에서 우러나온 정서를 섬세한 리듬에 담아냈습니다. 그는 소박한 일상과 자연을 소재로 한국적 정한의 세계를 재현했지요. 자연 중에서도 바다와 강을 소재로 한 작품은 그 수를 헤아리기가 어려울 정도로 많습니다. 그리고 바다와 강은 때로 '눈물'과 만나 맑은 슬픔으로 승화되곤 합니다. 가을 강 위에 노을처럼 번지는 슬픔은 울음과 통곡이 아닌 아름다움으로 환치되어, 슬픔의 새로운 경지를 열어 주고 있습니다.

울음이 타는 가을 강

마음도 한자리 못 앉아 있는 마음일 때,
친구의 서러운 사랑 이야기를
가을 햇볕으로나 동무 삼아 따라가면,
어느새 등성이에 이르러 눈물 나고나.

제삿날 큰집에 모이는 불빛도 불빛이지만,
해 질 녘 울음이 타는 가을 강을 보것네.

저것 봐, 저것 봐,
네보담도 내보담도
그 기쁜 첫사랑 산골 물소리가 사라지고
그다음 사랑 끝에 생긴 울음까지 녹아나고
이제는 미칠 일 하나로 바다에 다 와 가는
소리 죽은 가을 강을 처음 보것네.

이 시는 1959년 《사상계》에 처음 발표된 뒤, 그의 첫 시집 『춘향이 마음』(1962)에 실려서 그를 대표하는 작품이 되었습니다. 울음, 서러움, 한, 바다는 그가 집요하고 줄기차게 노래한 것들이지만, 그 가운데서도 이 시는 백미입니다. 제가 이십 대 무렵 이 시를 접했을 때나 지금이나 조금도 감동이 줄어들지 않거든요. 그만큼 공감의 폭이 넓다는 것이겠지요. 석양과 눈물이 불러오는 아름다움은 또 어떻고요. 노을 비치는 강을 보면 저절로 시의 첫 구절을 읊고 싶어진답니다.

아무래도 화자는 슬픈 일이 있었던지 혼자 바다가 보이는 산등성이를 찾아갔습니다. 곁에는 말 붙일 동무 하나 없어, 겨우 "가을 햇볕"으로 친구를 대신했다는군요. 때마침 먼 하늘에는 노을이 붉게 번지고, 가을 강은 그 빛을 모두 안고 바다로 사라지고 있습니다. 눈물 나도록 잔잔하면서도 마음 한구석에 서러움을 불러일으키는 풍경입니다.

노을은 제삿날의 "불빛"을 떠올리게 하고, 바다에 다다른 강은 사랑의 끝을 헤아리게 합니다. 사랑 이야기와 강물의 흐름을 겹쳐 놓아서 사랑도 결국 소멸한다는 허무감이 느껴지지요. 또 산골 물에서 시작하여 끝내 바다와 만나는 강의 일생은 우리네 삶을 되짚어 보게 하고요. 세월과 함께 흐르는 사람의 한 생도 되돌아가지 못하는 강물과 같지 않을까 하는 생각이 물결처럼 밀려듭니다. 따라서 울음이 타고 있다는 표현은 노을에 물든 가을 강의 단순한 묘사가 아니라, 삶의 이치를 깨달은 서러운 마음으로 읽힙니다. 사람의 감정 중에서 가장 아름다운 것이 슬픔이라는 말에 고개를 끄덕이게 하는 시라고 생각됩니다.

박재삼은 이 시를 쓰게 된 사연을 말하면서 늘 봐 오던 풍경이 "별 안간 아름다워 왔다."라고 했습니다. 아마도 시적 발견의 순간이었나 봅니다. 노을에 물든 가을 강의 아름다움 속에서 삶의 깊은 이치를 보았던 것입니다. 그 순간의 놀라움을 시인은 "저것 봐, 저것 봐"라는 말로 자신에게 외치고 있는 듯합니다. 그는 논리와 상식의 눈으로 볼 수 없는 세계를 섬세한 감각으로 포착해 낸 것입니다.

첫 시집 『춘향이 마음』에서부터 박재삼이 한결같이 보여 준 '한'의 정서는 대체로 두 가지에서 비롯됩니다. 하나는 이 시에서 보듯 사랑이나 죽음의 문제이고, 또 하나는 가난이라는 현실적 문제인 경우가 많습니다. 특히 시인의 가난하고 꾸밈없는 생활을 담은 시편들에는 삶의 애환이 짙게 드리워져 있습니다.

가난한 날들의 기록

박재삼이 시에서 유독 많이 노래한 가난은 그가 겪었던 개인적인 체험이 바탕이 되었을 것입니다. 「가난과 문학과」라는 글에서 그는 최소한도의 돈이 충족되지 않아 폐허 위에서 방황하는 젊은이로 살았다고 고백합니다. 출판사에 취직해 고려대학교 국문학과에 다니던 그는 객지에서 비싼 학비를 벌며 지낸 날들이 고통스럽고 저주스러웠다고 말했습니다. 하지만 가난의 어두운 그늘은 치열한 슬픔의 감정을 안겨 주었고, 결국 그것은 시에 보탬이 되어 달가운 아픔으로 남았다고 회고

했지요. 가난을 바라보는 이러한 시선은 그의 시에서도 똑같이 나타납니다. 가난으로 인해 생긴 설움은 슬픔과 울음을 만들어 내지만, 그것에 결코 함몰되지 않는 것입니다. 그리하여 오히려 삶의 무늬로 새겨져 보편적인 '한'의 정서로 확대되고, 결국 박재삼 시 세계의 특징을 이루었습니다.

　　엿장수의 가위 소리

　　내 몸에 아직 병도 남아 있고
　　갚아야 할 이자 돈도 고스란히 남아 있다마는
　　그런 것은 이미 괜찮단다.
　　새 악장(樂章)을 여는
　　문득 엿장수의 가위 소리
　　내 정신 풀밭에
　　찬란한 보석을 흩뿌리네.
　　햇빛하고도 제일 친한
　　그 엿장수의 가위 소리 앞으로 가,
　　떼어 주는 맛뵈기 엿이나 얻어먹으면
　　물리(物理)가 트일 것인가, 또는
　　영원으로 향한 길목에 접어들었다는
　　슬픈 착각에라도 이르를 것인가.

네 번째 시집 『어린것들 옆에서』(1976)에 수록된 「엿장수의 가위 소리」는 박재삼이 투병 뒤에 쓴 작품으로 보입니다. 그는 삼십 대 중반에 고혈압으로 쓰러져서 그 뒤로 여러 번 입원과 퇴원을 반복하며 병과 씨름했습니다. 그래서 자신의 투병 이야기가 많은 작품 속에 들어가 있지요. 이 시의 첫 행도 그렇습니다. 다 완치되지 않은 병 때문에 집에 있는 상황인 것 같습니다. 조그만 집 마루에 걸터앉아 있다가 담 너머에서 들려오는 경쾌한 가위 소리에 시인은 기분이 좋아졌나 봅니다. 저도 어렸을 때 가위로 신나게 장단을 맞추며 소리를 높이는 엿장수가 나타나면, 온 동네 사람이 모여들던 기억이 있답니다. 그 손놀림이나 가위 소리가 얼마나 신기했는지 모릅니다. 그래서 이 시를 읽으면 기억의 시간 속으로 들어가는 기분이 듭니다.

시인도 골목으로 나가 보진 않았어도 가만히 그 가위 소리를 듣고 있었나 봅니다. "햇빛하고도 제일 친한" 그 소리가 얼마나 좋았던지 병도 잊고 빌린 돈 걱정도 잊어버리고 마치 "찬란한 보석"을 흩뿌리는 것 같다고 하잖아요. 빈 병이나 구멍 난 냄비 같은 것을 들고 나와서 엿을 바꿔 가는 사람들의 흥정과 즐거운 목소리도 들렸겠지요. 구경꾼들에게 나눠 주는 달콤한 엿 한 조각을 생각하다 입안 가득 침도 고였고요. 그러다가 문득 "맛뵈기 엿" 하나 얻어먹으면 세상 이치를 깨달은 듯한 "슬픈 착각"이 들 것 같다고 혼자 생각합니다.

소박하고 평화로운 골목 풍경과 그 안에서 병과 싸우는 시인의 외로운 하루가 그려집니다. 혼자 앉아 담 너머의 가위 소리나 듣고 있는 처지이지만, 그가 보는 세상은 늘 햇빛이 있고 "빗질이 잘된 바람"(「정릉 살면서」)이 부는 곳이었습니다. 죽음과 병과 허무를 껴안고 있어도 낙관적인 태도를 잃지 않은 덕분에 그의 시는 무거운 어둠으로 떨어지지 않았지요. "겪어 놓고 보면 고생이 어느새 구슬이 되어 살아가는 힘을 비축해 준다."라고 했던 그의 자세가 우리에겐 동병상련의 감정과 위안을 줍니다. 특히 시집 『추억에서』(1983)의 연작시들은 유년의 경험을 가득 담고 있어 가난한 날들의 기록이라 부를 만합니다.

박재삼은 40여 년의 문단 생활 동안 『춘향이 마음』, 『햇빛 속에서』(1970), 『천년의 바람』(1975) 등 15권의 시집과 십여 권의 수필집을 낸 것 외에 신문에 바둑 관전기를 쓴 것으로도 아주 유명합니다. 저도 생전에 모임에서 두어 번 시인을 본 적이 있는데, 눌변이던 그가 바둑 이야기가 나오면 어느 때보다 유쾌하고 말수가 많아지던 모습이 인상적이었습니다. 평생 시인을 숙명으로 알고 창작에 열중했던 그는 문학성을 인정받아 한국시인협회상, 한국문학작가상 등 여러 문학상을 수상하기도 했지요. 그러나 고혈압으로 여러 차례 쓰러지는 바람에 오랜 기간 투병하다가 1997년 삶을 마쳤습니다.

"많고도 옳은" 눈물의 시인

서정주를 한국 제일의 시인으로 꼽았던 박재삼은 김소월과 서정주의 시 세계를 계승한 전통적인 서정시인으로 불립니다. 소박한 일상과 자연에서 얻은 소재를 민족 고유의 정서와 섬세한 가락으로 재현했기 때문입니다. 그는 지극한 슬픔을 그려 내는 데 남다른 감각을 지니고 있었습니다. 특히 자신의 가난하고 서러운 삶의 이야기를 맑은 슬픔으로 빚어냈는데, 슬픔은 곧 수많은 눈물이 되어 시의 편편마다 등장하고 있습니다. 실제로도 눈물을 글썽이는 버릇이 있었다는 고백처럼 시인이 흘린 시 속의 눈물은 슬픔이자 동시에 아름다움인 문학적 경지를 보여 줍니다.

"우리의 골목 속의 사는 일 중에는 눈물 흘리는 일이 그야말로 많고도 옳은 일쯤 되리라"(「가난의 골목에서는」)는 표현에서 그가 생각한 눈물의 의미가 무엇인지 짐작할 수 있습니다. 그는 한낮보다 노을 지는 저녁을, 사랑보다 이별을, 탄생의 기쁨보다 죽음의 그림자를 더 잘 보았으므로 눈물 흘릴 일도 많았을 겁니다. 그리고 그 많은 눈물은 이제 우리의 마음을 부드럽게 어루만져 주고 있지요. 그러니 인생에서 "많고도 옳은 일"이란 바로 눈물을 흘리는 일 아닐까요.

그와 비슷하게 '눈물의 시인'이라 불리던 박용래와 각별하게 가까웠던 이유도 섬세하고 고운 두 사람의 성정이 닮아서 그런 건 아닌가 생각해 봅니다. 아무리 애를 써도 우리의 삶에서 슬픔이 사라지는 날은 오지 않을 것입니다. 또 슬픔이 좀체 무뎌지지도 않는다면, 차라리 시인처럼 슬픈 것을 아름답게 보는 눈빛이나 배웠으면 좋겠습니다.

기다리는 것

어제는 장에 나가
모처럼 옛 벗을 만나
반갑게 술잔을 나누고,
오늘도 그저 어정어정
집을 나서면
다시 누구든 반가운 이를 맞으리라.

그런 비슷한 하루이지만
한껏 아름답고
사람에게는 정(情)이 있어
얼마나 돋보이는가.

생에 작별을 고해야 할 때가 오면 오늘 하루의 햇빛과 어린 나뭇잎과 서늘한 그늘마저도 귀하지 않은 것이 없겠지요. 더욱이 시인처럼 죽음의 고비를 몇 번 넘기고 얻은 삶이라면, 그리고 '거친 인생을 닮아 버린 자신의 큰 숨소리가 옆에 잠든 아기를 깨울까 걱정하는' 마음이라면(「그 기러기 마음을 나는 안다」), 모든 것이 유정(有情)하게 보일 것입니다.

약속 없이 나간 장에서 우연히 옛 친구를 만나 술 한 잔을 나누고 돌아오는 길. 살아 있으므로 집을 나서면 반기는 이들이 있다는 생각에 화자는 또 감사를 잊지 않습니다. 일상의 지루함과 권태에 짓눌린 마음으로는 결코 볼 수 없는 것들을 만나고 작은 정을 나누는 것이지요. 충만함이란 이런 것이겠구나 하는 생각이 듭니다. 이런 마음은 이 시뿐 아니라 노년기에 쓴 여러 시에서 자주 만날 수 있습니다. 가령 "우리도 살았을 때에나/몇 번 만난다는/따지고 보면 눈물겨운 사실이/얼마나 얼마나 기쁜 일인가"(「허무의 높은 봉우리」)와 같은 구절은 무심히 지나는 것들을 충실한 눈으로 다시 보도록 해 줍니다.

「기다리는 것」은 시인의 열다섯 번째 시집이자 마지막 시집인 『다시 그리움으로』(1996)의 제일 끝에 수록된 작품입니다. 사망하기 전 해에 낸 시집이지요. 박재삼은 워낙 많은 작품을 썼고 또 작품이 창작된 정확한 시기를 확인하기 어려운 관계로 말년에 쓰인 이 작품으로 대신합니다. 시인이 노년에 접어든 시기의 시집이므로 시집 속에는 아픔과 외로움, 다가오는 죽음에 대한 시인의 심정이 담담하게 그려져 있습니다. 그러나 무엇보다 안타까운 점은, 이 시집은 박재삼이 투병 중에 있을 때 그를 돕고자 기금을 마련하는 문우들의 마음에 동참하는 뜻에서 출판사에서 기획하고 발간했다는 것이지요. "건강이 회복되고, 한편으로는 다시금 시혼을 불러일으켜, 예전의 목소리로 다시 노래 불러 주길 간절히 바라며 이 시집을 세상에 내놓는다."라는 발간의 글이 당시에도 마음을 무척 아프게 했던 기억이 납니다.

　가난과 눈물 속에서도 늘 하늘의 소슬한 이치를 생각하던 시인은 생에 작별을 고하기 전 미리 써 두었던 자신의 시처럼, 땅 밑에 묻혔다가 스미는 물로 변하여 나무마다 이파리를 타고 부활했으리라 생각합니다. 아무 일도 아닌 듯 내리는 눈부신 햇살과 함께.

2장

응답하라, 흑역사!

∷ 시대의 고뇌를 응시하다

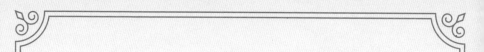

이
육
사

1904 ~ 1944

"내 길을 사랑하는 마음, 그것은 나 자신에 희생을 요구하는 노력이오.
이래서 나는 내 기백을 키우고 길러서 금강심(金剛心)에서 나오는
내 시를 쓸지언정 유언은 쓰지 않겠소."
— 산문 「계절의 5행」에서

저항과 희망의 시를 쓰다

시를 생각하는 것도 행동이다

일본 경찰에게 열일곱 번이나 검거되어 감옥에 갇혔다 풀려나기를 반복하며 살았던 사람이 있습니다. 독립운동을 하다가 붙잡혀 첫 번째로 투옥되었을 때의 수감 번호가 '264'여서 그것을 자신의 이름으로 삼아 글을 쓴 시인입니다. '264', 그는 바로 「광야」의 시인 이육사(李陸史)입니다. 이름이 지어진 사연만 들어도 그의 삶이 어떻게 펼쳐질지 알 것 같습니다. 감옥에서 본명 이원록(李源祿) 대신 수감 번호 '264'로 불리며 온갖 고초를 겪었지만, 일제의 가혹한 탄압에 맞서 평생 항일운동을 하겠다는 의지를 그대로 보여 주는 듯하지요.

이육사는 대표적인 민족 시인으로 꼽힙니다. 식민지 치하의 암울한 시대를 치열한 저항 정신으로 맞선 독립투사이자 지조의 시인이었거든요. 그가 이렇게 민족을 위해 삶을 던졌던 데는 집안 환경의 영향이 컸으리라 생각됩니다.

이육사는 1904년 경상북도 안동에서 퇴계 이황의 14대 손으로 태어났습니다. 강직한 선비로 조선 시대의 손꼽히는 지성인 이황의 후손이라는 사실만으로도 집안의 분위기를 짐작할 수 있지요. 그는 할아버지에게 한학을 배우며 전형적인 유가(儒家)의 교육과 엄격한 규범 속에서 자랐습니다. 이육사가 평생에 걸쳐 보여 준 지사의 강직한 기개는 이런 환경에서 그 바탕이 닦였어요. 또 외가의 친척들은 의병 활동을 주도하고 독립운동을 했다고 하니, 정의를 앞세운 가문의 내력 역시 이육사가 독립운동에 적극적으로 가담하는 데 배경이 되지 않았을까 싶습니다. 그는 6형제 중 둘째였는데, 이육사를 포함한 4형제가 모두 독립운동에 가담하여 옥고를 치러야 했지요.

이육사는 청년기에 신학문을 배우기 위해 고향을 떠나 대구로 유학을 갔다가, 그곳에서 항일 비밀결사 단체 '의열단'에 가담하면서 본격적으로 독립운동에 뛰어들었습니다. 아마도 이때부터 그에게는 불안의 날들이 시작됐을 것입니다. 구국 항일의 지하운동에 몸을 던졌으니 일본의 요시찰 인물이 되는 것은 당연한 수순이었으니까요. 그로 인해 십수 회나 검거되고 참혹한 고문을 견뎌야 했으면서도, 일제에 절대 순응하거나 복종하지 않았던 그의 신념이 새삼 존경스럽습니다.

이육사의 시는 하나같이 민족애와 저항 정신으로 가득합니다. 세 살 때부터 어머니에게 "눈물을 흘리지 않는 사람이 되라"고 배워 왔다는 고백으로 미루어 그의 꼿꼿한 정신을 짐작하지만, 「계절의 5행」이라는 글에서 더욱 분명한 생각을 읽을 수 있습니다.

"나는 이 가을에도 아예 유언을 쓰려고는 하지 않소. 다만 나에게는 행동의 연속만이 있을 따름이오. 행동은 말이 아니고, 나에게는 시를 생각한다는 것도 행동이 되는 까닭이오."

일본으로부터 부단히 쫓기고 있었기에 언제 죽을지 모른다는 사실을 시인 자신도 잘 알고 있었을 것입니다. 그러나 그는 오로지 행동만이 필요할 뿐이라며, 말에 지나지 않는 유언 같은 건 쓰지 않겠다고 했습니다. 그 대신 결연히 시를 쓰겠다고 다짐하고 있지요. 자신에게는 시를 생각하는 것도 행동이라는 표현은 이육사에게 시가 단순한 감정의 표출이 아니라는 사실을 보여 줍니다. 다시 말해 시 쓰기는 자신의 결의를 고취시키고 행동으로 나아가게 한다는 의미입니다.

강철로 된 무지개를 기다리며

시를 무척 좋아하고 시를 대하는 태도가 각별했지만, 이육사는 처음부터 시인의 길을 원하던 문학청년은 아니었습니다. 그는 삼십 고개를 넘어서 비로소 본격적으로 시작(詩作)에 손을 댔습니다. 1930년 27세 때 《조선일보》에 이활(李活)이라는 이름으로 발표한 「말」이 최초의 작품인데, 본격적인 작품 활동은 1935년을 전후로 시작되었지요.

　이육사는 동인으로 가담한 일도 없고, 문단 활동 기간도 고작 8여 년밖에 되지 않습니다. 남긴 작품은 30여 편에 불과한 데다, 살아생전에 첫 시집도 내지 못했지요. 우리가 아는 『육사 시집』(1946)은 그가 사망하고 2년 뒤에 동생 이원조와 문단의 몇몇 친구들이 유고를 정리해서 묶어 낸 것입니다. 그래서 초판본에는 그때까지 지면에 발표된 20편의 시만 수록되었지요. 그 이후 계속해서 이육사의 작품들이 발견되고 있어 판을 거듭할 때마다 한두 편씩 추가되고 있는 상황입니다.

　그런데 이렇게 고작 30여 편의 시만으로도 이육사가 문단에 이름을 남길 수 있었던 이유는 그의 시가 고난의 역사를 품고 있고, 역사의 암흑기를 헤쳐 나온 그의 매운 정신이 살아 있기 때문입니다. 동생 이원조의 회고처럼 "혁명가적 정열과 의욕"을 간직한 채 "시에 빙자해 꿈도 그려 보고 불평도 폭백한¹ 것"이 바로 그의 작품들인 것이지요. 그 칼날 같은 기개를 만날 수 있는 대표적인 시가 바로 「절정」입니다.

절정

매운 계절의 채찍에 갈겨
마침내 북방(北方)으로 휩쓸려 오다.

1.　성을 내며 말한.

하늘도 그만 지쳐 끝난 고원(高原)

서릿발 칼날 진 그 위에 서다.

어데다 무릎을 꿇어야 하나

한 발 재겨 디딜 곳조차 없다.

이러매 눈감아 생각해 볼밖에

겨울은 강철로 된 무지갠가 보다.

　이육사는 왜 이렇게 어려운 길을 택했을까, 그의 삶을 되짚다가 생각해 보곤 했습니다. 시대적 상황이 그를 행동하게 만들었다고 해도 당시 모든 사람이 그렇게 살지는 않았잖아요. 누군가는 일제에 굴복하고 누군가는 변절했던 것을 흔하게 보았으니까요. 확고한 신념이 없다면 정말로 가기 어려운 길이기에, 이육사에게 민족이란 그 무엇과도 바꿀 수 없는 것이었음을 다시 확인할 뿐입니다.

　의지가 아무리 강하다고 해도 어두운 시대와 역사 앞에서 조금의 두려움도 없을 수는 없습니다. 발목에 거미줄만 걸려도 쇠사슬을 잡아맨 것 같다고 한 작품 「연보」에서의 고백은 그가 보낸 불안한 나날을 말해 줍니다. 그런 배경을 살피며 시의 1연을 읽으면 일본 경찰에게 쫓겨 자주 도망을 다녔던 시인의 위태로운 처지가 보입니다. 특히 일본의 탄압을 "채찍"이라고 표현한 데서 그 아픔이 피부로 느껴지는 것 같습니다. 그렇게 살길을 찾아 먼 북방까지 밀려왔지만, 북방은 또 "하늘도 그만 지쳐 끝"나는 곳입니다. "서릿발 칼날 진 그 위에" 서 있는 심정이니 벼랑 끝과 같은 절박한 상황이지요.

그렇지만 그다음 들려오는 시인의 목소리는 흔들림이 없습니다. 그는 "이러매"라는 한마디로 시의 분위기를 바꾼 뒤에 눈 감고 생각합니다. 지금은 절망적인 상황이지만, "강철로 된 무지개"가 뜨는 날이 올 것을 믿으며 기다리겠다고요. 단단하고 차가운 이미지를 지닌 '강철'과 화려하고 아름다운 이미지의 시어 '무지개'가 결합된 표현이 무척 새롭습니다. 이 말에서 이육사가 얼마나 간절하게 희망을 염원했는지 짐작해 봅니다. 파란 하늘을 가로지르는 무지개가 강철로 만들어졌다면 그 아름다움은 깨지지 않고 오래오래 지속될 테니까요. 절대 사라지지 않을 소중한 꿈, 아마도 나라를 되찾길 바라는 간절한 소망과 의지가 모두 느껴지는 표현입니다. 저는 이육사가 만든 이 '강철 무지개'보다 인상적인 무지개를 아직 다른 시에서 보지 못했습니다.

내가 바라는 손님이 오는 날에는

이육사의 많은 작품이 「절정」에서처럼 지사로서의 의지를 나타내지만, 더러는 청초한 느낌의 시어들로 애틋한 정감을 노래한 시도 보입니다. 독자들에게 널리 애송되는 「청포도」가 그 대표적인 예이지요.

청포도

내 고장 칠월은

청포도가 익어 가는 시절

이 마을 전설이 주저리주저리 열리고

먼 데 하늘이 꿈꾸려 알알이 들어와 박혀

하늘 밑 푸른 바다가 가슴을 열고

흰 돛단배가 곱게 밀려서 오면

내가 바라는 손님은 고달픈 몸으로

청포(靑袍)[2]를 입고 찾아온다고 했으니

내 그를 맞아 이 포도를 따 먹으면

두 손은 함뿍 적셔도 좋으련.

아이야 우리 식탁엔 은쟁반에

하이얀 모시 수건을 마련해 두렴.

2. 푸른 도포.

이육사는 독립운동을 하느라 중국을 자주 오간 데다 교도소에도 여러 번 수감되는 바람에 고향을 떠나 있는 일이 많았습니다. 「절정」에서처럼 북방의 한 고원에 홀로 서서 외로움을 느낄 때 가장 생각나고 그리운 것이 고향과 가족이었겠지요. 「청포도」는 그런 심정을 담아 썼을 것 같은 작품입니다. 그래서 앞의 시 「절정」과는 분위기가 조금 다릅니다. 고향을 생각하게 하는 밝고 산뜻한 시어들이 쓰였지요.

청포도에서 시작하는 청색의 이미지가 푸른 하늘과 푸른 바다로 이어지면서 평화로운 분위기를 만들어 내고 있습니다. 거기에 흰 돛단배와 은쟁반, 그리고 하얀 모시 수건의 흰빛이 더해져 한 폭의 풍경화를 보는 듯합니다. 청포도가 주렁주렁 달린 맑은 여름날의 풍경화, 이는 이육사가 마음속 깊이 그리워한 고향의 풍경이 아니었을까 싶습니다. 특히 푸른색과 흰색의 선명한 대비는 읽는 이에게 희망을 강렬하게 암시하지요.

물론 이육사의 삶과 역사적 상황을 고려해 시를 해석하면, 다른 시들과 마찬가지로 조국의 광복을 염원하는 시인의 의지를 엿볼 수 있습니다. 일본에 짓밟힌 고향이 아니라, 청포도가 주렁주렁 익어 가는 평화로운 고향을 기다리는 마음 말입니다. 즉 화자가 애타게 기다리는 "손님"은 바로 평화로운 고향을 되찾아 줄 광복의 날인 것입니다. 그 귀한 손님을 위해서 시인은 하얀 모시 수건에 은쟁반을 마련해 두고 정성을 다하겠다는 꿈을 꾸고 있습니다. 거친 호흡 대신 잔잔한 어조로 이어지는 시의 서정이 이육사의 다른 면모를 보여 주는 듯합니다.

시로 실천한 저항 정신

청포도 물에 두 손을 함뿍 적셔도 좋을 그날을 위해 이육사는 투쟁을 멈추지 않았지만, 그토록 기다리던 '손님'을 끝내 만나지 못하고 1944년 1월 16일 중국 베이징 감옥에서 외로이 생을 마감했습니다. "남들은 기뻤다는 젊은 날이었지만/밤마다 내 꿈은 서해를 밀항하는 '정크'와 같"(「노정기」)다고 탄식한 이육사의 삶은 처음부터 끝까지 독립 투쟁에 바쳐졌습니다. 같은 작품에서 그가 "쫓기는 마음! 지친 몸"이었다고 탄식할 때는 고단함을 짊어지고 살았던 그의 인생에 진한 안타까움마저 느끼게 되지요. 일제강점기에 항일 정신을 보여 준 시인은 많았으나, 이육사처럼 삶과 문학에서 한결같이 저항의 길을 걸었던 경우는 흔치 않습니다. 그래서 이육사를 가리켜 '민족 시인' 또는 '저항 시인'이라고 부르는 데 망설이지 않는 것이지요.

이육사는 비록 적은 작품을 남겼지만 자신만의 독특한 시 세계를 보여 주었습니다. 섬세하고 여성적인 측면이 많은 한용운, 김소월의 시와는 다르게 그는 강인한 남성적 목소리로 노래했습니다. 그가 펼쳐 놓은 광활한 시적 공간과 굳건한 지사 정신은 다른 시인에게서 쉽게 찾을 수 없는 것이지요. 삶의 편에 서서 민족과 시를 하나로 묶었던 이육사, 그가 절대로 쓰지 않겠다던 유언 대신 뿌려 놓은 "가난한 노래의 씨"(「광야」)는 이제 한 그루 큰 나무가 되어 있습니다.

파초(芭蕉)

항상 앓는 나의 숨결이 오늘은
해월(海月)³처럼 게을러 은빛 물결에 뜨나니

파초 너의 푸른 옷깃을 들어
이닷⁴ 타는 입술을 축여 주렴

그 옛적 사라센의 마지막 날엔
기약 없이 흩어진 두 낱 넋이었어라.

젊은 여인들의 잡아 못 논 소매 끝엔
고운 손금조차 아직 꿈을 짜는데

먼 성좌와 새로운 꽃들을 볼 때마다
잊었던 계절을 몇 번 눈 위에 그렸느뇨.

3. 바다 위에 뜬 달.
4. 이렇듯, 이렇게.

차라리 천 년 뒤 이 가을밤 나와 함께
빗소리는 얼마나 긴가 재어 보자.

그리고 새벽하늘 어디 무지개 서면
무지개 밟고 다시 끝없이 헤어지세.

파초의 크고 길쭉한 잎 모양은 바나나잎과 무척 닮아서 남국의 식
물인가 여겼는데, 중국과 우리나라 남쪽 지방에서 오래전부터 있었다
고 합니다. 이 이국적인 식물은 예로부터 많은 문인과 화가들의 벗이
었지요. 글을 잘 썼던 당나라의 승려 회소(懷素)의 파초 이야기는 유명
합니다. 그는 집이 가난하여 종이를 구할 길이 없어서 고향 마을에 파
초 1만 그루를 심어 놓고 그 잎에다 글씨를 연습했다고 전해지지요.
가난 때문이 아니라도 옛사람들은 파초 잎에 시를 쓰고 글씨를 쓰는
고아한 정취를 즐겼습니다. 또 김홍도와 정선은 파초를 자주 그렸고,
정조 임금도 〈파초도〉라는 문인화를 남겼을 만큼 파초는 많은 이의
예술혼을 자극한 식물입니다.
    유학자의 집안에서 자란 이육사가 선인들이 아꼈던 파초의 맑음과

뜻을 몰랐을 리 없겠지요. 그래서 그도 "항상 앓는 나의 숨결"을 파초에 기대 위로받고 싶어 합니다. 아무도 믿을 수 없고 누구에게도 의지할 수 없는 식민지 시대의 절박한 상황에서 "타는 입술을 축"이고픈 마음을 보여 줄 데가 파초밖에 없었는지도 모릅니다. 평생 조국과 "저버리지 못할 약속"(「꽃」)을 하고, 그것을 지키느라 애쓴 그의 외로움과 고난이 느껴지는 대목입니다. 역사의 격랑을 헤쳐 나가는 일이 얼마나 힘겨운지 다 가늠할 수 없지만, 한 천 년쯤만 함께하면 그때는 파초잎에 떨어지는 빗소리가 얼마나 긴가 재어 볼 수 있다고, 그러면 그때 "무지개 밟고" 영원히 헤어지자는 말은 참으로 아프게 다가옵니다.

1941년 12월 《춘추》지에 수록된 이 시는 이육사가 발표한 마지막 작품으로 알려져 있습니다. 그 후로 사망할 때(1944)까지 발표한 시가 없는 것은 식민지의 막바지에 시작(詩作)에 전념할 여유가 없었기 때문일 것이라 짐작됩니다. 새벽하늘 어딘가 무지개가 서는 곳, 이제 그곳에서 시인은 파초잎을 닦으며 고향을 내려다보길 바랍니다.

이
용
악

1914 ~ 1971

"다시 출발할 나의 강(江)은 좀 더 깊어야겠다. 좀 더 억세어야겠다.
요리조리 돌아서래도 다다라야 할 해양(海洋)을 향해
나는 좀 더 꾸준히 흘러야겠다."
— 시집『분수령』꼬리말에서

유랑민의 삶을 기록한 북방의 시인

변방 중의 변방,
국경 도시에서 자라다

몇 년 전 광화문 교보빌딩 현판에 "눈이 오는가 북쪽엔/함박눈 쏟아져 내리는가/너를 남기고 온 작은 마을에도"라는 시구가 적혔던 적이 있습니다. 하얀 눈밭을 담은 그림과 어우러진 아름다운 문장은 오가는 사람들의 발걸음을 붙잡았지요. 순간 저는 겨울 도시의 허공을 뒤덮는 함박눈이 쏟아지는 듯한 기분이 들어 괜히 하늘을 올려다보기도 했습니다. 그러다가 문득 머나먼 고향 생각이 나서 따스한 체온이 그리워졌지요. 이 시가 바로 이용악의 「그리움」이랍니다.

마음이 눈감을 줄 모르는 곳이 고향이라며 북쪽을 자주 노래했던 이용악은 1914년 함경북도 경성군, 두만강 언저리의 가난한 집안에서 태어났습니다. 그의 고향은 국토의 최북단입니다. 삼국시대에는 고구려 땅이었다가, 그 뒤로는 줄곧 중국 여러 나라의 속지로 편입되었고, 조선시대에 와서야 겨우 지명을 갖게 된 지역이지요. 여러 민족이 함께 살아온 공간이기에, 늘 세력 다툼이 일어났던 국경 지대였으며 변방 중의 변방이었습니다.

혹독한 일제강점기, 소외된 변두리 사람들의 삶은 궁핍함 그 자체였습니다. 이런 사정으로 가난한 이들은 국경을 넘나들며 밀무역을 하곤 했지요. 이용악의 할아버지도 소달구지에 소금을 싣고 러시아 등지를 오가며 장사를 해 생계를 이었고, 그의 아버지 역시 같은 일을 하다가 일찍 세상을 떠났다고 합니다. 극한의 가난과 불안으로 인한 고통스러운 삶의 풍경은 이용악의 고향 선배인 김동환 시인의 서사시 「국경의 밤」에 잘 나타나 있습니다. 이 작품에서 "소금실이 밀수출 마차를 띄워 놓고/밤새 가며 속 태이는" 아내는 국경을 넘은 남편이 걱정돼 불안한 시간을 보내지요. 「국경의 밤」이 묘사하고 있는 내용은 이용악에게 현실 그 자체였습니다. 그 당시 국경 지대에는 밀무역으로 연명해 가는 사람들이 많았으니까요.

그러니 유년 시절의 터전인 변방의 삶을 생생히 재현한 김동환의 시집 『국경의 밤』은 그에게 꽤나 특별하게 느껴졌을 것입니다. 이용악은 같은 고향의 대선배 시인 김동환에게서 많은 영향을 받았다고 스스로 말하기도 했습니다. 이용악 또한 젖먹이 시절 밀수를 하는 부모님 등에 업혀 러시아를 오갔던 기억을 시로 표현한 바 있지요. 김동환과 이용악은 북방의 삶과 정서를 문단에 선보였다는 공통점을 지니고 있습니다.

변방의 비참한 삶에서 비롯된 불안감과 위기의식은 이용악의 정서에 적지 않은 영향을 미쳤을 것으로 보입니다. 거기에 일찍 아버지를 여읜 일은 그에게 큰 충격이 되었지요. 그로 인해 그의 어머니는 국수 장사, 떡 장사, 계란 장사 등을 하며 홀로 아이들을 키웠고, 궁핍하고 힘겨운 나날이 끝도 없이 이어졌습니다. 그 시절 그가 겪은 빈곤과 고통은 시의 근간이 되고, 가난한 사람들에 대한 관심으로 확대되어 나타납니다.

그의 대표 시 중 하나인 「낡은 집」에는 "털보네는 또 아들을 봤다 우/송아지래두 붙었으면 팔아나 먹지"라는 표현이 나옵니다. 얼마나 어려운 살림살이면 사람이 송아지보다 못하게 여겨졌을까요. 믿기 어렵지만 당시 이 땅의 민중들은 그 정도로 비참한 상황에 놓여 있던 것이지요. 그가 쓴 「오랑캐꽃」, 「전라도 가시내」, 「우라지오 가까운 항구에서」 같은 시편들도 모두 식민지 시대의 처참한 생활을 보여 주고 있습니다. 어떻게 보면 한 시대의 생생한 기록이라는 생각이 들 정도로, 당대 우리 민족의 현실이 구체적으로 드러나 있지요.

이용악은 고향에서 부령보통학교를 졸업하고 경성농업학교에 입학했다가 4학년에 일본 유학길에 올랐습니다. 그러나 가난한 처지였기에 그의 유학 생활은 무척 어려웠습니다. 니혼[日本]대학 예술과와 조치[上智]대학 신문학과 재학 시절 내내, 공사판 막노동 같은 품팔이로 돈을 벌어 학비를 조달하고 군부대에서 반출되는 음식 찌꺼기로 끼니를 이어 가며 힘들게 공부했다고 합니다. 최하층의 생활을 하면서도 공부를 멈추지 않은 것을 보면 배움에 대한 그의 의지가 얼마나 컸는지 짐작이 갑니다.

그런 와중에 그는 시를 써서 시인의 삶을 열었습니다. 일본 유학 중이던 1935년, 《신인문학》 3월호에 시 「패배자의 소원」을 발표하며 본격적인 활동을 시작했지요. 그 무렵 이용악은 동인지도 발간하며 활발한 작품 활동을 이어 갔습니다. 이국땅에서의 외로움과 향수, 고단한 삶을 시로 달래려 했다는 생각도 듭니다. 그는 유학 시절 일본의 삼문사(三文社)에서 두 권의 시집을 잇달아 출간했습니다. 등단한 지 얼마 지나지 않은 1937년에 첫 번째 시집 『분수령』을 내고, 이듬해에 『낡은 집』을 내놓으며 주목을 받았지요. 당시 문단에서는 서정주, 오장환과 함께 시단의 삼재(三才)로 불릴 정도였다고 해요.

뿌리 잃은 삶의 노래

등단에서부터 두 번째 시집 발간까지의 기간은 고작 3년에 불과했지만, 이용악은 꽤 오랜 기간 시를 썼던 것 같습니다. 지난 10년간의 습작기를 청산하고 다시 출발하고픈 마음으로 첫 시집 『분수령』을 묶는다고 출간의 변을 밝히고 있거든요. 시집에는 처음 계획했던 50편 중에서 20편만을 겨우 실어 내보내는 딱한 사정이 있다는 말도 덧붙여 놓았습니다. 「북쪽」을 비롯하여 「나를 만나거든」, 「풀벌레 소리 가득 차 있었다」 같은 시들이 수록된 첫 시집 『분수령』에는 시인의 자전적 체험이 많이 녹아 있습니다. 특히 객사한 아버지에 대한 그리움과 슬픔을 노래한 시는 일제강점기 우리 민족의 참담한 삶을 정면으로 응시한 기록과도 같습니다.

풀벌레 소리 가득 차 있었다

우리 집도 아니고
일갓집도 아닌 집
고향은 더욱 아닌 곳에서
아버지의 침상 없는 최후 최후의 밤은
풀벌레 소리 가득 차 있었다

노령(露領)¹을 다니면서까지
애써 자래운² 아들과 딸에게

1. 러시아 땅.
2. 자라게 한. 키운.

한마디 남겨 두는 말도 없었고
아무 울만(灣)의 파선도
설룽한³ 니코리스크의 밤도 완전히 잊으셨다
목침을 반듯이 벤 채

다시 뜨시잖는 두 눈에
피지 못한 꿈의 꽃봉오리가 깔앉고
얼음장에 누우신 듯 손발은 식어 갈 뿐
입술은 심장의 영원한 정지를 가르쳤다

때늦은 의원이 아무 말 없이 돌아간 뒤
이웃 늙은이 손으로
눈빛 무명은 고요히
낯을 덮었다

우리는 머리맡에 엎디어
있는 대로의 울음을 다아 울었고
아버지의 침상 없는 최후 최후의 밤은
풀벌레 소리 가득 차 있었다

3. 서늘하고 차가운.

이 시는 아버지의 죽음과 북방에서의 체험이 잘 묘사된 이용악의 대표작으로 꼽힙니다. 이국땅에서 비참한 죽음을 맞은 아버지의 모습에서 일제강점기 유랑해야 했던 우리 민족의 설움을 느낄 수 있지요. "우리 집도 아니고/일갓집도 아닌 집/고향은 더욱 아닌 곳"으로 떠돌아야 했던 사람들의 삶은 바로 시인 자신의 삶이기도 했습니다. 이용악은 삶의 뿌리를 잃은 사람들에게 지속적으로 관심을 가졌고, 무엇보다 고향인 북쪽을 무척 각별하게 생각했습니다. 그러므로 그의 시에 러시아와 간도 등 북방이 자주 등장하는 것은 매우 자연스러운 일이었지요. "노령(露領)"과 "아무울만(灣)", 그리고 "니코리스크"는 아버지가 밀수출을 하며 떠돌던 곳인 듯합니다. 그러다 아버지는 먼 이국땅에서 갑작스럽게 죽음을 맞았던 것이지요. 침상도 없이 죽은 아버지. 그의 마지막 눈을 감긴 이가 가족이 아니라 이웃 늙은이였다는 말에는 자식으로서의 미안함과 슬픔이 진하게 배어 있습니다.

얼핏 제목만 보면 서정적이고 아름다운 시라고 오해할 수도 있지만, 이 시의 "풀벌레 소리"는 그 어떤 울음보다 서럽고 슬픈 통곡입니다. 세월이 아무리 흘러도 잊지 못할 아버지의 죽음 앞에 엎드린 아들의 슬픔을 대변하는 것이 바로 풀벌레 소리이니까요. 그리고 그 소리가 "가득"하다는 말에서 시인의 참담한 심정이 다시 느껴집니다.

두 권의 시집을 내고 1939년 유학을 마친 이용악은 귀국하여《인문평론》지의 기자로 일하면서 꾸준히 시를 발표했습니다. 이때는 일제가 우리말과 글을 쓰는 일조차 금기시했던 때이지만, 그는 「오랑캐꽃」,

「전라도 가시내」 등의 작품을 연이어 선보였습니다. 이 시들에서는 이용악의 개인적 체험을 넘어 민족의 수난사가 엿보입니다. 그는 당대 민중이 겪은 고통스러운 삶을 아로새겨 놓음으로써 역사의 차원으로 시를 끌어올려 놓았지요.

목 놓아 울어나 보렴

1930년대 말을 지나면서 일제는 전면적인 민족 말살 정책을 폈습니다. 감시와 억압은 도를 넘어섰지요. 폭압적인 통치가 이어지는 와중에 1941년 이용악이 몸담고 있던 《인문평론》이 강제 폐간됨에 따라, 그는 고향 경성으로 돌아가 지방 신문사에 잠깐 근무하다가 경성 인근의 주을(朱乙)읍사무소 서기로 일하기도 했습니다. 그러다 모종의 사건에 얽혀 함경북도 경찰 측에 원고를 모조리 빼앗기는 일이 있었다고 합니다. 그 사건이 무엇인지는 정확히 알려져 있지 않지만, 이로 인해 서기 자리마저 내놓고 일제의 감시 대상이 되었다는군요. 여덟 번이나 잡혀가 고문을 받았다는 기록도 있답니다.

이후 이용악은 붓을 놓고 칩거했다가, 해방과 함께 서울로 돌아왔습니다. 그리고 세 번째 시집 『오랑캐 꽃』(1947)을 발간했지요. 29편이 수록된 이 시집은 해방 전에 쓰고 발표한 시들이 묶여 있습니다. 그중 시집의 표제작이기도 한 「오랑캐꽃」은 이용악 시의 절정으로 일컬어지는 작품이랍니다.

오랑캐꽃

—긴 세월을 오랑캐와의 싸움에 살았다는 우리의 머언 조상들이 너를 불러 '오랑캐꽃'이라 했으니 어찌 보면 너의 뒷모양이 머리채를 드리인 오랑캐의 뒷머리와도 같은 까닭이라 전한다—

아낙도 우두머리도 돌볼 새 없이 갔단다
도래샘⁴도 띳집⁵도 버리고 강 건너로 쫓겨 갔단다
고려 장군님 무지무지 쳐들어와
오랑캐는 가랑잎처럼 굴러갔단다

구름이 모여 골짝 골짝을 구름이 흘러
백 년이 몇 백 년이 뒤를 이어 흘러갔나

너는 오랑캐의 피 한 방울 받지 않았건만
오랑캐꽃
너는 돌가마⁶도 털메투리⁷도 모르는 오랑캐꽃
두 팔로 햇빛을 막아 줄게
울어 보렴 목 놓아 울어나 보렴 오랑캐꽃

4. 빙 돌아서 흐르는 샘물.
5. 띠로 지붕을 이어 지은 집.
6. 오랑캐가 사용했다는 돌로 만든 가마솥.
7. 털미투리. 털로 삼은 신.

작품의 배경은 이용악의 다른 시에서와 마찬가지로 북방입니다. 지금까지의 작품들과 조금 차이가 있다면, 「오랑캐꽃」에 등장하는 인물은 구체적인 가족이나 이웃이 아니라는 점입니다. 그보다 세계를 조금 더 넓혀서, 고려와 여진족의 오랑캐까지 이르고 있지요.

'오랑캐꽃'은 흔히 제비꽃을 부르는 이름으로 시인이 어원을 밝혀 설명한 바와 같이, 뒷모양이 머리채를 내린 오랑캐와 같다고 하여 붙여졌습니다. 화자는 이것을 모티프로 오랑캐꽃과 우리 민족을 동일시하며 연민을 드러내고 있습니다. 오랑캐꽃은 "오랑캐의 피 한 방울 받지 않"았는데도 오랑캐라 불리듯이 아무런 잘못도 없이 일제에 의해 쫓겨다니는 우리 민족의 처지가 서로 다를 바 없다는 말입니다. 그래서 억울한 그 심정을 "목 놓아 울어나 보"라고 하는 것이지요.

들리는 말에 의하면, 이 시는 서정주의 「귀촉도」에 자극을 받아서 쓴 것이라는 재미있는 이야기도 있습니다. 「귀촉도」는 설화를 소재로 나라 잃은 슬픔을 노래한 시입니다. 그런데 이 작품이 시로 활자화되기 전에 시나리오에 먼저 인용되었고, 그것을 이용악이 읽었다는 것이지요. 동기가 무엇이건 「오랑캐꽃」에는 우리 겨레의 절박한 현실과 삶의 비애가 잘 형상화되어 있어 가슴을 먹먹하게 한답니다. 훗날 서정주도 이 작품을 보고 "망국민의 절망과 비애를 잘도 표현했다"고 좋은 평가를 보냈다고 합니다.

그러나 시대는 또다시 격랑을 예고하고 있었습니다. 해방 이후 좌익과 우익의 격심한 대립과 투쟁 속에서, 이용악은 좌익 활동에 앞장

섭니다. 좌익 계열 작가들의 연합체인 '조선문학가동맹'에 가담해 깊이 관여했지요. 또 서울에서 결성된 공산주의 정당인 남로당에 입당해 핵심 조직원으로 활동하다가 결국 검거되어 서대문 형무소에서 복역하기도 했습니다. 그러던 중 6·25 전쟁이 발발했고, 북한군이 서울을 점령했을 때 풀려나와 고향인 북으로 넘어갔지요. 이 때문에 1988년 월북 작가에 대한 해금 조치가 내려질 때까지 그의 시는 금단의 영역에 속했습니다.

월북 이후 이용악의 작품 활동은 잘 알려져 있지 않으며, 그나마 북한 체제를 선전하는 시를 주로 썼기 때문에 그의 시가 보였던 뛰어난 문학성을 찾아보기는 어렵습니다. 1957년 북한에서 『리용악 시 선집』을 출간한 뒤로는 작품 활동이 더욱 뜸해졌고, 1971년 지병인 폐병으로 작고했다고 전해지고 있습니다.

민족 문학으로 자리매김하다

이용악에게 '북쪽' 혹은 '북방'은 고향의 또 다른 이름이었습니다. 실제로 그는 '고향'보다 '북쪽'이라는 말에 더 깊은 애정을 가지고 있었습니다. 그에게 북쪽은 단순히 향수 이상의 의미를 지닙니다. "북쪽은 여인이 팔려간 나라"(「북쪽」)라는 표현에서 보듯이 '북쪽'이라는 시어에는 그리움의 정서와 함께 아픔이 짙게 배어 있지요. 자신의 정신적 토양이자 가족을 향한 사무치는 그리움의 근원인 북쪽은 고통스러운 삶의 공간이기도 한 것입니다. 즉 굴욕적인 역사와 식민지의 현실을 총체적으로 보여 주는 곳이 바로 북쪽이며 북방이지요. 그는 이 점을 분명하게 인식하고 작품으로 형상화했습니다.

북방의 정서를 바탕으로 고향을 잃고 유랑하는 사람들의 삶을 녹여 낸 이용악의 시들은 개인적 체험을 넘어 식민지 현실을 담담히 드러내 준 역사적 기록과도 같습니다. 이것은 당대의 불운한 상황을 바라보는 시인의 역사적 식견이 그만큼 뛰어났음을 의미합니다. 또 시대의 현실을 특유의 서정적인 언어로 그려 내, 호소력 짙은 작품들을 남겼지요. 그래서 그의 시는 '민족 문학'이라는 이름으로 자리매김할 수 있는 것입니다.

남한에서는 오랫동안 그의 이름조차 꺼낼 수 없었고 북한에서의 삶 역시 순탄하지만은 않았으나, 이제 이용악은 남북 문학사 어디에서건 지울 수 없는 존재가 되었습니다. 일찍이 그가 노래한 두만강 물결처럼 그의 시도 "흐름이 쉬지 않고" 폭을 넓히며 흘러갈 것입니다.

유정에게

 요전 추위에 얼었나 보다 손등이 유달리 부은 선혜란 년도 입
은 채로 소원이 발가락 안 나가는 신발이요 소원이 털모자인
창이란 놈도 입은 채로 잠이 들었다

 겨울엔 역시 엉뎅이가 뜨뜻해야 제일이니 뭐니 하다가도 옥
에 갇힌 네게 비기면 못 견딜 게 있느냐고 하면서 너에게 차입
할 것을 늦도록 손질하던 아내도 인젠 잠이 들었다

 머리맡에 접어 놓은 군대 담요와 되도록 크게 말은 솜버선이
며 고리짝을 뒤적어렸자 쓸 만한 건 통 없었구나 무척 헐게 입
은 속내복을 나는 다시 한 번 어루만지자 오래간만에 들린 우
리 집 문마다 몹시도 조심스러운데

 이윽고 통행금지 시간이 지나면 창의 어미는 이 내복 꾸레미
를 안고 나서야 한다 바람을 뚫고 바람을 뚫고 조국을 대신하
여 네가 있는 서대문 밖으로 나가야 한다

제목 속의 '유정(柳呈)'은 이용악과 같은 함경북도 경성읍 출신으로, 이용악과는 반대로 월남한 시인입니다. 이용악의 동생 이용해와 같은 학교에 다닌 동창생인데, 그의 나이 열다섯 살에 여덟 살 위인 이용악을 처음 만나 친교가 시작되었다고 합니다. 그 무렵 유정은 이용악의 「북쪽」을 읽고는 넋을 잃고 만 문학 소년이었다는군요. 그 후로 두 사람은 고향 선후배이자 문우로서 가깝게 지낸 모양입니다. 해금 이후, 이용악의 키가 165센티미터 남짓이었다는 점, 옷차림새에 신경을 쓰지 않는 성격이었다는 것, 말수가 무척 적은 이용악의 연애 이야기 같은 여러 개인적인 사항들을 세상에 알려 준 것은 유정의 기억이었으니까요.

　그렇게 가까운 유정이 무슨 사연인지는 모르나 감옥살이를 하고 있었나 봅니다. 이용악은 그것이 몹시 안타깝고 가슴 아팠던 것이고요. 찬 겨울을 감옥에서 보내는 후배를 위해 무엇인가 도와주고 싶은데 집 안을 뒤져도 감옥에 넣어 줄 만한 것이 없어 밤잠을 잃고 말았습니다. 추위 때문에 손이 부은 자신의 아이와 입은 채로 잠을 자는 가족들의 모습도 시인의 마음을 무겁게 했겠지요. 이러지도 저러지도 못한 그 밤에 시인은 시로써 눈물을 참고 있는 듯합니다. 실제로 이용악은 무척 가난하게 살았습니다. 서정주의 회고에 의하면 이용악은 아주 오랫동안 집도 없이 지냈다고 하지요. 고등보통학교에 다니는 동생 뒷바라지를 하느라 이 집 저 집 옮겨 다니며 잠을 자기도 했고, 어느 때는 파고다 공원 벤치에서 밤을 지새울 때도 있었다는군요.

평생 가난에서 벗어나지 못한 이용악의 생활과 벗을 생각하는 따뜻한 마음이 엿보이는 이 시는 창작 연도가 1947년 12월로 되어 있습니다. 월북하기 전 남한에서 쓴 시 중에서 정확한 날짜를 확인할 수 있는 마지막 작품입니다. 이것은 그의 네 번째 시집 『이용악집』(1949)에 수록되어 있습니다.

　　유정은 자신에게 헌정한 이 시를 읽었겠지요. 그리고 어쩌면 이 시에 대한 답시로 훗날 「램프의 시」(1958)를 쓴 것은 아닐까요. "전쟁이 너를 데리고 갔다 한다/… 끝내 뒷모습인 채 사라지는 내 그리운 것아"라고요. 분단 이후 다시는 만날 수 없었던 두 사람의 우정은 이렇게 시 속에 남아 작은 별빛처럼 반짝이고 있습니다.

윤 동 주

1917 ~ 1945

"풀 한 포기 없는 이 길을 걷는 것은
담 저쪽에 내가 남아 있는 까닭이고,
내가 사는 것은, 다만,
잃은 것을 찾는 까닭입니다."
— 시 「길」에서

순결한 청춘의
별이 되다

북간도 명동촌의 재주꾼 소년, 동주

한 소년이 있었습니다. 누가 조금만 꾸짖어도, 친구가 싫은 소리를
해도, 또 선생님의 질문에 대답이 막혀도 금세 눈물이 그렁그렁 맺히는
여린 소년이었지요. 주일학교를 열심히 다녔고, 성탄절에는 밤을 새워
꽃송이 장식을 만들던 소년. 옷차림에 관심이 많아서 손수 재봉틀로 허
리를 잘록하게 만들거나 나팔바지로 고쳐 입던 멋쟁이 소년. 그뿐만 아
니라 그는 축구를 좋아하고, 축구부원들의 유니폼 등 번호를 재봉틀로
박아 줄 만큼 마음이 다정한 소년이었습니다.

이 소년이 바로 윤동주입니다. 가족과 친구들이 전해 주는 이야기들로 짐작하건대 어린 시절부터 윤동주는 감성적이면서 온순하고 부드러운 성격이었나 봅니다. 제가 만약 그 시절에 같이 학교를 다녔다면 분명 좋아하고 말았을 것 같은 멋진 면모를 지닌 소년이었지요. 무엇보다 그는 이미 중학교 때 "별나라 사람/무얼 먹구 사나"와 같은 동시를 써서《카톨릭소년》에 발표한 문학 소년이기도 했거든요.

윤동주는 제1차세계대전이 한창이던 1917년, 만주 북간도의 용정시 명동촌이라는 곳에서 태어났습니다. 세계가 전쟁 속에 있던 시절이었고, 우리나라는 일제강점기의 혹독한 시기를 견디고 있던 때였지요. 그가 태어난 북간도는 항일운동의 거점으로 일제에 항거하는 많은 조선인들이 이주해 살던 지역이었습니다. 윤동주의 할아버지도 1900년에 명동촌으로 이주했다고 합니다. 다행히 그가 태어날 무렵에는 대체로 안정된 터전을 이루고 있었지요. 항일의 근거지라는 간도의 특성은 어린 윤동주의 마음에 조국에 대한 애정이 자연스럽게 뿌리를 내리게 했습니다. 이와 더불어 집안의 독실한 기독교 문화 또한 유년기 내내 그의 성장에 큰 영향을 주었습니다. 그의 시에 굴욕적인 시대의 아픔과 기독교적 주제가 많이 다뤄지는 것은 이런 성장 배경과 깊은 연관이 있지요.

명동소학교 시절부터 윤동주는 문학에 관심이 많았습니다. 친구들과 등사판으로《새명동》이라는 잡지를 만들기도 하고, 멀리 서울에서 발행되는 소년 소녀 잡지를 구독해 열심히 읽었다고 하거든요. 비록 이국땅이었지만 그의 성장기는 비교적 따스하게 채워진 것 같습니다. 교내 웅변대회에 나가기 위해 귤 궤짝을 올려놓고 열심히 연습했다는 기록을 읽을 때는 혼자 살며시 웃기도 했답니다. 마치 제 친구의 이야기 같이 가깝게 느껴졌거든요. '민족 시인'이라는 거창한 칭호로 단순화할 수 없는 시인의 면면이지요.

명동소학교를 졸업한 윤동주는 열여섯 살이 되던 1932년 용정 시내에 있는 은진중학교에 입학했습니다. 그 시절 윤동주는 축구 선수로 뛰는 등 다방면에서 활동했는데, 이때부터 시를 쓰기 시작했다는 것이 눈길을 끕니다. 그는 거의 대부분의 작품에 자신이 시를 쓴 날짜를 일일이 적어 두었는데, 오늘날 찾을 수 있는 최초의 작품이 이때 탄생했습니다. '1934년 12월 24일'로 기록된 세 편의 작품,「초한대」,「삶과 죽음」,「내일은 없다」가 윤동주 문학의 출발점이 되는 것이지요.

그 후 윤동주는 평양의 숭실중학교로 편입하려고 시험을 보았으나, 낙제 통보를 받는 좌절을 겪기도 했습니다. 학교 측에서는 친구들보다 한 학년 아래인 3학년으로의 편입 자격밖에 인정하지 않았지요. 다시 고향으로 돌아가서 옛 학교를 다니는 것도, 한 학년 아래로 편입하는 것도 모두 그에게는 부끄러운 일이었습니다. 당시 윤동주의 친구였던 문익환 목사의 증언과 가족들의 기억에 따르면, 이 일로 그는 몹시 괴로워했다고 합니다.

그래도 가까스로 편입한 숭실중학교에서의 생활은 윤동주의 문학 활동에 새로운 계기가 되었습니다. 실패를 겪은 십 대 후반의 예민한 감수성과 객지 생활의 외로움이 창작열을 자극했는지, 그는 여러 편의 시를 씁니다. 숭실중학교 학우회지《숭실활천》에 실린 시 「공상」은 그의 최초 발표작입니다. 그는 독서량도 상당했는데, 중학생 윤동주의 책꽂이에 꽂혀 있던 책은 『정지용 시집』, 『님의 침묵』, 『국경의 밤』, 『윤석중 동요집』, 『영랑 시집』, 『사슴』 등의 시집이었지요. 그중 100부 한정판으로 나온 백석의 『사슴』은 구할 수가 없어서 도서관에서 빌린 뒤 노트에 모조리 베껴서 필사본을 만들어 가졌다는군요. 어린 소년의 열정이 참으로 대단했구나 싶습니다.

하지만 윤동주는 숭실중학교를 끝까지 다니지 못합니다. 일제의 신사참배를 거부하는 바람에 학교는 무기 휴교되었고, 윤동주는 7개월여 만에 다시 고향으로 돌아와 광명중학교에 편입했지요. 이 무렵 그는 신문 스크랩을 하거나 습작을 하며 많은 시간을 보냈습니다. 1936년 한 해에 40편에 이를 정도의 작품을 쓰며《카톨릭소년》지에 여러 편의 동시를 발표했습니다. 「병아리」, 「오줌싸개 지도」, 「빗자루」, 「비행기」, 「거짓부리」 등의 동시에는 그가 바라본 순수한 세상이 고스란히 담겨 있지요.

이처럼 그는 문학에 대한 열망이 컸고 확실했지만, 부모님의 기대는 조금 달랐던 것 같습니다. 의과대학을 원했던 아버지와 진로 문제로 의견이 맞지 않아, 윤동주가 단식투쟁까지 벌였다고 하니까요. 결국 할아버지가 윤동주 편에 서서 중재하면서, 그의 뜻대로 연희전문학교 문과에 진학할 수 있었다고 해요. 문학을 향한 그의 굳은 신념을 다시 확인할 수 있는 이야기입니다.

식민지 청년의 부끄럼

마침내 윤동주는 간도의 고향을 떠나, 1938년 서울의 연희전문학교에 입학했습니다. 그곳에서 라이너 마리아 릴케Rainer Maria Rilke, 폴 발레리Paul Valery, 앙드레 지드André Gide 등의 작품을 탐독하며 활발하게 시를 창작했지요. 연희전문학교의 입학은 그에게 자유와 희망을 꿈꾸게 했던 것 같습니다. 입학하고 처음 쓴 시에서 "어제도 가고 오늘도 갈/나의 길 새로운 길"(「새로운 길」)이라고 새로운 생활에 대한 기대를 들뜬 목소리로 노래하고 있거든요.

그러나 현실은 어둡고 비참해져 갔습니다. 일제는 우리 민족의 생활뿐 아니라 정신까지 통제하려고 온갖 만행을 일삼고 있었으니까요. 당시 총독부가 추진한 정책으로 인해, 조선의 학교에서는 조선어 수업이 폐지되고 일본어 사용을 강요하는 지경에까지 이르고 있었지요. 그 시절을 지나면서 윤동주는 거의 일 년 넘게 단 한 편의 시도 쓰지 못한 채 보내기도 했습니다.

그럼에도 그는 연희전문학교를 졸업할 무렵인 1941년에 자신이 쓴 작품 가운데 19편의 시를 골라서 졸업 기념으로 출판하려고 했습니다. 그때 제목으로 생각해 두었던 것이 우리가 잘 아는 '하늘과 바람과 별과 시'였습니다. 윤동주는 「서시」를 비롯한 19편의 작품을 준비해 놓고 77부 한정판으로 시집을 출간하고자 했습니다. 그러고는 원고를 직접 베껴서 3부의 똑같은 필사본을 만들었는데, 완성된 시 묶음 가운데 1부는 자신이 갖고 스승과 후배에게 각각 1부씩 나누어 주었습니다. 그런데 이 시를 받아 본 스승은 윤동주에게 시집 출판을 보류하도록 권했습니다. 「십자가」, 「슬픈 족속」, 「또 다른 고향」과 같은 작품들이 일본의 검열을 통과할 수 없을 뿐 아니라, 일본 유학을 계획하는 윤동주의 신변에 위험이 따를까 봐 걱정해서였습니다. 때를 더 기다리라는 스승의 말에 따라 윤동주는 뜻을 접고 또 다른 시를 쓰며 마음을 달래야 했습니다. 그래도 정말 다행스러운 일은 그중 후배에게 전한 1부가 남아서 오늘날 우리가 그의 아름다운 시를 읽을 수 있다는 것이랍니다. 그 당시엔 출간의 뜻을 이루지 못했지만, 윤동주가 죽은 지 3년 뒤인 1948년에 비로소 원고가 묶여 유고 시집으로나마 세상에 나오게 되었지요. 비록 윤동주의 생전에는 나오지 못한 시집이었지만, 그가 손수 순서를 잡고 시를 배치한 『하늘과 바람과 별과 시』에서 첫 번째로 선보인 시는 다름 아닌 「서시」였습니다.

서시

죽는 날까지 하늘을 우러러
한 점 부끄럼이 없기를,
잎새에 이는 바람에도
나는 괴로워했다.
별을 노래하는 마음으로

모든 죽어 가는 것을 사랑해야지

그리고 나한테 주어진 길을

걸어가야겠다.

오늘 밤에도 별이 바람에 스치운다.

　'1941년 11월 20일'이라고 날짜가 적힌 이 시는 윤동주가 시집을 내려고 준비하면서 서문 격으로 쓴 시입니다. 지금까지 자신의 삶을 되돌아보고 앞으로의 삶을 다짐하는 내용이 주를 이루고 있습니다. 여기에 시대의 아픔과 슬픔의 무게까지 더해져서 짧지만 깊은 울림을 가진 시가 되었지요. '서시'는 윤동주가 직접 붙인 제목은 아니었습니다. 실제로는 제목이 없는 시인데, 시집의 맨 앞에 서문처럼 있기 때문에 우리가 '서시(序詩)'라고 부르고 있는 것이랍니다.

　청년 윤동주는 죽는 날까지 "한 점 부끄럼"이 없는 삶을 꿈꾸었습니다. 그는 누구보다 높은 이상을 지니고 순수를 갈망했던 것 같습니다. 그러나 식민지라는 현실과 그 속에 처해 있는 자신의 모습은 지금껏 꿈꿔 왔던 것과 큰 차이가 있었지요. 그 차이와 거리감만큼 윤동주는 갈등합니다. 그가 양심과 신념이 소용없는 암흑의 시대를 괴로워한 것은 작품에서 '부끄럼'이라는 정서로 나타나고 있습니다. 「별 헤는 밤」, 「참회록」, 「길」 등의 작품에서 계속 '부끄럼'을 반복하고 있는 이유입니다. 다만 윤동주가 말하는 부끄럼은 우리가 평소 느끼는 창피와 같은 일반적인 정서가 아니라, 삶을 성찰하고 반성하는 참회의 한 방식으로 이해해야겠지요. 저는 「서시」를 읽을 때 가슴에 번지는 그 맑고 뜨거운 감정이 바로 시인이 느꼈던 비장한 부끄럼이 아니었을까 생각하곤 합니다. 절대적 양심을 기도했던 젊은 영혼의 울림은 언제나 아름답고 순결하게 다가옵니다.

"손들어 표할 하늘도 없"(「무서운 시간」)다고 말하는 식민지 시대의 지식인으로서, 윤동주는 자신에게 주어진 길이 무엇인지 또 한 번 고민했습니다. 그리고 아버지의 권유와 많은 생각 끝에 영문학을 공부하기 위해 일본으로 유학을 가기로 결심했지요. 그러나 유학을 위해 창씨개명을 해야 한 일은 "한 점 부끄럼"도 없길 바라던 그에게 얼마나 아픈 일이었을까요. 그래서 그는 "이십사 년 일 개월"의 자신의 전 생애를 담아 「참회록」을 쓴 것은 아니었을까, 그렇게라도 고통과 욕됨을 견디고자 했던 건 아닐까, 하는 생각들이 들기도 했습니다.

젊음은 오래 남아 있거라

윤동주는 1942년 4월 일본으로 건너가 도쿄의 릿쿄[立教]대학 영문과에 입학했습니다. 식민지의 굴욕을 안고 지배국인 일본에 건너가 학문을 해야 하는 일은 그에게 부끄러움과 죄스러움을 뼛속까지 안겨주었을 것입니다. 윤동주는 3년간을 일본에서 지냈지만 겨우 5편의 시만 남겼습니다. 3년 중 절반은 감옥에 있기도 했지만 그의 유학 생활이 그만큼 고단했음을 짐작할 수 있습니다. 5편의 시도 자책하는 심정과 고향에 대한 그리움의 복잡한 마음을 아프게 표현하고 있지요. 그중에서 다른 시에 비해 덜 알려져 있지만, 제 가슴에 문장 하나를 깊게 박아 놓은 시를 한 편 옮겨 보았습니다.

　　　사랑스런 추억

　　　봄이 오던 아침, 서울 어느 쪼그만 정거장에서
　　　희망과 사랑처럼 기차를 기다려,

　　　나는 플랫폼에 간신(艱辛)한[1] 그림자를 떨어뜨리고,
　　　담배를 피웠다.

　　　내 그림자는 담배 연기 그림자를 날리고,
　　　비둘기 한 떼가 부끄러울 것도 없이
　　　나래 속을 속, 속, 햇빛에 비춰, 날았다.

　　　기차는 아무 새로운 소식도 없이
　　　나를 멀리 실어다 주어,

1.　힘들고 고생스러운.

봄은 다 가고 —— 동경(東京) 교외 어느 조용한 하숙방에서, 옛 거리에 남은 나를 희망과 사랑처럼 그리워한다.

오늘도 기차는 몇 번이나 무의미하게 지나가고,

오늘도 나는 누구를 기다려 정거장 가까운
언덕에서 서성거릴 게다.

—— 아아 젊음은 오래 거기 남아 있거라.

솔직하게 고백하자면, 이 시의 마지막 문장을 읽다가 눈물을 흘렸습니다. "젊음은 오래 거기 남아 있거라" 이 말은 마치 그가 심장의 피를 찍어 써낸 듯 아프고 통절합니다. 그의 순절이 지닌 무게까지 얹혀 함부로 읽기가 미안해질 정도거든요. 또 시의 행간마다 스며 있는 외로움은 얼마나 깊은지, 이국땅에서 갈 곳을 몰라 서성거리며 고향을 그리는 시인의 모습을 눈앞에서 보는 듯합니다.

이 시는 윤동주가 도쿄에서 쓴 5편의 시 가운데 하나입니다. 1942년 5월에 창작되었지요. 일본으로 간 지 한 달 남짓 지난 시기에 그는 고향 생각이 간절했나 봅니다. 욕된 일을 참으면서 남의 땅까지 찾아가도록 한 커다란 꿈도, 새로운 풍경과 문화도, 더 넓은 학문도 그에겐 마음에 깃든 향수를 씻어 주지 못했던가 봐요. "봄이 오던" "서울의 작은 정거장"만 그립다고 합니다. 아니, 실은 그가 더 간절하게 원하는 것이 있습니다. "옛 거리에 남은 나", 조국에 살던 자신의 모습이 "희망과 사랑처럼" 그립다고 하지요. 두고 온 모든 것이 다 그립고 애틋하여 제목마저 "사랑스러운 추억"이라고 했습니다. 이 말은 현재 자신의 상황이 그만큼 고달프고 힘들다는 것을 역설적으로 보여 줍니다. 그래서 "아아"라는 흔한 감탄사조차 가슴을 치는 주먹질처럼 느껴집니다.

그가 쓴 산문 「종시(終始)」로 미루어 본다면 윤동주는 서울에 사는 동안 가끔 기차역에 나간 듯합니다. 정거장을 오가는 사람들의 창백한 얼굴을 뜯어보며 자신의 모습을 반추하기도 하고, 일제의 건물이 늘어선 거리 풍경을 묘사하기도 했습니다. 어쩌면 그는 일본에서 시를 쓰며 서너 해 전의 그 기억을 떠올린 건 아니었을까요. "다음 도착하여야 할 시대의 정거장이 있다면 더 좋"겠다는 자신의 한결같은 바람을 꿈꾸면서요.

향수와 고독 속에서 릿쿄대학의 한 학기를 마친 윤동주는 다시 정지용이 다녔던 도시샤[同志社]대학 영문학과로 옮겼습니다. 그곳에서의 생활도 도쿄에서와 별반 다르지 않았지요. 독서에 너무 열중해서 얼굴이 파리해질 지경이었고, 추운 다다미방에서 새벽까지 시를 읽고 쓰고 구상했다고 합니다. 그런데도 안타까운 것은 이 시기에 쓴 그의 작품이 한 편도 남아 있지 않다는 것입니다. 아마도 1943년 여름 일본 경찰에게 사상범으로 체포되면서 사라진 것이 아닐까 짐작할 뿐이지요.

윤동주는 '재경도(在京都) 조선인 학생 민족주의 그룹 사건'이라는 죄목으로 붙잡혔습니다. 독립운동을 했다는 것이 이유였습니다. 그 중심인물은 윤동주의 고종사촌 송몽규이고, 윤동주는 동조한 것으로 일본 경찰의 취조 문서에 남아 있다고 합니다. 윤동주는 그렇게 징역 2년을 선고받고 감옥살이를 했습니다. 온갖 수모와 굴욕과 고통의 나날이 계속되었지요. 그런데도 그가 동생과 나눈 편지 글에는 지순한 그의 마음이 그대로 담겨 있어 읽는 이들을 먹먹하게 합니다.

윤동주가 마지막을 보낸 후쿠오카 형무소에서는 가족들 간에 소식을 주고받는 것도 한 달에 겨우 한 번, 그것도 일본어로 쓴 엽서만 허락되었다고 합니다. 편지 쓸 날을 손꼽아 기다리다가 어느 날, 그의 동생이 귀뚜라미 소리에 가을을 느낀다는 글을 써 보냈다고 해요. 그러자 윤동주는 "너의 귀뚜라미는 홀로 있는 내 감방에서도 울어 준다. 고마운 일이다."라는 답장을 보냈다는군요. 비참한 생활 속에서도 그는 동생이 마음을 담아 보낸 귀뚜라미 소리를 귀담아들을 수 있는 사람이었던 것입니다. 세월이 한참 흐르고 그의 동생이 이 문장을 기억하며 안타까워한 것도, 이 이야기를 듣는 순간 저의 눈시울이 뜨거워진 것도 윤동주의 순결함을 새삼 확인했기 때문일 것입니다. 그는 온갖 고초와 강제 노역에 시달리는 감옥에서도, 이런 정결한 문장으로 답을 하는 시인이었던 것입니다. "별을 노래하는 마음으로" 모든 것을 사랑하겠다던 그의 정신은 고통도 이렇게 맑은 모습으로 견디게 했구나 싶습니다. 마지막까지 시에서나 삶에서나 희망을 버리지 않았던 순수한 청년. 그러나 윤동주는 그토록 기다리던 해방을 눈앞에 두고 1945년 2월 16일 새벽 일제의 형무소 안에서 절명하고 말았습니다. 그의 나이 겨우 스물 아홉에.

일본인도 사랑하는 시인

윤동주는 생전에 한 권의 시집도 내지 못했을 뿐 아니라 실은 그가 지면에 발표한 작품들도 극히 소수에 불과합니다. 게다가 그 발표작 대부분은 동시였습니다. 그의 유고 시집이 간행되지 않았다면 그는 무명의 시인으로 남고 말았을 겁니다. 이처럼 생전에 문단의 이목을 끌지 못했던 그가 시집 한 권으로 문학사에 뚜렷한 이름을 남긴 것은, 민족적 양심으로 상징되는 그의 삶과 시가 보여 준 진실함 때문이 아닌가 싶습니다.

윤동주가 사망하고 난 뒤, 그의 3주기에 맞춰 유고 시집이자 윤동주의 첫 시집인 『하늘과 바람과 별과 시』(1948)가 마침내 세상에 모습을 드러냈습니다. 이 시집은 윤동주의 친구들이 보관하고 있던 유작 31편에 정지용이 쓴 서문을 같이 싣고 있습니다. 정지용은 서문에서 "동(冬) 섣달에도 꽃과 같은, 얼음 아래 다시 한 마리 잉어와 같은 조선 청년 시인"이라고 말하며 윤동주의 죽음을 애도하고 그의 시에 찬사를 보내고 있습니다. "부끄럽지 않고 슬프고 아름답기 한이 없는 시"를 남긴 시인이라고요. 윤동주의 사람됨과 시 정신의 정결함을 아우르는 평가라는 생각이 듭니다.

　그의 시는 이제 우리나라뿐 아니라 그를 죽음으로 이끈 일본에서도 읽히고 있습니다. 언젠가 일본인들이 자발적으로 만든 '윤동주의 시를 읽는 모임'이 있다는 기사를 봤거든요. 1995년에 시작된 이 모임은 20년이 넘는 세월 동안 매월 한 번도 쉬지 않고 계속되고 있다고 합니다. 참혹한 시대 속에서도 깨끗함을 지키고자 했던 그의 마음은 이제 국경을 넘어 사랑받고 있습니다. 그리고 오늘밤처럼 맑은 목소리가 그리워지는 날이면, 저는 그가 두고 간 "하늘과 바람과 별과 시" 속을 혼자 거닐어 봅니다.

쉽게 씌어진 시

창밖에 밤비가 속살거려
육 첩 방은 남의 나라,

시인이란 슬픈 천명인 줄 알면서도
한 줄 시를 적어 볼까,

땀내와 사랑 내 포근히 품긴
보내 주신 학비 봉투를 받아

대학 노―트를 끼고
늙은 교수의 강의 들으러 간다.

생각해 보면 어린 때 동무들
하나, 둘, 죄다 잃어버리고

나는 무얼 바라

나는 다만, 홀로 침전하는 것일까?

인생은 살기 어렵다는데
시가 이렇게 쉽게 씌어지는 것은
부끄러운 일이다.

육 첩 방은 남의 나라.
창밖에 밤비가 속살거리는데,

등불을 밝혀 어둠을 조금 내몰고,
시대처럼 올 아침을 기다리는 최후의 나,

나는 나에게 작은 손을 내밀어
눈물과 위안으로 잡는 최초의 악수.

윤동주는 일본에서 쓴 시 5편을 연희전문 시절의 친구에게 보내는
편지 속에 함께 넣었습니다. 편지를 받은 친구는 안전을 위해 한글로
쓴 시만 보관하고 편지는 폐기했다고 합니다. 그때는 일본어만 강요

하던 시기였고 일제의 감시가 극에 달했던 때거든요. 그 5편 가운데 집필 일자(1942년 6월 3일)가 정확하게 남은 마지막 시가 「쉽게 씌어진 시」입니다. 이 시를 쓴 일 년쯤 뒤에 그는 일본 경찰에 검거되었고, 그 사이에 창작된 시는 아직 확인된 것이 없습니다.

다다미가 여섯 장 깔린 작은 방에서 윤동주는 홀로 무엇을 고민했는지 시를 통해 단편적으로나마 확인할 수 있습니다. 그는 남의 나라에서 느끼는 소외감, 고향의 친구들과 가족에 대한 그리움을 한껏 펼쳐 놓기도 하고, 무엇보다 "슬픈 천명"과 같은 시 쓰기를 고심했습니다. 시가 써지지 않는다는 고민이 아니라, 숨 막히는 시대에도 불구하고 어째서 자신은 시를 이토록 쉽게 쓰고 있는지 그것이 부끄럽다고 스스로를 자책하는 것입니다. 그래서 '쉽게 씌어진 시'라는 제목은 그 자체만으로도 성찰의 의미를 지닙니다.

삶과 나라의 운명이 위태로운데, 이를 위해 적극적으로 나서지 못하고 시를 쓴다는 것이 그를 늘 무겁게 했을 것입니다. 적국에 살면서 보다 확실하게 알게 된 민족의 아픔은 그에게 무력감과 좌절감을 더욱 크게 느끼게 했을 테고요. 그러니 시를 쓰는 일조차 미안하다고 고백하는 것이겠지요. 이러한 성찰과 반성은 그의 산문 「별똥 떨어진데」에서도 발견됩니다. "이 육중한 기류 가운데 자조하는 한 젊은이가 있다. 그를 나라고 불러 두자."라고 했거든요. 그는 참으로 성실하게 자신의 부끄러움을 아파했습니다. 그리고 그것은 윤동주 시의 힘이 되었지요.

그가 얼마나 힘써 자신의 양심과 순수를 지키려 했는지, 그리고 그 깊은 고뇌를 시로 뛰어넘으려 얼마나 끊임없이 노력했는지, 새롭게 생각해 봅니다. 그리고 윤동주의 문학을 향해 "시와 시인은 원래 이러한 것이다!"라고 단호하게 외쳤던 정지용의 말에 다시 한 번 고개를 끄덕입니다.

김수영

1921 ~ 1968

"자유는 고독한 것이다.
그처럼, 시는 고독하고 장엄한 것이다."
— 산문「시여, 침을 뱉어라」에서

자유를 향해 쓴 '온몸의 시'

연극에 빠지다

조금 부끄러운 고백이지만, 우리나라 현대사의 큰 사건들을 하나씩 찾아보고 이해하려고 했던 것은 삼십 대가 되어서였습니다. 고등학교 때는 4·19 혁명의 의미를 터놓고 이야기할 수 없던 서슬 퍼런 정국이었고, 이십 대 때는 저의 관심이 닿지 못했기 때문입니다. 그래서 강렬한 현실 인식이 드러나는 김수영과 신동엽의 시는 제 정서에서 겉돌았고, 저는 두 시인의 진짜 목소리를 느끼지 못했던 것이지요. 우리 문단에 유행처럼 번졌던 '참여'라는 말이 불편하지 않게 되었을 때에야, '자유'의 편에 선 무거운 음성도 들리기 시작했습니다. 제게 그 문을 열어 준 시인은 김수영입니다.

'시적 양심', '자유인의 초상'으로 불리는 김수영은 1921년 서울의 중심가인 종로에서 태어났습니다. 김수영의 위로 두 형이 태어나자마 자 죽어, 그는 출생부터 집안의 걱정과 애정을 한 몸에 받았다고 합니 다. 그러나 병약했던 그는 온갖 병치레를 하며 자랐고, 집안에서 일하 는 여자들에게 업혀서 유치원에 다닐 정도였답니다. 당시로서는 유치 원이 드물기도 했거니와, 집안일 거드는 사람을 둘 정도였던 것으로 보 아 집안은 꽤 넉넉한 형편이었던 것 같아요. 어릴 적부터 총명했던 그 는 서당에서 한문을 배웠고, 보통학교 시절에는 반장과 1등을 도맡아 했지만 가까운 친구는 없었다는군요. 가족들 얘기로도 그는 어려서부 터 외로움을 많이 탔지만, 형제들이나 친구들과 다정하게 어울리는 활 달한 성격은 아니었다고 해요. 혼자 방에 틀어박혀서 책만 읽는 공부 벌레였다고 하지요.

보통학교 6학년 가을 운동회 무렵, 김수영은 이런저런 병치레에 1년 동안 요양을 하는 바람에 원하는 상급 학교 시험에 낙방을 하고 말 았습니다. 다시 선린상업학교 주간부에 응시했지만 또 실패하고, 결국 같은 학교 전수과(專修科)에 야간부로 들어갔지요. 이 일이 자존심에 얼 마나 큰 상처를 남겼는지, 그는 학교 다니는 내내 외톨이로 지내면서 공부에만 매달렸다고 하더군요. 그 무렵 벌써 아일랜드 작가 오스카 와 일드Oscar Wilde의 작품을 원서로 읽을 정도로 영어를 잘했다고 합니다. 이 시절에 쌓은 영어 실력은 훗날 여러 면에서 그의 삶에 도움을 주게 됩니다.

　고등학교를 마치고 난 김수영은 갑자기 일본 유학길에 오르게 되는데, 그의 어머니가 전하는 말로는 첫사랑을 쫓아간 것이라는 낭만적인 뒷이야기가 있습니다. 그가 쓴 수필 「낙타 과음」에 그 사연이 남아 있는데, 정확한 사정은 알 수 없지만 첫사랑이 이루어지지는 않은 것 같습니다. 일본에 간 김수영은 새로운 면모를 보여 주었습니다. 대입 준비를 하겠다고 조후쿠[城北]고등예비학교에서 잠시 공부했지만, 자신의 실력이 일본 학생들에 비해 한참 모자람을 깨닫고는 이내 학업을 중단하고 연극의 문을 두드리거든요. 그는 책을 읽고 시를 쓰는 한편, 연극 연구소에 들어가 연출 수업을 받기 시작했습니다. 귀국 후에도 연극 단체에서 활동했는가 하면, 징집을 피해 잠시 만주에 가 있던 짧은 시기에도 5편이 넘는 희곡을 무대에 올렸을 정도로 연극에 심취했지요. 그가 「연극을 하다가 시로 전향」이라는 산문에서 밝힌 것처럼, 문학으로 방향을 틀기 전 김수영의 예술적 무대는 연극이었습니다.

사선(死線)을 넘어 자유를 살다

　지금까지 행로로 봐서는 김수영의 시인으로서의 면모가 잘 드러나지 않는데, 해방 이후로는 작가로서의 윤곽이 조금씩 드러납니다. 시 쓰는 벗들과 교류하며 자연스럽게 습작을 하던 그는 1946년《예술부락》2호에 시 「묘정(廟庭)의 노래」를 발표하면서 본격적으로 시인의 길을 걷기 시작하지요. 「묘정의 노래」는 김수영의 공식적인 데뷔작이지만, 그는 이 시를 자신의 작품 목록에서 지워 버리고 싶다는 말을 할 만큼 스스로 혹독한 평가를 내렸습니다. 겨울밤 동묘의 분위기를 그리고 있는 이 시는 제목에서 느껴지듯 김수영이 추구한 모더니즘과는 거리가 먼 예스러운 작품이었거든요. 그 무렵 김수영은 문학 평론가 조연현에게 20편의 시를 주었는데, 하필이면 제일 엉망이고 '고색창연한' 그 작품이 실렸다고 나중에까지 두고두고 불평을 했습니다. 당시 모더니스트 문인들로부터도 발표 지면과 작품이 시대에 뒤떨어졌다는 비판을 받았다고 하니, 김수영 스스로의 혹평이 이해가 갑니다.

그 후 김수영은 연희전문학교 영문과에 편입했으나 서너 달 만에 그만두고 영어 학원 강의, 간판 그리기, 통역 등을 하며 지냈습니다. 동인지 《신시론》에 시를 발표하며 문단 생활을 하고, 결혼을 한 것도 모두 6·25 전쟁 이전의 일이었지요. 그러다 전쟁이 발발하며 그의 삶에 격동의 물결이 닥칩니다. 임신한 아내 때문에 미처 피난을 가지 못하고 서울에 남아 있던 김수영은 북한군에 의해 의용군으로 강제 징집되어 북으로 가는 처지가 되거든요.

그는 북한 훈련소에서 강도 높은 훈련을 받고 전쟁터에 배치되었다가 극적으로 탈출해 서울로 돌아옵니다. 하지만 집 근처에서 다시 경찰에게 체포되었고, 의용군 전력이 드러나 거제도 포로수용소에 수용된 채 2년이 넘는 시간을 보내야 했습니다. 그나마 다행인 것은 뛰어난 영어 실력 덕분에 미군의 야전병원에서 통역관으로 지낼 수 있었다는 점이지요. 하지만 전쟁과 포로수용소 생활은 김수영에게 깊은 상처를 남겼고, 그것은 미발표 시 「조국에 돌아오신 상병포로 동지들에게」에 남아 있습니다. 그는 북한군에 징집되었던 경험을 바탕으로 자전적 소설 『의용군』을 쓰기도 했습니다. 비록 미완성으로 남았지만, 그가 겪은 고통과 상흔의 깊이를 짐작할 수 있지요.

1953년 포로수용소에서 석방되고 휴전이 된 후, 김수영은 남한에서 미군 통역사, 고등학교 영어 교사, 신문사 기자 등 여러 직업을 전전했습니다. 그러다가 양계업을 시작한 그는 닭을 치고 간간이 번역을 하며 생계를 이어 갔습니다. 양계는 아내가 벌인 일이었지만, 나중엔 그도 이 일을 좋아하게 됐습니다. 닭을 기르는 일은 생각 이상으로 힘들었어도, 전쟁을 겪는 동안 피폐해진 김수영에게 여유와 안정을 가져다주었거든요. 「꽃」, 「초봄의 뜰 안에」, 「채소밭가에서」 등에는 새로운 삶에서 마음을 회복하는 시인의 모습이 잘 드러나 있습니다. 무엇보다 어머니에게 병아리 천 마리를 길러 선물했던 일을 무척 즐거워한 시인의 모습에서, 그가 당시 얼마나 따뜻하고 풍요로운 마음이었는지 짐작할 수 있습니다. 이것은 "효자의 흉내라도 한번 내 보아야"겠다는 마음에서 벌인 일이었다고 그는 「양계 변명」이라는 글에서 흐뭇한 마음으로 적고 있답니다.

그 무렵엔 시 「눈」, 「폭포」 등이 문단의 주목을 받아, 김수영은 1958년 제1회 한국시인협회상을 수상하기도 했습니다. 이 일은 그에게 전쟁 포로, 혹은 빨갱이라는 낙인으로 인한 마음의 굴레를 다소 덜어 주었습니다. 그리고 그는 마침내 십여 년간 발표한 시 40편을 묶어 첫 시집 『달나라의 장난』(1959)을 펴냈습니다. 이것은 시인이 생전에 낸 유일한 시집이랍니다.

정신의 기침을 하자

『달나라의 장난』에는 김수영이 4·19 혁명을 경험하기 이전의 작품들이 수록되어 있습니다. 그가 본격적인 참여시를 쓰기 전으로, 시인의 일상적 공간, 소소한 생활 등을 엿볼 수 있지요. 한편 그는 "영원히 나 자신을 고쳐 가야 할 운명과 사명"(「달나라의 장난」) 또한 느끼고 있었음을 일갈하며, 특유의 각성을 인상적으로 보여 주기도 합니다. '팽이처럼 스스로 도는'(「달나라의 장난」) 힘으로 자신을 성찰하고, 맑은 정신을 회복하고자 하는 시인의 자세는 「눈」이라는 시에 명확하게 드러나 있지요.

눈

눈은 살아 있다
떨어진 눈은 살아 있다
마당 위에 떨어진 눈은 살아 있다

기침을 하자

젊은 시인이여 기침을 하자

눈 위에 대고 기침을 하자

눈더러 보라고 마음 놓고 마음 놓고

기침을 하자

눈은 살아 있다

죽음을 잊어버린 영혼과 육체를 위하여

눈은 새벽이 지나도록 살아 있다

기침을 하자

젊은 시인이여 기침을 하자

눈을 바라보며

밤새도록 고인 가슴의 가래라도

마음껏 뱉자

　김수영은 '눈'이라는 제목으로 세 편의 시를 썼는데, 이 시는 1956년
에 쓴 첫 번째 작품입니다. 화자는 눈이 내리는 풍경이 아니라 "떨어진
눈"을 보고 있습니다. 마당에 차곡차곡 쌓이는 눈을 보고 있다가 그 떨
어진 눈이 "살아 있다"고 말하지요. 아마 깨끗하고 하얀 눈에서 맑은
정신과 순수한 생명력을 느꼈나 봅니다.

이어지는 2연은 우리가 눈과 같은 정신이나 생명의 기운을 가지려면 "기침"을 해야 한다고 권유하는 내용입니다. 기침이란 이물질을 제거하기 위한 생리적인 작용이지요. 그것처럼 정신의 불순물, 즉 속물적 마음이나 비겁함을 없애기 위해 마음 놓고 기침을 하자는 뜻으로 보입니다. 어두운 현실 앞에서 끊임없는 정신적 각성을 해야 한다는 말을 가래를 뱉고 기침을 하자고 비유한 것이지요. '-하자'라는 청유형 표현을 쓰고 있지만, 실은 화자가 스스로에게 다짐하는 말로 읽힙니다. 시인, 나아가 지식인으로서 양심을 잃지 않으려는 의지가 강하게 묻어나는 표현이지요.

이 시가 창작될 무렵인 1950년대 중반, 바깥세상은 불의와 부정의 정점으로 치닫고 있었습니다. 자유당 독재가 마지막 장을 향해 치달으며 이승만 정권의 횡포는 갈수록 심해져 갔지요. 자유가 심각하게 훼손된 어지러운 세상을 보면서 그는 예감하고 있었는지도 모릅니다. "우리들의 싸움은 하늘과 땅 사이에 가득 차 있다"(「하······ 그림자가 없다」)고, 미리 혁명을 기다리는 노래를 부르고 있었거든요.

자유에는 피의 냄새가 섞여 있다

김수영은 일제강점기에 태어나 해방과 전쟁 등 극심한 혼란기를 거치며 청춘을 보냈지만, 시인의 의식에 무엇보다 크게 영향을 미친 사건은 바로 4·19 혁명이었습니다. "사실 나는 4·19 때 하늘과 땅 사이에서 통일을 느꼈소."라고 4·19 혁명 직후 그는 김병욱이라는 월북 시인에게 띄운 편지 형식의 글에서 말하고 있습니다. 김수영에게 4·19 혁명은 세상을 새로운 눈으로 보게 한 결정적 체험이었던 것입니다.

　4·19 혁명이 얼마나 벅찬 역사적 사건이었는지, 그는 이후 현실 문제에 본격적으로 관심을 갖고 분노의 목소리를 드높이기 시작합니다. 한마디로 혁명은 그에게 창조의 원동력이 되었던 것입니다. 4·19 혁명 직후에 쓴 시 「우선 그놈의 사진을 떼어서 밑씻개로 하자」에서는 직설적이고 격앙된 어조가 한 치의 망설임 없이 토로되고 있습니다. 시인이 지니고 있던 불의와 폭력에 대한 저항 의식이 4·19 혁명을 기점으로 표출되기 시작한 것이지요. 우리가 그를 정직과 양심, 혹은 자유를 대변하는 시인으로 인식하는 이유가 바로 이런 모습 때문입니다.

　　푸른 하늘을

　　푸른 하늘을 제압하는
　　노고지리가 자유로웠다고
　　부러워하던
　　어느 시인의 말은 수정되어야 한다

　　자유를 위해서
　　비상하여 본 일이 있는

사람이라면 알지

노고지리가

무엇을 보고

노래하는가를

어째서 자유에는

피의 냄새가 섞여 있는가를

혁명은

왜 고독한 것인가를

혁명은

왜 고독해야 하는 것인가를

「푸른 하늘을」은 4·19 혁명의 열기가 채 가시기 전인 1960년 6월 15일에 쓴 시입니다. 그의 시에서 '자유'라는 주제가 솟구치던 때이지요. 이 시는 낡은 권력과 인습, 부정한 권력자에 대한 강한 분노를 드러냈던 「우선 그놈의 사진을 떼어서 밑씻개로 하자」, 「육법전서와 혁명」, 「가다오 나가다오」 등의 시편들에서보다는 다소 정제된 목소리를 들을 수 있습니다. 그가 생각하는 자유의 의미가 무엇인지 확인할 수 있는 작품이지요. 화자에 의하면, 자유에는 "피의 냄새가 섞여" 있다고 합니다. 자유는 외부로부터 그저 주어지는 것이 아니라, 적극적인 투쟁과 희생을 통해서 획득해야 하는 것이라는 뜻입니다. 그래서 노고지리의 비상만을 자유로 보고 노래했던 어느 시인의 말은 수정되어야 한다고 말한 것이지요. 그러니 혼란의 시대에 자유를 얻기 위해서 우리가 치러야 했던 피의 무게는 얼마나 무거워야 했을까요. 또 투쟁과 희생을 감내하느라 보내야 했던 시간은 얼마나 고독한 것이었을까요. 시인은 4·19 혁명의 의미를 이렇게 되새기고 있습니다.

하지만 모두의 기대와는 다르게 혁명은 한순간에 세상을 바꾸지는 못했습니다. 희열에 차 있던 시인의 목소리에도 "혁명은 안 되고 나는 방만 바꾸어 버렸다"(「그 방을 생각하며」)는 자조가 깃들기 시작했지요. 혁명의 횃불에 걸었던 희망이 큰 만큼 절망도 깊었던지, 그는 일본어로 쓴 일기에 "나는 형편없는 저능아이고 내 시는 모두 쇼이고 거짓이다. 혁명도, 혁명을 지지하는 나도 모두 거짓이다."라고 깊은 좌절감을 토로했습니다. 그렇게 혁명의 실패를 절감하면서도 한편으로는 세계는 바뀔 수 있다는 것을, 나라와 역사를 바꾸는 힘은 민중에게 있다는 자각을 얻은 그였습니다. 그리하여 그는 "나의 가슴은 이유 없이 풍성하다"(「그 방을 생각하며」)고 노래하며 끝내 혁명의 가능성을 포기하지 않지요.

모든 것을 제압하는 생활 속에서

4·19 혁명으로 부풀었던 마음이 가라앉은 뒤, 김수영은 다시 소시민의 삶을 살며 일상으로 돌아왔습니다. 그의 시 역시 삶의 현장으로

나아갔지요. 한때 "시인의 스승은 현실이다. 나는 우리의 현실이 시대에 뒤떨어진 것을 부끄럽고 안타깝게 생각하지만, 그보다도 더 안타깝고 부끄러운 것은, 이 뒤떨어진 현실을 직시하지 못하는 시인의 태도이다."라고 말하던 그는, 이제 부끄러운 자신의 모습과 대면하고 있었지요. 익히 알려진 시 「어느 날 고궁을 나오면서」에는 사회의 부조리함에는 침묵했지만 설렁탕집 주인에게는 갈비에 기름덩어리가 많다고 분개하는 소시민의 모습이 적나라하게 그려져 있습니다. 또 일상이라는 이름으로 누리는 안온함이 퍽 부끄러웠는지, 여러 작품에서 이를 반성하고 돌아보기도 합니다. 다행히 형편이 조금씩 나아져서 집에 피아노를 들이고 라디오를 사며 일상에 안주하는 것을 타락했다고 질책하는가 하면, "시(詩)와는 반역된 생활"(「구름의 파수병」)이라고까지 말하지요. 생활에 길들여져 가는 자신을 질타하며 시의 이상을 좇는 그의 모습은 「금성 라디오」, 「피아노」, 「생활」 등 여러 작품에서 발견됩니다.

　　　금성 라디오

　　　금성 라디오 A 504를 맑게 개인 가을날
　　　일수로 사들여 온 것처럼
　　　500원인가를 깎아서 일수로 사들여 온 것처럼
　　　그만큼 손쉽게
　　　내 몸과 내 노래는 타락했다

헌 기계는 가게로 가게에 있던 기계는

옆에 새로 난 쌀가게로 타락해 가고

어제는 캐시밀론이 들은 새 이불이

어젯밤에는 새 책이

오늘 오후에는 새 라디오가 승격해 들어왔다

아내는 이런 어려운 일들을 어렵지 않게 해치운다

결단은 이제 여자의 것이다

나를 죽이는 여자의 유희다

아이놈은 라디오를 보더니

왜 새 수련장은 안 사왔느냐고 대들지만

지금과 같은 풍요로움 속에서는 라디오 한 대를 사는 일은 자랑거리도 아니고 그리 어려운 일도 아닙니다. 그러나 1960년대라면 사정이 달라집니다. 금성사(지금의 LG전자)에서 국내 최초의 라디오를 출시한 것이 1959년이었다고 합니다. 그때 라디오는 대졸 직원의 석 달 치 월급을 모아야 살 수 있는 고가품이었습니다. 그러니 라디오만으로도 부유함을 상징할 수 있었지요.

화자의 아내가 산 것도 바로 그 라디오였습니다. 500원이나 깎았지만 일수로, 그러니까 매일매일 돈을 갚기로 하고 샀다고 합니다. 그뿐 아니라 무거운 솜이불을 치우고 가볍고 포근한 캐시밀론 이불도 새로 들여왔습니다. 세간살이가 자꾸 바뀌는 것이 화자는 못마땅했나 봅니다. 형편이 넉넉지도 않은데, 허영과 욕심 때문에 물건을 산다고 생각했기 때문입니다. 실제 1960년대 중반 무렵, 생활력이 강했던 김수영의 아내는 번 돈으로 집안 가구들을 제법 사들였던 것 같습니다. 텔레비전과 피아노를 산다고 했을 때는 김수영이 이를 막으려고 두 손을 비비면서 아내에게 사정했다는 이야기도 있거든요. 물론 "결단은 여자의 것"이라서 시인이 지고 말았겠지요. 이 시는 1966년에 쓴 것이니 그때의 상황이 배경이 되었을 것 같습니다.

김수영은 아내가 채워 넣는 물질적 가치 때문에 자신의 정신이 망가지는 것을 경계했나 봅니다. 자신도 알게 모르게 세속적인 욕심에 휩쓸리는 것을 보고는, 타락하고 있다고 스스로를 질타하지요. 또 다른 시 「피아노」에서도 이 생각은 이어집니다. 자신이 혁명을 기념했던 방에 기름진 피아노 소리가 울리는 것을 무척 못 견뎌 하고 있거든요. 이러한 물건들은 자신이 지향하는 시인의 모습에서 점차 멀어지게 할 뿐 아니라, 생활에 안주하게 하기 때문에 탐탁지 않게 여기는 것입니다. 그의 생각에 따르면 시인에겐 "고독과 가난이 무이(無二)의 약"이니 이보다 나쁜 상황은 없는 것이지요. 이러한 생활 시들은 김수영의 개인적인 면모를 엿볼 수 있는 재밌는 작품입니다. 강한 어조로 자유를 외치던 시인 김수영에게 이렇게 평범한 생활인의 모습이 있었나 싶을 테니까요.

시와 시론, 평론 등을 신문과 잡지에 활발히 발표하던 1968년, 김수영은 문화 평론가 이어령과 신문 지면으로 뜨거운 논쟁을 벌이기도 했습니다. 문학의 자유와 진보적 자세에 대한 두 사람의 논쟁은 문단의 큰 관심을 끌며 화제가 되었지요. 당시 김수영은 권력과 이념으로부터 문학의 순수성을 지켜야 한다는 이어령의 주장에 맞서, 문학의 사회적 역할을 강변했습니다. 그리고 논쟁이 있은 직후, 한 문학 세미나에서 유명한 글을 발표합니다.

"시작(詩作)은 '머리'로 하는 것이 아니고, '심장'으로 하는 것도 아니고, '몸'으로 하는 것이다. '온몸'으로 밀고 나가는 것이다. 정확하게 말하자면, 온몸으로 동시에 밀고 나가는 것이다."

「시여, 침을 뱉어라」라는 이 글에는 김수영의 시를 말할 때 빼놓을 수 없는 '온몸의 시학'이 담겨 있습니다. '온몸'이란 육체와 정신을 아우르는 말이자, 시의 형식과 내용의 합일을 지향하는 말로 해석되곤 합니다. 여기에는 현실과 이상의 화해, 예술과 삶의 일치를 꿈꾸었던 시인의 바람도 엿보이지요. 그러나 1968년 여름 어느 날, 자유를 향해 온몸으로 시를 밀고 나간 김수영은 불의의 교통사고로 의식불명 상태에 빠진 후 홀연히 우리 곁을 떠나가 버립니다.

어두운 시대의 증인

전통적인 서정을 거부하고 모더니스트로 출발한 김수영은 1960년대 저항시의 선두에 서서 현실의 문제를 끌어안고 목소리를 높였습니다. 신동엽이 말한 것처럼, 김수영은 "기존 질서에 아첨하는 문화를 꾸짖은 어두운 시대의 위대한 증인"이었지요. 소용돌이치는 현대사의 한가운데 선 그는 예술가로서의 자유를 넘어, 시대의 자유를 위해 싸우고 노래했습니다. '자유'는 김수영 시의 핵심어이지요.

'자유'를 바탕으로 한 그의 시정신은 시어에서도 찾아볼 수 있습니다. "내가 써 온 시어는 지극히 평범한 일상어뿐이다. 어머니한테서 배운 말과 신문에서 배운 시사어의 범위 안에 있다."라고 말한 것처럼 그는 1950~1960년대 시단에서는 볼 수 없었던 일상어와 비속어를 작품에서 자유롭게 사용했습니다. 온갖 야유, 욕설, 노골적인 성적 표현, 직설적인 문장 등을 시로 끌어들여 시어의 영역을 넓혔지요.

김수영이 남긴 시는 170여 편에 불과하지만, 그에 대한 평론과 논문은 그의 작품의 몇 배를 넘기고도 계속 쓰이고 있습니다. 그러고 보면 '살아 있는 김수영'이라는 책 제목이 정확한 표현이라는 생각이 듭니다. 아무리 시대가 변해도 문학이 해야 할 일이 무엇인지, 자유정신이란 무엇인지, 그의 시가 여전히 살아 있는 목소리로 말하고 있기 때문이지요. 김수영의 시는 앞으로도 우리에게 양심에 대해 끊임없이 날선 질문을 던질 것입니다.

풀

풀이 눕는다
비를 몰아오는 동풍에 나부껴
풀은 눕고
드디어 울었다
날이 흐려서 더 울다가
다시 누웠다

풀이 눕는다
바람보다도 더 빨리 눕는다
바람보다도 더 빨리 울고
바람보다도 먼저 일어난다

날이 흐리고 풀이 눕는다
발목까지
발밑까지 눕는다
바람보다 늦게 누워도

바람보다 먼저 일어나고
바람보다 늦게 울어도
바람보다 먼저 웃는다
날이 흐리고 풀뿌리가 눕는다

「풀」은 김수영의 대표작이자 그가 남긴 마지막 작품이기도 합니다.
1968년 그는 늦은 밤 귀갓길에 버스에 치여 세상을 떠났습니다. 갑작
스런 죽음을 맞이하기 보름 전에 쓴 시가 바로 「풀」입니다. 이 시를 읽
고 있으면 바람 부는 넓은 들판에서 풀들이 나부끼는 촉감과 소리가
들리는 듯합니다. 바람에 따라 풀이 스러지고 일어나는 모습이 그려
지면서, 풀이 지닌 부드러운 힘을 다시 생각하게 되지요. 풀과 바람만
등장하는데도 그 안에서 변주되는 내용과 상징적 이미지는 읽는 이마
다 다른 해석이 가능하므로 큰 공감을 불러일으킵니다. 누군가는 '풀'
을 민중으로 읽고, 또 누군가는 자연 그대로의 풍경으로 읽어도 감동
이 줄어들지 않으니까요.
　비교적 단순하고 서정적인 이 시에는 대립되는 시어가 명확하게
드러나 있습니다. '풀―바람', '눕다―일어나다', '울다―웃다'의 대립
구도가 반복되면서 시를 이끌어 가고 있지요. 사건을 일으키는 존재
는 '바람'이지만 이 시의 주체는 '풀'입니다. 그 풀이 누워서 울다가, 일

어나서 웃는 과정을 통해 작고 연약한 대상이 스스로를 일으키는 힘을 느끼게 해 줍니다. 또다시 날이 흐려지면 풀뿌리까지 눕고 말더라도 결국 풀은 다시 "빨리" 일어나리라는 믿음, 그것이 이 시를 자꾸 읽게 만듭니다.

김춘수는 김수영의 「풀」을 보면서 내가 써 보고 싶은 것을 벌써 썼구나 하는 질투가 생겼다고 말한 적이 있습니다. 대가의 눈으로도 질투가 날 만한, 김수영 시의 한 경지를 보여 주는 작품이 마지막 작품이라는 점은 두고두고 안타까운 일입니다. 「풀」이 이룬 성과를 뛰어넘는 멋진 작품이 더 많이 나왔을 수도 있을 테니 말이지요.

풀잎 하나도, 풀잎의 몸짓 하나도, 풀잎을 나부끼게 하는 바람도 모두 자유를 찾는 눈빛으로 읽을 줄 알았던 시인. 결국 김수영은 시를 통해 자신의 삶도 깊게 만들어 갔다는 생각이 듭니다. 자유의 회복이란 바로 인간의 회복이라고 그는 믿고 있었으니까요.

신
동
엽

1930 ~ 1969

"내 일생을 시로 장식해 봤으면.
내 일생을 사랑으로 채워 봤으면.
내 일생을 혁명으로 불질러 봤으면.
세월은 흐른다. 그렇다고 서둘고 싶진 않다."
― 산문「서둘고 싶지 않다」에서

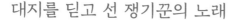

'알맹이'를 위한 꿈을 꾸다

대지를 딛고 선 쟁기꾼의 노래

제가 대학 신입생이던 1980년대 후반은 학생운동이 활발한 시기였습니다. 매일 교정 곳곳에 시국 관련 대자보가 붙고 친구들과 함께 그 글을 읽는 것이 의무와 같았던 때이지요. 꽃이 만발한 4월의 어느날에도 우린 커다란 벽 앞에 모여 서 있었습니다. 그리고 대자보에 적힌 시 한 편에 놀란 가슴을 몰래 다독였지요. 그 시는 어떤 연설이나 구호보다 단호하고 거침없는 표현들로 젊은 우리에게 목청껏 외치고 있었습니다. "껍데기는 가라"고.

참여시 혹은 민중문학을 이야기할 때 그 선두에 서는 시인은 바로

"껍데기는 가라"의 신동엽과 김수영입니다. 두 사람은 아홉 살의 나이 차이가 있지만, 1960년대 같은 시기에 문단 활동을 했다는 점과 정치와 사회 상황에 적극적으로 대응하며 현실 참여의 목소리를 시에 담았다는 점이 비슷합니다. 이런 공통적인 면모에도 불구하고 김수영은 좀 더 도회적이고 지적인 언어를 구사한 반면, 신동엽은 전통적인 서정성을 바탕으로 역사적 소재와 역사의식을 결합하고 있다는 점에서 각자의 개성이 드러나기도 한답니다.

신동엽은 일제강점기인 1930년 충청남도 부여의 가난한 집에서 장남으로 태어났습니다. 어린 시절부터 아이답지 않게 곧잘 사색에 잠기곤 해서 부모님이 걱정을 했을 정도라는군요. 초등학교를 졸업하고 전주사범학교로 진학한 후에도 성격에는 변함이 없었는지, 세계문학전집 같은 문학책을 늘 옆구리에 낀 채 혼자 다녔다고 해요. 과묵하고 내향적인 그는 이때부터 문학을 향해 다가가고 있었던 것 같습니다.

그러나 그의 이런 면모와는 다르게 해방 직후인 1948년 동맹휴학에 가담하여 결국 사범학교에서 퇴학 처분을 받은 사실은 시인의 내면세계가 무엇을 향해 있었는지 짐작하게 합니다. 당시의 동맹휴학은 남한만의 단독 선거에 반대하는 전국적 규모의 저항 운동이었습니다. 정치적 명분도 명분이지만, 그 열기는 해방 직후 미군정에 대한 실망에서 더욱 뜨겁게 뿜어져 나왔지요. 극심한 실업난에 물가가 치솟는 등 사회 혼란이 이어지고, 친일파는 여전히 득세하고 있었거든요. 이런 상황에서 비판의 목소리를 보탠 신동엽은 일찍부터 이웃과 민중의 삶에 관심을 두고 있었음을 알 수 있습니다. 스스로가 가난한 농가 출신으로서 그들의 고단한 삶을 누구보다 잘 알았으므로, 자연스럽게 민중 의식이 싹트지 않았나 생각됩니다.

신동엽은 청년기에 해방과 좌우익의 갈등, 6·25 전쟁의 참화를 직접 겪었습니다. 그뿐 아니라 4·19 혁명과 5·16 군사정변의 격변기를 모두 통과해야 했지요. 이러한 험난한 역사적 체험은 그가 민족과 겨레의 문제에 촉각을 곤두세우도록 했을 것입니다. 훗날 그는 단국대학교 사학과에 입학해 민중사를 탐구하고, 동학농민운동의 전적지를 샅샅이 답사하기도 합니다. 쓰라린 역사의 한복판에서 짚어 낸 민중사의 맥은 그의 대표작인 장편 서사시 『금강』으로 귀결되어 문학사에 길이 남을 업적이 되었지요. 4,800여 행에 이르는 어마어마한 길이의 시 『금강』 은 시인이 추구했던 정신을 모두 끌어안고 있습니다.

6·25 전쟁 시기 부역과 징집으로 고난을 겪고 난 신동엽은 고향 집에서 시 쓰는 일에 몰두해 장시 『이야기하는 쟁기꾼의 대지(大地)』를 완성했습니다. 그는 이 작품을 1959년 석림(石林)이라는 필명으로 《조선일보》 신춘문예에 응모했는데, 가작으로 선정되었습니다. 이 시는 예심을 본 시인이 "무릎을 치고 싶도록 좋은 시"라고 했는데도, 20여 행이 삭제되고 표현이 바뀐 채 신문에 발표되었습니다. 심사위원들 사이에서 여러 논란이 일어 우여곡절 끝에 활자화된 것이지요.

등단작에서부터 그는 "간밤에 밟히어 간 가난한 목숨들"에게로 시선을 고정하고 있습니다. 국권 상실과 이념의 대립, 정치적 폭력으로 이어지는 현실에서 가장 고통받는 이들이 누구인지 시인은 알고 있었던 것입니다. 이러한 그의 관심은 끝까지 지속되었습니다. 그에게 참여란 거창한 것이 아니라 '이웃을 향한 인간적인 애정'을 의미했거든요. 그가 고향을 노래할 때조차 아름다운 풍경이 아닌, 사람에 대한 연민과 시대의 아픔을 먼저 드러내는 이유도 여기에서 찾을 수 있답니다.

더 이상 고향이 아닌 곳

가난과 핍박에 시달리는 민중은 늘 신동엽의 관심 안에 있었습니다. 시인 자신이 굶주림과 뼈에 사무친 가난을 겪기도 했거니와, 곤궁한 현실을 헤쳐 나가야 했던 경험은 민중에 대한 연민과 유대감을 두텁게 하는 바탕이 되었지요. 식민지 시대와 6·25 전쟁을 통과한 시인의 눈이 민중들의 삶의 터전인 고향으로 향하게 된 것은 우연이 아닙니다. 사람들이 누대에 걸쳐 살아온 소중한 터전은 따듯함과 평화로움의 상징이 아니라, 외세와 '껍데기'들에 빼앗긴 아픈 땅으로만 남아 있었으니까요. 그러니 더 이상 내 고향이 아닐 수밖에요.

내 고향은 아니었었네

내 고향은 아니었었네
허구헌 홍시 감이 익어 나갈 때

빠알간 가랑닢은 날리어 오고.

발부리 닳게 손자국 부를도록
등짐으로 넘나들던
저기
저 하늘가.

울고는 아니
허리끈은 졸라도
뒤밀럭,
뒤밀럭
목메인 자갈길에.

내 고향은 아니었었네
그 언젠가
먼 산 바리 소녀 떡 목판 이고 섰던
영(嶺) 너머 그 멀린 소문 들은 안개 도시.

　눈물론 아니
　뱃가죽은 졸라도

열차 창

꽃 언덕

목메인 면회 길에.

내 고향은 아니었었네

허구헌 아들딸이 불리어 나갈 때

빠알간 가랑닢은 날리어 오고.

발부리 닳게 손자국 피 맺도록

조상들 넘나들던

저기

저 하늘가야.

    개인적인 정서보다 겨레의 아픔에 더 관심을 두고 시를 썼던 신동 엽은 고향을 이야기할 때도 산과 들, 쪽빛 하늘과 맑은 개울 같은 아름 다운 풍광 대신, 사람들의 가난과 고통에 눈길을 주었습니다. 이 땅의 백성들이 일제의 수탈과 전쟁으로 헐벗은 거지가 되어 몰려다니는 현 실이 무엇보다 가슴 아팠던 것이지요. 고향이란 태어난 곳 이상의 정신 적 의미를 지니는 곳인데, 그런 곳이 피폐해졌으니 그 상실감은 무엇으 로도 대신할 수 없다는 것을 시인은 잘 알고 있었습니다.

    무너진 고향은 돌아가야 할 공간이 아니라, 떠나야 할 공간이 되었습니다. 땅을 잃은 농민들은 도시 노동자가 되어 더욱 어려운 삶을 이어 가야 했지요. 가난을 이겨 보려는 절박한 마음을 안고 도시로 나간 "허구헌 아들딸"들은 손이 부르트도록 일해야 했습니다. 이처럼 비극적인 상황이니 "홍시 감"이 익고 꽃이 지천으로 피어난들 안식처로 느낄 수 없는 것은 당연한 일입니다.

이웃의 삶과 터전이 붕괴되는 과정을 지켜보지 않았다면 「내 고향은 아니었었네」와 같은 시가 나올 수 없었겠지요. 가난의 문제는 신동엽이 일생 동안 집념을 보이며 탐구했던 주제입니다. 그는 가난을 통해 민중을 발견했고, 민중의 삶을 피폐하게 만든 외세에 분노하며 강력한 저항 정신을 지니게 되었으니까요. 실제로 신동엽 자신도 시 속의 아들딸처럼 청년기에 고향을 떠나 서울의 헌책방 점원으로 일하며 힘들게 지냈다고 합니다.

이후 명성여자고등학교 야간부 교사로 재직하며 국문과 대학원에서 공부를 이어 가던 신동엽은 그동안 발표했던 시와 미발표작 18편을 묶어 첫 시집 『아사녀』(1963)를 출간했습니다. "몸은 야위었어도/다만 정신은 빛나고 있었다"(「빛나는 눈동자」)에서 알 수 있듯이 이 시집은 그가 더욱 강한 정신을 향해 나아갈 조짐을 보여 줍니다. 이즈음 그는 4·19 혁명을 겪으며 당대의 부조리한 정치 현실과 폭력을 날카롭게 비판하는 시인으로 점점 목소리를 높입니다. 이승만 독재 체제를 무너뜨린 4·19 혁명은 신동엽을 이야기할 때 결코 빼놓을 수 없는 역사적 사건이지요.

4월 혁명의 정신을 잇다

1960년의 4·19 혁명은 신동엽의 삶과 문학에 커다란 획을 그었습니다. 4·19 혁명의 체험은 신동엽을 참여 시인으로 이끄는 결정적인 계기가 되었지요. 혁명의 열기를 직접 목격한 그는 학생들과 현역 시인들의 시를 엮어 『학생 혁명 시집』을 편찬하기도 합니다. "4월 혁명의 본질이 무엇이며 평등이 무엇이며 정의가 무엇이며 이 민족의 숙원이 무엇인가"라는 스스로의 질문과 고민이 문학의 현장에서 계속된 것입니다. 그가 1960년대를 대표하는 시인으로 자리매김하게 된 이유도 4·19 혁명의 정신을 시에 잘 담아냈기 때문입니다. 그 절정에 이른 작품이 바로 이십 대의 저를 놀라게 했던 「껍데기는 가라」입니다.

껍데기는 가라

껍데기는 가라.
사월도 알맹이만 남고
껍데기는 가라.

껍데기는 가라
동학년(東學年) 곰나루의, 그 아우성만 살고
껍데기는 가라.

그리하여, 다시

껍데기는 가라.

이곳에선, 두 가슴과 그곳까지 내논

아사달과 아사녀가

중립의 초례청 앞에 서서

부끄럼 빛내며

맞절할지니

껍데기는 가라.

한라에서 백두까지

향그러운 흙 가슴만 남고

그, 모오든 쇠붙이는 가라.

「껍데기는 가라」는 1967년에 발표된 이후로 4월이 되면 언제나 다시 읽히고 있는 시입니다. 이 작품을 두고 "천둥 같고 벼락 같은 시"라고 했던 어느 시인의 말에 절로 고개가 끄덕여집니다. 그만큼 시인의 눈빛은 형형하고 목소리는 격정적입니다. 현실에 대한, 역사에 대한, 민족에 대한 뜨거운 마음을 기교 없이 분명하게 전달하고 있는 것이지요. "가라"라는 명령형 어조는 껍데기들을 향한 시인의 절규처럼 느껴질 정도입니다. 비겁하지 않은, 당당하고도 거침없는 외침이지요.

신동엽은 1960년대 4·19 혁명의 실패와 5·16 군사정변 등을 겪으면서 우리 민족의 현실이 '껍데기'로 가득하다고 생각했습니다. 그래서 짧은 시 안에서도 그토록 여러 번 반복해서 "껍데기는 가라"라고 말하고 있는 것입니다. 그의 다른 작품에도 '껍데기' 혹은 '껍질'이라는 표현이 등장하는데, 이는 부조리와 불의를 지닌 권력과 외부 세력을 상징합니다. 공동체를 위협하는 모든 것이 바로 '껍데기'인 것이지요. 또한 그는 "쇠붙이는 가라"고 덧붙입니다. 모든 문명과 외세를 통칭하는 '쇠붙이'를 걷어 내는 것, 바로 그것이 시인의 간절한 소망이었나 봅니다. 전해지는 일화에 따르면 그는 양의와 양약을 인위적이라며 불신하고 한약으로만 버틸 정도로 실생활에서도 '외세'와 관련된 것을 싫어했다고 합니다. 껍데기들이 다 사라지고 난 곳이라야 새로운 세상이 될 것이라는 시인의 강력한 염원이 느껴지지요.

새롭게 열린 세상은 "아사달과 아사녀가" 마침내 사랑을 이루게 되는, "중립의 초례청"과 같은 곳이라고 합니다. 시인은 "향그러운 흙가슴"을 지닌 알맹이들의 역사가 "한라에서 백두까지" 새롭게 시작되기를 간절히 원하고 있지요. "껍데기"와 "알맹이"가 대비되면서 생겨나는 긴장감은 시의 핵심을 더욱 선명하게 드러내며 주제를 강조합니다. 4월 혁명 정신을 짓밟은 세력을 겨냥한 시인의 외침이 더욱 단호하게 느껴지는 이유입니다. 「껍데기는 가라」는 그를 1960년대의 대표적 참여 시인으로 확고하게 자리매김하게 해 준 작품이며, 참여시가 도달할 수 있는 최고의 경지라는 평가를 받고 있는 시입니다.

겨우 10여 년의 문단 활동을 하는 동안, 「껍데기는 가라」가 발표될 즈음이 그에겐 시인으로서의 절정기에 해당했습니다. 그러나 그는 1969년 간암 진단을 받은 지 불과 두어 달 만에 갑자기 세상을 떠나고 말았지요. 그가 그토록 애타하던 피 맺힌 4월에 우리 곁을 떠났습니다.

알맹이의 역사를 위하여

신동엽은 문학과 현실의 관계를 깊이 생각한 시인이었습니다. 역사적 사건인 동학농민운동을 시의 중심 모티프로 끌어와 현실의 문제를 비판하고, 4·19 혁명의 정신을 치열하게 노래했습니다. 이렇듯 과거와 현재를 하나의 물줄기로 이어 주며, 과거의 역사를 단순한 사건에 그치지 않고 현재와의 연관 속에서 다시 이해하게 한 점은 그의 중요한 업적입니다. 그가 엄중한 목소리로 "시인이 돼지가 아닌 이상 역사 앞에서 엄숙해야 하며, 모국어의 얼굴 하나하나 앞에서 가슴을 털어놓을 줄 알아야 한다."라고 말했던 바가 무엇을 의미하는지 다시금 짚어보게 됩니다. 시인이란 누구이며, 시인의 역할이 무엇인지에 대해 그는 한결같았고 분명했던 것입니다. 한편 그는 장시와 서사시를 쓰기도 했고, 시극(詩劇)과 오페레타를 창작해 상연하는 등 다양한 시도를 보여주기도 했습니다. 표현 기법부터 형식에 이르기까지, 종합적인 차원에서 예술을 추구하기 위해 부단히 노력했음을 알 수 있지요.

김수영은 "그의 업적은 소위 참여파의 다른 어떤 시인보다 확고부

동하다."라고 신동엽을 평가했습니다. 신동엽의 작품에는 강인한 참여 의식이 깔려 있다는 의미이지요. 이처럼 그의 시는 현실에 굴복하지 않고 비판과 저항의 목소리를 일관되게 보여 주었기 때문에, 사후에 발간된 그의 시집은 한때 불온 문서로 찍혀 판매가 금지되는 일도 있었답니다.

그는 끝까지 새로운 세상이 펼쳐지리라는 것을 믿고 있었던 듯합니다. "미움의 쇠붙이들을 눈 녹이듯 녹여 버릴 너그러운 봄"(「봄은」)이 오면 알맹이가 될 씨를 묻어 두자고 했으니까요. 그의 말대로 "얼음 뚫고 새 흙 깊이 씨 묻어 두"(「싱싱한 눈동자를 위하여」)면 언젠간 그가 그토록 기다리던 봄, 민족과 정의의 알맹이가 주렁주렁 열리는 봄이 오지 않을까요. 그리고 그땐 비로소 알맹이의 역사가 시작되겠지요.

산문시 1

 스칸디나비아라든가 뭐라구 하는 고장에서는 아름다운 석
양 대통령이라고 하는 직업을 가진 아저씨가 꽃 리본 단 딸
아이의 손 이끌고 백화점 거리 칫솔 사러 나오신단다. 탄광
퇴근하는 광부들의 작업복 뒷주머니마다엔 기름 묻은 책 하
이데거 럿셀 헤밍웨이 장자(莊子) 휴가 여행 떠나는 국무총리
서울역 삼등 대합실 매표구 앞을 뙤약볕 흡쓰며 줄지어 서
있을 때 그걸 본 서울역장 기쁘시겠소라는 인사 한마디 남
길 뿐 평화스러이 자기 사무실 문 열고 들어가더란다. 남해
에서 북강까지 넘실대는 물결 동해에서 서해까지 팔랑대는
꽃밭 땅에서 하늘로 치솟는 무지갯빛 분수 이름은 잊었지만
뭐라군가 불리우는 그 중립국에선 하나에서 백까지가 다 대
학 나온 농민들 트럭을 두 대씩이나 가지고 대리석 별장에
서 산다지만 대통령 이름은 잘 몰라도 새 이름 꽃 이름 지휘
자 이름 극작가 이름은 훤하더란다 애당초 어느 쪽 패거리
에도 총 쏘는 야만엔 가담치 않기로 작정한 그 지성(知性) 그
래서 어린이들은 사람 죽이는 시늉을 아니 하고도 아름다

운 놀이 꽃동산처럼 풍요로운 나라, 억만금을 준대도 싫었
다 자기네 포도밭은 사람 상처 내는 미사일 기지도 탱크 기
지도 들어올 수 없소 끝끝내 사나이 나라 배짱 지킨 국민들,
반도의 달밤 무너진 성터가의 입맞춤이며 푸짐한 타작 소리
춤 사색뿐 하늘로 가는 길가엔 황톳빛 노을 물든 석양 대통
령이라고 하는 직함을 가진 신사가 자전거 꽁무니에 막걸리
병을 싣고 삼십 리 시골길 시인의 집을 놀러 가더란다.

시인이 그려 놓은 세상은 참 평화롭고 환상적입니다. 석양 대통령
은 자전거에 막걸리를 싣고 멀리 시인의 집으로 놀러가고, 광부들은
철학책을 읽으러 집으로 퇴근하는 곳. 그뿐인가요. 나라를 다스리는
대통령과 정치가의 이름 대신 꽃 이름 새 이름 예술가 이름을 더 많이
아는 사람들이 산답니다. 농민들도 교육의 기회를 균등하게 누리고
경제적 평등이 보장되어 가난 걱정 없이 살고 있습니다. 무엇보다 "미
사일 기지도 탱크 기지도" 들어오지 못하게 막아 낸 국민들의 땅이 시
인이 꿈꾸는 나라입니다.

그런데 너무나 이상적인 이곳을 상상하자니 문득 지금 눈앞이 더
어두워지는 느낌이 듭니다. 시인이 꿈꾼 세상이 아직도 멀다는 것을

알기 때문이지요. 이 시가 쓰인 1960년대의 정치적 상황을 생각해 보면, 어쩌면 시인은 당시의 암울한 현실을 이렇게 비판한 게 아니었나 싶습니다. 현실과 이상의 거리가 너무 아득하여 그 괴리감이 오히려 현실을 직시하도록 하잖아요.

「산문시 1」은 그가 사망하기 다섯 달 전쯤인 1968년 11월 《월간문학》지에 실렸습니다. 시인이 생전에 발표한 마지막 시이지요. 신동엽은 분단과 독재의 길로 치닫던 당시의 상황이 몸서리나도록 싫었나 봅니다. 그래서 유토피아, 혹은 시인이 말하던 알맹이의 나라를 이토록 자세히 상상하며 심장에 겨눠진 현실의 아픔을 견딘 것인지도요.

제가 「껍데기는 가라」를 처음 읽던 그날로부터 세월은 무척 많이 흘렀지만, 아직도 시인이 바라던 세상은 오지 않았습니다. 하루도 조용할 날이 없는 정치 기사와 외세의 압력과 불안 또한 변함이 없습니다. 우리가 오늘날에도 시인의 목소리를 자꾸 되살려 내는 것은 시인의 꿈이 여전히 우리의 꿈이기 때문입니다. "먹구름/그걸 하늘로 알고/일생을 살아"(「누가 하늘을 보았다 하는가」)갈까 봐 염려했던 시인의 애처로운 음성이 사라지는 날은 과연 언제일까요.

3장

우리말 꽃이 피었습니다

:: 시어를 가꾸다

김 영 랑

1903 ~ 1950

"문학은 진실한 데서 비로소 그 가치와 생명이 있는 것이라고 생각한다. …
이 진실이라는 것은 문학과 또는 인생에 대하는 작가의 태도를 말하는 것인데
아무리 고상한 사상이라든가 철학을 보여 주는 작품이라 해도
그것이 인간을 참되게 걱정하고 참뜻으로 아끼는 태도로 쓰이지 않는 한
값있는 작품이라고 존경을 받기가 힘들 것이다."
― 산문 「신인(新人)에 대하여」에서

남도의 가락으로 읊은 순수한 서정

'음악'으로서의 시를 짓다

가을이 와서 울긋불긋 단풍이 물든 나무 앞에 서면 저절로 입 밖으로 나오는 시구가 있습니다. "오−매 단풍 들것네"입니다. 저는 고향이 경상도이지만, 전라도 사투리 특유의 구수한 억양을 최대한 흉내 내며 이 시구를 읊어 보곤 합니다. "오−매"에 리듬을 한껏 살려서 읽으면 얼마나 맛깔스러운지요. 콧소리까지 살짝 더하면 친밀함마저 느껴집니다. 화려한 수식어 하나 없는데도 느낌이 생생하잖아요. 어떤 때는 아름다운 가을 풍경 앞에서 이보다 더 멋지게 표현할 수 있을까 하는 생각도 들어요. 해마다 가을을 보내며 이 말을 몇 번씩 되뇌게 되니, 이 멋진 말의 주인인 김영랑 시인이 새삼 부러울 수밖에요.

"오-매"라는 말에서 벌써 짐작했겠지만 김영랑의 고향은 전라도입니다. 그는 1903년 전라남도 강진군의 지주 집안에서 태어났습니다. 유복한 환경의 맏이였으니 어려움 없이 유년기를 보냈지요. 원래 이름은 김윤식(金允植)이고, 우리가 부르는 '영랑'은 훗날 지은 아호입니다. 그는 이십 대 무렵 금강산의 영랑봉과 영랑호를 구경했는데, 그 풍광이 무척 마음에 들어서 자신의 호를 '영랑'으로 삼았다고 합니다.

김영랑이 나고 자란 강진은 조선 후기 학자인 정약용과 김정희가 머물렀던 곳이고, 두 사람의 영향으로 강진의 문화적 열의는 일찍부터 무척 높았습니다. 그런 지역에서 풍요로운 유년 시절을 보낸 김영랑은 소년 시절부터 음악에 남달리 관심이 많았습니다. 틈나는 대로 거문고, 가야금, 북, 바이올린 등을 연주했고, 판소리와 성악 실력도 수준급이었다고 합니다. 그래서 김영랑은 음악가가 되기를 꿈꿨지요. 하지만 부모님의 반대로 영문학을 공부했고, 자신이 가지 못한 길에 대한 아쉬움을 음악으로 달래며 살았습니다. 사랑채 가득 레코드 음반을 산더미처럼 모았다고 하니 음악에 대한 열정이 어느 정도였는지 알 것 같습니다. 그의 시가 유난히 음악성을 띠는 이유도 짐작이 가고요.

김영랑은 시에 음악적 특성을 살리기 위해 다양한 방법을 고민하고 시도한 시인이었습니다. 특히 방언의 음색과 율격을 가다듬어 리드미컬하게 구사했지요. 그가 시에서 쓴 평범하고 일상적인 고향 말들은 작품에 리듬감을 살리며, 색다른 맛을 만들어 냈습니다. 김영랑은 전라도 중에서도 자신의 고향 말에 깊은 애정을 가지고 있었습니다. 자신의 심정을 보다 더 솔직하게 표현하는 말이라고 여겼거든요. 이처럼 그의 생애와 문학에 있어서 고향 강진은 많은 영향을 미쳤습니다.

그런가 하면 김영랑에게는 혁명가적 기질의 일면도 있었던가 봅니다. 휘문고보 재학 중 3·1 운동이 일어나자, 김영랑은 독립선언문을 구두 속에 깔아 감추고 고향 강진으로 내려가 만세 운동을 도모했답니다. 그 일로 일본 경찰에게 체포돼 6개월간 감옥살이를 했지요. 그가 쓴 맑은 시편들만으로는 김영랑의 저항 정신을 짐작하기 어렵지만, 실은 그는 신사참배와 창씨개명을 끝까지 거부한 강직한 사람이었습니다. 그리고 단 한 편의 친일 문장도 남기지 않은 작가이지요. 일제강점기의 가혹한 탄압 속에서 그가 보인 행동은 결코 쉬운 일이 아니었습니다. 이런 정황으로 짐작하건대, 김영랑은 예술에 있어서만은 순수함과 아름다움을 근본으로 여긴 것 같습니다. 시에서 순수 서정을 고집한 것도 이런 바탕에서 비롯된 것으로 보이고요.

김영랑이 일본에서 영문학을 공부하던 시절 존 키츠John Keats와 같은 낭만주의 시인들에게 빠져 있었다는 사실도 주목할 만합니다. 훗날 그는 자신의 첫 시집인 『영랑 시집』(1935)의 서두에 키츠의 시구인 "A thing of beauty is a joy forever"를 인용하기도 했답니다. '아름다운 것은 영원한 기쁨'이라는 뜻인데, 이는 그가 시에서 추구한 것이 무엇이었는지를 짐작하게 합니다. 그가 정지용, 박용철 등과 함께 시 전문지 《시문학》을 창간해 예술에서 지적인 요소를 배제하며 순수성을 추구하는 활동을 벌인 것도 같은 맥락에서 이해할 수 있지요.

순정한 마음과 아름다운 운율

김영랑은 1930년 《시문학》 동인의 한 사람으로 참여하면서 문단
에 본격적으로 데뷔했습니다. 그때까지만 해도 무명의 시인이었던 김
영랑에게 《시문학》지의 출간과 동인 활동은 아주 중요한 사건입니다.
그의 작품 대부분이 《시문학》을 통해서 발표되었고, 이 시절 발표한 시
들에는 운율을 위해 언어 사용을 세심하게 배려한 김영랑의 특성이 돋
보이기 때문이지요. 그는 의성어, 의태어, 첩어를 유난히 즐겨 사용했
고, 일상어를 자신이 원하는 리듬에 맞도록 변형해서 쓰기도 했습니다.
'도른도른', '즈르르', '흐렁흐렁', '서느라워', '아름풋한', '으스름한', '보
드레한', '포실거리며', '아실아실', '닝닝거리고', '후갯한'…. 모두 김영랑
시 속의 고유어에서 비롯된 표현인데, 발음해 보면 부드러운 리듬감이
느껴집니다. 그가 쓴 고유어는 대부분 전라도 방언입니다. 전라도 방언
특유의 나긋나긋하고 구수한 억양은 노래 같기도 한데, 이런 특징이 음
악성을 중요하게 여겼던 김영랑의 생각과 잘 맞아떨어졌나 봅니다.

또 김영랑은 모국어인 한국어의 운율을 살리는 데 주력했기 때문
에, 한자어나 외래어를 작품 속에 거의 사용하지 않았습니다. 그래서
그의 시는 이미지나 의미를 파악해서 읽는 것보다 소리 내어 읽을 때
더 맛이 난답니다. 전라도 방언을 잘 몰라도, 읽다 보면 나도 모르게 입

으로 흥얼거리게 되고 경쾌한 운율이 절로 느껴지지요. 정지용은 김영 랑의 시를 평하는 글에서 "놀림감이 되는 전라도 사투리가 이렇게 곡 선적이오 감각적이오 정서적인 것을 영랑의 시로써 깨닫게" 되었다고 했는데 충분히 공감이 가는 말입니다. 곡선적인 강물의 굽이와 같은 말 이 잔잔히 흐르는 시라면, 바로 이 작품이 아닐까 합니다.

끝없는 강물이 흐르네

내 마음의 어딘 듯 한편에 끝없는 강물이 흐르네

돋쳐 오르는 아침 날빛[1]이 빤질한 은결을 도도네[2]

가슴엔 듯 눈엔 듯 또 핏줄엔 듯

마음이 도른도른[3] 숨어 있는 곳

내 마음의 어딘 듯 한편에 끝없는 강물이 흐르네

이 시는 김영랑의 등단작입니다. 1930년 《시문학》 창간호에 발표 한 13편 중에서 첫 번째로 실은 작품이지요. 자신의 첫 시집 『영랑 시 집』을 엮으면서도 이 시를 제일 앞에 넣은 걸로 보아, 시인이 무척 아 끼는 작품이라는 생각이 듭니다. 처음 《시문학》에 발표할 당시의 제목

---

1. 햇빛을 받아서 나는 온 세상의 빛.
2. '돋우네'의 부드러운 표현으로, 시적 허용.
3. '도란도란'의 시적 허용.

은 '동백잎에 빛나는 마음'이었는데, 나중에 지금의 제목이 되었습니다. 이 시가 실린 『영랑 시집』을 보면 특이하게 모든 작품에 제목이 없고, 그 대신 시에 번호를 붙여 놓고 있어요. 이럴 경우에는 독자들이 편의상 시의 첫 대목을 시의 제목으로 삼아 다른 시들과 구별하곤 하는데, '끝없는 강물이 흐르네'도 그렇게 제목으로 굳어진 것입니다.

작품에서 시적 화자는 봄날 아침에 동백잎을 보면서 느낀 즐거운 마음을 표현하고 있습니다. 햇살을 받아 윤기가 흐르는 동백잎을 보는 순간, 순수한 아름다움을 느꼈던 것이지요. 시인은 그 순간의 즐거움을 "은결", 즉 '은빛 물결'과 같다고 비유했습니다. 그 물결이 "가슴엔 듯 눈엔 듯 핏줄엔 듯" 몸속 구석구석 숨어 있다가 끝없이 흘러나온다고요. 봄을 맞는 즐거움이 그만큼 크다는 것을 강물의 흐름으로 표현한 것입니다.

강물처럼 흐르는 마음을 효과적으로 전달하기 위해 김영랑은 작품 곳곳에 음악적 장치를 두었습니다. 이를테면 '흐르네', '도도네', '흐르네'와 같이 종결 어미 '-네'를 반복적으로 사용했고, '-엔 듯'이라는 표현을 되풀이함으로써 리듬감을 만들었습니다. 또 우리에게 익숙한 전통적 율격인 3음보를 바탕으로 시를 진행하고 있어서 노래의 느낌이 들지요. 비슷한 시기의 정지용이 작품에서 이미지를 만드는 데 주력했다면, 김영랑은 언어로 음악을 만들고자 했다는 것을 다시 한 번 확인할 수 있습니다. 이처럼 심오한 사상을 담기보다 아름다운 풍경과 마음의 한 순간을 시로 많이 썼다는 점에서, 김영랑의 시들은 현대 서정시의 전통을 지킨 순수시의 한 전형이라고 평가받는답니다.

'찬란한 슬픔'의 세계

김영랑의 시가 늘 밝고 아름다운 것만 있다면 지금만큼 애송되지 않았을지 모릅니다. 우리는 때로 슬픔과 더 가까울 때도 있고, 쓸쓸함을 안고 살아가니까요. 그런 마음을 어루만져 주는 시들을 만나면, 슬픔과 눈물은 겉으로 흐르지 않고도 마음속을 돌아 사라집니다. 「모란이 피기까지는」도 그런 종류의 시입니다. 무엇인가를 간절하게 기다린다는 것의 고통과 비애를 이야기하고 있는데, 사람들에게 가장 많이 읽히는 그의 대표작으로 꼽히고 있지요.

모란이 피기까지는

모란이 피기까지는
나는 아직 나의 봄을 기다리고 있을 테요
모란이 뚝뚝 떨어져 버린 날
나는 비로소 봄을 여읜 설움에 잠길 테요
오월(五月) 어느 날 그 하루 무덥던 날
떨어져 누운 꽃잎마저 시들어 버리고는
천지에 모란은 자취도 없어지고

뻗쳐오르던 내 보람 서운케 무너졌느니

모란이 지고 말면 그뿐 내 한 해는 다 가고 말아

삼백(三百)예순 날 하냥⁴ 섭섭해 우옵내다

모란이 피기까지는

나는 아직 기다리고 있을 테요 찬란한 슬픔의 봄을

    이 시의 탄생 배경에는 재밌는 이야기가 숨어 있습니다. 김영랑은 모란이 필 무렵에 맞춰, 해마다 자신의 집 사랑채에서 전국의 문인과 문인 지망생을 초청해 시 창작 대회를 열었다고 합니다. 어느 해 봄에도 대회를 열었는데, 김영랑도 마당에 가득 피어 있는 모란을 보며 시를 한 편 쓴 거예요. 하지만 시가 자신의 마음에 들지 않았는지, 쓰고 난 종이를 뭉개 버리려고 했지요. 그런데 때마침 곁에 있는 춘원 이광수가 이를 보고는 그 종이를 뺏어 읽었다는군요. 시를 본 이광수는 깜짝 놀랄 대작(大作)이라고 생각해서 그 자리에서 크게 낭송했고, 그 작품은 청중의 많은 박수를 받았다고 합니다. 이 시가 바로「모란이 피기까지는」이었는데, 하마터면 문학사에 남을 아름다운 시 한 편이 그대로 묻힐 뻔했던 것이지요.

    1934년《문학》지에 처음 발표된「모란이 피기까지는」은 김영랑의 다른 시들에 비해 분위기가 좀 슬프답니다. 시어가 상징적이기 때문에

---

4. ‘늘’의 방언.

어렵게 느껴지기도 하고요. 이 작품의 시적 화자는 모란을 매개로 봄에 대한 기다림과 봄을 떠나보내는 서러움을 동시에 노래하고 있어요. 작품 속에서 봄은 모란꽃이 피는 '기쁨'의 계절인 동시에 모란꽃이 지는 '슬픔'의 계절이 되는 것이지요. 꽃은 피자마자 지고, 봄은 오자마자 떠나는 덧없는 상황입니다. 이때 화자가 느끼는 허망함과 상실의 감정은 "뚝뚝"이라는 시어로 선명하게 전달됩니다.

그렇지만 화자는 꽃이 피는 "찬란한" 날이 곧바로 낙화의 "슬픔"이 되더라도, 모란이 피는 봄날을 여전히 기다리겠다고 말하고 있습니다. 이것은 삶에 대한 시인의 자세가 아닌가 합니다. 삼백예순 날의 기다림 끝에 놓여 있는 것이 아픔이라 해도 찬란한 한 순간을 꿈꾸고 기다리며 사는 일이 바로 우리의 삶이니 말입니다. 이런 맥락에서 볼 때, 이 시의 주제는 마지막 행 "나는 아직 기다리고 있을 테요 찬란한 슬픔의 봄을"에 모두 압축되어 있는 것 같아요. 특히 "찬란한 슬픔의 봄"이라는 역설적인 표현을 제일 끝자리에 도치시켜 놓음으로써, 잊을 수 없는 명문장으로 만들어 놓았습니다.

순수 서정시의 장인

자신의 내밀한 정서를 유려한 운율로 표현하는 데 몰두했던 김영랑은 1935년 『영랑 시집』을 내고, 1949년 『영랑 시선』이라는 두 번째 시집을 발간했습니다. 20년 남짓한 문단 활동 기간에 100여 편의 작품을 남긴 그는 프롤레타리아 문학(프로 문학)이 유행하던 상황에서, 줄곧 순수 서정을 노래한 시인이었지요. 당시 프로 문학 진영에서는 무산 계급인 프롤레타리아의 해방을 목적으로 하는 문학 활동을 펼쳤는데, 김영랑은 이를 거부하고 예술의 본질적 가치와 문학 자체의 순수성을 추구했던 것입니다. 그랬던 그는 6·25 전쟁 중에 미처 피난을 가지 못하고 서울에 남아 있다가 포탄 파편을 맞아 사망했습니다. 이때 그의 나이 48세. 한참 작품 활동을 할 수 있는 아까운 나이에 급작스럽게 생을 마감했지요.

식민지라는 암울한 시대 상황을 고려하지 않은 채 순수 서정시로 일관한 그의 시 정신은 간혹 비판의 대상이 되기도 합니다. 하지만 개인의 의지와 자유로운 상상력을 허락받지 못했던 일제강점기, 시인이라는 자리에서 모국어의 아름다움을 찾기 위해 노력했다면 그 자체로 충분히 의미 있는 것 아닐까요. 비록 강렬한 저항시를 남기지는 못했지만, 아름다운 한국어로 예술의 순수함을 지키려 했던 것은 그만의 저항 방법이 아니었을까 싶기도 하고요.

그의 시는 섧고 부드러우며, 맑고 쓸쓸합니다. "달빛으로 눈물을 말리"(「노래」)는 시인이니 투명한 눈빛은 더 설명할 필요도 없겠지요. 그래서 그 고운 시의 결에 마음을 닦으면 우리의 숨결도 맑고 가벼워지는 것 같습니다.

오월 한(五月恨)

모란이 피는 오월 달
월계(月桂)도 피는 오월 달
온갖 재앙이 다 벌어졌어도
내 품에 남는 다순[5] 김 있어
마음실[6] 튀기는 오월이러라

무슨 대견한 옛날였으랴
그래서 못 잊는 오월이랴
청산을 거닐면 하루 한 치씩
뻗어 오르는 풀숲 사이를
보람만 달리는 오월이러라

아무리 두견이 애닯아해도
황금 꾀꼬리 아양을 펴도

5. 따스한 기운이 있는.
6. 마음씨를.

싫고 좋고 그렇기보다는
풍기는 내음에 지늘껴건만[7]
어느새 다해 진 오월이러라

김영랑의 시에는 '오월'을 소재로 한 작품이 몇 편 있습니다.「오
월」,「오월 아침」,「오월 한」처럼 제목부터 '오월'을 내세운 것이 있는
가 하면「모란이 피기까지는」과 같이 오월을 배경으로 한 작품도 있습
니다. 온갖 꽃들이 피어나는 오월은 시인의 마음을 유난히 흔들었던
가 봅니다.

그런데 오월을 바라보는 시인의 시선은 우리의 생각과는 달리 어
쩐지 좀 쓸쓸하고 서글픕니다.「두견과 종다리」라는 수필에서도 김영
랑은 "5월은 두견을 울게 하고 꾀꼬리를 미치게 하는 재앙 달"이라고
했습니다. 그에게 오월은 모란이 지고 새들이 슬피 우는 때입니다. 시
인의 눈에 처연히 눈물이 고이는 계절인 것이지요. 이 시에서는 아예
"한"을 남기는 오월이라고 말했습니다. 도대체 오월의 꽃향기에 싫
증을 느끼는 이유가 무엇인지 살짝 궁금해집니다. 그에게는 오월이
면 되살아나는 가슴 아픈 사연이라도 있었던 걸까요, 잊지 못할 이별

7. 짓눌렀건만.

을 했던 걸까요. 아니면 그의 말처럼 허무를 다 알아 버렸기 때문일까요. 그는 "산천이 아름다워도 노래가 고왔드래도 사랑과 예술이 달콤하여도 그저 허무한 노릇이여라. 산다는 것 다 허무하오라."라고 깊은 허무와 외로움을 종종 말하곤 했거든요. 무엇이든 간에 서글픈 시인에게는 오월의 꽃보다 더 사랑스런 마음이 필요해 보입니다.

「오월 한」은 김영랑이 1950년 6월에 발표한 생애 마지막 작품입니다. 6·25 전쟁이 나던 바로 그즈음이었지요. 시를 발표하고 몇 달 후 그는 갑자기 세상을 떠났으므로, 이 작품을 읽을 때면 그가 본 마지막 봄빛을 떠올리게 됩니다. 그래서 "어느새 다해 진 오월"이라는 표현에 안타까워집니다. 그에겐 슬픔을 주는 봄조차 영영 끝나고 말았으니까요.

시인의 삶의 행로와 시를 나란히 놓을 수는 없지만, 꽃을 보는 시인의 눈빛을 보고 그가 지녔던 슬픔의 깊이를 헤아려 보곤 합니다. 그래서 해마다 꽃들이 만발하는 오월이면 호젓하게 지고 있는 모란꽃에 제일 먼저 눈이 가나 봅니다. 꽃 한 송이 뒤에는 시인의 슬픔이 있음을 알기 때문입니다.

정
지
용

1902 ~ 1950

"시인은 먼저 근면하라.
문자와 언어에 혈육적 애(愛)를 느끼지 않고서 시를 사랑할 수 없다."
— 산문 「시의 옹호」에서

감각적 시어를 빚어낸 언어의 마술사

고독 속에서 키워 낸 시인의 마음

제가 고등학교 때의 일입니다. 점심시간이면 친구들과 인기 많은 국어 선생님께 매달려서 이야기를 조르곤 했는데, 그럴 때 선생님은 가끔 시를 낭송해 주셨어요. 그런데 어느 날은 선생님이 시를 다 읊고 나서 누가 지은 시인지 알려 주지 않는 거예요. 왜냐고 여쭸더니, 선생님은 북한으로 간 시인이어서 그렇다며 아주 작은 소리로 이름을 말씀하셨지요.

"쉿~!" 이렇게 속삭이는 선생님이랑 무슨 비밀을 나눈 사이 같아져서 다른 어떤 시인보다 그 이름을 깊이 새겨 두었습니다. 그러나 그 시인의 다른 시를 찾아보는 것은 무척 어려웠습니다. 당시(1980년대 중반)에는 그 시인의 시를 읽거나 가르치는 일이 금지되어 있었으니까요. 한때 우리 문학사에서 지워졌고 이름조차 말하기 어려웠지만, 아름다운 시를 많이 남긴 그 시인은 바로 정지용입니다.

정지용은 1930년대 한국 문단을 빛낸 시인을 꼽으라면 빠질 수 없는 인물입니다. 뛰어난 감각과 세련된 시어로 시단의 새로운 지평을 연 시인이거든요. 그는 1902년 충청북도 옥천에서 한약상을 하는 집안에서 태어났습니다. 어느 해 밀어닥친 홍수 때문에 가세가 기울어 가난한 유년 시절을 보내야 했는데, 정지용이 쓴 수필 「대단치 않은 이야기」에는 그 시절에 대한 고백이 남겨져 있습니다. "다시 예전 소년 시절로 돌아가는 수가 있다면 나는 지금 이대로 늙어 가는 것이 차라리 좋지 예전 나의 소년은 싫다."고 했습니다. 또 그는 "진저리가 나도록 고독하고 슬프고" 가난한 소년 시절이었다고 과거를 회상하고 있습니다.

실제로 정지용은 집안 사정이 어려워, 보통학교 졸업 후 여러 친지의 도움을 받아 겨우 서울의 상급학교로 진학했습니다. 게다가 풍습이라고는 하지만, 12세라는 어린 나이에 결혼하고 가장의 역할까지 맡아야 했지요. 그러니 그가 소년으로 돌아가기 싫다는 마음이 충분히 이해가 됩니다.

정지용이 휘문고등보통학교 2학년에 재학 중이던 때에는 3·1 운동이 일어났습니다. 당시 정지용은 교내 시위를 주동하고 집회에서 연설했다가 무기정학을 받기도 했습니다. 저는 이렇게 당찬 학교생활로 보건대 정지용이 의지가 큰 만큼 기골도 장대할 것이라는 생각을 은연중에 했던지, 그의 학적부 기록을 보고는 적잖이 놀랐습니다. 휘문고보 5학년일 때 시인의 키는 겨우 156cm에 몸무게는 45kg이었거든요. 물론 체구는 작았지만 그는 학창 시절 교지 편집위원과 학예부장 등을 맡아 활발히 활동했으며 소설과 동시, 시를 쓰는 문학청년이었습니다. 그랬기에 어려운 환경에도 굴하지 않고 모교의 장학금을 받아서 일본으로 유학까지 떠난 것이겠지요.

정지용은 1923년 일본 교토 도시샤[同志社]대학 영문과에 입학했는데, 나중에 윤동주 시인이 같은 학교 후배로 들어오기도 했답니다. 그래서 지금 그 대학엔 정지용과 윤동주의 시비가 나란히 세워져 있습니다. 얼마 전 교토에 간 일이 있었는데, 그곳의 거리를 지나다니며 두 시인을 여러 번 상상했습니다. 정지용과 윤동주는 어떤 길을 산책하고 어떤 꽃들을 보며 고향의 그리움을 달랬을까 하고요. 그러자 그곳의 풍경이 처음 간 도시 같지 않고 친근하게 느껴지더군요. 한편으로는 우리나라를 식민지 삼았던 일본의 대학에 기념비로 남아 있는 두 시인의 존재가 뭉클하게 다가왔습니다. 그들이 경험했을 나라 잃은 설움과 고단한 유학 생활이 시와 함께 문득 떠올랐기 때문입니다.

일본에서 유학하던 기간 동안 정지용은 한국 문단과 일본 문단에 모두 등단합니다. 그때 발표한 첫 번째 한국어 시가 바로 「카페·프란스」입니다. 이 시는 외래어가 빈번히 나오고, 이국 취향의 분위기와 정서를 풍기는 감각적인 작품이에요. 그는 이 작품을 먼저 우리말로 발표한 다음 일본어로 다시 고쳐 일본 문예지에 투고했는데, 그때 일본의 기성 시인과 같은 대우를 받으며 소개되어 관심을 모았습니다. 그 뒤로 귀국할 때까지 우리말과 일본어로 활발히 시를 써서 두 문단에 발표하며, 양쪽에서 모두 인정을 받습니다.

시인으로 성장하며 6년 동안의 긴 유학 생활을 끝낸 정지용은 모교인 휘문고보로 돌아와서 영어 선생님이 되었습니다. 이때 벌써 그는 학생들 사이에서 시인으로 인기가 높았다고 합니다. 교사 시절 정지용은 일제가 강요하는 복장을 거부하고 검정 두루마기를 입고 다녀, 지금까지 미담으로 전해지고 있습니다. 국방색 국민복을 입어야 했던 일제 말기에 한복을 고집했다는 것은 그만큼 민족의 정서를 중요하게 여겼다는 것이겠지요. 그래서인지 오늘날 남아 있는 정지용의 유명한 사진도 한복 차림이랍니다.

향토적 정감으로 고향을 그리다

일찍부터 문단 안팎의 관심을 받고 있던 정지용이었으니, 그의 첫 시집에 쏟아진 찬사는 예정된 것이었는지도 모릅니다. 1935년 발간된 첫 시집 『정지용 시집』은 그를 문단의 심장부에 가까워지도록 만들었습니다. 한국의 현대시가 정지용에서 비롯되었다는 평가가 있는가 하면, '말씀의 요술을 부리는 시인', '세계 문단에 내놓을 수 있는 시인', '최초의 모더니스트', '천재적 시인'이라는 찬사가 이어졌답니다.

그만큼 그의 작품은 표현이 새로웠고, 우리말의 아름다움이 살아 있었고, 소재가 현대적이었습니다. 앞 시대의 김소월이나 같은 시기의 김영랑이 우리말을 재료로 시적 리듬을 살리는 데 정성을 들였다면, 정지용은 언어 자체를 아름답고 새롭게 가다듬어 모국어의 활용 범위를 확장시키고 격조를 높여 주었지요. 그런 특징을 잘 보여 주는 작품이 바로 「향수」가 아닌가 합니다.

향수(鄕愁)

넓은 벌 동쪽 끝으로
옛이야기 지줄대는 실개천이 회돌아[1] 나가고,
얼룩백이 황소가
해설피[2] 금빛 게으른 울음을 우는 곳,

—그곳이 차마 꿈엔들 잊힐 리야.

질화로에 재가 식어지면
뷔인[3] 밭에 밤바람 소리 말을 달리고,

---

1. '휘돌아'보다 어감이 작은 말. 한자 돌아올 회(回)가 결합된 말로 보기도 한다.
2. 문맥상 '해가 설핏 기울어 그 빛이 약해진 모양'이라는 뜻으로 짐작된다.
3. 빈.

엷은 졸음에 겨운 늙으신 아버지가

짚벼개를 돋아⁴ 고이시는 곳,

—그곳이 차마 꿈엔들 잊힐 리야.

흙에서 자란 내 마음

파아란 하늘빛이 그리워

함부로 쏜 화살을 찾으려

풀섶 이슬에 함추름⁵ 휘적시던 곳,

—그곳이 차마 꿈엔들 잊힐 리야.

전설(傳說) 바다에 춤추는 밤물결 같은

검은 귀밑머리 날리는 어린 누이와

아무렇지도 않고 예쁠 것도 없는

사철 발 벗은 아내가

따가운 햇살을 등에 지고 이삭 줍던 곳,

—그곳이 차마 꿈엔들 잊힐 리야.

4.　돋우어. 밑을 괴거나 쌓아 올려 도드라지거나 높아지게 해.
5.　'함초롬'의 변형. 담뿍 젖어 촉촉하게.

하늘에는 성근 별

알 수도 없는 모래성으로 발을 옮기고,

서리까마귀 우지짖고 지나가는 초라한 지붕,

흐릿한 불빛에 돌아앉아 도란도란거리는 곳,

—그곳이 차마 꿈엔들 잊힐 리야.

이 시는 가곡으로 만들어져서 더 유명해진 정지용의 대표작입니다. 1927년 《조선지광》이라는 잡지에 처음 발표되었지만 실제로 창작된 때는 정지용이 일본으로 유학을 떠나기 바로 전인 1923년이었어요. "차마 꿈엔들 잊힐 리" 없는 것과의 이별을 앞두고 있기에, 고향과 가족을 향한 애틋함이 커졌을 시기지요. 정지용은 그 마음을 「향수」를 쓰며 달랬던 것 같습니다. 일본에서 공부할 때는 유학 온 조선의 후배에게 이 시를 직접 읊어 주기도 했다는 걸 보면, 시인은 늘 고향과 모국어에 대한 그리움을 지니고 있었던 것이겠지요.

「향수」는 가난하지만 평화로웠던 어린 시절의 고향 풍경을 담고 있는 작품입니다. 흔히 정지용 시의 특징을 '향토적 정서'와 '감각적이고 세련된 언어 구사'라고 말하곤 하는데, 그런 특징이 잘 나타난 작품입니다. "얼룩백이 황소", "질화로", "짚벼개" 등의 토속적인 정감을 주는 시어와 선명한 이미지를 통해 고향에 대한 그리움을 불러일으키고 있거든요.

정지용은 이 작품에서 잊혀 가는 토박이말을 발굴하는 한편, 우리 말을 가다듬어 아예 새로운 단어를 만들어 시어로 활용하기도 했습니다. 생전에 그는 "시에서는 말 하나, 글자 하나 밉게 놓이는 것도 용서할 수 없다."라고 했습니다. 이 말만으로도 그가 언어에 쏟은 정성이 얼마나 컸는지 알 것 같지요.

「향수」에서만 찾아봐도 지금 우리에게 낯선 말들이 많은데, 이는 모두 시인이 시의 리듬이나 이미지를 위해 새롭게 만들어 쓴 것이랍니다. 예를 들어 "회돌아"는 '휘돌아'의 뜻을 지닌 말을 시의 분위기에 맞춰 어감을 작게 바꾼 것으로 짐작됩니다. 또 '해가 설핏할 때'라는 뜻으로 해석할 수 있는 "해설피"나 '함초롬'의 변형으로 보이는 "함추름" 같은 것도 시인이 직접 만든 말들이지요. 그는 "시는 말과 떼어서 생각할 수 없는 것이므로 그저 시인이란 말을 캐내야 한다"고 했던 자신의 믿음을 몸소 보여 주었습니다. 시어를 독특하게 결합시키거나 변형하는 그의 솜씨는 당대의 어느 시인보다 탁월했습니다.

감각적 이미지를
성공적으로 구사한 모더니스트

정지용은 첫 시집을 내고서 6년 만에 두 번째 시집 『백록담』(1941)을 출간했는데, 여기에는 자연의 아름다움을 섬세한 언어로 노래한 '산수시(山水詩)'가 많이 수록되어 있습니다. 시집의 제목에서부터 짐작이 가듯 특히 '산'을 소재로 한 작품들에서는 동양적인 미학과 정신세계가 느껴지지요. 마치 한 폭의 산수화를 보는 듯 말이에요. 첫 시집에 비해 외래어가 줄고 예스러운 표현이 자주 눈에 띄는 점도 이런 이유에서일 것입니다.

『백록담』에는 식민지라는 시대, 가족과 친구의 죽음 등을 겪으면서 감당해야 했던 시인의 심경이 담겨 있기도 합니다. 그 슬픔과 울분을 칭얼대거나 흐느적거리지 않고 깔끔한 이미지의 묘사만으로 표현해 냈습니다. 정지용은 감각에 역점을 두고 말을 최대한 짜임새 있게 갈고 다듬어 썼지요. 그중에서 저는 「조찬」이라는 시 속의 새 한 마리가 기억에 오래 남아 있습니다.

조찬(朝餐)

햇살 피여
이윽한[6] 후,

머흘 머흘
골을 옮기는 구름.

6. 시간이 지난.

길경(桔梗)[7] 꽃봉오리

흔들려 씻기우고.

차돌부리

촉 촉 죽순(竹筍) 돋듯.

물소리에

이가 시리다.

앉음새 갈히여[8]

양지 쪽에 쪼그리고,

서러운 새 되어

흰 밥알을 쫏다[9].

첫 시집 이후 정지용은 문단에서 화려한 이름을 얻었지만, 개인적
으로는 고단한 시간을 보내야 했습니다. 그의 말대로 "정신적으로나

7. 도라지.
8. 가리어.
9. 쪼다.

육체적으로나 피폐한 때"에 쓰인 시가 바로 「조찬」이었습니다. 1940년에 발표된 작품이니 일본이 창씨개명을 강요하며 만행의 수위를 높이던 때였고, 개인적으로는 세 아이를 질병으로 잃었던 아픔의 시절이었지요. 이런 배경을 바탕으로 시를 다시 읽으면, 시인이 직접적으로 말하지는 않아도 그 밑바닥에 깔린 심경이 무엇인지 금방 짐작이 갑니다.

「조찬」은 비 온 뒤의 고요한 아침에 새가 밥알을 쪼아 먹는 단순한 풍경을 묘사하고 있습니다. 저는 시의 제목 '조찬'에 특별히 의미를 두고 싶습니다. 누군가를 초대해서 아침을 먹는 일이 '조찬'인데, 초대된 존재가 사람이 아니라 "서러운 새"라는 점이 눈길을 끌거든요. "서러운 새"라는 말에는 시적 화자의 감정이 이입되어 그 무게가 적지 않습니다. 남의 눈에 띄지 않도록 조심스럽게 "앉음새"를 가려 앉은 새처럼 초라한 모습이 바로 자신이라고 생각하고 있는 것 같거든요. 일제의 폭압에 적극적으로 맞서지 못하는 현실의 시인은 이처럼 서럽고 서글펐을 것입니다. 물소리에도 이가 시릴 만큼 말이지요.

그렇지만 시인은 아픈 마음을 시로 노래할 때는 오히려 감정을 과도하게 노출하지 않고 감각적인 이미지로 간결하게 묘사했습니다. 그럼으로써 풍경과 새를 마치 눈앞에 보이는 듯 선명하게 형상화했을 뿐아니라, 새의 모습으로 화자의 감정을 구체화시키는 데도 성공했지요.

이 시가 발표된 1940년은 조선 시를 쓴다는 것만으로도 신변의 위협을 당하던 시절이었습니다. 훗날 정지용은 "친일(親日)도 배일(排日)도 못" 하고 거의 시를 쓰지 않고 지냈다고 당시를 회고했습니다. 이러지도 저러지도 못하는 상황은 정지용만의 괴로움은 아니었을 테지만, 결국 그는 시 「이토(異土)」를 친일 문예지 《국민문학》에 발표하여 지울 수 없는 오점을 남기고 말았답니다.

금지된 이름의 시인

해방 이후 정지용은 모든 직업을 접고 초당을 지어 은둔 생활을 했습니다. 그는 출간한 책의 인세로 살면서 매우 궁핍하게 지냈다고 해요. 그러나 정지용에게 그보다 더 큰 비극은 1950년 6·25 전쟁 때 일어났습니다. 전쟁이 터지자 인민군 치하의 서울에서 북한의 정치보위부에 체포돼 구금되었다가 행방불명되었거든요. 이후 북한군에 의해 납북되었다가 사망했다고 전해지지만, 정확한 행적은 알 수 없습니다. 다만 목격자들의 진술을 종합해 보면 평양 감옥으로 이송되는 도중 폭격에 의해 사망했거나, 평양 감옥에 투옥해 있다가 사망했을 것이라고 추정될 뿐이지요.

이처럼 불분명한 마지막 행적으로 인해 그는 월북 작가로 규정되어, 남한 정부는 30여 년의 세월 동안 그의 작품을 읽거나 가르치는 것을 금지시켰습니다. 이야기 첫머리에 언급했던 저의 여고 시절이 그때와 겹치지요. 그러다 1988년에 해금 조치가 이뤄지면서, 정지용을 비롯한 많은 납북·월북 작가들이 다시 문학사에 이름을 올리게 되었습니다. 남과 북의 이념 대결 속에서 희생됐던 그의 아름다운 작품들이 늦게나마 햇빛 속으로 나와 대중에게 읽히고, 한국 문학사에 자리매김한 것은 참으로 다행스러운 일입니다.

식민지 시대와 전쟁을 겪어야 했던 고난이 어떤 것인지, 그 어두운 시대의 실체를 저의 글로 다 이해하기는 어려운 일일 겁니다. 그러나 그 속에서 정지용은 우리말의 땅을 기름지게 일구어 놓았습니다. 정지용은 세련된 언어 감각을 바탕으로 참신한 이미지를 구사한 시인이었습니다. 그는 시가 언어 예술이라는 사실을 누구보다 정확하게 인식하고 있었지요.

그뿐 아니라 정지용은 훌륭한 시인들을 많이 등단시켜서 한국 문단의 지평을 넓히는 데 큰 역할을 했습니다. 《문장》지의 심사위원으로 있으면서 '청록파 3인' 조지훈, 박두진, 박목월 등을 비롯한 여러 시인을 추천하여 시단에 등장시켰거든요. 시인이자 소설가 이상을 소개하고 윤동주의 유고 시집을 내는 데 앞장선 이도 정지용이었습니다. 그가 밝은 눈으로 가려낸 시인들만으로도 한국 문학사의 한 페이지를 채울 수 있을 정도입니다.

정지용의 작품을 감상하다 보면, 어쩌면 그렇게 시어를 부리는 감각이 탁월한지 감탄을 하게 됩니다. 그는 서구적 감각과 전통 서정시의 감각을 아우르는 시인이었습니다. 모국어의 숨은 아름다움을 가려낼 줄 알았고 그것에 윤기를 더해 솜씨 좋게 활용하여 참신한 감각의 세계를 펼쳐 보인 진정한 '언어의 마술사'였지요.

나비

내가 인제

나비같이

죽겠기로

나비같이

날아왔다

검정 비단

네 옷 가에

앉았다가

창(窓) 훤하니

날아간다

언젠가 나도 내가 아닌 무언가가 되어야 한다면 나비가 되면 좋겠
습니다. 꽃향기를 따라 나풀나풀 날아다니는 그 가벼운 삶이면 좋겠
습니다. 앵초 꽃도 찾아가고 함빡 핀 달리아와 놀다가 저녁 빛 저무는

하늘 속으로 들어가고 싶습니다. 석양을 바라보는 당신 어깨에 살며시 내려앉아도 알지 못할 만큼 가벼운 존재가 되었으면 합니다. 만발한 꽃 속에 안기듯 당신 눈 속에 안겼다 날아갈 수 있다면 얼마나 좋을까요. 온 줄도 모르고 가는 줄도 몰라서 당신은 슬프지 않고 나는 예사로운 풍경처럼 당신 곁에 머물 수 있을 테니 말입니다.

　짧은 시지만 이 시를 읽을 때면 좀 쓸쓸해지곤 합니다. 나비가 되길 바라는 내 마음이 시인과 비슷해서이기도 하고, 「조찬」에서 '서러운 새'에 자신을 투사했던 시인이 이번엔 더 가녀린 나비가 되어 죽음을 바라보고 있기 때문입니다. 이 작품은 6·25 전쟁이 일어나기 직전, 정지용이 마지막으로 남긴 시입니다. 그는 1950년 6월 《문예》지에 4·4조의 정형시 5편을 연작으로 묶어 발표했습니다. 여기에 '4·4조 5수(4·4調 5首)'라는 큰 제목을 붙였는데, '늙은 범', '네 몸매', '꽃분', '산달', '나비'의 다섯 수로 이루어져 있습니다. 그 다섯 수 중에서도 「나비」는 더욱 각별하게 다가옵니다. "위태 천만 나의 마흔아홉 해"(「곡마단」)라고 자서 같은 시를 쓴 몇 달 뒤에 그는 자신의 운명을 예감한 듯, "내가 인제/나비같이/죽겠기로"라고 했습니다. 그리고 얼마 뒤 전쟁에서 정말로 생을 마치고 말았지요.

　창이 훤히 밝아올 때까지, 나비가 된 시적 화자가 작별을 고한 사람은 누구일까요? 또 그가 마지막까지 지니고 간 한마디는 무엇일까요? 짧은 시의 뒤편을 가만히 생각하다 보면, 금방 태어나 날기 시작하는 나비들이 모두 애련해집니다.

백

석

1912 ~ 1996

"우리들은 가난해도 서럽지 않다
우리들은 외로워할 까닭도 없다
그리고 누구 하나 부럽지도 않다"
— 시 「선우사(膳友辭)」에서

정감 넘치는 토속어로 시를 빚다

소월을 흠모하며 시인의 꿈을 키우다

겨울이 깊어지고 흰 눈이 내리는 날이면 어김없이 읽고 싶어지는 시가 있습니다. 한때 흰 눈 속에서 이 시를 읽어 주는 사람이면 무조건 사랑할 수 있을 거라고 말했던 적도 있습니다. 이국적이고 환상적인 시의 분위기는 사랑을 꿈꾸는 마음을 더욱 부추기곤 했지요. 바로 "가난한 내가/아름다운 나타샤를 사랑해서/오늘 밤은 푹푹 눈이 나린다"고 고백하는 백석의 「나와 나타샤와 흰 당나귀」입니다.

이 시를 알고 난 뒤로 흰 눈은 늘 '푹푹' 내리는 것이 되었고 겨울밤은 터무니없이 아름다워졌습니다. 또 잘생긴 시인의 모습은 그의 나타샤가 누구인지 즐거운 상상을 불러일으켰지요. 그래서 백석이 사망한 후 자신이 나타샤라고 이야기하는 사람이 5명도 넘었다는 유명한 일화에 귀를 기울이기도 했답니다. 올해도 흰 눈이 오면 추억 속을 방황하듯 이 시 속의 풍경을 다시 만날 것 같습니다.

백석은 1912년 여름에 평안북도 정주군에서 3남 1녀 중 장남으로 태어났습니다. 태어날 때 지은 이름은 백기행(白夔行)이지만, 백석(白石)이라는 필명으로 작품 활동을 했기 때문에 우리에게는 백석으로 알려져 있지요. 그의 고향 정주는 근대사에 이름을 남긴 인물을 여럿 배출한 곳입니다. 그 빼어난 고장에서 백석이 태어날 때 집안의 증조할머니뻘인 노(老)할머니가 범 한 마리가 선산으로 들어오는 태몽을 꾸었다고 하는데, 그는 훗날 「넘언집 범 같은 노큰마니」라는 시에 그 이야기를 담아 놓았습니다.

백석의 아버지는 우리나라 초창기의 사진 기술자로 《조선일보》의 사진반장을 지냈다고 합니다. 아버지의 직업으로 미루어 볼 때, 그의 집안은 신문화에 일찍 개화된 분위기였던 것 같습니다. 당대의 멋쟁이로 명성이 자자했던 백석의 세련된 스타일도 이런 집안 분위기와 연관이 있지 않을까 싶습니다. 그는 검은 웨이브 머리를 휘날리는 세련된 용모에, 주름이 잘 잡힌 양복바지 차림으로 뭇사람들의 시선을 끄는 '모던보이'였거든요.

정주에서 태어나 오산학교를 다닌 이력은 백석의 문학 활동에 적지 않은 영향을 끼쳤습니다. 오산학교는 바로 김소월의 모교였고, 실제로 백석은 6년 선배였던 김소월을 무척 동경하고 흠모하며 시인의 꿈을 키웠다고 합니다. 언젠가는 김억 시인에게서 김소월이 생전에 쓰던 습작 노트 한 권을 빌려와 읽으며, 흥분을 감추지 못했던 일을 써서 《조선일보》에 발표하기도 했습니다. 그날은 백석에게 참으로 기억할 만한 날이었나 봅니다. 하긴 저라도 마찬가지였을 것입니다. 제가 흠모하는 백석의 습작 노트를 손에 쥔다면, 심장박동이 천둥소리처럼 들릴 정도로 설렐 것 같거든요.

백석은 시가 아니라 단편소설로 문단에 등단했습니다. 그의 나이 열아홉인 1930년, 《조선일보》 '신년현상문예'에 소설 「그 모(母)와 아들」이 당선되어 문단에 이름을 올리지요. 이 작품은 그가 오산고등보통학교(오산학교의 바뀐 이름)를 졸업하고 일본으로 유학 가기 전, 집에서 1년 동안 머물며 쓴 것이라고 합니다. 이처럼 백석은 소설로 문단에 데뷔했지만 이후에 쓴 소설은 두 편의 단편에 불과합니다.

그 후 백석은 《조선일보》 후원 장학생으로 선발되어, 일본 아오야마[青山]학원 영어사범과로 유학을 갔습니다. 그곳에서 일본 현대시와 프랑스 상징주의 시를 접하며, 시를 바라보는 새로운 눈을 키웠지요. 이 무렵은 그가 시인이 되기 위한 공부를 틈틈이 한 시기이자, 영어, 프랑스어, 러시아어 등의 외국어에 깊이 빠져든 때이기도 합니다. 당시 그가 국내에 외국 문학과 관련된 글을 종종 번역하고 소개하기도 했던 것을 보면, 백석은 어학 분야에 탁월한 재능을 지니고 있었던 것 같습니다.

4년간의 유학을 마치고 돌아온 백석은 《조선일보》에 입사했고, 1935년 8월 《조선일보》에 시 「정주성」을 발표하면서 마침내 시인으로 등장했습니다. 등단작에서 알 수 있듯이 그는 고향 정주를 작품 세계의 출발로 삼았습니다. 백석에게 고향은 수많은 토착어와 정겨운 삶의 풍경을 보여 주는 원천이었지요. 그는 일본에서 유학을 하고 온 지식인에 속했지만 당시 문단에서 유행하던 모더니즘과 같은 문예사조에 크게 휩쓸리지 않은 시인입니다. 오히려 고향의 풍속과 정경을 자신의 방언으로 진솔하게 표현해 냈지요. 그래서 그의 시에는 고향 마을의 정취가 손에 잡힐 듯 생생합니다.

　놀라운 일은, 백석이 시를 처음 발표한 시기부터 첫 시집이 나오기까지의 기간이 다섯 달도 채 안 된다는 것입니다. 1936년 1월, 그는 시집 『사슴』을 100부 한정판으로 세상에 내놓았습니다. 아마도 백석은 등단하기 전에 이미 많은 시를 써 놓은 것으로 보입니다. 이때부터 4~5년간 그는 집중적으로 시작 활동을 펼쳤습니다. 33편의 시가 수록된 시집 『사슴』에 대해 김기림은 "실로 한 개의 포탄을 던지는 것" 같다고 극찬했습니다. 잇따라 이효석도 "잃어버린 고향을 찾은 느낌"이라고 찬사를 아끼지 않았지요. 그렇지만 "시골뜨기 문학"이라고 비판적인 평가를 했던 임화와 같은 시인들도 있긴 했습니다. 어찌 됐든 그 당시에도 『사슴』은 주목받는 시집이었고, 이 시집으로 백석은 단번에 이름을 얻게 되었지요.

맛깔스러운 토속어로 버무려 낸
고향 이야기

백석의 첫 시집 『사슴』에 수록된 작품들은 주로 시인이 어린 시절을 보낸 고향의 풍물과 민속, 인물을 묘사하고 있습니다. 그는 고향 어디서나 볼 수 있는 평범한 사람들의 모습과 그들이 나누는 음식, 풍속을 자신의 고향 말인 평안도 방언으로 생생하게 표현했지요. 그래서 향토적인 색채가 강하게 드러납니다. 물론 그가 구사한 낯선 방언들은 요즘의 독자들에게 당혹감을 주기도 합니다만, 이것을 모두 표준어로 바꾸어 놓는다면 그의 시가 지닌 특유의 향토적인 분위기와 깊은 맛은 모두 사라지고 말 것입니다. 의미를 정확하게 알지 못해도 토착어들이 불러일으키는 감성과 분위기는 시의 매력을 더하는 중요한 요소니까요.

남도의 향토색과 남도 방언의 감칠맛을 잘 살린 김영랑과 함께, 백석의 시는 시어의 영역을 넓히는 데 커다란 기여를 했습니다. 모국어가 홀대받고 방치되던 일제강점기, 아름다운 고향 풍경과 그곳의 방언을 시에 담아내려 한 그의 노력은 식민지라는 가혹한 시대적 배경 속에 더욱 빛이 나지요. 그런 작품들 중 제게도 어릴 적 기억을 불러오는 시가 있습니다. 할머니가 해 주신 옛이야기와 가족들을 위해 치성을 드리던 조상들의 모습이 떠오르는 정겨운 시랍니다.

오금덩이라는 곳

　어스름 저녁 국수당[1] 돌각담의 수무나무 가지에 녀귀[2]의 탱[3]을
걸고 나물매 갖추어 놓고 비난수[4]를 하는 젊은 새악시들
　─잘 먹고 가라 서리서리 물러가라 네 소원 풀었으니 다시 침노[5]
말아라

　벌개늪역[6]에서 바리깨를 두드리는 쇳소리가 나면
　누가 눈을 앓아서 부증이 나서 찰거마리를 부르는 것이다
　마을에서는 피성한 눈숡[7]에 저린 팔다리에 거마리를 붙인다

　여우가 우는 밤이면
　잠 없는 노친네들은 일어나 팔을 깔며 방뇨를 한다
　여우가 주둥이를 향하고 우는 집에서는 다음 날 으레히 흉사가
있다는 것은 얼마나 무서운 말인가

1.　서낭당.
2.　여귀(厲鬼). 재앙이나 돌림병으로 죽은 사람의 귀신. 제사를 받지 못하는 귀신.
3.　탱화. 부처, 보살, 성현들을 그려서 벽에 거는 그림.
4.　귀신에게 비는 소리.
5.　성가시게 달라붙어 손해를 끼치거나 해침.
6.　벌건 빛깔의 늪가.
7.　눈시울.

백석은 우리 민족의 삶을 표현하는 데 샤머니즘적인 세계와 토속적인 소재, 민담과 전설까지 다양하게 활용했습니다. 「마을은 맨천 구신이 돼서」에는 아홉 가지나 되는 귀신이 줄줄이 불려 나온답니다. 「오금덩이라는 곳」에도 민간신앙과 민간요법, 그리고 여우에 관한 미신이 어우러져 한국적이고 전통적인 세계가 재현되었습니다. 제목이 가리키는 "오금덩이라는 곳"은 소박한 사람들이 속신의 관습을 믿으며 사는 마을입니다. 어쩌면 "오금"이라는 말이 가리키는 '무릎 안쪽의 오목한 곳'처럼, 산속 깊은 작은 마을일지도 모릅니다. 그래서 예로부터 전해 오는 풍습을 따르며 살고 있는 것이고요.

첫 연의 등장인물은 젊은 여인들입니다. 그들은 병치레를 하는 가족을 위해 성황당에 여귀의 그림을 걸어 놓고 나물과 밥을 차려서 귀신에게 빌고 있습니다. 제사상을 받지 못하는 귀신이 해코지를 못 하도록 잘 달래기 위해서입니다. 이런 풍습은 제가 어릴 때 할머니께서도 종종 하던 일이었습니다. 할머니는 커다란 바가지에 나물과 밥을 담아서 내다 버리며 소원을 빌었는데, 오래전부터 일상적으로 행해지던 주술 행위가 아니었나 싶습니다.

그다음에 나오는 사람들은 늪에 나가 주발 뚜껑을 두드리며 찰거머리를 잡아서 아픈 곳에 붙이고 있습니다. 피멍이 든 곳이나 팔다리가 저린 곳에 거머리를 붙여서 나쁜 피를 빨아내면 낫는다고 믿는 것이지요. 이 또한 한 번쯤 들어 본 이야기일 것입니다.

그리고 마지막 3연에 이르면 액막이의 또 다른 풍속이 보입니다.

여우가 우는 불길한 밤, 누군가에게 죽음이 닥칠까 봐 노인들은 팥을 뿌리며 오줌을 눕니다. 팥의 붉은 빛깔은 예로부터 역귀를 쫓는 데 효과가 있다고 믿었기 때문입니다. 온갖 속설과 각종 전설이 버무려져 있어 마치 생활 풍속지를 보는 듯합니다. 이렇듯 백석의 작품은 옛날 우리 민족의 삶과 문화를 담고 있는 자료로서의 가치도 상당히 큽니다.

한편 백석은 수없이 많은 음식 이름을 시에 썼습니다. 한 연구에 따르면 백석이 쓴 시 100여 편 중 음식이 나오는 시는 60여 편에 이른다고 합니다. 등장하는 음식의 가짓수는 무려 110여 종이라고 하니, 그가 얼마나 음식에 집착했는지 알 수 있습니다. 그는 음식물로 삶의 정경들을 되살려 놓고 있는데, 그중에는 생소한 것들도 많아서 호기심이 일기도 합니다. '무이징계국', '찰숭아', '물구지우림', '광살구', '매감탕', '니차떡', '청밀', '쇠든밤', '쥔두기송편', '붕어곰', '아개미', '건반밥' 등 시집 어디를 펴든 풍성한 향토 음식의 향연을 찾아볼 수 있지요.

일본에서 영문학을 공부한 모던한 지식인이, 용모 단정하고 수려한 청년이, 불결하다고 전차의 손잡이를 잡지 않았을 정도로 깔끔했다는 시인이, 어떻게 이토록 토속적인 삶과 시어에 관심을 두었는지 가끔 궁금해지기도 합니다. 아마 그는 어린 시절 경험한 고향 사람들의 풍요로운 삶에 애정을 지니고 있었던 것으로 보입니다. 백석은 자신이 태어난 곳에서 삶을 일구며 살아가는 이들의 모습을 꾸밈없이, 구체적으로 그려 냈으니까요. 그렇게 사라져 가는 토착적 소재와 언어를 그 누구보다 깊게 파고듦으로써, 독특한 문학적 경지를 일궈 냈지요.

가난하고, 외롭고, 높고,
쓸쓸한 떠돌이가 되어

　백석은 첫 시집 『사슴』이 나온 직후, 조선일보사를 그만두고 새로운 삶을 찾아 나섰습니다. 1936년 봄, 서울을 떠난 그가 옮겨 간 도시는 함경남도 함흥이었습니다. 그곳에서 영생고등보통학교 영어교사로 새로운 직장을 잡았지요. 안정된 직장을 버리고 고향도 아닌 낯선 곳으로 간 이유가 무엇인지는 잘 알려져 있지 않지만, 그 도시에서는 운명적인 만남이 기다리고 있었습니다. 조선권번(券番)이라는 기생 조합 출신의 김진향을 만나 열정적인 사랑을 했던 것이지요. 백석이 그녀에게 '자야(子夜)'라는 이름을 지어 주어, 세상에는 '자야'로 널리 알려져 있습니다.

　두 사람의 사랑이 얼마나 애절했는지, 백석이 부모가 맺어 준 신부와는 혼례만 치르고 곧장 자야 곁으로 달려왔다는 이야기도 전해집니다. 영생고보의 축구 지도교사였던 백석이 선수들을 인솔해 서울에 왔을 때, 학생들은 돌보지 않고 서울로 옮겨 온 자야를 찾아가는 바람에 물의를 일으키기도 했지요. 이 일로 학교마저 그만둔 백석은 경제적으로 궁핍한 상황이 되어 갔습니다. 시 「가무래기의 낙」에 "빚을 얻으러 나는 왔다"고 썼듯이 당시 그는 돈을 빌려야 할 만큼 형편이 어려웠던 것 같습니다. 이런 상황 때문인지 『사슴』 이후의 시편들 중에는 쓸쓸함과 가난의 궁핍함을 노래한 작품이 많이 보입니다.

고향

나는 북관(北關)[8]에 혼자 앓아누워서

어느 아침 의원을 뵈이었다

의원은 여래(如來)[9] 같은 상을 하고 관공(關公)[10]의 수염을 드리워

서

먼 옛적 어느 나라 신선 같은데

새끼손톱 길게 돈은 손을 내어

묵묵하니 한참 맥을 짚더니

문득 물어 고향이 어데냐 한다

평안도 정주라는 곳이라 한즉

그러면 아무개 씨 고향이란다

그러면 아무개 씰 아느냐 한즉

의원은 빙긋이 웃음을 띠고

막역지간(莫逆之間)이라며 수염을 쓴다

나는 아버지로 섬기는 이라 한즉

의원은 또다시 넌즈시 웃고

말없이 팔을 잡아 맥을 보는데

---

8. 함경도'의 다른 이름.
9. '부처'를 달리 이르는 말.
10. 삼국지에 나오는 관운장.

손길은 따스하고 부드러워

고향도 아버지도 아버지의 친구도 다 있었다

"북관에 혼자 않아누워" 있다는 말로 보아, 백석이 함경도에 있을 때 쓴 시인 듯 보입니다. '북관'이란 함경도를 일컫는 말이거든요. 시적 화자는 낯선 타향에서 몸까지 아픈 상황이라고 하는데, 그 모습 위로 쓸쓸하고 서러운 시인의 얼굴이 겹쳐 보입니다. 그럴 때 여래 같고 관운장 같은 의원이 맥을 짚으며 고향이 어디냐고, 아무개를 아느냐고 묻습니다. 평범한 그 한마디가 시인에게 닿을 때는 솜처럼 따스하고 부드러운 말이 되었습니다. 의원과 시인이 띄엄띄엄 대화를 주고받는 모습이 눈앞에 보이는 듯합니다. 그리고 의원의 손길에 고향과 가족이 그리워 가슴이 뜨거워졌을 시인의 마음도 헤아려집니다. 백석은 고향을 유난히 많이 노래했던 시인이니 향수가 오죽했을까요. 일상의 어휘로 쉽고 다정다감하게 이어 가는 어조 또한 그리움의 정서를 더해 줍니다.

객지에 있던 백석은 다시 서울로 돌아와 조선일보에 입사해, 《여성》이라는 잡지의 편집자로 일하며 부모님의 성화에 두 번째 결혼을 했습니다. 하지만 1939년 결국 모든 것을 두고 만주의 신징[新京]으로 떠났지요. 만주에서의 삶은 가난 그 자체였습니다. 백석은 생계를 위해 측량 보조원, 측량 서기, 세관원, 소작인 생활까지 하며 여러 직업을 전전했습니다. 만주 이곳저곳을 떠돌며 고달픈 생활을 했지요. 그때의 모습은 「북방에서」, 「귀농」, 「조당에서」의 작품에 남아 있습니다.

해방이 되자 고국으로 돌아온 백석은 신의주에 잠시 머물다가 고향 정주로 돌아갔습니다. 하지만 격동의 해방 공간 속에서 북쪽 고향에 그대로 남아 있음으로써, 백석은 '재북(在北) 시인'이 되었습니다. 이는 우리 문학사에서 그의 이름이 사라지게 된 이유가 되었지요. 월북(越北) 작가가 아닌데도 불구하고, 1988년 해금이 될 때까지 백석의 작품은 금기시되었던 것입니다.

분단 이후 백석의 구체적인 생애와 작품은 확인하기 어려운 상황입니다. 다만 그가 북한에서 사는 동안에는 시 창작보다 러시아 문학 번역과 아동 문학에 더 치중했다고 알려져 있습니다. 또 그는 사회주의 사상에 투철하지 못하다는 이유로 삼수군(三水郡)이라는 깊은 산골로 내쫓겨 마지막까지 양치기 일을 하며 살았다는 이야기도 들립니다. 1962년 이후로는 북한의 문단에서도 이름이 사라졌고요. 이런 상황으로 인해 백석의 숙청설과 사망설이 떠돌기도 했으나, 최근의 연구에 따르면 1996년 생을 마쳤다고 알려졌습니다. 『사슴』으로 촉망받던 멋쟁이 시인 백석이 생의 마지막에는 시인으로서의 삶을 잃어버린 채 30여 년의 세월을 지낸 것이지요.

시인들이 사랑하는 시인

백석은 식민지 시대에 무너져 가는 공동체적 삶과 모국어를 시로 복원했습니다. 『사슴』 이후의 북방 정서를 담은 시들에서는 향수와 삶의 비애를 빼어나게 노래하여, 지금까지도 뜨거운 관심을 받고 있지요. 우리에게 남겨진 그의 시집은 비록 단 한 권뿐이고 전체 작품 수도 150여 편에 불과하지만, 백석과 관련된 단행본, 학위논문, 평론, 에세이 등의 연구물은 800여 건이 넘을 정도라고 해요. 그뿐만이 아닙니다. 백석은 시인들이 가장 사랑하는 시인으로 뽑히기도 했답니다. 언젠가 문학잡지에서 '현역 시인들에게 가장 큰 영향을 미친 시집은 무엇인가'라는 설문 조사를 했을 때, 당당히 1등으로 뽑힌 시집이 바로 백석의 『사슴』이었지요.

백석의 생애를 되짚으며 그의 뜨거운 가슴을 생각해 봅니다. 유난히 사랑했던 사람과의 이별부터 결혼으로 인한 부모와의 갈등, 시대적 불운과 방랑의 외로움까지, 삶의 굽이마다 그는 누구보다 자신의 감정에 솔직했던 사람이었습니다. 자신만의 세계관과 가치관이 뚜렷했던 그 삶의 맥락 속에 작가의 빼어난 작품을 놓고 보니, 사소하고 하찮은 것들을 소중히 여기는 백석의 따뜻한 마음을 느낄 수 있었지요. 주변의 평범한 사물에서 진짜배기 삶을 발견해 내는 시인의 눈이 참 아름답구나 생각했습니다. 그래서 그의 시에 알알이 박힌 토속어와 이웃과 가족의 삶이 녹아든 문장을 읽을 때마다 '만약 그가 북한에 머물지 않고 우리와 같은 공간에 살면서 더 많은 시를 보여 주었다면 어땠을까. 그랬다면 자신의 바람대로 "하늘이 사랑하는 시인"(「촌에서 온 아이」)이 되진 않았을까.' 하는 아쉬운 마음이 들었음을 고백해 둡니다.

남신의주 유동 박시봉방
(南新義州柳洞朴時逢方)

어느 사이에 나는 아내도 없고, 또,

아내와 같이 살던 집도 없어지고,

그리고 살뜰한 부모며 동생들과도 멀리 떨어져서,

그 어느 바람 세인 쓸쓸한 거리 끝에 헤매이었다.

바로 날도 저물어서,

바람은 더욱 세게 불고, 추위는 점점 더해 오는데,

나는 어느 목수네 집 헌 샅을 깐,

한 방에 들어서 쥔을 붙이었다[11].

이리하여 나는 이 습내 나는 춥고, 누긋한 방에서,

낮이나 밤이나 나는 나 혼자도 너무 많은 것같이 생각하며,

딜옹배기[12]에 북덕불[13]이라도 담겨 오면,

이것을 안고 손을 쬐며 재 우에 뜻 없이 글자를 쓰기도 하며,

또 문밖에 나가디두 않구 자리에 누워서,

11.   세를 들었다.

12.   질옹배기. 둥글넓적하고 아가리가 벌어진 작은 질그릇.

13.   짚이나 풀 따위를 태워 담은 화롯불.

머리에 손깍지벼개를 하고 굴기도 하면서,

나는 내 슬픔이며 어리석음이며를 소처럼 연하여 쌔김질하

는 것이었다.

내 가슴이 꽉 메어 올 적이며,

내 눈에 뜨거운 것이 핑 괴일 적이며,

또 내 스스로 화끈 낯이 붉도록 부끄러울 적이며,

나는 내 슬픔과 어리석음에 눌리어 죽을 수밖에 없는 것을

느끼는 것이었다.

그러나 잠시 뒤에 나는 고개를 들어,

허연 문창을 바라보든가 또 눈을 떠서 높은 턴정을 쳐다보

는 것인데,

이때 나는 내 뜻이며 힘으로, 나를 이끌어 가는 것이 힘든

일인 것을 생각하고,

이것들보다 더 크고, 높은 것이 있어서, 나를 마음대로 굴

려 가는 것을 생각하는 것인데,

이렇게 하여 여러 날이 지나는 동안에,

내 어지러운 마음에는 슬픔이며, 한탄이며, 가라앉을 것은

차츰 앙금이 되어 가라앉고,

외로운 생각만이 드는 때쯤 해서는,

더러 나줏손[14]에 쌀랑쌀랑 싸락눈이 와서 문창을 치기도 하는 때도 있는데,

나는 이런 저녁에는 화로를 더욱 다가 끼며, 무릎을 꿇어 보며,

어니 먼 산 뒷옆에 바우 섶[15]에 따로 외로이 서서,

어두워 오는데 하이야니 눈을 맞을, 그 마른 잎새에는,

쌀랑쌀랑 소리도 나며 눈을 맞을,

그 드물다는 굳고 정한 갈매나무라는 나무를 생각하는 것 이었다.

'남신의주 유동 박시봉방(南新義州柳洞朴時逢方).' 제목을 읽다가 시의 첫 줄을 포기할 만큼 참 어려워 보입니다. 이 시는 옛날 편지 형식을 띠고 있는데, 지금은 편지지에 편지를 써서 보내는 일이 드물어졌으니 한자어로 나열된 제목이 더더욱 낯설고 생소할 따름이지요. 저도 이런 형식의 편지를 본 적도 쓴 적도 없긴 합니다만, 제목의 의미를 알고 나면 더없이 친밀하고 내밀한 느낌까지 읽힙니다.

14. 저녁 무렵.
15. 옆.

"남신의주 유동 박시봉방"은 '신의주 남쪽 유동이라는 지역에 사는 박시봉네 집'이라는 의미로, 편지 봉투에 쓰는 발신인의 주소에 해당됩니다. 즉 이 시는 유동의 박시봉 씨 집에 사는 화자가 누군가에게 보내는 편지인 것이지요. 화자는 자신의 근황과 심정을 솔직하게 전하고자 편지 형식을 선택한 것 같습니다. 편지는 꼭 전하고 싶은 마음을 담아 보내는 글이니까요.

　　시의 정황을 보니, 아내도 집도 없어진 화자는 고향을 떠나 떠돌다 목수인 박시봉 씨네 집에 방 한 칸을 얻었던가 봅니다. 갈대로 자리를 깐 초라한 방에서, 그는 지나온 날들을 생각하고 있습니다. "나 혼자도 너무 많은 것" 같은 어려운 처지이므로, 모든 것에 회한만 가득했을 것입니다. 슬픔과 어리석음을 소처럼 되새김질하며 그것에 눌려 죽을 듯하다고 말하고 있거든요.

　　몇날 며칠, 눅눅한 방안에서 북덕불보다 뜨거운 부끄럼에 몸이 상할 즈음, 화자는 문득 깨닫습니다. 어쩌면 내 뜻보다 "더 크고 높은 것이 있어" 나를 "굴려 가는" 것일지도 모른다고요. 이것은 화자가 시대나 역사, 혹은 운명 같은 것을 겸허하게 받아들이려는 마음이 생겼다는 뜻이겠지요. 그리하여 슬픔과 한탄이 앙금이 되어 가라앉고 외로움만 남았을 쯤, 화자는 어두워 오는 저녁에 홀로 서서 하얀 눈을 맞을 나무를 생각합니다. "굳고 정한 갈매나무" 한 그루처럼 자신의 삶을 세우고자 하는 것이지요. 다른 것도 아니고 나무 한 그루에 기대어 의지를 일으키는 시인의 간절한 마음은 사는 일이 지칠 때마다 위로

가 되곤 합니다. 그래서 저는 쌀랑쌀랑 내리는 흰 눈을 맞는 갈매나무를 백석 시의 이미지 중에서 가장 좋아합니다.

이 시는 1948년 10월 《학풍》 창간호에 게재되었습니다. 이때는 백석이 이미 북한에 정착하여 살던 시기입니다. 분단 이후에는 남한에 작품을 발표할 수 없었으므로, 이 시가 남한에서 발표한 마지막 작품이 된 셈이지요. 그는 이후로는 북한에서도 이렇다 할 작품 활동을 하지 못했습니다. 그의 본령이라 할 수 있는 서정시는 거의 발표하지 않고, 아동문학에 매진해 동화와 동시를 쓰거나 사회주의 이념을 담은 시들을 발표했을 뿐이지요. 그렇게 본다면 이 시야말로 백석이 우리에게 보낸 마지막 편지가 되는 것입니다. 마음을 다해 한 줄 한 줄을 이어 간 그의 편지를 받았으니 이제는 우리가 답장을 보내야 할 것 같습니다.

서
정
주

1915 ~ 2000

"바다 속에서 전복 따 파는 제주 해녀도
제일 좋은 건 님 오시는 날 따다 주려고
물속 바위에 붙은 그대로 남겨 둔단다.
시(詩)의 전복도 제일 좋은 건 거기 두어라.
다 캐어 내고 허전하여서 헤매이리요?
바다에 두고 바다 바래여 시인(詩人)인 것을……."
— 시「시론(時論)」

나를 키운 건 팔 할이 바람

고등학교 봄 소풍 때였습니다. 학교에서 제일 인기 많은 국어 선생님이 기타를 치며 노래를 불렀지요. 당시 한창 유행하던 노래가 아닌 생전 처음 듣는 노래였습니다. 우리는 모두 숨죽이고 그 노래에 빠져들었지요. 봄 햇살 아래 울려 퍼지는 기타 소리도 좋았지만, 저를 사로잡은 건 아름다운 노랫말이었습니다. 도대체 누가 지은 가사인지 듣는 동안 벌써 궁금해질 정도였답니다. "눈이 부시게 푸르른 날은 그리운 사람을 그리워하자", "내가 죽고서 네가 산다면"으로 이어지는 가사는 한순간 가슴에 박혀 버렸지요. 노래가 끝나자마자 선생님에게 작사가를 물었더니, '서정주'라는 대답이 돌아왔습니다. 저는 다음 날 시골의 작은 서점에서 딱 한 권 있던 문고판 서정주 시집을 샀습니다. 그 뒤로 서정주는 〈푸르른 날〉이라는 노래의 추억을 떠올리게 하는 시인이 되었습니다.

'한국어의 주술사'로 불리는 서정주의 고향은 전라북도 고창군 부안면입니다. '질마재'라 불리는 곳으로 훗날 그의 시집 『질마재 신화』(1975)의 배경으로 등장하지요. 동백꽃으로 유명한 선운사의 고장에서 서정주는 1915년에 태어났습니다. 널리 알려져 있는 그의 호 '미당(未堂)'은 친구가 지어 준 것입니다. '아닐 미(未)'에 '집 당(堂)'을 쓰는데, 글자 그대로 해석하면 '완성되지 못한 집'이라는 뜻이지요. 조금 모자라다는 겸손한 의미가 담긴 호입니다.

어린 시절 그는 마을의 서당에서 한문을 배우다가, 열 살 무렵 전라북도 부안군 줄포라는 곳으로 이사해 줄포공립보통학교를 졸업했습니다. 이후 다시 서울로 상경해 중앙고등보통학교 학생이 되었지요. 그의 말에 따르면 십 대 중반에는 사회주의 병에 걸려 아버지가 사 준 가죽 구두 대신 가난한 노동자들이 신는 '지까다비(일본식 작업화)'를 사서 신었으며, 하숙집도 빈민굴 근처로 옮겨 살았다고 합니다. 그러다 여름에 장티푸스에 걸려 무척 고생을 했다는군요. 또 중앙고보를 다니던 1930년에는 광주학생운동 1주년을 맞아 기념 시위를 주동하다가 주모자로 구속되는 바람에 퇴학당했습니다. 다시 고향으로 내려와 편입한 고창고등보통학교에서도 비밀 회합을 주도하다가 교장의 권고로 자퇴하는 등 일찍부터 방황의 나날을 보냈습니다.

이 학교 저 학교에서 모두 밀려나 집에 머물던 서정주는 어느 겨울에 아버지의 궤에서 돈 300원을 훔쳐 만주로 도망치려 했던 일도 있었다고 합니다. 훗날 그는 그 일을 두고 "나는 먼 중국 땅으로/독립군이 되러 가는 길이었지"(「사회주의를 회의하게 되었음」)라고 회상했지요. 그런데 우연히 학교를 중퇴하고 신문 배달을 하는 친구를 만나게 되면서 중국행을 중단했습니다. 그러고는 도서관에 틀어박혀 세계적인 문호들의 작품을 탐독하며 1년여의 시기를 보냈지요. 그의 문학 체험은 광범위했습니다. 그때 가장 감명 깊게 읽은 것은 톨스토이Lev Nikolayevich Tolstoy의 『부활』이고, 시집을 두루 섭렵하다 보들레르Charles Pierre Baudelaire를 좋아하게 됐다고 합니다.

하지만 유랑의 시절이 다시 시작되었습니다. 서울로 올라온 그는 이번엔 머리를 깎고 학승(學僧) 노릇을 하다가 중앙불교전문학교에 입학했으나, 이마저도 중도에 그만두고 말았습니다. 그러는 동안에도 그는 틈틈이 시를 써서 신문사와 잡지에 투고를 하여 몇 편의 습작품이 지면에 실리기도 했습니다. 1936년 《동아일보》 신춘문예에 「벽」이 당선된 것도 실은 독자란에 투고한 것을 신문사에서 신춘문예 응모작으로 잘못 가려 놓는 바람에 뽑힌 것이라고 합니다. 장원이 아니라 차석으로 당선되었는데, 그래서인지 서정주는 나중까지 자신의 첫 작품으로 「벽」이 아닌 「화사」를 고집하기도 했답니다.

어쨌거나 시인이 된 그는 김동리, 오장환 등과 함께 《시인 부락》이

라는 동인지를 창간해, 2호까지 내며 일제강점기를 살아가는 젊은 시
인들의 목소리를 책 속에 담아냈지요. 그렇지만 한편으로는 마음을 잡
지 못하고 경상남도 합천의 해인사에서 제주도까지, 산과 바다를 떠돌
며 방황하기도 했습니다. "나는 쫓기려고 태어난 사람인가?/도망치려
고 생겨난 사람인가?"(「제주도에서」)라는 고백처럼, 당시의 그는 심신이
황폐해져 있었지요. 부모님이 맺어 준 신부와 결혼을 한 뒤에는 가족
을 이끌고 만주까지 직장을 구해 갔다고 합니다. 더 나은 삶을 찾아 향
했던 만주에서의 체험은 3개월여 만에 실패로 끝났지만, 그는 「멈둘레
꽃」 같은 아름다운 시편을 얻었습니다. 그렇게 다시 고국으로 돌아온
서정주는 지금까지의 작품을 묶어 한국 문학사에서 결코 빼놓을 수 없
는 시집을 세상에 내놓습니다. 24편의 시를 수록한 그의 첫 시집 『화사
집(花蛇集)』(1941)을 출간한 것입니다.

순화되지 않는 생명 충동을 토해내다

『화사집』은 우리가 지금까지 보지 못했던 새로운 세계를 열어 보
였습니다. '뱀', '수캐'라든가 '핫슈', '몰약', '닭피' 같은 낯설고 충격적인
시어는 강렬한 에너지를 내뿜었고, 관능적인 이미지는 육체의 생명력
을 형상화하고 있어 주목을 끌었지요. 또 『성경』 속의 이브나 클레오파
트라를 소재로 삼는가 하면, 「문둥이」나 「대낮」, 「화사」 등에서는 원죄
의식과 육체적 관능미를 마음껏 발산하고 있습니다. 이러한 특징은 시

집의 대표작 「화사」에서 쉽게 확인할 수 있습니다.

화사(花蛇)

사향(麝香)¹ 박하(薄荷)의 뒤안길이다.

아름다운 배암……

을마나 크다란 슬픔으로 태어났기에, 저리도 징그라운 몸뚱아

리냐

꽃다님² 같다.

너의 할아버지가 이브를 꼬여 내든 달변의 혓바닥이

소리 잃은 채 낼룽그리는 붉은 아가리로

푸른 하늘이다. ……물어뜯어라. 원통히 물어뜯어,

달아나거라. 저놈의 대가리!

돌팔매를 쏘면서, 쏘면서, 사향 방촛길³ 저놈의 뒤를 따르는 것

은

1. 사향노루의 사향샘을 건조하여 얻는 향료.
2. 꽃대님. 고운 색과 무늬가 있는 천으로 만든 대님.
3. 향기롭고 꽃다운 풀이 있는 길.

우리 할아버지의 안해가 이브라서 그러는 게 아니라

석유 먹은 듯…… 석유 먹은 듯…… 가쁜 숨결이야

바늘에 꼬여 두를까 부다. 꽃다님보단도 아름다운 빛……

클레오파트라의 피 먹은 양 붉게 타오르는

고운 입설이다…… 스며라! 배암.

우리 순네는 스물 난 색시, 고양이같이 고운 입설…… 스며라!
배암.

서정주의 대담한 어조를 생생하게 느낄 수 있는 시입니다. 이 시의
모티프는 『성경』에 나오는 뱀입니다. 아담과 이브를 유혹하여 선악과
를 따 먹게 했던 주인공이지요. 그런 추악함의 대상을 서정주는 '화사
(花蛇)', 즉 꽃뱀으로 되살려 놓았습니다.

시인은 꽃뱀이 "꽃다님보단도 아름다운 빛"을 지녀서 바늘에 꼬여
두르고 싶다고까지 말합니다. "석유 먹은 듯 가쁜 숨결"이라는 꽃뱀의
묘사는 육체적 감각을 자극하고 있습니다. 그가 형상화한 '화사'는 아
름다움과 징그러움을 동시에 지니면서 유혹과 저주의 감정이 교차되
는 대상입니다. 뱀을 향해 돌팔매질을 하면서도, 그것이 지닌 유혹적인
아름다움 앞에서는 숨결이 가빠지고 마니까요. '꽃다님' 같은 뱀의 이

미지는 클레오파트라와 순네의 고운 입술로 이어지며 화자의 본능적인 욕망을 표현하기에 이릅니다.

서정주는 해인사에 머무는 동안 이 시를 썼다고 합니다. 여름밤 암자의 열어 놓은 창으로 박쥐 한 마리가 날아 들어와 퍼드덕거리며 수선 떠는 것을 보다가, 그것을 잡아서 큰 바늘로 벽에 꽂아 놓았다고 합니다. 그때 박쥐가 살려고 발버둥 치는 모습을 보다가 구상해 오던 이 시를 술술 써냈다는군요. 그 고백 끝에 서정주는 "육체를 중요시하는 자의 감각은 일종의 잔인을 자초하는 것인 모양"이라는 말도 덧붙여 놓았습니다.

시인의 말에서 짐작할 수 있듯이 초기의 서정주는 정신적인 것보다 육체적인 것, 본능적이고 감각적인 것에 더욱 관심을 두고 있었습니다. 이것은 곧 생명에 대한 탐구이기도 했지요. 「맥하」, 「입맞춤」, 「가시내」, 「정오의 언덕에서」 등 『화사집』의 여러 시편에서 그 독특한 세계를 발견할 수 있습니다. 『화사집』은 동서양의 정서가 서정주만의 감각으로 재해석되어 한국시에 새로운 풍경을 열어 주었습니다.

다시 질마재로 돌아가기까지

『화사집』에서 꿈틀거리는 생명력에 촉수를 세웠던 시인은 두 번째 시집 『귀촉도』(1948)에서는 동양적인 전통의 세계로 관심을 돌립니다. 견우직녀 설화를 배경으로 하는 「견우의 노래」처럼 전통의 풍속과 설화에서 소재를 찾으며, 감성적인 세계를 그려 내기 시작하지요. 이렇게 민족적인 정서로 눈을 돌린 서정주는 고대 신라의 세계에 몰두해 작품의 깊이를 더해 갔습니다. 선덕여왕과 수로 부인이 이브의 자리를 대신하고, 불교적 색채가 점점 짙어졌지요. 이런 변화를 거쳐 세 번째 시집 『서정주 시선』(1956)에 이르면 흔히 그의 대표작으로 손꼽는 작품들이 쏟아져 나옵니다. 「국화 옆에서」, 「무등을 보며」, 「추천사」, 「춘향유문」 등을 통해 그는 자신의 시 세계를 더욱 심화시켜 나가지요.

서정주는 6·25 전쟁을 겪으면서 『삼국유사』와 『삼국사기』에 더욱 빠져들어 공부했는데, 이것이 '신라의 기초가 된 것'이라고 말했습니다. 그는 삼국시대에 화려한 문명을 꽃피운 신라의 세계에 심취했고, 그의 인생관과 세계관을 세우는 데 신라 정신을 바탕으로 삼았습니다. 그렇게 해서 시집 『신라초(新羅抄)』(1961), 『동천(冬天)』(1968)이 출간됩니다. 두 시집에는 신라인의 풍류, 영원주의, 불교적 세계관 등 신라 정신을 시적으로 형상화한 작품들이 수록되어 있지요.

한편 신라 정신과 더불어 서정주 시의 한 기둥이 되는 것은 불교 사상입니다. 이것은 『귀촉도』에서부터 나타나기 시작해서 『신라초』와 『동천』에 이르면 더욱 확연해지지요. 특히 『동천』의 시편에는 불교의 연기설과 윤회 사상이 시의 바탕을 이루고 있습니다. 「나그네의 꽃다 발」, 「내가 돌이 되면」, 「무의 의미」, 「비인 금가락지 구멍」 등에서 쉽게 확인할 수 있는데, 그중에서 불교의 인연설에 기대어 이별의 슬픔을 노래한 이 시가 오래도록 마음에 남아 있습니다.

연꽃 만나고 가는 바람같이

섭섭하게,
그러나
아조 섭섭치는 말고
좀 섭섭한 듯만 하게,

이별이게,
그러나
아주 영 이별은 말고
어디 내생에서라도
다시 만나기로 하는 이별이게,

연꽃
만나러 가는
바람 아니라
만나고 가는 바람같이……

엊그제
만나고 가는 바람 아니라
한 두 철 전

이 시의 소재로 쓰인 연꽃 또한 불교를 상징하는 꽃입니다. "연꽃 만나고 가는 바람같이" 살라는 제목의 표현 역시 불교의 인연설에 맥이 닿아 있습니다. 사람의 일생은 만남에서 시작해서 이별로 끝납니다. 수많은 만남이 있고 수많은 헤어짐이 있지요. 크고, 작고, 깊고, 짧은 그 만남과 이별의 과정이 우리의 한평생인지 모릅니다. 인연이란 그만큼 소중한 것이기도 하지만, 또 한편으로는 한순간 스치는 바람 같다는 점도 알라고 시인은 말합니다. 어차피 피할 수 없는 이별이라면 "섭섭한 듯만 하게" 헤어져서 다음 생 어디서라도 "다시 만나기로 하는 이별"이기를 바란다고요. 그리고 만나러 가는 바람이 아니라 "만나고 가는 바람"이라는 말에서 쓸쓸한 여운이 더 길게 남습니다. 윤회사상에 바탕을 두고 '재회'의 기회를 열어 둠으로써, 이별의 슬픔을 이겨 보고자 하는 애틋한 마음이 느껴지기도 하고요.

전작들과 비교해 보면 「연꽃 만나고 가는 바람같이」는 서정주의 시적 변모가 얼마나 큰지도 잘 보여 줍니다. 『화사집』 속에 몰아치는 순화되지 않은 '바람'과 연꽃을 만나고 가는 '바람'은 완전히 다른 바람이니까요. "스물세 해 동안 나를 키운 건 팔 할이 바람이다"(「자화상」)라고 스스로 자책할 때는 또 어떤가요. 그 바람 앞에 선 화자는 정신적 방황에 지쳐 "병든 수캐"처럼 헐떡거리지만, 연꽃을 만나고 가는 바람을 배웅하는 화자는 잠깐의 이별인 듯 보낼 수 있는 여유가 생겼습니다.

평온하게 가라앉은 이 심정은 나이 탓만은 아닐 것입니다. 그동안 서정주가 일관되게 추구해 온 신라 정신과 동서양의 다양한 사상들을 융합해 이룬 내면의 성숙이 아닐까 생각합니다.

서정주는 회갑의 나이에 펴낸 시집 『질마재 신화』(1975)에서 그가 자란 고향 질마재로부터 전해 오는 설화를 기록하며, 마을 사람들의 소박한 삶을 들려주고 있습니다. 어릴 때 들어 왔던 이야기나 고향 마을의 전통, 유년기의 체험을 시로 재구성했습니다. 토속어를 그대로 구사하며 이야기의 느낌을 살리기 위해 산문시 형태를 많이 쓴 점이 특징입니다. 「신부(新婦)」, 「까치 마늘」, 「외할머니의 뒤안 툇마루」, 「단골 무당네 머슴아이」, 「신발」 등이 널리 읽히는 작품이지요.

지금까지 살펴본 시집으로만 보아도 서정주는 끊임없이 변화하는 작품 세계를 보여 주었습니다. 서구적 발상법으로 생명 충동과 관능의 미학을 노래한 『화사집』에서부터 신라인의 정신과 불교적 인생관을 바탕으로 한 『신라초』와 『동천』, 그리고 고향 마을의 전설과 민담을 주제로 한 『질마재 신화』는 그가 쌓아올린 시의 성채와도 같은 것이지요. 그 이후 『떠돌이의 시』(1976)로부터 열다섯 번째 마지막 시집 『80 소년 떠돌이의 시』(1997)에 이르는 시집들에서는 회상 시와 여행 시들이 주를 이루면서, 앞선 시집에서만큼 밀도 높은 작품들은 찾아보기 힘듭니다. 대신에 노년의 시선으로 인생을 관조하는 듯한 느긋한 서술의 시들이 많이 보이지요.

70년에 이르는 긴 시력(詩歷)과 수많은 작품에서 간과할 수 없는 서정주의 매력을 하나 꼽자면, 바로 모국어를 다루는 빛나는 감각입니다. 그는 우리말의 리듬과 한국인의 정서를 아름다운 언어로 다듬었습니다. 그래서 서정주 시의 가치를 논할 때 그가 발견한 한국어의 찬란함을 빼고는 말할 수 없다는 평가가 있을 정도지요. 그를 두고 고은 시인은 "언어의 정부(政府)"라고 했는데, 그만큼 서정주의 시는 모국어의 아름다움과 원숙함을 거침없이 펼쳐 보였습니다.

살아생전에 그는 고등학교와 대학에서 강의하며 많은 제자를 길렀고 한국 문단의 주류로 긴 시간을 보냈습니다. 몇 차례의 세계 여행을 했고, 미국과 일본, 프랑스, 스페인 등으로 그의 시집이 번역되어 출판되었으며, 각종 수상의 영예도 누렸습니다. 스스로를 '80 소년'이라고 부르며 2000년 86세의 나이로 숨을 거두기 전까지 시에 대한 열정과 노력을 끝까지 보여 주었습니다.

친일과 시선(詩仙) 사이의 모순

역사나 현실의 문제를 논하기보다 신화적 상상력으로 자신만의 고유한 세계를 개척한 서정주는 그가 이룬 업적만큼이나 비판이 적지 않은 시인입니다. 참담한 식민지 시기, 일제 침략에 적극 저항한 이육사 같은 저항 시인과 대비되며 그가 남긴 오점은 더욱 크게 부각되기도 합니다. 서정주는 일제강점기에 시, 소설, 수필, 르포 등 10여 편이 넘는 친일 작품을 발표했거든요. 대표적인 친일 시 「송정오장 송가(松井

倍長頌歌)」에서 그는 가미카제 특별 공격 대원으로 징발되어 산화한 조선의 젊은이들을 칭송하고 있습니다. 이 밖에도 여러 매체에 전쟁 참여를 독려하며 친일적 글을 발표한 사실은 지울 수 없는 과오임이 분명합니다. 그럼에도 그는 1980년대에 자신의 친일 행적이 불거졌을 때, 「종천순일파(從天順日派)?」라는 시를 써서 자신을 변명하기도 했습니다.

이것으로 그치지 않고 서정주는 이승만 전기(傳記)를 쓰고, 전두환 군사 독재 정권을 지지하는 텔레비전 연설을 함으로써 두 번째 오점을 남겼습니다. 그때마다 거센 비난을 받았고, 이후 친일 문학인으로 꼽혀 교과서에 수록되었던 작품이 삭제되기도 했지요.

서정주는 70여 년 동안 950편이 넘는 시를 한결같은 수준으로 써내어 '시선(詩仙)', '한국 현대시의 신화'라고까지 불리고 있습니다. 혹자는 '한국어에 벼락같이 쏟아진 축복'이라고 그의 문학에 찬사를 보냈지요. 그럼에도 불구하고 그에 대한 평가가 긍정적이지만은 않은 이유는 그가 보인 반역사적 행적에 있습니다. 그가 빚어낸 시의 향연이 성대했기 때문에, 그가 보여 준 무책임한 역사의식이 더욱 안타깝게 느껴지는 것이지요. 문학과 삶의 이력이 함께 아름다웠다면 하는 아쉬움 때문인지, 그와 함께하는 내내 떠나지 않는 한 구절이 있었습니다. 첫 시집에 수록된 첫 번째 시에서 "세상은 가도 가도 부끄럽기만 하더라./어떤 이는 내 눈에서 죄인을 읽고 가고/어떤 이는 내 입에서 천치를 읽고 가나/나는 아무것도 뉘우치진 않을란다."(「자화상」)라던 그의 예언이 자꾸 되살아납니다.

겨울 어느 날의 늙은 아내와 나

오랜 가난에 시달려 온 늙은 아내가

겨울 청명한 날

유리창에 어리는 관악산을 보다가

소리 내어 웃으며

"허어 오늘은 관악산이 다아 웃는군!" 한다.

그래 나는

"시인은 당신이 나보다 더 시인이군!

나는 그저 그런 당신의 대서쟁이⁴구……" 하며

덩달아 웃어 본다.

서정주는 관악산이 가까이 보이는 남현동에서 생의 마지막을 보냈
습니다. 그는 그곳을 '봉산산방(蓬蒜山房)', 즉 쑥과 마늘의 산방이라고

---

4. 남을 대신하여 공문서를 작성하는 사람.

불렀습니다. 소나무, 후박나무, 목련, 시누대를 심어 가꾸며 노부부가 지냈다고 합니다. 그러다 언젠가부터 시인의 병세가 악화되어 인터뷰는 물론 방문객도 받지 않고 고요히 일상을 이어 갔지요. 시인은 늙은 아내와 단둘이 해와 달의 시간에 맞춰 쓸쓸한 고요함 속에 머물고 있었을 것입니다. 언젠가 그가 시집 서문에 적었던 것처럼, 노송의 솔바람 소리에 숨소리를 맞추는 연습이나 하며 살겠다던 그런 시절이었는지도 모르겠습니다. 「겨울 어느 날의 늙은 아내와 나」 속에 남겨진 풍경은 아마도 그런 날들 중 하루였겠지요.

  하늘이 푸르고 구름 한 점 없이 맑은 겨울 아침이면, 먼 산도 가까워 보일 때가 있습니다. 머리에 흰 눈을 얹고 있는 산이 한 걸음쯤 가까이 다가온 듯 느껴졌는지 시인의 아내가 그 감동을 표현했습니다. 관악산이 웃는다고요. 아마도 늙은 아내의 마음이 그날따라 맑은 덕이었겠지만, 시인의 아내답게 관악산에게 책임을 넘겨줍니다. 그 말은 들은 시인은 유리창 너머 산을 한번 보고는 아내의 솜씨에 또 놀랐나 봅니다. 그러고는 아내처럼 '당신이 더 시인'이라고 칭찬을 아끼지 않습니다. 70년을 시인으로 산 자신은 겨우 아내의 대서쟁이에 불과하다고요. 두 사람 사이에 번지는 조용한 웃음이 겨울 아침을 환하게 밝혔을 듯합니다. 아주 잠깐 주고받은 평범한 대화일 수도 있는 것을 시인은 놓치지 않고 소박하고 따스한 한 편의 시로 갈무리했습니다. 그리고 2000년 《시와시학》 봄 호에 수록하여 그의 마지막 발표작으로 남겼습니다.

이 시를 발표하던 그해 가을, 늙은 아내가 먼저 세상을 떠났습니다. 관악산이 웃는 일이 사라져 버린 것이지요. 아니나 다를까, "그녀 먼저 숨을 거둬 떠날 때에는/그 숨결 달래서 내 피리에 담"(「내 아내」) 겠다더니 그는 부인이 먼저 세상을 떠나자 곡기를 끊고 두 달 동안 맥주로 연명하다가 결국 숨을 거두었습니다. 노부부의 뒷이야기를 듣고 나서 마지막 이 시를 읽으면 시 속의 상황이 더욱 애틋하게 느껴집니다. 가장 운명적인 시간을 함께 산다는 건 이런 맑은 웃음을 나누고 그 사람의 마음을 '대서'할 줄 아는 일인가 싶습니다.

4장

어느 자연주의자의 시선

‥청록파로 남다

박
목
월

1915 ~ 1978

"시는 … 나의 경우 구속되고 폐쇄된 젊음을 의식할 때
그것에의 해방, 탈출을 희구하는 갈증이요,
혹은 불완전한 인간과 인간 사이에 벌어지는 름바구니 속에서의 몸부림이요,
죽음의 그 모습을 보일 때의 하얀 목마름이었다."
— 작품집『박목월 자선집』에서

폐허의 시대에 건져 올린 자연과 가족

오직 즐거워서 쓴 동시

엄마 무릎에 앉아 자랄 무렵 배운 노래 중에 〈얼룩소〉라는 동요가 있습니다. "송아지 송아지 얼룩 송아지 엄마 소도 얼룩소 엄마 닮았네." 우리나라 국민이라면 모르는 사람이 없는 노래이지요. 가사도 정겹고 리듬도 쉬워서 송아지를 다른 동물로 바꿔 가며 재밌게 불렀던 기억이 있는데, 이 노랫말이 실은 동시였다는 것은 몰랐습니다. 그저 옛날부터 전해 오는 전래 동요쯤으로 여겼지요. 그런데 더 놀라운 것은 이 동시가 박목월 시인의 작품이라는 것입니다.

「나그네」의 시인인 줄만 알았는데, 박목월의 작품 중에는 제가 어릴 적 익히 보던 동시들도 많더군요. 「물새 알 산새 알」, 「여우비」 같은 것도 모두 그의 작품이랍니다. 발표할 데도 없고 불러 줄 아이도 없는 노래를 자꾸 지어서 뭘 하냐고 문우가 물었을 때, "땅을 파고 묻어 두면 되지 않겠냐"고 할 만큼 그는 동시와 동요에 애정이 많았습니다.

오직 즐겁기 때문에 동시를 썼다는 박목월 시인은 1915년 경상북도 경주에서 2남 2녀 중 맏이로 태어났습니다. 박목월의 할아버지가 일찍 개화하여 집안을 일으킨 덕에 비교적 유복한 환경에서 자랐지요. 박목월의 회고에 따르면, 그가 문학에 눈뜨기 시작한 것은 중학교 1, 2학년 때부터였다고 합니다. 십 대에 벌써 동시와 동요를 써서 잡지에 투고를 할 정도로 문학에 대한 열정이 뜨거웠다고 해요. 그의 시가 처음 활자화된 것은 중학교 때로, 1933년 《어린이》라는 잡지의 독자 투고에 동시 「통딱딱 통짝짝」이 뽑혀 실렸습니다. 이때는 '목월(木月)'이라는 필명이 아니라 '박영종(朴泳鍾)'이라는 자신의 본명을 썼습니다. 그 후 그는 여러 편의 동시와 동요 가사를 썼고, 어린이를 위한 책을 내는 데 힘을 기울였습니다. 그때 그가 쓴 동시들은 아직도 많은 사람에게 읽히고 있지요. 현대 시인으로 문단에서 각광받기 전에, 이미 아동문학을 발표하며 주목을 받아 온 것입니다.

북에는 소월, 남에는 목월

그런데 동시가 내면을 자유롭게 표현하기엔 제약이 따른다고 느낀 박목월은 차차 일반 시에 관심을 갖게 되었고, 그 무렵 새로운 필명으로 문학잡지《문장》에 시를 투고했습니다. 목월이라는 필명은 그가 좋아했던 변영로의 호와 김소월의 이름에서 한 자씩 따서 만들었다고 합니다. 변영로의 호인 수주(樹州)의 '수(樹)'에서 '목(木)'을 취하고, 김소월(金素月)에게서 '월(月)' 자를 가져와 붙인 것입니다. 자연을 노래하는 그의 시를 떠올리면 정말 잘 지은 이름이라는 생각이 듭니다.

목월로 문단에 이름을 알린 그는 1939년과 1940년에 잇따라 정지용의 추천을 받았습니다. 당시 세 번째 추천을 마치며 정지용은 아주 멋진 말을 남겨서 지금까지도 종종 인용되곤 합니다. "북에 김소월이 있었거니 남에 박목월이가 날 만하다." 정지용은 이 심사평에서 김소월과 박목월의 시를 대비시키며 박목월을 부각시켰습니다. 즉 박목월은 김소월이 살린 민요의 가락 위에 회화적 심상까지 갖추었다고 평하며, 김소월이 갖지 못한 덕목을 지니고 있다고 극찬했지요.

박목월이 이런 찬사를 받는 동안 정지용으로부터《문장》에 추천을 받은 또 다른 시인들이 있었는데, 바로 조지훈과 박두진입니다. 이를 계기로 세 시인은 1946년 합동 시집을 출간하게 되었지요. 이때 나온 시집이 바로 우리가 잘 알고 있는 『청록집(青鹿集)』입니다. 세 사람 모두 일제강점기 때 발표하지 못하고 써 두었던 작품들을 갈무리해서 묶었지요. '청록집'이라는 시집의 제목은 박목월의 시 「청노루」에서 따왔고, 이를 계기로 그들은 후에 '청록파(青鹿派)'라고 불리게 되었답니다.

청록파 세 시인은 자연을 소재로 한 서정시를 썼다는 공통점이 있긴 하지만, 각자 자기만의 개성을 분명히 보여 주었습니다. 박목월은 향토적이고 자연 친화적인 서정을 주로 표현했다면, 조지훈은 보다 한국적이고 전통적인 것을 추구했습니다. 그런가 하면 박두진은 기독교적 세계관을 바탕으로 세상을 바라보고 있다는 점에서 뚜렷한 차이를 보입니다.

『청록집』이 나온 후에 이들 세 시인의 존재가 문단에 부각되기 시작했으니, 이들에게 『청록집』은 아주 중요한 시집이지요. 박목월, 조지훈, 박두진이 문단에 나와 『청록집』을 출간하기까지의 시기는 혼란이 극에 달하던 때였습니다. 일제강점기, 해방, 남북의 이념 대립이 연이어진 질풍노도의 시대였지요. 그런 시절, 해방 이후 최초의 창작 시집으로 발간된 『청록집』은 한국 문학사에서 기억할 만한 문학적 성과물입니다. 일제강점기의 절망적인 상황에서도 우리말의 특징을 살려 순수문학을 지키려는 시인들의 의지를 담고 있기 때문입니다.

'마음의 지도'인 자연을 노래하다

박목월이 등단할 무렵, 우리나라는 그 어디에도 안식처로 삼을 만한 곳이 없었습니다. 한반도 전역이 전쟁 분위기에 휩싸였고 일제의 억압은 극으로 치달아 가고 있었지요. 역사적 암흑기를 지나면서 박목월은 스스로 "영혼의 지도"를 만들었다고 했습니다. "어둡고 불안한 시대에 푸근하게 은신할 수 있는" 곳이 그리웠기 때문이라고요. 백두산에서부터 태백산까지, 그 어느 곳에도 은신처가 없을 듯하여 "깊숙한 산과 냇물과 호수와 봉우리가 있는 마음의 자연－지도를 간직"하게 된 것이라고 스스로 밝히고 있습니다. 이렇게 시인의 마음속에 그려진 자연은 바로 작품 속 풍경으로 되살아났습니다. 그곳에는 낡은 기와집과 청(靑)노루와 청운사(靑雲寺)가 구름 아래 있고(「청노루」), 강과 밀밭과 불타는 노을도 펼쳐져 있습니다(「나그네」).

나그네

강나루 건너서
밀밭 길을

구름에 달 가듯이
가는 나그네

길은 외줄기
남도 삼백 리

술 익는 마을마다
타는 저녁놀

구름에 달 가듯이
가는 나그네

「나그네」는 『청록집』에 수록된 이후로 지금까지, 그야말로 눈부신 완성미를 보여 주는 박목월의 대표작으로 꼽힙니다. 이 시에는 아주 특별한 사연이 담겨 있습니다. 일제강점기 말, 비슷한 시기에《문장》의 추천을 받은 조지훈이 박목월에게 얼굴 한번 보고 싶다는 편지를 보내서 두 사람이 만난 적이 있었다고 합니다. 그 전에는 서로 아는 사이가 아니었지만, 둘은 보름 동안 함께 지내며 문학적 동지로서 우정을 쌓았다고 하지요. 이때 두 시인이 화답 형식으로 주고받은 시가 조지훈의 「완화삼」과 「낙화」, 박목월의 「밭을 갈아」와 「나그네」라는군요. 박목월은 조지훈의 「완화삼」에 「나그네」로 답시를 쓴 것입니다. 그래서 두 시를 나란히 읽으면 그 맛이 달라집니다. 「완화삼」의 "술 익는 강 마을의 저녁노을이여"라는 구절을 박목월은 「나그네」에서 "술 익는 마을마다 타는 저녁놀"이라고 되살려 놓고 있지요. 정말 운치 있는 우정이라는 생각이 듭니다.

「나그네」는 박목월 시의 특징을 한눈에 볼 수 있는 작품입니다. 전통적인 운율을 사용한 것도 그렇고, 선명한 이미지들을 짧은 시행으로 압축하여 표현한 점도 두드러집니다. 박목월은 「자작시 해설」이라는 글에서 "「나그네」는 『청록집』에 수록한 내 작품들의 가장 바탕이 되는 세계다."라고 밝히기도 했습니다. 이 작품에는 체념과 달관의 경지에 이른 나그네의 삶과 정서가 아름답게 표현되어 있습니다. '마음의 지도'라는 말에서 알 수 있듯이 박목월은 자연을 소재로 시를 썼지만, 생활의 터전이나 배경으로서의 자연이 아니라 현실을 초월한 이상적인 세계로서의 자연을 보여 줍니다. 그래서 시적 화자가 자연 속에 머물러 있지 않고, 자연을 멀리서 바라보고 있는 것처럼 느껴지지요. 나그네도 그런 존재입니다. 그저 바라보다가 오래 머물지 않고 곧 떠나는 사람이니까요. 어쩌면 나그네의 시선이 바로 시인 자신의 시선은 아니었을까 하는 생각이 듭니다.

이 시는 "나그네", "삼백 리", "저녁놀"처럼 동사가 아닌 명사로 각 연의 끝을 맺고 있다는 점도 눈에 띕니다. 이것은 박목월이 주로 사용하는 시 작법 가운데 하나로, 의미와 감동을 더하기 위한 것이라고 합니다. 그는 시어 하나도 함부로 쓰지 않으려 애썼지요. 이렇게 언어 미학과 형식에 집중한 결과, 그의 시는 유려한 운율과 간결하면서 단아한 형태를 지니게 된 것입니다. 이런 여러 가지 특징 덕분에 「나그네」는 "이 땅에서 시와 친근하게 만나는 첫걸음"이 되어 주었다는 평가를 받기도 합니다.

『청록집』 출간 이후 박목월은 십 년 넘게 근무하던 고향의 금융조합을 그만두고 서울로 이사했습니다. 그러고는 이화여자고등학교의 교사로 부임하여 교직과 출판, 그리고 한국문학가협회의 일까지 맡아 바쁜 나날을 보냈지요. 6·25 전쟁이 일어나자 그는 3년간 '공군종군문인단'으로 복무하기도 했습니다. 그리고 전쟁이 지나간 뒤 첫 번째 개인 시집인 『산도화』(1955)를 묶었지요. 이 시집은 초기 시에서 특징적으로 드러나는 자연과 전통적인 정한이 밑바탕을 이루고 있습니다. 하지만 곧 변화가 찾아왔어요. 혼란스러운 전쟁과 부모 형제의 죽음을 겪으면서, 그는 단아하고 함축적이며 정형시에 가까운 형태로는 스스로의 감정과 생각을 충분히 표현하기 어렵다고 생각했던 것입니다. 이것은 그가 동시에서 일반 시로 넘어올 때의 고민과도 통하지요. 그는 "자유스러운 형식에의 몸부림"이 시작되었다고도 말했습니다. 사십 대를 앞두고 박목월은 차츰 현실에 충실한 삶으로 시선을 옮겨 가며 시적 전환을 시도합니다. 내용과 소재, 형식 면에서 모두 새로워졌지요.

일상의 경험이 깃든 진솔한 고백

언젠가 박목월의 아들인 박동규 교수가 아버지를 회상하며 쓴 글을 읽은 적이 있습니다. 그는 시를 쓰기 위해 연필을 깎는 시인 박목월의 모습을 추억했지요. 산문은 만년필로 썼지만 시만은 꼭 연필로 썼기 때문에, 연필 깎는 소리는 비상이 걸리는 소리였다고 합니다. 가족 모두에게 이제부터 조용히 해 달라는 무언의 부탁과도 같았다는 것이지요. 또 아무리 늦은 밤이라도 시가 완성되면 아내를 깨워 금방 쓴 시를 나직한 목소리로 낭송했다고도 하더군요. 그의 추억담은 세월 속에 묻힌 시인의 까마득한 모습을 되살려 냈고, 저는 박목월의 시를 찾아 다시 읽어 보았습니다. "연필을 깎는다/나와 같은 시인은/한 편의 시를 빚기 위하여"(「목탄화」)라는 시구가 어떤 장면이었는지 상상이 가더군요. 그러면서 그 집의 또 다른 풍경을 떠올리기도 했습니다. 가난한 시인이자, 서글픈 가장의 모습을 진솔하게 그린 시 속에서 그 모습을 엿볼 수 있습니다.

가정(家庭)

지상에는

아홉 켤레의 신발.

아니 현관에는 아니 들깐[1]에는

아니 어느 시인의 가정에는

알전등이 켜질 무렵을

문수(文數)[2]가 다른 아홉 켤레의 신발을.

내 신발은

십구 문 반(十九文半).

눈과 얼음의 길을 걸어

그들 옆에 벗으면

---

1. 다용도실 혹은 창고.
2. 신발 따위의 치수. '문'은 신발의 크기를 잴 때 쓰는 길이의 단위로, 1문은 약 2.4cm에 해당함.

육 문 삼(六文三)의 코가 납짝한

귀염둥아 귀염둥아

우리 막내둥아.

미소하는

내 얼굴을 보아라.

얼음과 눈으로 벽을 짜 올린

여기는

지상.

연민(憐憫)한 삶의 길이어.

내 신발은 십구 문 반.

아랫목에 모인

아홉 마리의 강아지야

강아지 같은 것들아.

굴욕(屈辱)과 굶주림과 추운 길을 걸어

내가 왔다.

아버지가 왔다.

아니 십구 문 반의 신발이 왔다.

아니 지상에는

아버지라는 어설픈 것이

존재한다.

미소하는

내 얼굴을 보아라.

우선 눈에 띄게 시가 길어졌습니다. 유려한 리듬이 사라지고, 소재도 자연이 아니라 생활 속의 사물로 바뀌었지요. 또 시의 제목을 '가정'이라고 붙일 정도로 박목월은 자신의 삶으로 시선을 돌렸습니다. 실제로 그는 "내면의 강렬한 소용돌이, 절규에 가까운 부르짖음의 세계를 『청록집』에서 보인 시의 모습으로는 담아낼 수 없어 변화를 시도했고, 그 결과 현실에서 느낀 바를 자연스럽게 '이야기하듯' 쓰게 되었다."라고 말한 바 있습니다. 이처럼 현실 생활을 짙게 반영하고 있는 작품 세계는 그의 세 번째 개인 시집 『청담』(1964)에서부터 확연해졌습니다. 「가정」 역시 『청담』의 서두에 실려 있는 작품이지요.

「가정」에서 화자는 아버지로서의 삶을 고백하듯 서술하고 있습니다. 아버지는 가정의 중심이 되는 존재로, 가족을 부양해야 하는 막중한 책임을 안고 있습니다. 아버지가 살아가는 고달픈 삶터는 "얼음과 눈으로 벽을 짜 올린" 세상이지요. 그런 세상 속으로 아버지는 매일 나가서 일을 마치고 집으로 돌아오는데, 알전등이 켜진 집에는 "아홉 켤레의 신발"이 기다리고 있습니다. 그중에서도 제일 작은 막내둥이 신발에 먼저 눈길이 갔나 봅니다. 그것을 보고 "귀염둥아"라고 부르는 아버지의 목소리가 무척 다정하게 들립니다.

　아버지가 아홉 켤레의 신발 옆에 자신의 신발을 벗어 놓고 방문을 열었을 때, 아랫목에 모인 아홉 마리의 강아지가 일제히 아버지를 반겨 줍니다. 이 따뜻한 체온이 있기에 아버지는 "굴욕과 굶주림의 추운 길을 걸어"올 수 있는 힘을 얻는 것이지요. 어설픈 아버지를 믿고 있는 고마운 가족들이 있어, 아버지의 얼굴에 미소가 번지는 것입니다. 가난한 시인으로 사는 자신의 심정을 솔직하지만 긍정적으로 끌어안아 따뜻함을 느끼게 하는 시입니다.

　특히 이 시는 신발의 크기로 아버지의 삶을 형상화해 더 큰 공감을 이끌어 내는 것 같습니다. "십구 문 반"은 47cm 정도의 크기이므로, 아버지의 실제 발 사이즈는 아닙니다. 아버지가 가장으로서 느끼는 무게가 그 정도로 무겁다는 사실을 이렇게 표현한 것이지요. 이 시를 읽을 때면 섬돌 위에 있던 아버지의 흙 묻은 낡은 구두가 떠오르곤 합니다. 조그만 제 신발 옆에 나란히 있을 땐 무척 커 보였지요. 시인이 "십구 문 반"이라는 크기를 말한 이유도 알 것 같아요. 삶의 애환과 가족의 사랑을 모두 담으려면 정말 그 정도의 크기는 돼야 할 것 같거든요.

　「가정」, 「밥상 앞에서」, 「일박(一泊)」에서와 같이 자신의 일상과 내면을 탐구하던 박목월은 "무뚝뚝하고 왁살스러운 악센트"(「사투리」)의 고향 사투리를 시에 활용하여 『청록집』과는 다른 향토적 색채를 보이기도 합니다. 초기 시에 나타난 관념적이고 이상적인 자연이 아니라, 사람살이 냄새가 밴 자연을 표현했습니다. 고향의 소박한 삶과 사투리의 맛을 잘 살린 시집이 바로 『경상도 가랑잎』(1968)입니다.

이렇게 처음엔 자연의 정한을 노래하던 시인은 현실 생활의 고백을 거쳐, 존재의 탐구로 나아갔습니다. 그리고 말년이 되면서는 종교와 신에 많이 의지하는 모습을 보여 주었습니다. "나이 60에 겨우/꽃을 꽃으로 볼 수 있는/눈이 열렸다./… 신이 지으신/있는 그것을 그대로 볼 수 있는/지복한 눈"(「개안(開眼)」)이라고 신앙을 고백하고 있답니다.

다섯 번째 개인 시집 『무순(無順)』(1976)을 출간하고 2년 뒤, 새벽 산책을 하고 돌아온 시인은 지병인 고혈압으로 세상을 떠났습니다. 그가 사망한 다음 해인 1979년, 가족에 의해 유고 시집 『크고 부드러운 손』이 간행되었습니다.

서정시의 물길을 넓히다

3인 공동 시집 『청록집』으로 자신만의 개성을 확실하게 보인 박목월은 1960년대에 당시 영부인인 육영수 여사의 문학 개인 교수를 지내기도 합니다. 또 1973년에는 최초의 시 전문 잡지 《심상》을 창간하여 현대시 발전에 큰 힘을 보탰지요. 그는 생전에 여러 문학상을 받았고, 한국시인협회 회장직을 오랫동안 수행할 정도로 확고한 자리를 차지했던 시인이었습니다. 이것은 그가 40여 년의 문단 생활 동안 수많은 동시와 산문, 그리고 460편이 넘는 시를 성실한 자세로 썼기 때문이지요.

박목월은 자연과 인생, 죽음과 신 등으로 끊임없이 시의 소재를 변화시키며 다양하고 넓은 시 세계를 보여 주었습니다. 그렇지만 그의 시는 일제강점기의 현실을 직시하는 시선과 치열한 역사의식이 부족하다는 점이 아쉬움으로 지적되곤 합니다. 삶과 생활 속에 깊이 뿌리박은 시가 아니라는 뜻이지요. 그럼에도 불구하고 박목월은 김소월, 정지용, 김영랑으로 이어지는 서정시의 강줄기에 또 하나의 큰 물길을 더한 시인이었음은 누구도 부인할 수 없을 것입니다. 더불어 일제 치하에 단 한 편의 친일 문장을 남기지 않았다는 점, 그리고 한글이 금지되던 암흑기에 맑고 고운 동시와 시를 써서 순수한 서정을 가꾸어 갔다는 점도 기억할 만한 그의 공적으로 평가됩니다. 일찍이 그가 만났던 '청노루'의 맑은 눈빛과 자태는 평생 문학을 갈구한 시인의 형형한 눈빛이었음을 이제야 알 것 같습니다.

구고(舊稿)에서

I

자갈돌을 닦는다.

어린것들아

아버지를 보아라

아버지의 생애는

자갈돌을 닦는 것으로

일관(一貫)했다.

계산이나 성과는

나의 안중(眼中)에

없었다.

돌을 닦는 그것으로

나는 충만했고

나의 생애는

보람찬 것이었다.

그것을 누가 보석이라든

쓸모없는 자갈돌이라든

그것은 그들의 평가

다만 나는
자갈돌을 닦는
맹목적인 성의만이
소중했다.
그리하여
반들반들 닦겨진
자갈돌로 나의 길을
정결케 하고 내일은
영원으로 이어진 길에
그것을 깔게 될 것이다.

하루가 끝나 갈 때의 슬픈 하늘과 같이 한 생이 저물 때의 서늘함 속에는 각자의 비밀이 있는지도 모릅니다. 한없는 삶의 남루함에도 불구하고 저마다 움켜쥐고 있던 작은 희망들. 꼭 자갈돌만 한 희망에 온 생을 걸었던 날들. 시인은 그것을 "어린것들"에게 말하고 있습니다.

세상이 보석이라고 하든, 쓸모없는 돌멩이라고 하든 눈 돌리지 않고 손에 든 자갈돌만을 윤이 나게 닦은 것이 아버지의 인생이었다고 부끄럼 없이 얘기합니다. 그리고 그 일은 보람차고 충만했다고요. 그뿐 아니라 평생 닦은 자갈돌은 "영원으로 이어진 길"에 깔게 될 것이라고 합니다. 누가 보아도 시인의 자갈돌은 '시'일 것이니, 시인으로서 그의 삶과 자부심이 얼마나 컸는지 느낄 수 있습니다. 또 아이들에겐 아버지의 따뜻한 가르침이 되어 가슴속에 남겨지겠지요.

이 시는 박목월이 사망하기 한 달 전인 1978년 2월 《심상》지에 발표된 시입니다. 전체 I, II, III으로 나뉘어 있는데, 그중 첫 부분입니다. 옮겨진 시 I에서는 아버지가 자식들에게 자신의 평생을 회고하며 인생을 전하는 이야기가 나옵니다. 그리고 II에서는 온양의 온천에서 몸을 쉬며 느끼는 감회를 적고 있고, III에서는 병 때문에 하루에 열 잔씩 마시던 커피를 참아야 하는 안타까움을 토로하고 있습니다. 커피를 마시는 사소한 일이 얼마나 충만한 것이었는지 솔직하게 표현해서 무척 공감이 되기도 했지요. 제목이 '구고(舊稿)에서'인 것으로 보아 예전에 써 둔 원고를 다듬어 발표한 것이 아닐까 짐작해 봅니다. 그러나 시의 분위기나 내용을 살펴보면, 옛 원고라 하더라도 시간을 많이 거슬러 올라간 과거는 아닐 것 같습니다.

어떤 후회도 원망도 없는 시인의 목소리를 거듭 읽으며 생각했습니다. 내가 닦고 있는 "자갈돌"은 무엇인지, 닦는 것만으로도 보람 있는 "자갈돌"을 가지고 있는지 말이지요. 이런 물음과 함께 그의 자갈돌은 제게도 아버지의 말씀처럼 남겨졌습니다. 그리고 먼 훗날 지나온 삶과 남은 삶을 가만히 짚어 보며, 마지막엔 그 작은 자갈돌마저도 고마운 마음으로 내려놓을 수 있기를 바랐습니다.

박
두
진

1916 ~ 1998

"시는 인간의 혼을 정화시키고 행복하게 하는 참다운 길이며
시로써 신에게 영광을 돌려야 한다."
― 시론집『시와 사랑』에서

자연, 인간, 신이 하나 되는 꿈을 꾸다

'식물성' 시어에 깃든 신앙

어느 글에선가 "나이가 드니 마음먹은 대로 시가 써지는 것 같다."라는 문장을 읽고 잠시 아득해진 순간이 있었습니다. 제게 시는 늘 어렵고 생각대로 안 되며 마주하고 있으면 모자란 재주를 탓하게 하는데, 이 시인은 어떻게 이런 경지에 이른 것일까 몹시 부럽고 놀랐지요. 도대체 얼마나 많은 시를 써야, 얼마나 노력해야 이럴까 싶어 그 문장의 주인을 찾아보았더니, 박두진 시인이었습니다. 단번에 고개를 끄덕이고는 그가 썼다는 천 편이 넘는 시를 생각했습니다. 그리고 천 편을 쓰는 동안의 긴 세월을 생각하니 저 말의 무게는 더욱 무겁게 느껴졌답

271

니다.

　박두진은 1916년 경기도 안성의 조용한 시골 마을에서 태어났습니다. 유교적 가풍을 중시했던 집안 분위기와 시골 학동들에게 한문을 가르쳤던 할아버지 덕분에 일찍부터 『천자문』을 읽고 『명심보감』 등을 배웠다고 합니다. 청년기에 들어 누이의 영향으로 기독교에 입문한 뒤로는 평생 기독교 교리를 지키고 실천하는 삶을 살았습니다. 그는 처음으로 교회를 찾은 날을 회고하며 "모든 문제를 해결할 수 있는 유일한 길로서 나는 종교 신앙의 길을 택하기에 이르렀고, 비 내리는 어느 주일에 스스로 찾아가 기독교회의 문을 두드렸다."라고 했습니다. 이후로 그의 삶을 떠받친 두 기둥은 시작(詩作) 활동과 신앙생활이었습니다. 그는 인간의 영혼을 정화시키는 것은 문학과 종교라는 믿음을 지니고 있었습니다. 그의 이야기에 따르면, 일제 말 이후 해방 무렵까지 시대적 고뇌와 방황을 오로지 시와 신앙으로 위로받고 극복하고자 했다고 합니다.

　소학교를 마친 뒤부터는 생계를 책임져야 했는데, 열여덟 살에 서울로 올라온 그는 출판사에서 일하며 혼자 틈틈이 문학 공부를 했습니다. 그보다 앞서 열다섯 살 무렵에는 동요를 한 편 발표한 일도 있습니다. 《아이생활》이라는 어린이 잡지의 독자 투고란에 「무지개」를 보냈는데, 그것이 뽑혀서 수록되었다는군요. 《아이생활》은 기독교 선교 사업으로 발간된 잡지인데, 윤동주가 애독한 잡지로도 알려져 있지요. 어쨌거나 이 일은 어린 박두진에게 야심과 자신감을 불 질러 주었다고 훗날 「나의 시작 노트」에서 밝히고 있습니다. 여느 시인과 다르지 않게 박두진도 문학에 대한 열망이 일찍부터 있었던 것 같습니다. 쓰고 또 쓰고, 고치고 또 고치는 것이 끝없이 반복되는 습작 기간을 오래 보낼 수 있었던 것도 문학에 열정이 있었기 때문일 테니까요. 그러다가 그는 이십 대 초 《아(芽)》라는 동인지에 시 「북으로 가는 열차」를 투고했습니다. 이것은 등단 이전에 발표한 시로 유치한 편이었다고 고백하고 있습니다. 그러나 이때 자신의 작품이 활자화되어 나오는 것을 보며 문학에의 열정과 신념이 더욱 강해져서 시를 쓰겠다는 결심을 하게 되었다고 하니, 그에겐 중요한 사건임에 분명합니다.

꽤 많은 작품을 습작하던 박두진은 《문장》지를 만나면서 문학 활동에 획기적인 전기를 마련했습니다. 당시 주간으로 있던 정지용의 추천을 받게 되었거든요. 그렇게 해서 1939년 6월 《문장》에 실린 작품이 바로 「향현(香峴)」과 「묘지송(墓地頌)」입니다. 이어서 그해 9월에 「낙엽송」으로 두 번째 추천을 받았으며, 이듬해 1월에는 「의」, 「들국화」를 추천받아 발표하며 문단에 정식으로 이름을 올립니다. 그 당시 박두진을 추천한 정지용은 그의 시가 "삼림에서 풍기는 식물성의 체취를 지니고 있다."라고 호평했습니다. 이처럼 박두진의 시에서 자연은 중요한 매개입니다. 그의 호 혜산(兮山)이 '있는 그대로의 산'이라는 의미인 것처럼, 그는 자연을 통해 내면을 성찰하는가 하면, 삶의 방향을 고민하고, 세계의 질서를 탐구했지요.

박두진을 이야기할 때 『청록집(靑鹿集)』과 청록파를 빼놓을 수는 없을 것입니다. 『청록집』(1946)은 1940년을 전후해 《문장》지로 등단한 세 명의 시인이 묶은 합동 시집입니다. 박목월, 박두진, 조지훈, 이 세 명의 청록파 시인 가운데 가장 먼저 추천 절차가 완료된 사람은 박두진이었습니다. 해방 직후 이념의 혼란 속에서 순수한 서정을 다루고 있는 『청록집』이 발간된 것은 매우 이례적인 일이었지요. 김동리가 일찍이 '자연의 발견'이라는 말로 『청록집』의 가치를 평가한 바와 같이 세 명의 시인은 모두 자연을 노래했다는 공통점을 지니고 있습니다. 그러면서도 박두진은 기독교적 믿음을 바탕으로 자연을 노래하는 개성을 보여 주었습니다. 그는 자연 그대로의 상태를 노래하는 것이 아니라 자연 속에 자신이 추구하는 이상 세계를 형상화했습니다. 작품 활동 초기부터 기독교에서 시적 발상과 의미를 얻은 것입니다.

포근한 무덤 곁에서 부르는 노래

흔히 박두진의 대표작으로 「해」를 떠올리곤 합니다. "해야 솟아라. 해야 솟아라. 말갛게 씻은 얼굴 고운 해야 솟아라."라고 힘찬 목소리를 내뿜는 시이지요. 「해」는 남성적인 어조와 시어의 반복이 만들어 낸 리듬감으로 개성적이고 인상적인 작품인 것은 분명하지만, 박두진 스스로가 말한 자신의 대표작은 「묘지송」이었습니다. 그는 「묘지송」을 일컬어 "모든 시작(詩作) 생활 과정을 통해서 하나의 출발점과 방향타 역할을 한 시"라고 했지요.

묘지송(墓地頌)

북망이래도 금잔디 기름진데 동그만 무덤들 외롭지 않어이.

무덤 속 어둠에 하이얀 촉루가 빛나리. 향기로운 주검의 내도 풍기리.

살아서 설던 주검 죽었으매 이내 안 서럽고, 언제 무덤 속 화안히 비쳐 줄 그런 태양만이 그리우리.

금잔디 사이 할미꽃도 피었고, 삐이 삐이 배, 뱃종! 뱃종! 멧새들도 우는데, 봄볕 포근한 무덤에 주검들이 누웠네.

앞에서도 언급했듯이, 「묘지송」은 《문장》지의 1회 추천작이었습니다. 그 당시 《문장》에서는 편집위원의 추천을 세 번 받으면 정식으로 시인이 되는 제도가 있었는데, 박두진은 이 시로 첫 번째 추천을 받았지요. 창작 시기로만 따져 볼 때도 이 시가 박두진 시의 출발점인 것은 분명합니다.

「묘지송」은 일제강점기에 발표된 데다 제목에 '묘지'라는 말이 있어 어둡고 우울한 정서를 드러낸 작품이라고 생각할 수 있지만, 시를 읽으면 오히려 시인의 낙관적인 태도를 엿볼 수 있습니다. 비관적인 현실을 그대로 받아들이지 않고 종교적으로 구원받기를 희망하고 있으니까요. 실제로 시인은 편하고 포근하게 자리 잡고 있는 묘지의 무덤들을 바라보며 이 시를 썼다고 합니다. 그는 묘지 위에 내리쬐는 봄볕과 잔디 사이의 조그만 할미꽃, 그리고 멧새가 노래하는 모습을 보면서 이런 풍경이라면 죽은 자가 홀로 누워 있는 "동그만 무덤들"도 외롭지 않겠다고 느꼈나 봅니다.

무덤 앞에서나 죽음을 이야기할 때는 으레 슬픔을 떠올리고 '곡(哭)'을 해야 할 것 같은데, 시인은 오히려 묘지를 기리고 있다는 점도 그의 낙관적 태도를 보여 줍니다. '묘지송'에서 '송(頌)'이 바로 '기리고 칭송한다'는 뜻이거든요. 어쨌거나 시인이 이런 생각을 가졌기에 "살아서 설던 주검"은 "죽었으매 이내 안 서럽고"라는 표현이 가능했겠지요. 살아서 서럽던 삶이 죽음으로 구원을 받는다는 생각에는 그의 종교적 믿음도 엿보입니다. 시인은 시대의 시련과 개인의 아픔을 '불멸의 종교적 믿음'으로 극복하고자 한 것이지요.

이 시에서 한 가지 더 눈길을 끄는 부분은 "삐이 삐이 배, 뱃종! 뱃종!"이라고 표현한 멧새 소리입니다. 박두진은 의성어와 의태어를 많이 활용했고, 어휘를 반복함으로써 운율 효과를 잘 살렸던 시인입니다. 멧새 소리를 들어 본 적 없어도 시인이 옮겨 놓은 새소리를 읽는 것만으로 멧새를 만난 듯 실감이 납니다. 무덤 위를 포르르 날아가는 한 마리 새의 울음이 들리는 것 같지요. 그리고 이런 새소리가 늘 들리는 곳, 무덤들을 품고 있는 곳인 '산'은 박두진의 시에서 자주 만날 수 있는 문학적 공간이며, 신앙이 바탕이 된 정신적 공간입니다.

산에 기대어 울분을 삼키고

문학청년이었던 박두진은 식민지 백성의 울분을 안고 종종 산을 찾았다고 합니다. 서울 근교의 산들을 오르내리며 마음을 달래고 서러움을 잊곤 했겠지요. 그중에서 도봉산은 백 번도 넘게 올랐는데, 1942년 가을날에 시대의 참혹함과 적막함을 안고 올라가서 쓴 시가 바로「도봉」이라고 합니다.

창작 당시의 심경을 적은 글에서 그는 완전한 암흑기였지만 그래도 실망하지는 않았다고 했습니다. "언제고 우리말은 살아나고 우리의 작품들은 햇볕을 보고, 우리의 정신은 다시 살아날 수 있으리라"고 믿고 기다렸다고요. 이 말과 함께「도봉」을 읽으면 새날에 대한 확고한 믿음은 그가 시인으로서 보인 나름의 저항의 방식은 아니었을까 하는 생각이 듭니다.

도봉(道峯)

산새도 날아와
우짖지 않고,

구름도 떠가곤
오지 않는다.

인적 끊인 곳,
홀로 앉은
가을 산의 어스름.

호오이 호오이 소리 높여
나는 누구도 없이 불러 보나,

울림은 헛되이
빈 골 골을 되돌아올 뿐.

산그늘 길게 늘이며
붉게 해는 넘어가고,

황혼과 함께
이어 별과 밤은 오리니.

생은 오직 갈수록 쓸쓸하고,
사랑은 한갓 괴로울 뿐.

그대 위하여 나는, 이제도 이,

긴 밤과 슬픔을 갖거니와,

이 밤을 그대는, 나도 모르는

어느 마을에서 쉬느뇨.

　박두진의 초기 시들은 「해」, 「묘지송」, 「청산도」에서처럼 행을 길게 늘여 쓰는 형태가 많은데, 「도봉」은 이와 달리 비교적 짧은 호흡이 돋보이는 작품입니다. 2~3행씩 10연으로 배열돼 여백과 운율의 미가 느껴지지요. 작품 전체적으로 도봉산의 적막한 풍경과 외로운 화자의 모습이 조화를 잘 이루고 있습니다. 이 시는 「묘지송」과 마찬가지로 『청록집』에 수록되어 있는데, 「묘지송」만큼이나 박두진이 애착을 가졌던 작품인 것 같습니다. 그는 울적할 때면 이 시를 자주 읊고 휘파람으로 불었다는 이야기가 있거든요. 그만큼 자신의 심정을 많이 담고 있는 시라는 의미이기도 하겠지요.

　「도봉」의 시간적 배경은 황혼 녘의 어스름이 차차 밤으로 깊어 가는 때입니다. 해가 넘어가고 주변이 어두워지자, 도봉산에서 느끼는 화자의 시선과 심경에도 변화가 생깁니다. "생은 오직 갈수록 쓸쓸하고,/ 사랑은 한갓 괴로울 뿐."이라는 구절에 이르면 깊은 절망감으로 가슴이 철렁 내려앉는 느낌마저 듭니다. 산새도 구름도 인적도 다 떠나 버린 가을 산에 홀로 앉아 있는 시인의 모습이 떠오르기도 하지요. 하지만 박두진은 여기에서도 시를 절망으로 끝맺지 않습니다. 어디에 있는지 모르는 그대를 위해 화자는 여전히 "긴 밤과 슬픔"을 갖겠다고 하거든요. 그대가 연인이든 혹은 새로운 세상이든 화자는 그 사랑을 놓지 않고 완성하겠다고 다짐하고 있습니다. 이런 다짐이 가능한 건 물론 그를 지탱해 주는 종교의 힘이라고 거듭 말할 수 있지요. 이 시에서도 자연은 아름다운 경치로 머물지 않고, 시인의 정신적 거처에 더 가깝게 느껴집니다.

그리고 나는 쓴다

『청록집』의 성공을 바탕으로 박두진은 첫 번째 개인 시집 『해』(1949)를 출간했습니다. 이 시집에는 기독교 정신을 바탕으로 자연을 노래한 작품들이 주를 이룹니다. 그러나 종군작가로 복무했던 6·25 전쟁 이후의 시편들에는 인간의 불행과 현실에 대한 날카로운 비판의 목소리가 깃들기 시작했습니다. 4·19 혁명, 5·16 군사정변 등 혼란스러운 역사의 소용돌이를 통과하면서 그는 자유와 정의를 부르짖기도 했지요. 자연에서 찾던 소재도 점차 삶의 현장에서 발견한 것으로 옮겨 옵니다. 사회의 부조리와 모순에 부딪치며 구체적인 현실에 주목하게 된 것이지요. 『거미와 성좌』(1962), 『인간 밀림』(1963), 『하얀 날개』(1967)가 이 시기를 대표하는 시집들입니다. 널리 알려진 「인간 밀림」이라는 시를 보면 초기의 목소리를 찾기 어려울 정도입니다.

> 인간 밀림은
> 고독한 밀림
> 음모와 배신과 시기가 뒤엉킨
> 인간 밀림은
> 처절한 밀림
> 탐욕과 저주와 살육이 무성한,
>
> 인간 밀림 모두의 위에
> 억수비가 내려라.
> 인간 밀림 골짝마다
> 불이나 활활 붙어라.
>
> ― 「인간 밀림」에서

"음모와 배신과 시기가 뒤엉킨" 곳이 바로 우리가 사는 세상, 처절한 인간들의 밀림이라고 시인은 말합니다. 약육강식이라는 살벌한 밀림의 법칙은 인간 사회에서도 다르지 않아, 탐욕과 저주로 서로를 해치고 있다는 것입니다. 그러니 그 안에서의 삶이란 고통이며 시련일 수밖에 없습니다. 박두진은 이 시를 발표할 무렵 죄악과 불의를 고발하는 작품 활동에 무게를 두고 있었는데, 이 때문에 5·16 군사정변 이후에 문초를 받고 감금을 당하는 등 곤욕을 치르기도 했습니다. "호수처럼 푸른 하늘에/내가 안긴다. 온몸이 안긴다"(「하늘」)고 노래하던 초기의 어조가 격정과 항변, 저항으로 바뀐 이유를 조금이나마 짐작할 수 있을 것 같습니다. 이러한 시인의 사회적 관심과 역사의식이 치열하고 강렬하게 나타난 작품이 「아, 민족」(1971)이라는 장시입니다. 1,500행이 넘는 이 시는 고대부터 4·19 혁명에 이르는 역사를 관통하며 민족의 염원을 형상화한 작품이지요.

만년의 박두진은 한때 수석에 깊이 빠져서, 산으로 들로 다니며 돌을 채집하는 데 열중했습니다. 『수석열전』(1973), 『속 수석열전』(1976) 같은 시집은 이런 관심의 산물이지요. 그는 "돌 속에는 온 우주가 들어 있다"며 돌에 대한 무한한 사랑을 수백 편의 시와 산문으로 노래했습니다. 돌이야말로 "자연의 정수이자 핵심"이라서 시인의 시 정신과도 일치한다고 말했지요. 영구한 세월 속에서도 변함없는 돌을 보며, 그는 자연과 인생과 신의 세계를 하나로 잇고자 했습니다. 그래서 수석 시를 다른 어떤 시보다 전력을 기울여 썼다고 말한 것이겠지요.

생의 마지막까지 견고하게 지켜 온 신앙은 말년에 더욱 그 색채를 짙게 드리우며 창작의 구심점 역할을 합니다. 『예레미야의 노래』(1981), 『포옹무한』(1981), 『가시 면류관』(1988), 『폭양에 무릎 꿇고』(1995)의 시집에서 그는 절실한 믿음을 보여 주고 있지요. "시로서의 신앙 고백"이라고 스스로 이야기했던 작품들에는 명상과 기도의 목소리가 잔잔하게 깔려 있답니다. 단, 그의 후반기 종교 시들은 공감의 영역이 적고 시인 개인의 넋두리 차원에 머물고 있다는 점이 아쉬움으로 지적되기도 합니다. 생의 여러 굽이를 돌면서도 늘 시를 놓지 않았고 생의 마지막까지 구원의 기도를 올리던 시인은 1998년 83세의 나이로 세상을 떠났습니다.

삶을 이끈 '시'라는 종교

박두진은 60여 년이라는 오랜 창작 기간 동안 30여 권에 달하는 시집과 시선집 등을 냈을 만큼 왕성하고 꾸준한 활동을 이어 갔습니다. 그는 충실한 신앙인의 모습을 끝까지 지킨 시인이기도 했지요. 엄청난 작품의 양과 성실한 작품 활동을 보면서 노력과 열정이 대단한 시인이라는 생각이 들었습니다. "시를 쓰는 일을 인생을 사는 일과 같이 무겁고 신중하게 생각"했다는 말을 그는 작품과 삶으로 보여 주었지요.

박두진의 시는 인생의 흐름과 궤를 같이하며 조금씩 변모했습니다. 초기에는 주로 '자연'에 대한 사랑과 관심을 노래했다면, 중기에는 '인간'의 삶, 전쟁의 고난을 그렸고, 후기에는 '신(神)'에 관해 이야기했지요. 그러나 이 세 경향은 단절되어 나타나지 않고 서로 끊임없이 영향을 주고받으며 작품의 바탕을 이루고 있습니다. 결국 그는 자연과 인생, 시와 신앙이 하나로 만나는 경지를 꿈꾸었던 것입니다.

시의 목적과 인생의 목적이 다르지 않았다던 그의 말을 되새기는 것은 이제 제게 숙제로 남았습니다. 시의 길과 삶의 길 어느 쪽이건 맑은 날만 있지 않겠지만 그가 사랑했던 돌처럼 하늘 보고 햇볕 보고 살아가는 일, 그런 초연한 자세도 한 번쯤 생각해 보는 아침입니다.

겨울 나라 시

겨울,
한겨울,

아득하게 높고 높고
저렇게도
파란 하늘.

강추위
허허벌판
인적 하나 안 보이고
다만,

광야처럼 빛을 향해
나만 혼자 뛰나니,

떠올라라

햇덩어리,
눈이 덮인 산의 정상
희디 하얀 그 위로.

넘실넘실 이글대며
금빛 불빛
황홀히,

아,
방황하는 심장마다
넋의 뿌리
들끓는.

나 다만,
광야일지, 빙원[1]일지,
끝에서 끝 거기.

햇덩어리 너를 향해

---

1. 두꺼운 얼음으로 덮여 있는 극지방의 벌판.

깃발 하나 없이,

온몸으로 깃발이 되어
뛰고 뛰고 뛴다.

꽃 한 송이 피지 않고 가끔은 하늘도 얼어붙는 한겨울, 화자는 우리가 보는 높이보다 더 높은 하늘 끝을 향해 뛰고 있습니다. 인적 없는 허허벌판을, 광야를, 그리고 빙원을 뛰고 뛰어 "햇덩어리"가 떠오르는 곳으로 가고자 합니다. 방황하는 심장마다 빛을 주고 들끓는 영혼에게는 따스한 손길을 주는 '해'를 향해 찾아가고 있지요. 이것은 절대의 세계로 향하고자 하는 마음이라고 할까요, 신을 찾아가는 여정이라고 할까요.

박두진이 그려 놓은 겨울 나라는 영원의 세계로 가는 마지막 길목처럼 느껴집니다. 그래서 화자는 자신의 "온몸으로 깃발이 되어" 숨이 차도록 멈추지 않고 뛰고 있는 것 같습니다. 뛴다는 말을 여러 번 반복하며 간절함을 더하고 있는 그 모습은 빛을 향한 구도자와 같아서, 박두진의 생애를 채웠던 신앙과 시를 향한 애정이 하나로 녹아든 작품이라는 생각이 듭니다.

이 시는 박두진이 생전에 발표한 마지막 작품으로 짐작됩니다. 1995년 《문학사상》 4월호에 「몰라라 아득해라」와 함께 발표되었다가, 시인이 사망한 후 그의 1주기를 맞아 나온 유고 시집 『당신의 사랑 앞에』에 재수록되었지요. 유고 시집에는 그가 세상을 떠나기 전 10여 년간 발표했던 작품들이 담겨 있는데, 시집 곳곳에서 빠지지 않고 나타나는 것이 '해'입니다. 그에겐 일생을 두고 바라보고도 모자란 것이 '해'의 이미지였나 봅니다.

박두진처럼 전 생애를 걸쳐 품고 싶은, 혹은 품고 있을 '해'가 있다면, 겨울 나라도 결코 춥지 않겠구나 싶습니다. 그것이 신이든 시이든 혹은 사랑이든, 빛의 은총이 있는 한 '뛰고 뛰고 뛸 수 있는' 힘이 될 테니까요.

조
지
훈

1920 ~ 1968

"나는 〈시를 자기 이외에서 찾은 저의 생명이오,
자기에게서 찾은 저 아닌 것의 혼〉이라고 하겠습니다. …
시의 세계는 질서와 조화의 세계입니다. 하나의 우주입니다."
— 시론집 『시의 원리』에서

멋과 풍류를 아는
기품 있는 선비

지조의 가풍 아래

얼마 전 전국의 걷기 좋은 길을 소개하는 신문 기사에서 아주 예쁜 길 이름을 보았습니다. 올레길, 둘레길, 솔바람길, 달빛길, 구불길, 해파랑길 등 이미 잘 알려진 몇몇 길과 있음 직한 길 이름 외에 제 눈길을 사로잡은 이름이 있었지요. 그건 '외씨버선길'이었습니다. 도대체 무슨 사연이 있어 이런 이름이 붙었나 궁금해서 기사를 읽다가 혼자 즐거워졌답니다. 경상북도 청송에서부터 영월에 이르는 '외씨버선길'은 조지훈 시인의 「승무」에 나오는 외씨버선을 닮아 붙여졌다는 거예요. 참 운치 있게 잘 지은 이름이라는 생각을 했지요. 그 길은 외씨버선의 갸름

한 맵시처럼 예쁠 것 같고, 길 위에 서면 걸음걸이도 사뿐사뿐해질 것 같았답니다. 그리고 실제로 조지훈 문학관을 안고 있는 길이라는 사실을 알고 더욱 기분 좋았던 기억이 있습니다. 시가 길이 되어 수많은 사람들을 만나고 있구나 싶어서요.

우리 시대의 '마지막 남은 선비'라고 불렸던 시인 조지훈은 영남의 대표적인 유학자 집안의 자손입니다. 이것은 그가 태생에서부터 전통과 떼려야 뗄 수 없는 관계였음을 말해 줍니다. 조지훈은 일제강점기인 1920년 경상북도 영양군 한양 조씨 가문의 차남으로 태어났으며 본명은 조동탁(趙東卓)입니다. 그의 집안은 대대로 학문과 덕행으로 명성이 높았습니다. 조지훈의 증조할아버지는 구한말 항일 의병대장으로 활동했을 뿐 아니라, 1910년 경술국치의 비보를 듣고 망국의 수치심에 자결한 선비였습니다. 이러한 집안 배경에서 자란 그는 어렸을 때부터 할아버지께 한학을 배웠습니다. 3년간 영양보통학교에 다닌 것을 제외하고는 어린 시절 그는 정규교육을 제대로 받지 않았습니다. 한학자인 할아버지가 일본식 교육을 탐탁지 않게 여겼기 때문이라고 합니다.

대신에 그는 집안에서 세운 서당에서 역사와 한학, 조선어 등 여러 가지 공부를 했습니다. 그의 벗이던 시인 김종길의 회고처럼 "조지훈은 정규적인 일제 교육을 받지 않았으므로 지적인 교양에서는 손해를 보았고 성격 형성에서는 덕을 보았다."라는 말이 정확한 지적이라는 생각이 듭니다. 선비의 풍모를 갖추는 데 집안의 가풍과 교육이 토대가 되었으니까요. 또 그는 두보와 이백의 시를 자주 암송할 정도로 한문과 한시에 깊이 빠져 있었는데, 직접 창작한 한시로 한시집 『유수집(流水集)』을 묶기도 했습니다. 이 한시집은 출판물로 발간되지는 않았지만, 조지훈 문학의 바탕에 무엇이 자리 잡고 있는지 짐작하게 하지요.

조지훈은 자신의 문학 여정을 술회하는 글에서 일찍부터 외국 동화를 읽었다고 했습니다. 아홉 살에 처음 동요를 지어 보고, 열세 살 무렵엔 『피터 팬』, 『파랑새』, 『행복한 왕자』 등의 외국 동화를 읽고 "문학이란 이런 것이구나." 하고 감동했다고 하지요. 어쩌면 이것은 일본에서 영문학을 공부한 아버지와 열렬한 문학 지망생이던 형, 그리고 시조 시인인 고모의 영향 아래서 성장한 덕분인지 모릅니다. 이렇듯 동서양의 문학을 두루 섭렵하며, 그는 문학의 기초적 소양을 쌓아 갑니다. 그리하여 십 대 청소년기에는 차차 시를 습작하기 시작하지요.

조선의 풍토와 조선인의 서정으로

산골에서 지내던 조지훈이 서울로 상경한 것은 1936년. 그의 나이 열일곱 살 무렵이었습니다. 서울은 그에게 문학과의 만남을 크게 열어 주었습니다. 상경 후 그는 서구의 문예사조와 시론을 공부하고, 보들레르Charles-Pierre Baudelaire와 오스카 와일드Oscar Wilde를 탐독했습니다. 또 그 무렵 조지훈은 조선어학회에서 활동하며 한글 지키기에 노력을 기울였는데, 그의 용기와 민족의식을 엿볼 수 있습니다. 당시는 일제의 조선어 말살 정책으로 한글 사용이 엄격하게 금지되던 때였거든요.

조지훈은 중등교육을 받지 않고 독학으로 자격시험에 합격한 뒤, 혜화전문학교(현재의 동국대학교) 문과에 입학하면서 드디어 시인으로 우리 앞에 나타납니다. 「나의 역정」이라는 글에서 그는 시가 "없으면 못 견딜 지기(知己)"이며 그런 "시에 청춘을 송두리째 바쳤"노라 고백하고 있습니다. 시를 가장 큰 위안으로 삼았던 그는 마침내 1939년 4월 《문장》지에 「고풍 의상」으로 1차 추천을 받았습니다. 한복 입은 여인의 아름다운 자태를 노래한 작품인데, 놀라운 점은 그가 강의 시간에 낙서 삼아 쓴 것을 그대로 우체통에 넣어 투고했는데 뽑히게 되었다는군요. 사실 조지훈은 이전까지 「고풍 의상」에서 보이는 고전적인 소재와 내용의 시를 쓰지 않았습니다. 오히려 세기말적이고 탐미적인 시를 많이 썼기 때문에 스스로 낙서처럼 쓴 시라고 말하는 것이지요. 하지만 심사를 맡았던 정지용은 조지훈의 장점을 한눈에 알아보고 투고된 다른 작품들 대신 「고풍 의상」을 추천했습니다. 이에 조지훈은 「고풍 의상」의 시 세계를 발전시켜 「승무」와 「봉황수」, 「향문」을 지어 3회 추천의 관문을 통과합니다. 이들 추천작은 모두 우리 민족의 고유한 아름다움에서 소재를 취하여, 전통적인 멋을 격조 있게 노래하고 있습니다.

정지용은 추천의 글에서 "깃과 쭉지를 고를 줄 아는" 경지에 이르렀다고 칭찬하며 조지훈의 시 세계를 "회고적 에스프리(esprit, 정신)"라고 정의했지요. 그러고는 "시단에 하나의 신고전(新古典)을 소개"하게 되는 기쁨을 아낌없이 표현했습니다. 이 일은 조지훈이 작품의 방향을 세우는 데 큰 영향을 끼쳤습니다. 정지용의 조언을 받아들임으로써, 조지훈은 한국적이고 전통 지향적인 색채를 정립해 나가기 시작하거든요. 어쩌면 조지훈의 천품은 이미 고전적인 것에 있었는데도, 그가 애써 외면해 왔던 것은 아닐까 싶기도 합니다. 다행스럽게도 그것을 발견하고 그의 문학이 가야 할 방향을 제시해 주었던 정지용의 탁월한 식견에 또 한 번 감탄할 뿐입니다.

평생을 두고 다듬은 시

조지훈은 '승무의 시인'으로 불릴 정도로 「승무」는 그를 대표하는 작품입니다. 그는 1939년《문장》지에 추천작으로 「승무」를 발표한 이래, 생전에 발간한 시집의 여러 곳에 「승무」를 재수록했습니다. 『청록집』(1946)을 비롯해, 첫 번째 개인 시집 『풀잎단장』(1952)과 『조지훈 시선』(1956)에 연이어 실었지요.

조지훈의 말에 의하면 「승무」는 구상한 지 열한 달, 집필한 지 일곱 달 만에 완성된 작품이었는데도 그는 손길을 쉽게 거두지 않았습니다. 그 과정에서 행과 연의 길이가 다소 바뀌기도 하고 시어와 문장부호의 쓰임새가 변하기도 했습니다. 마침표와 느낌표 하나하나까지 바꾸어 가며, 그는 이 시의 완성미를 끝까지 추구했지요. 이것은 그가 「승무」에 그만큼 깊은 애정을 지니고 있었다는 뜻일 것입니다. 우리는 「승무」를 통해 아름다운 시를 완성하기 위한 시인의 고뇌와 시를 대하는 그의 태도가 얼마나 진지했는지를 새삼 느낄 수 있습니다.

승무(僧舞)

얇은 사(紗)¹ 하이얀 고깔은 고이 접어서 나빌네라²

파르라니 깎은 머리 박사(薄紗)³ 고깔에 감추오고

두 볼에 흐르는 빛이 정작으로 고와서 서러워라

빈 대(臺)에 황촉(黃燭)불이 말없이 녹는 밤에

오동잎 잎새마다 달이 지는데

소매는 길어서 하늘은 넓고

돌아설 듯 날아가며 사뿐이 접어 올린 외씨보선이여

까만 눈동자 살포시 들어

먼 하늘 한 개 별빛에 모도우고

복사꽃 고운 뺨에 아롱질 듯 두 방울이야

세사(世事)에 시달려도 번뇌(煩惱)는 별빛이라

1. 가는 무명 올로 짠 얇고 가벼운 비단.
2. 나비 같구나.
3. 얇은 사(紗).

휘어져 감기우고 다시 접어 뻗는 손이

깊은 마음속 거룩한 합장(合掌)인 양하고

이 밤사 귀또리도 지새우는 삼경(三更)인데

얇은 사 하이얀 고깔은 고이 접어서 나빌네라

승무는 중요 무형문화재로 지정된 우리나라의 대표적인 민속춤입
니다. 흰 장삼에 붉은 가사를 걸치고 하얀 고깔과 갸름하고 맵시 있는
버선 차림으로 춤을 추는데, 특히 긴 소맷자락을 휘날리는 동작은 눈을
떼기 어려울 정도로 우아하고 아름답습니다. 조지훈은 실제로 「승무」
를 쓰기 전에 정식으로 세 번의 승무를 보았다고 합니다. 민속무용가
한성준의 춤과 일제강점기에 활약했던 무용가 최승희의 춤을 보았고,
또 이름 모를 승려의 춤을 보았지요. 그다음엔 절에서 재를 올리며 승
무를 추는 장면을 넋을 잃고 본 일도 있었다고 합니다. 승무 그림 앞에
한참을 서 있었다는 이야기도 있고요. 승무는 그만큼 조지훈에게 인상
적인 춤이었습니다. 그래서 그는 승무의 "움직이는 듯 정지하는 찰나
의 명상을 그리고 싶었다."라고 시작(詩作) 노트에 적어 놓았지요. 고요
함 속에서 움직이는 춤사위가 그에게 무척 매혹적이었나 봅니다.

　오랜 시일에 걸쳐 다듬어 완성해서인지 「승무」의 시어들은 한국어
의 맛과 멋을 효과적으로 살리고 있다는 생각이 듭니다. 특히 "외씨보

선"과 "하이얀", "나빌네라"와 같은 시어들은 시의 정서를 더욱 예스럽게 만들고 있지요. 고즈넉한 달밤과 어우러진 춤사위는 적막하고, 귀뚜라미의 울음소리는 소슬하게 마음에 내려앉습니다. 춤을 통해 세속의 번뇌에서 벗어나고자 하는 소망의 경건함까지 느껴지지요.

조지훈은 「승무」처럼 전통적인 소재에 관심을 두고 여러 편의 작품을 썼습니다. 「무고」, 「가야금」, 「대금」, 「범종」이라는 시가 그렇습니다. 그가 이처럼 우리의 전통적인 풍물을 소재 삼아 시로 표현한 것은 그 자체만으로도 의미 있는 일이라는 생각이 듭니다. 그 당시는 우리 민족의 고유한 것들이 모두 소멸되어 가던 식민지 시절이었으니까요.

그러나 흉흉한 일제강점기를 보내던 이십 대의 시인은 "어지러운 머리를 가누기 위해" 은거를 선택했습니다. 혜화전문학교를 졸업하고 월정사 불교 강원의 외전(外典) 강사로 입산하여 8개월여를 보냈지요. 승려도 아니고 속인도 아닌 처지로 지내는 동안 그는 동양적 세계를 새롭게 만났습니다. 발레리Paul Valéry와 릴케Rainer Maria Rilke를 집어치우고, 당시(唐詩)를 다시 읽고 불교의 게송을 좋아하게 되었다고 했습니다. 그는 절간 생활이 자신의 시를 변하게 했다고 고백하고 있답니다. 하지만 고요한 생활은 오래 이어지지 못했습니다. 자신의 등단지인 《문장》의 폐간 소식을 듣고는 목 놓아 울었는가 하면, 산속 그의 서실까지 수색하는 일제의 감시에 다시 서울로 돌아오고 말았습니다. 그때의 심정을 그는 "젊음이 내게 준/서릿발 칼을 맞고//창이(創痍)를 어루만지며/내 홀로 쫓겨 왔"(「암혈(岩穴)의 노래」)다고 노래했지요.

그런 상처와 불안에도 조지훈은 조선어학회의 『큰사전』 편찬에 자진해 참여했다가 일제에 검거되어 문초를 받고 풀려나기도 했습니다. 일제강점기에 우리말 사전을 만드는 것은 보수도 없을뿐더러 오히려 일제의 감시를 피해 갈 수 없는 위험한 일이었는데, 스스로 그런 선택을 했다는 점은 그의 의지와 정신이 무엇을 지향했는지 다시 한 번 보여 줍니다. 일련의 사건들로 깊은 절망과 실의에 빠진 나날을 보내던 무렵, 조지훈은 박목월을 만나러 경주까지 찾아가서 그 유명한 「완화삼」과 「나그네」를 화답 시로 주고받으며 마음을 달래려 애썼으나 결국 아주 낙향하고 맙니다. 그는 해방이 될 때까지 초막을 짓고 숨어 살면서 은둔 생활을 했는데, 이 시기에 쓴 대표작이 「낙화」입니다. 세상으로부터 물러나 "묻혀서 사는 이"의 심정을 잘 표현하고 있지요.

어두운 시대를 기록하다

해방이 되자 조지훈을 비롯한 청록파 세 사람은 『청록집』(1946)을 내고 문단과 대중의 관심을 한 몸에 받았습니다. 자연과 모국어를 향한 애정을 공통적으로 지니면서도, 각자의 개성을 뚜렷하게 보이고 있는 시집이었지요. 그러나 이후 해방 공간에서 6·25 전쟁으로 이어지는 시기에 이르러 조지훈의 시는 변화를 보이게 되는데, 이는 어지러운 시대와 그로 인해 그가 겪은 비극적인 체험들 때문입니다. 조지훈은 시대의 비운으로 말미암은 개인적 상처가 누구보다 큽니다. 우선 증조할아버지가 국권피탈(경술국치)로 자결한 데 이어, 그가 가장 의지했고 그에게 가장 큰 영향을 주었던 할아버지는 6·25 전쟁으로 온 마을이 유린되자 이를 상심하여 자결했습니다. 가족사의 아픔은 여기서 끝나지 않습니다. 조지훈의 아버지는 전쟁 중 납북되어 생사를 알 길이 없게 되었고, 남편의 납북 소식을 들은 조지훈의 어머니는 사실을 확인하기 위해 길을 나섰다가 목숨을 잃었습니다. 이 외에도 그는 어릴 때 형의 죽음을 겪었고, 전쟁 중에는 동생의 죽음도 견뎌야 했습니다. 참으로 비통한 슬픔을 안고 평생을 살아야 했지요. 이 상처와 아픔이 켜켜이 쌓인 그의 가슴을 이해해야 그의 시도 더 깊이 이해할 수 있다는 생각이 듭니다.

『청록집』, 『풀잎 단장』(1952), 『조지훈 시선』(1956)에 이르기까지의 작품들에서는 고전과 전통을 중시하고 시어 탐구에 노력을 기울인 시인의 면모를 찾아볼 수 있는데, 네 번째 시집 『역사 앞에서』(1959)와 마지막 시집 『여운』(1964)에서는 변화가 엿보입니다. 일부 작품에서 현실 비판의 목소리를 강하게 담고 있거든요. 『역사 앞에서』를 내놓으며 그는 "두 번 다시 이런 슬픈 역사 앞에 서지 않게 되기를 비는 마음"으로 자신이 겪은 시대와 사회를 담아냈다고 말했습니다. 수록된 46편의 시는 모두 시인이 몸소 겪은 역사의 아픈 사건들입니다. 일제강점기의 나라 잃은 비애에서부터 6·25 전쟁 당시 공군으로 종군하여 목격한 참상들까지, 그는 낱낱이 시로 기록했지요. 그중 제가 주목하는 시는 참신한 비유로 큰 설득력을 얻고 있는 「동물원의 오후」입니다.

동물원의 오후

마음 후줄근히 시름에 젖는 날은
동물원으로 간다.

사람으로 더불어 말할 수 없는 슬픔을
짐승에게라도 하소해야지.

난 너를 구경 오진 않았다
뺨을 부비며 울고 싶은 마음.
혼자서 숨어 앉아 시를 써도
읽어 줄 사람이 있어야지

쇠창살 앞을 걸어가며
정성스리 써서 모은 시집을 읽는다.

철책(鐵柵) 안에 갇힌 것은 나였다
문득 돌아다보면
사방에서 창살 틈으로
이방(異邦)의 짐승들이 들여다본다.

"여기 나라 없는 시인이 있다"고

속삭이는 소리 …

무인(無人)한 동물원의 오후 전도(顚倒)된 위치에

통곡과도 같은 낙조(落照)가 물들고 있었다.

이 시는 『역사 앞에서』에 수록되어 1959년 세상에 알려졌지만, 내용으로 미루어 일제강점기를 견디던 시인의 솔직한 마음을 그려 낸 작품이 아닐까 싶습니다. 혼자서 숨어 앉아 시를 썼다는 말이 실제 상황으로 보입니다. "여기 나라 없는 시인이 있다"는 표현 속에 시인이 느끼는 시대의 비극이 오롯이 담겨 있거든요. 모든 것이 자유롭지 못했던 식민지 시절, 그는 읽어 줄 사람도 없고 발표할 수도 없는 시를 쓰면서 무척 답답한 심정이었을 겁니다. 그러나 그런 마음속 시름조차 편하게 이야기 나눌 사람이 없으니 짐승에게라도 하소연을 하고 싶어 동물원을 찾아간 것이지요.

그곳에서 그는 철책에 갇힌 이국의 동물들을 봅니다. 구경을 나선 이의 호기심과 즐거운 시선이 아니라, 자유를 잃어버린 존재를 알아보는 눈빛이었지요. 그 순간 그는 쇠창살 안의 좁은 공간에서 서성거리는 동물들이 자신의 처지와 다를 바 없음을 뼈저리게 자각합니다. 결국 자신도 동물들과 똑같이 쇠창살 안에 갇힌 처지이므로 서로 끌어안고 "뺨을 부비며 울고 싶은" 동병상련의 마음을 느꼈던 것입니다.

시름과 슬픔을 달래고자 찾아간 동물원이 오히려 자신의 암담한 처지를 또렷하게 확인하게 되는 곳이 되었습니다. 식민지 지식인인 자신의 처지를 동물원 우리에 갇힌 동물에 비유하여 주제를 효과적으로 전달하고 있지요. 그래서 보다 쉽게 공감할 수 있고, 오래도록 기억에 남는 시가 되었습니다.

「동물원의 오후」는 그가 초기에 주로 보여 주었던 전통 지향의 작품들과의 차이를 확실히 느낄 수 있는 시입니다. 조지훈은 특히 6·25 전쟁을 경험하며 점차 사회 비판적인 태도로 현실 참여의 목소리를 높여 갔습니다. 공군 종군 작가단으로 활약하며, 전쟁터에서 직접 겪었던 일들을 이십여 편이 넘는 참전 시로 남겼지요. 「다부원(多富院)에서」, 「전선의 서」, 「여기 괴뢰군 전사가 쓰러져 있다」 등의 작품들에는 동족상잔의 비극이 처절하게 진술되어 있습니다. 그러나 전쟁이 지나가고 난 뒤에도 우리의 정치 상황은 여전히 혼란과 부정(不正)의 연속이었습니다. 마침내 4·19 혁명이 일어나고 조지훈은 민주주의와 자유를 향한 관심과 열망을 숨기지 않고 시에 표출했습니다.

아 그것은 파도였다
동대문에서 종로로 세종로로 서대문으로
역류하는 격정은 바른 민심의 새로운 물길,
피와 눈물의 꽃파도
— 「혁명」에서

「혁명」이라는 이 시에서 보듯 그는 4월 혁명의 감격을 노래하고 있으나, 시적인 긴장감을 고려하지 않은 채 감정을 쏟아 놓고 있습니다. 이즈음 발표된 작품들이 대부분 시의 아름다움보다 사회에 대한 분노와 저항의 감정을 분출하는 데 그치고 마는 것은 아쉬움으로 남습니다. 그렇지만 어지러운 시대와 역사적 사건마다 그가 보였던 날카로운 현실 인식과 용기 있는 처신은 조지훈의 지사적 풍모를 분명하게 보여 줍니다. 그는 논객으로도 이름이 높았는데, 수많은 평론은 독재와 부패가 판치는 암울한 시대를 향해 매서운 비판을 가하고 있습니다. 특히 4·19 혁명 직전에 쓴 「지조론」은 '변절자를 위하여'라는 부제가 붙어 있는데, 당시 사회적으로 큰 반향을 일으켰다고 합니다. 불의의 시대에 올바른 선비 정신을 외치고 격렬한 비판의 목소리를 내는 바람에, 대학 교수였던 그는 정치교수로 몰려 사직서를 지니고 다녔다는 일화도 있답니다.

조지훈은 소년기에 이미 조선어학회에 관여하고 「된소리에 대한 일고찰」이라는 소논문을 썼을 정도로 국어에 대한 관심이 높았습니다. 고려대학교 교수로 재직하면서는 국어학과 역사를 비롯한 민족문화 전반에 걸친 연구에 집중하고, 『한국 문화사 서설』, 『한국 민족 운동사』를 집필하는 등 중요한 성과를 내기도 했습니다. 그는 한용운을 정신적 사표(師表)로 삼아 평생 선비의 모습에서 어긋나지 않게 살려고 노력했습니다. 그리하여 전통의 멋을 아는 시인으로, 지사의 면모를 지닌 논객으로, 민족정신을 이어 간 국학자로 길지 않은 생을 올곧은 자세로 치열하게 살다 1968년 세상을 떠났습니다.

시인이자 학자,
지사이자 논객으로 활약하다

　　조지훈은 일제 말기 기울어 가는 우리 민족의 정신을 시에 담아낸 시인이자, 시대의 아픔과 부조리를 당당히 밝힐 줄 아는 지조의 지성인이었습니다. 다섯 권의 시집과 시론집 『시의 원리』 등을 간행했고, 국학 연구의 업적을 쌓기도 했지요. 처음부터 그는 아름다운 자연과 낭만을 노래한 시인이 아니었습니다. "사라져 가는 것에 대한 아쉬움과 애수, 민족 정서에 대한 애착"을 주로 노래하며 동양적이고 고전적인 특성을 보여 주었습니다.

　　조지훈의 후기 시는 어두운 시대의 비극을 향한 따끔한 질책과 절규로 얼룩져 있습니다. 이로 인해 시인이 겪은 내면의 갈등이 드러나지 않고, 구체적인 삶의 고통이 보이지 않는다는 점을 한계로 지적하는 목소리도 있습니다. 하지만 세상이 어지러울 때 주저하지 않고 사회의 부조리를 맹렬히 비판하는 것은 보통 신념과 용기가 필요한 일이 아니지요. 이승만 자유당 정권, 박정희 독재 정치를 시와 논설로 질타한 시인의 자세는 지사의 풍모 그 자체입니다. 그러므로 조지훈의 진면목을 제대로 보기 위해서는 그가 평생에 걸쳐 보여 준 문학과 삶과 학문을 함께 살펴야 한다는 생각이 듭니다. 전통을 지향한 '승무의 시인' 혹은 시단의 관심을 모은 '청록파 시인'으로만 기억한 것이 미안하기도 했습니다.

> 마음이 가난한 게 유일의 재산이올시다. 어떠한 고난에도 부질없이 생명을 포기하지 않을 신념이 있습니다. 조금만 건드려도 넘어질 사람이지만 폭력 앞에 침을 뱉을 힘을 가진 약자올시다. … 거짓말은 할 수 없는 사람이올시다.
> —「이력서」에서

「이력서」라는 시에서 스스로 밝히고 있는 시인의 모습이 참으로 의연합니다. 부끄럼 없이 이런 이력서를 쓸 만큼 그는 평생 선비의 몸가짐을 잃지 않고 실천했기 때문이겠지요. 깊이 알지 못했던 조지훈의 삶과 문학의 여정을 함께하는 동안, 시인은 여전히 바른 삶이 무엇인지 묻고 있는 듯했습니다. 저는 대답 대신 "폭력 앞에 침을 뱉을 힘을 가진 약자", 이 말을 가슴 깊이 새겨 두기로 했습니다.

병(病)에게

어딜 가서 까맣게 소식을 끊고 지내다가도
내가 오래 시달리던 일손을 떼고 마악 안도의 숨을 돌리려
고 할 때면
그때 자네는 어김없이 나를 찾아오네.

자네는 언제나 우울한 방문객
어두운 음계를 밟으며 불길한 그림자를 이끌고 오지만
자네는 나의 오랜 친구이기에 나는 자네를
잊어버리고 있었던 그동안을 뉘우치게 되네

자네는 나에게 휴식을 권하고 생의 외경(畏敬)을 가르치네
그러나 자네가 내 귀에 속삭이는 것은 마냥 허무(虛無)
나는 지그시 눈을 감고, 자네의
그 나직하고 무거운 음성을 듣는 것이 더없이 흐뭇하네

내 뜨거운 이마를 짚어 주는 자네의 손은 내 손보다 뜨겁네

자네 여윈 이마의 주름살은 내 이마보다도 눈물겨웁네
나는 자네에게서 젊은 날의 초췌한 내 모습을 보고
좀 더 성실하게 성실하게 하던
그날의 메아리를 듣는 것일세

생에의 집착과 미련은 없어도 이 생은 그지없이 아름답고
지옥의 형벌이야 있다손 치더라도
죽는 것 그다지 두렵지 않노라면
자네는 몹시 화를 내었지

자네는 나의 정다운 벗, 그리고 내가 공경하는 친구
자네가 무슨 말을 해도 나는 노하지 않네
그렇지만 자네는 좀 이상한 성밀세
언짢은 표정이나 서운한 말, 뜻이 서로 맞지 않을 때는
자네는 몇 날 몇 달을 쉬지 않고 나를 설복(說服)하려 들다
가도
내가 가슴을 헤치고 자네에게 경도(傾倒)하면
그때사 자네는 나를 뿌리치고 떠나가네

잘 가게 이 친구

생각 내키거든 언제든지 찾아 주게나

차를 끓여 마시며 우리 다시 인생을 얘기해 보세그려.

사진으로 보는 조지훈은 키가 훤칠하고 체격이 좋으며 굵고 검은 안경을 쓴 준수한 용모를 지녔으나, 실은 어려서부터 건강한 체질은 아니었다고 합니다. 지병이 있어 청년기에는 노동을 감당할 수 없다는 딱지를 받고 징용 면제 처분을 받기도 했다고 하니까요. 그래서 그는 누구보다 가까이서 자신의 평생을 함께한 병을 친구라고 부르고 있는 것입니다. 그는 사망하기 일 년 전부터 병이 깊어져서 외출을 전혀 하지 못한 채 집에서 요양해야 했는데, 그 무렵에 쓴 마지막 시가 바로 「병에게」입니다. 1968년 《사상계》 1월호에 발표하고 넉 달 뒤에 세상을 떠났지요.

조지훈은 이 시에서 자신의 오랜 병고 체험을 바탕으로 삶에 대한 깊은 성찰을 보여 주고 있습니다. 칼날 같은 기개를 담아내던 논객의 어조도 사라지고, 옛 멋을 노래하던 단아한 시어도 없지만, 가슴을 적시는 여운이 오래 남는 시입니다.

조지훈처럼 온갖 어려운 시절을 보내지 않더라도 하루하루 일상을 바삐 사는 것만으로도 내 안의 병에는 소홀할 때가 많습니다. 그러다 잠시 깊은 한숨을 돌리려고 하면 어김없이 병이란 것이 찾아와서 뜨거운 심장을 힘겹게 뛰게 하지요. 그때야 후회합니다. 좀 더 성실하게만 외치는 나를 향해 병은 '허무'를 속삭이며, 덧없는 것들에 매달려 나를 잃지 말라고 정다운 친구로서 말해 주지요. 잃었던 생의 감각을 일깨워 주고, 산다는 일의 경이로움을 매번 가르쳐 주므로 시인은 병이 무슨 일을 벌이든 화내지 않는다고 했습니다. 삶을 온전히 껴안은 달관의 자세라고 할까요, 아니면 오랜 투병으로 얻은 지혜라고 할까요. 생각나면 언제든 다시 찾아오라는 시인의 다정한 목소리는 정말 가까운 친구에게 말하는 듯하여 감동을 더해 주고 있습니다. 문우였던 김종길이 이 시를 두고 조지훈의 마지막 절창이라고 극찬한 이유도 알 것 같습니다.

지천명도 못 채운 삶이었지만, 그는 아무것도 변명하지 않고 슬퍼하지 않으며 어떤 후회도 욕망도 없이 고요해져 있습니다. 지나온 자신의 삶과 화해하고 마침내 병과도 작별을 준비하는 시인의 모습에서 다시 의연함을 느끼게 됩니다.

5장

근대성을 깊이 탐구하다

∵ 모더니즘의 계보

김기림

1908 ~ 미상

"오늘의 시인에게 요망되는 포즈는 실로 그가 문명에 직면하는 것이다.
그래서 거기서 그의 손에 부닥치는 모든 것은 그의 재료가 될 수가 있다.
그러나 그는 항상 그 속에서도 그 현란하고 풍부한 재료에 압도되지 않기 위하여
강인한 감성과 건실한 지성의 날을 갈아야 될 것이다."
— 산문 「시인의 정신의 포즈」에서

지성의 태양으로 시를 비춘 모더니스트

고독한 소년, 《조선일보》 문인 기자가 되다

"건방진 자식이다./그래도 고독을 이해한다나."라는 정말 건방진 말투의 시를 처음 접한 것은 대학의 시론 수업 시간이었습니다. 김소월, 한용운, 윤동주의 서정적인 시만 읽어 왔던 저는 이 시의 낭랑한 어조에 호기심이 잔뜩 생겼지요. 전체 9행의 짧은 시를 읽어 준 교수님께선 이 시의 제목을 맞춰 보라는 퀴즈를 냈습니다. 한참 동안 온갖 엉뚱한 대답들이 쏟아졌지만 아무도 정답을 맞히진 못했지요. 시인이 '그 자식'이라 했던 것은 바로 「굴뚝」이었으니 쉽사리 상상하기 어려웠던 것입니다. 김기림 시인과의 만남은 이렇게 시작되었습니다.

김기림 하면 빼놓을 수 없는 단어가 바로 '모더니즘(modernism)'입니다. 그는 1930년대 문단의 모더니즘을 주도했던 대표적인 시인입니다. 감상과 낭만을 중시했던 앞 세대 문학에 반발하여, 시의 새로운 양식을 보여 주고자 서구의 모더니즘 이론을 소개하고 자기만의 시론을 만들어 낸 인물이지요. 비평가로 활약하기도 했는데, 예리한 안목과 폭넓은 지적 감각으로 문단에서 존재감이 상당했습니다.

김기림은 1908년 함경북도 학성군에서 딸만 여섯 있던 집의 귀한 막내아들로 태어났습니다. 동해 푸른 바다가 내려다보이는 한적한 농촌에서 과수원집 대지주의 아들로 애지중지 자랐습니다. 편석촌(片石村)이라는 좀 특이한 호를 썼는데, 김기림을 아끼던 큰아버지가 한시의 한 구절을 인용해서 지어 준 것이라고 합니다.

김기림은 훗날 자신의 어린 시절을 "물질적으로는 꽤 축복받은 환경 속에서 자라면서도 정신적으로는 한없이 쓸쓸하고 고독했다"고 회고했습니다. 그도 그럴 것이 일곱 살 무렵 엄마를 잃고 새엄마를 맞아야 했던 데다, 곧바로 셋째 누나의 죽음까지 겪었던 터입니다. 김기림은 그때의 심정을 "나의 소년 시절은 은빛 바다가 엿보이는 그 긴 언덕 길을 어머니의 상여와 함께 꼬부라져 돌아갔다"(「길」)고 썼습니다. 삶과 죽음의 의미를 아직 잘 모르는 소년에게 사별의 충격과 슬픔은 이루 말할 수 없이 컸을 것입니다. 오죽하면 김기림을 가르치던 중학교 작문 선생님이 그에게 이런 모양으로 글을 쓰다가는 자살하겠다고 염려와 경고를 주었을까요. 그의 상실감과 슬픔이 어느 정도였을지 헤아려집니다.

김기림은 고향에서 보통학교를 졸업하고 서울의 보성고등보통학교로 진학했으나, 건강상 문제로 장기 휴학을 했습니다. 병이 낫고 난 다음에는 복학이 아니라 일본으로의 유학을 선택해 도쿄의 릿쿄[立教] 중학에 편입하지요. 그리고 그 이듬해인 1926년 니혼[日本]대학 전문부 문학예술과에 입학하면서 본격적으로 문학 공부를 시작합니다. 당시 일본에서는 모더니즘 운동이 한창 활발했지만, 그때만 해도 그가 문예이론을 깊이 탐구하지는 않습니다. 십여 년 뒤에 두 번째 일본 유학을 가서야 비로소 서구 문학 이론을 심층적으로 연구하게 된답니다.

첫 번째 일본 유학을 마치고 돌아온 김기림은 1929년《조선일보》에 입사해 사회부 기자로 일하며, 학예란에 수필, 시, 문예비평 등의 글을 썼습니다. 이것이 그가 문학으로 접어드는 계기가 되었습니다. 신문 지면에 처음 실린 글은 「오후와 무명작가들—일기첩에서」라는 평론이었고, 최초의 시 작품은 G.W.라는 필명으로 발표한 「가거라 새로운 생활로」였지요. 이렇게 시와 산문을 신문에 가끔 발표하다가 월간지까지 발표 지면이 넓어지면서 자연스럽게 문인으로 이름을 알리게 되었습니다. 처음에 그는 시인이 된다는 생각을 깊이 가지지도 않았지만, 다른 시인들이 거치는 등단의 과정도 밟지 않고서 시인이 되고 비평가가 됐습니다. 그렇지만 결국 어느 누구보다 열심히 시를 탐구했지요. 당대에 김기림만큼 시에 관해 많은 글을 쓴 사람은 없을 겁니다.

모더니즘의 기수(技手)가 되어
근대성을 탐구하다

유럽에서의 모더니즘은 19세기 말부터 예술의 여러 장르에서 싹 트기 시작했지만 제1차세계대전이 끝나는 것을 기점으로 성행합니다. 엄청난 비극을 불러온 전쟁은 기존의 가치 체계와 종교, 도덕, 문화 전반에 대해 회의를 품게 했거든요. 따라서 역사적 전통을 거부하고 새로운 가치관을 추구하려는 움직임이 다양한 형태로 생겨났는데, 문학, 음악, 미술 등에 나타난 새로운 예술 사조를 통틀어 일컫는 말이 모더니즘입니다. 이 중에서 문학에서의 모더니즘은 감상과 낭만을 중시했던 앞 세대의 문학을 비판하고, 지성에 의해 작품을 창작할 것을 주장하는 경향입니다.

모더니즘이 우리나라에 처음 들어오기 시작한 것은 1920년대 중반 무렵이었는데, 하나의 문학적 조류로 형성된 것은 1930년대입니다. 바로 김기림에 의해 소개되고 전개되었지요. 김기림은 한국 모더니즘 시 운동의 기폭제 역할을 했습니다. 정지용, 김광균, 이상도 모더니즘을 받아들인 시인이긴 하지만 김기림처럼 문학 이론까지 아우르지는 못했지요. 그런 의미에서 김기림이야말로 모더니즘의 기수(技手)라는 평가를 받기에 아깝지 않습니다.

그는 두 번째 일본 유학에서 모더니즘을 탐구하고 돌아왔습니다. 몹시 병약했던 첫 아내와 헤어진 후, 다시 결혼을 하고 안정적인 생활에 접어든 김기림은 일본으로 유학길을 떠났습니다. 문단에서의 명성도,《조선일보》기자라는 안정된 직업도 모두 잠시 내려놓고 일본으로 떠난 그는 1936년 도호쿠[東北]대학 영문과에 입학해 새로운 공부를 시작했습니다. 이 시절은 김기림의 인생에서 중요한 전환점이 되었습니다. 일본의 모더니스트들이 쓴 책을 탐독하고 에즈라 파운드Ezra Pound, T. S. 엘리엇Thomas Stearns Eliot과 함께 T. E. 흄Thomas Ernest Hulme, 영국의 문예비평가 I. A. 리처즈Ivor Armstrong Richards의 문예이론을 본격적으로 공부하면서 자신의 문학관에 적지 않은 변화를 이루었거든요.

수많은 현대시와 이론서를 섭렵하며 문예이론을 공부한 김기림은 이를 나름대로 체화시켜 자신만의 시론을 주장합니다. 그에 따르면, 시는 생각이나 감정의 산물이 아니라 의식적으로 제작해야 하는 것입니다. 즉 "시인은 제작자"라는 것이지요. 그래서 그는 감정을 자연스럽게 드러내는 낭만주의에 격렬한 반감을 보였답니다. 김기림이 생각하는 창작의 바람직한 자세는 지성을 통해 과잉된 감정을 철저히 통제하는 것이었지요. 이것이 바로 그가 생각하는 모더니즘의 핵심입니다.

지성적인 시를 써 보려는 노력은 그의 첫 시집 『기상도』(1936)를 통해 확인할 수 있습니다. 『기상도』는 전체가 420여 행에 이르는 장시(長詩)로 새롭고 실험적인 시집입니다. 그는 당시의 불안한 세계를 기상도, 즉 일기예보에 비유하여 사회와 문명을 풍자하거나 비판하고자 했지요. 시집이 제작될 당시 김기림은 일본 유학 중이어서 시집을 실제 편집하고, 디자인하고, 마지막으로 장정(裝訂)한 사람은 바로 우리가 잘 아는 시인 이상이었다고 합니다. 두 사람은 아주 가까운 친구 사이였거든요. 그래서 잡지에 연재되었을 때와 상당 부분 달라진 시집의 시편들에 대해서 궁금증이 생기기도 한답니다. 혹시 이상의 손길로 수정이 이뤄지지는 않았을까 하고요. 정확한 사실은 알 수 없지만 두 시인이 서로에게 큰 믿음을 가지고 있었던 건 분명해 보입니다.

『기상도』는 김기림의 대표작으로 문단 안팎으로 이목을 끄는 문제적 작품이긴 했지만, 문학적 성취를 따질 때는 찬반 의견이 나뉘기도 합니다. 게다가 『기상도』는 계획적으로 만든 시집이어서 김기림의 자연스러운 초기 모습을 파악하는 데도 아쉬움이 많습니다. 이런 점을 감안한다면 두 번째 시집 『태양의 풍속』(1939)이 그의 시적 특성을 더 잘 보여 주는 것 같습니다.

새로운 시대에 걸맞은
새로운 문학을 꿈꾸다

『태양의 풍속』은 1939년에 발간되었지만 실제로는 김기림의 초기 시를 엮어 만들었습니다. 여기에는 1930년부터 1934년까지의 시들이 담겨 있는데, 『기상도』의 시들보다 앞서 창작된 작품들이지요. 창작 시기만을 따져 본다면 김기림의 시는 이 시집에서 시작된다고 볼 수 있습니다. 그중 표제작인 「태양의 풍속」은 김기림의 시론을 단적으로 보여 주는 중요한 작품입니다.

태양의 풍속(風俗)

태양아

다만 한 번이라도 좋다. 너를 부르기 위하야 나는 두루미의 목통을 빌어 오마. 나의 마음의 무너진 터를 닦고 나는 그 우에 너를 위한 작은 궁전을 세우련다. 그러면 너는 그 속에 와서 살어라. 나는 너를 나의 어머니 나의 고향 나의 사랑 나의 희망이라고 부르마. 그리고 너의 사나운 풍속을 쫓아서 이 어둠을 깨물어 죽이련다.

태양아

너는 나의 가슴속 작은 우주의 호수와 산과 푸른 잔디밭과 흰 방천(防川)에서 불결한 간밤의 서리를 핥어 버려라. 나의 시냇물을 쓰다듬어 주며 나의 바다의 요람을 흔들어 주어라. 너는 나의 병실을 어족(魚族)들의 아침을 다리고 유쾌한 손님처럼 찾아오너라.

태양보다도 이쁘지 못한 시. 태양일 수가 없는 서러운 나의 시를 어두운 병실에 켜 놓고 태양아 네가 오기를 나는 이 밤을 새워 가며 기다린다.

김기림은 『태양의 풍속』 서문에서 "동양적인 적멸이나 무절제한 감상의 배설과 결별"하겠다고 단언했습니다. 이 말에서 우리는 김기림이 추구한 바를 찾아낼 수 있습니다. 동양적인 것을 배제하고 서구의 근대 문명을 수용하고자 하는 태도와 감상과 눈물에 젖은 시를 부정한다는 점입니다. 충동과 감정을 절제하는 김기림의 시작(詩作) 태도를 다시 한 번 확인할 수 있습니다. 그를 주지주의(主知主義) 시인이라고 부르는 것도 이처럼 감정보다는 지성을 중요시했기 때문이지요.

그런 이유 때문인지 이 시를 읽으며 절로 고개를 끄덕이거나 가슴을 쓸어내린 적은 없는 것 같습니다. 사실 좀 어렵다는 생각이 들기도 합니다. 단, 모든 어두운 상황을 바꿔 줄 눈부신 태양이 뜨기를 기다리는 마음, 그리고 "태양일 수가 없는 서러운" 시에도 햇볕이 가득해지기를 바라는 마음, 그것만은 저도 이해할 수 있을 것 같습니다. 자신의 시에 새로운 시대에 맞는 새로운 감각과 이미지, 활력을 담고자 한 김기림의 포부가 작품 전체를 관통하고 있거든요.

김기림은 합리적인 서구 문화 혹은 문명사회에 대한 동경이 컸습니다. 그래서 식민지 시대를 벗어나 새로운 세계에서 살고 싶은 열망을 '태양'이나 '아침'의 이미지로 시에 자주 표현했습니다. 태양은 힘과 생동감, 역동성을 상징하고 있지요. 대자연의 이미지로도 태양은 늘 어둠을 몰아내고 생명을 키우는 에너지이지만 김기림에겐 특히 시적 이상을 표상하는 것이었습니다. 그는 태양만큼 새롭고 힘이 넘치는 시를 바랐던 것 같습니다. "날뛰는 명사/꿈틀거리는 동사/춤추는 형용사"(「시론」)를 구사한 시를 꿈꿨지요.

언어에 대해 예민한 감각을 가지고자 한 것과 더불어 그가 보여 준 또 다른 시적 특성은 바로 이미지를 중시했다는 점입니다. 김기림은 시의 음악성보다는 회화성을 강조했습니다. 시는 음악과 작별하고 대신 선명한 형상으로 이루어져야 한다고 주장했지요. 이렇듯 그는 주지주의 및 이미지즘을 중심으로, 한국 문단에 모더니즘을 소개하는 데 누구보다 앞장섰습니다. 서구의 문학 이론이 한국에 미처 자리 잡히기 전에 활발한 창작과 비평 활동으로 '모더니티'를 탐구하며 예술의 모험을 감행한 인물입니다.

바다로 간 나비

두 번째 시집 출간 이후 그가 학예부장으로 있던 《조선일보》가 1940년 일제에 의해 강제 폐간되자, 김기림은 함경북도 고향으로 돌아가 경성고등보통학교의 영어 교사가 되었습니다. 그러나 그것도 잠시, 일제의 탄압으로 영어 시간이 줄어들어 그는 수학을 가르치며 해방이 될 때까지 지냈습니다. 일제에 의해 산골로 내몰려 숨어 산 것이지요. 해방 이후 김기림은 다시 서울로 돌아와서 1946년 세 번째 시집 『바다와 나비』를 출간하고 새로운 활동을 시작했습니다. 앞서 보여 준 시보다 감각적이고 정감을 불러일으키는 부분이 많아서 조금 더 친근하고 가깝게 느껴집니다. 그중에서 가장 아름다운 시가 「바다와 나비」가 아닐까 합니다. 푸른 하늘이 아니라, 물결이 일렁이는 바다를 나비의 무대로 삼은 독특하고 새로운 작품입니다.

바다와 나비

아무도 그에게 수심을 일러 준 일이 없기에
흰나비는 도무지 바다가 무섭지 않다.

청무우밭인가 해서 내려갔다가는
어린 날개가 물결에 절어서
공주처럼 지쳐서 돌아온다.

삼월 달 바다가 꽃이 피지 않아서 서글픈
나비 허리에 새파란 초생달이 시리다.

　1939년《여성》지에 처음 발표되었을 때의 제목은 '나비와 바다'였
으나 시집에 수록되면서 지금의 제목으로 바뀌었습니다. 이 시는「태
양의 풍속」과는 다른 정서를 환기합니다. 바다의 깊이를 헤아리지 않
는 나비 한 마리가 밤하늘과 바다 사이를 날아다니는 풍경. 이것은 한
폭의 그림으로 그려 낼 수 있을 듯합니다. 서늘한 아름다움이 가슴에
전해지지요.

　그런데 풍경 속의 그 나비는 날개가 젖어 있습니다. 푸른 물결을
청무우밭으로 착각하고 날아들었다가 파도에 휩싸였겠지요. 깊이를
알 수 없는 거대한 바다와 가녀린 나비의 흰 날개가 대조되어 나비의

처지가 더욱 초라하고 지쳐 보입니다. 시인은 흰나비를 통해 당시 식민지 시대를 사는 자신의 좌절감을 표현하고 싶었는지도 모르겠습니다.

시적 발상도 새롭지만 표현도 눈길을 끕니다. 특히 초승달을 보고 한 자루 칼날을 연상하는 것과 그 초승달이 나비의 허리에 칼처럼 걸린 모습을 묘사한 것은 가슴을 시리게 합니다. 거기에 나비의 '흰빛'은 바다와 청무우밭의 '푸른빛'과 대조를 이루며 시각적 이미지를 한층 선명하게 살려 주고 있지요. 밤바다와 흰나비와 눈썹 같은 초승달만으로 이렇게 감각적인 시가 되다니 늘 감탄하게 된답니다.

현대사의 굴곡 속에
비애의 모더니스트로 남다

문단에서 자신의 위치를 확고하게 다지던 김기림은 네 번째 시집 『새 노래』(1948) 외에도 시론서부터 과학 서적, 번역서와 수필집에 이르기까지 다양한 책들을 짧은 기간에 쏟아 냈습니다. 그렇지만 6·25 전쟁이 발발하고 얼마 지나지 않아 그는 거리에서 북한의 정치보위부원에게 붙잡히고 말았습니다. 그리고 곧 서대문형무소에 수감되었다가 얼마 후 인민군 퇴각 때 북으로 끌려가는 신세가 되었지요. 지주의 아들로 월남한 일과 1947년 좌익 성향의 문학 단체인 '조선문학가동맹'에 가입하였다가 전향한 것이 죄목이 되었던 것입니다. 그 후 그의 행적은 알려진 바가 없습니다. 겨우 불혹을 넘긴 나이에 실종된 뒤 사망한 시기조차 언제인지 모른답니다. 이렇듯 월북이 아니라 납북된 운명이었는데도, 김기림의 작품은 남한에서 모두 금서로 묶여 38년 동안 우리 문단에서 그의 이름과 작품을 볼 수 없었습니다. 결국 그는 남쪽과 북쪽 어디서도 설 자리를 잃어버린 것이지요. 1988년 해금 조치가 내려져 비로소 그의 작품을 다시 만날 수 있게 되었으니 그나마 다행이라고 해야 할까요.

김기림은 시와 시론 외에도 소설과 번역 콩트, 희곡, 수필, 번역서 및 수많은 논문과 문예비평에 이르기까지 여러 장르에서 모더니즘 문학의 성과를 남겼습니다. 특히 그는 감상문 정도의 수준에 머물러 있던 당시의 비평을 한 차원 끌어올려 작품을 체계적으로 분석하고 해부한 탁월한 비평가이기도 했습니다. 그를 두고 "비평의 사막에 녹색 지대를 만들어 낸 최초의 비평가"라고 부르는 데는 그만한 성과가 있었던 것입니다.

무엇보다 김기림의 업적은 우리 시가 현대화되는 과정에서 변화의 기회를 마련했다는 점이 아닐까 합니다. 앞선 시대의 문학을 반성하고 새로운 가능성을 제시했으며, 이를 현대적으로 발전시키는 기반을 마련해 주었으니까요. 저는 그의 길지 않은 생애를 다시 따라오며 문학과 예술에 시종일관 진지하고 성실했던 자세에 깊은 인상을 받았습니다. 이상이 가장 흠모했던 시인이 김기림이었던 이유를 비로소 알 것 같습니다.

조국의 노래

언제 불러 보아도
내 마음 설레는
아— 어머니인
조국(祖國)이여

아득히 먼 듯
삼한(三韓) 신라(新羅)에 뻗은 맥맥
그러나 한없이 가까웁게
내 핏줄에 밀려오고 밀려드는
물 구비
구비마다 감기운
그대 숨결

다보탑(多寶塔) 돌난간 문수(文殊)보살 손길에
청자(靑磁)병 모가지에 자꾸만 만지우는
다사론 손길

향가 가요 가사 시조에

되쳐 되쳐 울리는 그 목소리

강과 호수와 또 비취빛 하늘

가는 곳마다 비최는 얼골

아— 무시로 내 피부에 닷는 것

귀에 울리는 것 닥아오는 것

그는 내 조국

내 자랑일러라

지난날

그대 없어서

우리 너나없이 서럽게 자란 아이

나면서 모두가 인 찍힌 망명자(亡命者)

그대 갖고 피북어처럼 여위던 족속

오늘

거리 거리

바람에 파독이는

태극기

꽃이파린가 별쪼각인가

아— 이는 내 희망

내가 태어나

그 밑에 살기 소원이던 꿈

인류에게 고하라

우리 목숨 앞서

그를 다시 빼앗을 길 없음을

역사의 행진

한 모퉁이 떳떳이 나설 우리

삐걱이는 바퀴에

내 약한 어깨 받치었음

한없이 보람 있고나

언제 불러 보아도

마음 설레는

아— 어머니인

내 조국이어

김기림은 해방 이후부터 6·25 전쟁에 이르는 역사의 격랑을 누구 못지않게 힘들게 넘겨야 했습니다. 북쪽의 가족들을 서울로 데리고 월남했으나, 좌파 계열의 문학 단체에 가입하여 활동하다가 또 전향 하기도 했지요. 이 과정에서 그는 남과 북 양측으로부터 각각 상대 쪽 에 동조했다는 오해와 비난을 받았던 것도 사실입니다. 그래서였을까 요. 그는 납북되기 전에 두 편의 시를 이 땅에 남겼는데, 공교롭게도 모두 조국에 대한 노래입니다.

그중 하나는 백범 김구 선생을 추모하는 시였습니다. 1949년 6월 26일 김구 선생이 총탄에 쓰러진 뒤, 그는 곧바로 「곡 백범선생(哭白凡 先生)」을 써서 1949년 6월 30일 《국도신문》에 발표했습니다. 민족의 기 둥인 선생의 영전에 바치는 시인의 비통한 눈물이었지요. 그때 김기 림이 "눈물을 아껴 둬 무엇하랴"고 외치던 말은 그 혼자의 마음만은 아니었으리라 생각됩니다.

그리고 뒤이어 김기림이 발표한 마지막 작품이 바로 「조국의 노래」 입니다. 이 시는 1950년 5월 24일자 《연합신문》에 실렸으니 납북 직 전에 쓴 것이지요. 갈등과 반목으로 점점 더 혼란스러워져 가는 조국 을 보며 시인은 무척 안타까웠던 듯합니다. 그는 조국을 생각하면 언 제 불러도 마음 설레고 다사로운 어머니 같다고 했습니다. 우리의 조 국은 신라를 거슬러 아득한 역사를 가진 곳이며, 다보탑의 아름다움 과 향가, 가요, 시조를 지은 민족의 땅이며, 비취빛 하늘 아래서 꿈꾸 며 살 내일이라고 말합니다. 그러나 이런 조국에서 벌어지는 현실은 참으로 비참하고 아픈 것뿐이었으니, 시인은 애타는 마음으로 세상에 외치고 있는 것입니다.

이 시가 마지막 작품이 될 줄을 시를 쓴 시인도 몰랐겠으나, 그는 자신의 운명을 허망하게 만든 조국을 향해 뜨거운 마음을 바쳤습니다. 역사의 삐걱이는 바퀴에 내 약한 어깨라도 받칠 수 있어 한없이 보람 있다고 하니까요. 그는 지금 비록 어머니의 땅에 없지만 모더니즘이라는 문단의 큰 바퀴를 움직인 보람만은 변하지 않으리라 생각합니다.

이
상

1910 ~ 1937

"나는 몇 편의 소설과 몇 줄의 시를 써서
내 쇠망해 가는 심신 위에 치욕을 배가하였다.
이 이상 내가 이 땅에서의 생존을 계속하기가
자못 어려울 지경에까지 이르렀다.
나는 하여간 허울 좋게 말하자면 망명해야겠다."
— 소설 「봉별기」에서

시대를 앞선 모던 보이, 시를 실험하다

화가를 꿈꾸던 슬픈 소년

우리 문학사에서 가장 난해한 시, 혹은 문제적인 시를 쓴 시인이 누구인지 묻는다면 아마 많은 사람들이 망설이지 않고 떠올리는 시인이 있을 것입니다. 문법을 어기고, 의미 없는 어휘를 반복하며, 해독하기 어려운 기하학 기호와 숫자를 작품으로 끌어들이고, 내용 또한 기괴하고 이상한 시를 쓴 시인 이상 말입니다. 그의 등장은 한국 근현대 문학사상 일대 사건이었습니다. 한국 현대시 최고의 실험적 모더니스트, 문단의 이단아로 불리는 그는 자신의 작품만큼이나 파격적인 행보를 보여서 유명하기도 합니다. 하얀 구두를 신고 향기로운 미국산 MJB 커피'를 즐기는 세련된 취향을 보여 주었는가 하면, 수염과 머리를 깎지 않은 채 거리를 쏘다녀 눈길을 받기도 했습니다.

이상은 1910년 일제강점기에 서울에서 태어났습니다. 2남 1녀 가운데 장남이었지만, 큰아버지에게 아들이 없어서 세 살 때 큰집에 양자로 들어갔지요. 그는 스물세 살이 될 때까지 큰아버지 댁에서 자랐다고 합니다. 친아버지와 헤어지고 양자를 간 경험은 이상에게 정신적 외상으로 남아 있다가 작품에 나타납니다. 이상의 첫 작품인 소설 『12월 12일』의 중심 모티프가 되었지요. 그리고 가난했던 친부모에 대한 기억들은 그의 수필에서 찾아볼 수 있습니다. 「슬픈 이야기」에 보면, 그의 친아버지는 활판소에서 손가락을 세 개나 잘렸고 어머니는 친정 없는 고아라는 사실이 나옵니다. 이런 점들로 미루어 볼 때 이상은 결코 따뜻한 가정환경에서 자란 것 같지는 않습니다. "애완용 가축처럼 귀여움을 받고 사랑받은 기억이 전혀 없다"고 썼을 정도지요. 같은 학교를 다녔던 친구들도 이상은 모자며 양복이 다 해졌고, 운동화도 새 것을 신지 못했다고 회상하고 있습니다.

지금의 고등학교에 해당하는 보성고등보통학교 시절의 이상은 화가를 꿈꾸던 소년이었습니다. 그곳에서 우리나라 최초의 서양화가인 고희동 선생에게 본격적으로 미술 수업을 받았지요. 당시 교내 전시회에 출품한 풍경화가 당선작으로 뽑히는 실력을 선보이기도 했습니다.

---

1. "향기로운 MJB의 미각을 잊어버린 지도 이십여 일이나 됩니다."(「산촌여정」)

실제로 그는 칠판에 만화를 그려서 친구들을 즐겁게 해 주고, 국어보다 그림 그리는 것을 더 좋아했으며, 여동생을 모델로 세워 놓고 그림을 즐겨 그렸다고 합니다. 이 무렵의 이상은 화가가 될 것이라는 말을 자주 했을 정도로 문학보다 미술에 대한 욕망과 열정이 더 컸습니다.

하지만 고등학교를 마치고 이상은 미술대학이 아닌 건축학과에 진학했습니다. 가난한 집안 형편과 큰아버지의 권유 때문이었다고 해요. 그는 현재 서울대학교 공과대학의 전신인 경성고등공업학교에서 건축학을 공부하고 수석으로 졸업했습니다. 그 당시 조선인 졸업생이 한 해에 겨우 2~3명에 불과한 학과에서 최고의 학생이었다는 점은 이상의 또 다른 재능을 보여 줍니다.

우수한 성적 덕분에 이상은 1929년 조선총독부 건축과 기술직 공무원으로 취직했습니다. 그리고 그해《조선과 건축》이라는 잡지의 표지 도안 공모전에 응모하여 1등과 3등을 동시에 거머쥐며 세련된 미적 감각을 보여 주기도 했지요. 그뿐만 아니라 조선미술전람회라는 대규모 대회에 그림 〈자상(自像)〉을 보내 입선의 영광을 차지했으니, 화가의 꿈도 이룬 셈입니다. 이상은 시와 소설, 동화를 쓴 작가였지만, 그 전에 화가이자 건축가였으며, 또 삽화가로도 활동했습니다.

이런 삶의 기록으로만 보면 이상이 시인이 된 것이 오히려 이상하게 생각될 정도입니다. 그러나 그는 그림을 그리지 않는 시간에는 늘 시와 소설을 열심히 읽고 두꺼운 노트에 시를 썼다고 합니다. 교내에서 문예지의 편집을 맡고 자신의 시를 싣기도 했지요. 그러다가 건축학과를 졸업할 무렵 "난 문학을 할까 봐."라는 말을 입버릇처럼 되뇌었다고 하니, 그즈음 문학에 대한 관심이 부쩍 커졌음을 알 수 있습니다.

김해경, 시인 이상이 되다

이상(李箱)이라는 이름은 그의 필명이며, 할아버지가 지어 준 원래 이름은 '김해경(金海卿)'입니다. 필명 '이상'의 유래에 대해서는 여러 가지 의견이 분분한데, 그동안 가장 널리 알려진 이야기는 오랜 벗 김기림의 말이었습니다. 그가 총독부 건축 기사로 일할 때 공사장의 인부가 그의 성을 잘못 알고, '이씨'라는 의미로 '이상(李さん)'이라 부른 것에서 비롯됐다는 것입니다. 하지만 그의 경성고등공업학교 졸업 사진첩에 '이상'이라는 자필 서명이 남아 있어, 건축 기사로 근무하기 이전에 이미 이상이라는 필명을 쓰고 있음이 밝혀졌습니다. 그러다가 이상의 어릴 적 친구 구본웅에게 선물로 받은 화구 상자에서 필명이 유래했다는 증언이 나와 설득력을 얻고 있습니다. 화구 상자가 오얏나무로 만들어져, '오얏나무 상자'라는 뜻의 '李箱'을 필명으로 지었다는 것입니다.

그는 '이상(李箱)'이라는 필명으로 창작에 몰두하기 전까지 김해경이라는 본명 외에 '히쿠(比久)', '보산(甫山)' 등의 필명을 두루 사용했고, 훗날 '하융(河戎)'이라는 이름으로 삽화를 그리기도 했습니다. 이처럼 다양한 필명을 쓴 것은 생전에 그가 작가로서의 정체성을 끊임없이 고민한 흔적이 아닐까 짐작해 봅니다.

총독부 기사 시절, 이상은 문학잡지가 아닌 건축잡지 《조선과 건축》(1931)에 일본어로 쓴 작품들을 발표했습니다. 그때 지면에 실린 것이 「이상한 가역반응」과 「조감도」 등의 시입니다. 예사롭지 않은 제목이나, 기하학적 상상력이 엿보이는 시의 내용은 그가 건축 설계를 했던 것과 관련이 있지 않을까 하는 생각도 듭니다. 비록 암호문 같은 시이지만 이제까지와는 달리 그는 그림보다 시작에 열중하면서 차차 문단에 이름이 알려지게 되었습니다. 하지만 뜻하지 않은 운명이 그를 기다리고 있었습니다. "스물세 살이오— 3월이오— 각혈이다"로 시작하는 소설 「봉별기」가 말해 주듯이 그는 폐결핵 진단을 받고 피를 토하기 시작한 것입니다. 겨우 스물하나의 청춘에 말이지요. 이 일은 이상의 삶과 문학에 죽음의 그림자를 짙게 드리우는 사건이 됩니다.

이상의 생활은 조금씩 변해 갔습니다. 그는 1933년 총독부 기사직을 그만두고 황해도 온천으로 요양을 떠났습니다. 그리고 그곳에서 술집 작부였던 금홍을 만났지요. 금홍은 그 후 이상과 함께 서울에 와서 '제비'라는 다방을 운영하며 동거하는 사이가 되었고, 금홍과의 생활은 소설 「봉별기」와 「날개」의 모티프가 됩니다. 이상의 생애에서 가장 안정된 시기를 꼽으라면 금홍과 지내던 때일지 모릅니다. 이때부터 이상은 일본어가 아닌 우리말로 시를 쓰기 시작했고, 그의 대표작 「오감도」를 비롯한 여러 작품들이 탄생했거든요. 1933년 정지용의 주선으로 《가톨릭청년》이라는 잡지에 실린 「이런 시」, 「꽃나무」, 「거울」이 그가 발표한 최초의 한글 시입니다. 이후로 그는 일본어로는 더 이상 작품을 쓰지 않았습니다.

　이상의 시는 전통적인 서정시의 형식과 규범에서 많이 벗어나 있습니다. 실험적이고 전위적인 시의 형식과 내용은 충격과 놀라움을 안겨 줍니다. 그는 시를 쓸 때 평범한 시어 대신 다른 장치들을 많이 사용했습니다. 숫자와 기호, 기하학적 도형, 방정식과 같은 수식, 건축과 의학 전문용어, 물리학 공식, 순열 표 등이 빈번하게 나타나고 있지요. 게다가 한자어와 외래어를 과도하게 사용하고 띄어쓰기를 무시했기 때문에 읽는 것조차 쉽지 않답니다. 마치 수수께끼나 암호문처럼 해석하기가 어렵습니다. 우리나라 최초로 초현실주의 기법을 구사한 작가라는 평가를 받는 것도 이런 이유에서입니다. 이 때문에 그의 작품 세계는 서로 상반된 평가를 받고 있습니다. 한쪽에서는 무지 속에 두기에는 아까운 천재 예술가라고 치켜세우는 반면, 다른 한쪽에서는 지적 유희를 즐기고 잘난 척하는 사람이라고 비판적 시선을 보내는 것입니다.

외로운 꽃나무 같은 삶을 살다

　이상의 시 가운데 정치나 민족, 해방 등의 역사적 문제를 직접 언급한 시는 없습니다. 대신에 그는 주로 공포와 불안, 병과 소외 등 자신의 내면과 관련된 주제를 다루었지요. 많은 시인들에게 영감을 주는 아름다운 자연 또한 그의 시에는 보이지 않습니다. 꽃이건 아침이건 나비건 그가 매만지면 모두 관습적인 의미에서 벗어나, 시인의 내면 풍경이 되고 말지요. 그는 구체적인 꽃이나 나무 이름을 시에 쓴 적이 거의 없으며, 꽃의 아름다움을 이야기하지도 않습니다. 그래서 이상이 만든 풍경은 꽃이 있어도 황량한 느낌을 줍니다.

꽃나무

벌판한복판에 꽃나무하나가있소. 근처에는 꽃나무가 하나도없소 꽃나무는 제가생각하는 꽃나무를 열심으로 생각하는 것처럼 열심으로 꽃을 피워가지고 섰소 꽃나무는 제가생각하는 꽃나무에게갈수없소 나는 막달아났소 한꽃나무를위하여 그러는것처럼 나는참그런 이상스러운흉내를 내었소.

「꽃나무」는 문장부호와 띄어쓰기가 생략되었지만 여섯 문장으로 이루어져 있습니다. 이상은 이 시와 같이 줄글 형태의 시를 즐겨 썼습니다. 그는 문장 안의 어절을 붙여 쓰는 경우가 많았는데, 이것은 혹시 띄어쓰기가 없는 일본어의 특성에서 착안한 것은 아니었을까 궁금해지기도 합니다.

한 그루 꽃나무가 서 있는 벌판이 이 시의 공간적 배경입니다. 이것만으로도 우선 외롭고 불안한 느낌이 듭니다. 여러 꽃나무가 한데 어우러져 있는 것이 아니라, 한 그루만 덩그러니 서 있는 모습에서 시인의 처지가 겹쳐지기도 해요. 그 꽃나무는 자신이 생각하는 꽃나무가 되고 싶어 혼자서 골몰합니다. 벌판에서 홀로 열심히 꽃을 피우고 있는 것이지요. 오로지 "제가 생각하는 꽃나무"만이 목적인 듯 보입니다.

그렇지만 이상적인 자기 모습이 되는 것은 쉬운 일이 아니지요. 결국 화자도 꿈꾸는 꽃나무에게 갈 수 없다고 말합니다. 자신은 "이상스러운 흉내"나 내고 있을 뿐이라고요. 꽃나무가 되기 위한 스스로의 행위가 그저 "흉내"에 불과했다는 인식은, 그가 식민지 시대 지식인으로서 고민이 깊었음을 짐작하게 합니다. 화자가 달아나면서 꽃나무와 화자는 점점 더 멀어지고 벌판의 상황은 비극적 느낌을 더해 줍니다.

「꽃나무」를 발표하던 무렵 이상은 구인회(九人會)에 가입하여 정지용, 김기림 같은 문인들과 어울리기 시작했고, 구인회 회원이었던 이태준의 도움으로 그의 대표 시 「오감도」를 발표합니다. 이 작품으로 이상은 세상에 자신의 존재를 뚜렷하게 각인시켰지만, 동시에 극단적인 비난을 감수해야 했습니다. 그야말로 문제작이 되었던 것입니다.

까마귀의 눈으로 본 세상

'오감도(烏瞰圖)'라는 말은 사전에 없는 단어입니다. 이상이 만든 말이지요. 건축가였던 이상은 건축 용어인 '조감도(鳥瞰圖)'의 '새 조' 자에서 한 획을 빼고 '까마귀 오' 자를 넣어 제목을 지었습니다. 조감도란 새가 높은 곳에서 아래를 내려다본 것같이 그린 그림이나 지도를 말하는 것이니, 오감도는 '까마귀가 위에서 내려다본 인간 세상의 그림'

이라고 해석할 수 있습니다. 제목부터 벌써 예사롭지 않습니다. 「오감도」는 여러 편으로 이루어진 연작시인데, '시 제1호, 시 제2호…'와 같은 방식의 일련번호로 구분되어 있습니다. 그런데 그중 세 편의 시에만 부제가 붙어 있어 눈길을 끕니다. 바로 제8호의 '해부(解剖)'와 제9호의 '총구(銃口)', 제10호의 '나비'입니다.

오감도—시 제10호 나비

찢어진벽지에죽어가는나비를본다. 그것은유계(幽界)²에낙역(絡繹)되는³비밀한통화구(通話口)다. 어느날거울가운데의수염(鬚髥)에죽어가는나비를본다. 날개축처어진나비는입김에어리는가난한이슬을먹는다. 통화구를손바닥으로꼭막으면서내가죽으면앉았다일어서드키나비도날라가리라. 이런말이결코밖으로새어나가지는않게한다.

"13인의아해(兒孩)가도로로질주하오."로 시작하는 「오감도」 연작시는 1934년 《조선중앙일보》에 연재되었습니다. 원래 30회 연재가 목표였는데, "무슨 개수작이냐", "무슨 미친놈의 잠꼬대냐"는 독자들의

2. 저승.
3. 왕래가 끊임이 없는.

비난과 항의가 심해서 15회 만에 연재가 중단되었지요. 당시 이상을 소개했던 《조선중앙일보》의 학예부장 이태준은 「오감도」가 연재되는 동안 늘 사표를 써서 안주머니에 가지고 다녔을 정도였다고 합니다. 지금도 이상의 시는 난해한 편이니, 시대를 너무 앞지른 그의 정신과 언어의 파격이 그 당시 독자들에게 얼마나 큰 충격이 되었을지 조금 헤아려지기도 합니다.

하지만 연재가 중단되자 이상은 자신의 작품을 알아주지 않아서 좀 억울하고 섭섭했던 모양입니다. 「오감도 작자의 말」이라는 글에서 그때의 심정을 이렇게 밝혀 놓았습니다. "왜 미쳤다고들 그러는지 대체 우리는 남보다 수십 년씩 떨어져도 마음 놓고 지낼 작정이냐. … 이천 점에서 삼십 점을 고르는 데 땀을 흘렸다. … 하도들 야단에 배암 꼬랑지커녕 쥐 꼬랑지도 못 달고 그만두니 서운하다." 또 다른 글에서는 "나는 누구에게도 아첨하지 않고 어디까지든지 버틸 결심이다."라고 하기도 했습니다. 두 글에서 보는 바와 같이 그는 우리 문학이 기존의 틀에서 벗어나지 못하고 있다는 답답함이 컸고, 2,000편이나 되는 시를 써 낸 자부심, 그리고 자기 스타일에 대한 고집이 분명했습니다.

「오감도」의 열 번째 작품인 이 시에서 화자는 찢어진 벽지를 보고 죽어 가는 나비를 연상합니다. 찢어져서 힘없이 너풀거리는 벽지가 나비의 마지막 날갯짓처럼 보였나 봅니다. 그런가 하면 문득 거울 속에 비친 자신의 검은 수염을 보면서도 죽어 가는 나비를 떠올립니다. 날개가 축 처진 그 나비는 "입김에 어리는 가난한 이슬"을 먹는다고 했습니다. 자신의 수염이 침에 젖는 것을 나비가 이슬을 먹는 모습으로 비유한 것 같습니다. 검은 수염이 나비와 동일시되고 있는 것이지요.

시적 화자는 계속 "유계에 낙역되는 비밀한 통화구"를 생각하고 있습니다. 이 어려운 말은 '저승을 끊임없이 오가는 비밀스러운 통로'라는 뜻인데, 그 통로를 오가는 존재로 나비를 불러온 것은 아닐까 추측해 봅니다. 신화에서 보듯이 예로부터 나비는 영혼을 뜻하기도 하니까요. 그래서 나중에 자신이 죽으면 그땐 앉았다 일어서듯 나비처럼 영혼이 날아가길 바랍니다. 또 이런 생각이 밖으로 새어나가지 않게 하고 싶다는 표현에서, 자신의 죽음을 저승에서도 알아차리지 못했으면 좋겠다는 시인의 마음까지 헤아려 봅니다. 이 시는 읽는 이에 따라 여러 가지 해석과 이해가 가능합니다. 더 많은 상상력을 동원해서 지금까지 읽어 내지 못했던 시인의 숨겨진 생각을 찾는다면 즐거운 일이 될 것도 같습니다. 이것이 바로 이상 시의 새로움입니다. 특유의 난해함에도 불구하고 끊임없이 독자를 끌어당기는 매력이지요.

「오감도」 연재를 중단한 후, 그는 소설 「날개」를 비롯하여 여러 편의 시와 수필을 발표하며 문단의 관심을 한 몸에 받았습니다. 그러나 한편으로는 다방 '제비'를 폐업하고, 함께 살던 금홍과도 헤어진 데다, 새로 연 카페마다 번번이 실패하며 인생의 시련을 맞습니다. 오죽하면 같은 폐결핵 환자이자 절친한 문우였던 김유정에게 함께 자살하자는 제안까지 했다고 하니까요. 금홍과 헤어진 다음 해에 이상은 변동림이라는 여인과 결혼도 했지만, 점점 더 심해지는 병마와 자살 충동의 불안을 힘들게 견디고 있었습니다. 의식과 건강이 나날이 황폐해져 가는 것을 느낀 이상은 마침내 오래도록 꿈꾸던 일을 실행했습니다.

"어디로 갈까. 나는 만나는 사람마다 동경으로 가겠다고 호언했다."(「봉별기」)라는 자신의 말대로, 그는 1936년 가을 일본으로 갔습니다. 시대를 앞서가던 이상에게 근대 문물의 창구였던 일본은 무척 궁금한 곳이었습니다. 그는 일본 도쿄를 근대적 발전 모델로 생각했습니다. 그러나 도쿄에 도착한 그는 자신이 꿈꾸던 곳이 아님을 금방 알아차렸습니다. 이상의 눈에 도쿄는 서구의 현대적 정신을 흉내 낸 도시에 불과했던 것입니다. 이때의 심정은 뼈저린 고독과 회한과 그리움뿐이라고 도쿄에서 쓴 마지막 글에 남겨 놓았습니다.

그런 상황 속에서 이상은 도쿄에 도착한 지 몇 달 후에 불온한 사상을 지녔다는 혐의를 받고 일본 경찰에게 체포되었습니다. 이 일로 폐결핵이 악화되어 유치장에서 풀려나 동경제국대학교 부속병원으로 옮겨졌으나, 이미 너무 늦은 뒤였습니다. 그는 1937년 4월, "레몬 향기가 맡고 싶소…."라는 마지막 말을 남기고 스물여덟 해의 짧은 생을 마감했습니다.

"박제가 되어 버린 천재"

이상의 삶은 식민지 시대의 좌절과 불행한 유년기, 가난, 그리고 폐결핵으로 인한 고통으로 가득 차 있습니다. 스스로를 "불행이 아니면 하루도 살 수 없는 그런 인간"이라 했던 그는, 자신이 감당해야 했던 불안과 소외, 공포를 예민하게 포착해 작품으로 표현해 냈지요. 시대를 앞선 감각과 실험적인 정신은 때로 거부감을 일으키고 저항을 받았지만, 그가 선보인 모더니즘은 다음 세대의 문학에 엄청난 영향을 주었습니다.

생전의 그를 두고 김기림은 "우리가 가진 가장 뛰어난 근대파 시인"이라는 찬사를 보냈습니다. 시의 내용과 형식 면에서 늘 새로움을 탐구했던 그의 도전 정신이 이런 평가를 가능하게 했지요. 또 그의 시는 근대 문명과 그 속의 인간을 누구보다 먼저 고민했던 흔적이기도 합니다.

젊은 나이에 요절한 이상은 생전에 작품집이 없었고, 그의 첫 시집은 사망 후 12년이 지난 1949년에야 출간되었습니다. 친한 벗을 잃은 슬픈 심정을 달래고 이상에게 진 마음의 빚을 갚고자 김기림이 이상의 작품들을 모아 『이상선집』을 발간한 것이지요. 그 책에서 김기림은 말합니다. "그의 짧은 생애는 그러나 그가 남긴 예술에 의해서 드디어 시간을 초월할 수가 있었다."라고요. 오늘날 이상이 남긴 작품은 '본문의 양보다 주석이 더 많다'는 이야기를 할 정도로 이상 문학에 대한 관심이 지속되고 있는 것을 보면, 김기림의 바람이 이루어진 것 같습니다.

스스로의 예언대로 자신의 작품 속에 박제된 천재 이상. 문학을 향한 강한 열망과 그의 비극적인 생애를 생각하면 늘 소설 「날개」의 마지막 구절이 주문처럼 되뇌어집니다. "날개야 다시 돋아라. 한 번만 더 날아 보자꾸나."

자상(自像)

여기는어느나라의데드마스크다. 데드마스크는도적(盜賊)맞았다는소문도있다. 풀이극북(極北)에서파과(破瓜)⁴하지않던이수염은절망을알아차리고생식(生殖)하지않는다. 천고(千古)로창천(蒼天)⁵이허방빠져있는함정(陷穽)에유언(遺言)이석비(石碑)처럼은근히침몰되어있다. 그러면이곁을생소(生疎)한손짓발짓의신호가지나가면서무사히스스로와한다. 점잖던내용이이래저래구기기시작이다.

화가가 되고 싶었던 이상은 자화상을 두 점 그렸습니다. 첫 번째 자화상은 1928년 열아홉 살 때 그렸고, 3년 뒤에 그린 두 번째 자화상은 조선미술전람회에 출품해 입선을 한 작품입니다. 두 자화상 속의 이상은 두렵고 슬픈 표정을 감추지 않고 있습니다. 심지어 눈동자가

---

4. 파과지년(破瓜之年)의 준말로 여자 나이 16세, 남자 나이 64세를 말한다.
5. 푸른 하늘.

지워진 눈은 그의 어둠이 얼마나 깊은 것인지 짐작하게 한답니다. 그는 불안한 자신을 피하지 않고 바라보았던 것이지요.

이상은 그림 대신 시를 쓰면서도 자아를 탐구하는 일을 멈추지 않았습니다. 그의 시에 거울이라는 소재가 많이 등장하는 것도 자화상을 그리기 위해 거울 속의 자신을 많이 바라봐서가 아닌가 생각될 정도랍니다. 그래서인지 이 시를 읽으면 그가 그린 자화상이 저절로 떠오릅니다. 우울과 불행의 느낌이 가득한 분위기는 시에서나 그림에서나 마찬가지인 듯합니다.

시의 제목 '자상'은 '자화상'을 뜻합니다. 「자상」은 그가 1936년 도쿄로 가기 직전 《조선일보》에 발표한 연작시 중 하나입니다. 이상은 10월 4일부터 9일까지 '위독(危篤)'이라는 표제 아래 열두 편의 시를 게재했습니다. 이 시는 10월 9일자에 수록된 「내부」, 「육친」, 「자상」 세 편 중 한 편이고, 이 연작시편이 그가 생전에 발표한 마지막 작품이 되었습니다.

시 속의 화자는 "데드마스크"가 된 자신의 얼굴을 상상하고 있는 듯합니다. "데드마스크"란 '데스마스크(death mask)'를 가리키는데, 사람이 죽은 직후에 그 얼굴의 형을 직접 본떠서 만든 안면상을 말합니다. 그러니까 죽은 뒤의 모습이지요. 결코 즐겁고 행복한 상황은 아닙니다. 수염도 더 이상 자라지 않고 움푹 파인 눈구덩이가 생긴 '데드마스크'이건만, 그마저도 도둑맞았다는 소문이 돌고 있거든요. 화자는 자신을 영영 잃어버릴까 두려워하고 있는 것처럼 보입니다. 화자의 마지막 유언은 아무도 알아듣지 못해서 돌 비석처럼 무너져 버린 상황이고요.

　죽음 뒤의 자신을 생각하는 화자의 불안 때문인지, 시어는 정상적인 문법에서 일탈해 있고, 그 의미는 시적 상황만큼이나 정확하게 이해되지 않습니다. 화자가 손짓 발짓의 신호로라도 전하려던 표정은 "데드마스크"에 그대로 남아, 오히려 체면이 구겨진다는 뜻으로 시인의 생각을 가늠해 볼 따름입니다.

　자신의 폐와 가슴을 모두 소모한 채 이국땅에서 눈을 감아야 했던 운명을 예감했던 건 아닌지, 그래서 미리 사후의 자화상이 너무 초라하거나 우습지 않길 바라 본 것은 아닌지, 여러 가지 상상만 밀려옵니다. 이상이 마지막에는 어떤 모습으로 봉인되었는지 알 길이 없으나, 생의 마지막 순간 찾았던 레몬 향기를 맡는 표정의 "데드마스크"였길 바라 봅니다. 그래서 그가 생전에 남겼던 이 시구를 다시 돌려주고 싶습니다. "자, 그러면 내내 어여쁘소서."(「이런 시」)

김
광
균

1914 ~ 1993

"오늘의 문명이 추상적인 것보다 구체적인 것,
청각보다 시각, 관념보다 수학으로 조직된 것으로 보아,
우리가 탐구할 형태가 보다 음악적인 것에서
보다 조형적일 것은 넉넉히 자신할 수 있다."
— 산문「서정시의 문제」에서

시는 한 폭의 그림처럼

고흐의 그림에 빠지다

해마다 봄이 되면 고향집 마당에는 목련 꽃이 핍니다. 삼십 년은 족히 넘었을 큰 목련이 하얀 꽃을 달고 있는 봄밤의 풍경은 탄성이 절로 나올 만큼 아름답지요. 거기에 달빛까지 내린다면 밤을 지새우고 싶어집니다. 어느 해인가 어머니께서 환하게 꽃 핀 그 나무를 찍어서 문자 메시지로 보내 준 적이 있습니다. 문득 눈시울이 뜨거워져서 꽃이 희미하게 번져 보였지요. 그날 이후로 목련은 제게 조금 애틋한 나무가 되어 버렸습니다. 어머니가 손수 가꾼 목련을 나중에는 꼭 우리 집 마당으로 데려와야지, 하는 생각을 했기 때문입니다. 목련 한 그루를 마음에 품게 되면서부터 저는 "목련 꽃 그늘 아래서/베르테르의 편질 읽노라"던 박목월의 「4월의 노래」 대신 이 시가 먼저 떠오르게 되었답니다.

목련은 슬픈 꽃
4월이 오면 나뭇가지 사이로
어머니 백발은 어른거리나
지금쯤은 먼 곳에서
옛 마당에 핀 꽃을 잊지나 않으셨는지
―「목련」에서

어머니에 대한 애절한 마음이 유난히 컸던 김광균의 시 「목련」의 끝부분입니다. 어머니가 돌아가시고 15년이 지난 무렵 쓴 시라고 해요. 그 뒤로도 시인은 어머니를 그리며 두 편의 목련 시를 더 썼는데, 앞으로 아마 봄이면 자주 읽게 되리라는 생각이 듭니다.

제게 목련의 흰빛을 새롭게 보여 준 김광균 시인은 1914년 경기도 개성에서 3남 3녀 가운데 장남으로 태어났습니다. 6·25 전쟁 이후 북한 땅이 된 곳이 고향입니다. 포목 도매상을 하던 아버지가 살아 계실 때는 비교적 여유로운 생활을 했지만, 열한 살에 일찍 아버지를 여읜 뒤로는 그가 집안의 가장 역할을 도맡아야 했답니다. 장사를 하던 아버지가 많은 빚을 남기고 떠났기 때문에 빚쟁이들에게 살던 집조차 빼앗기고 셋집을 전전했다고 하지요. 그가 개성상업학교를 졸업한 뒤 상급

학교로의 진학을 포기하고 군산에 있는 고무 공장에 취직한 것도 가족의 생계를 책임지기 위해서였습니다.

그런데 개성상업학교를 입학하던 해, 김광균은 설상가상으로 아버지에 이어 누나의 죽음까지 겪었다고 합니다. 그는 죽은 누나와 유난히 다정하게 지냈던 터라 누나의 죽음을 시로 써서 슬픔을 혼자 달랬나 봐요. 그 시가 바로 「가신 누님」인데, 그를 열세 살에 시인으로 활동하게 한 첫 번째 작품입니다. "누님은 가셨나요 바다를 건너"로 시작하는 이 시는 1926년 《중외일보》에 발표되었지요. 그 뒤로 김광균은 고향 개성의 학생들과 '연예사'라는 문예 서클을 만들고 동인지를 간행하기도 했습니다. 십 대 시절 제법 진지하게 문학 활동을 한 것이지요. 개성상업학교를 졸업하고 취직한 후에도, 일하는 틈틈이 일간지와 월간지에 습작을 꾸준히 발표하는 열정을 보였습니다.

그러나 김광균이 본격적으로 문단 활동을 시작한 시기를 꼽는다면, 1937년 《자오선》이라는 잡지의 동인에 가담하기 시작하면서부터입니다. 《자오선》이란 우리가 잘 아는 오장환, 이상, 서정주, 이육사, 신석초 등 20여 명의 시인이 참여했던 시 동인지입니다. 김광균은 이 무렵 김기림을 만나 교류하게 되었는데, 그에게 아주 중요한 전환점이 되었습니다. 그는 김기림의 논평을 계기로 문단에서 주목을 받게 되었거든요. 당시 문단의 중진인 김기림은 '금년도 내가 추천하는 신인'이라는 글에서 김광균과 그의 시 「오후의 구도」를 높이 평가했습니다. 훗날 김광균은 이 글을 신문에서 보았을 때, "승천을 시작하여 지붕을 뚫고 샤갈의 그림처럼 하늘로 높이 날" 만큼 감격스러웠다고 회상했습니다. 당대의 이름 있는 비평가로부터 주목을 받았으니 얼마나 기뻤을지 짐작이 갑니다.

고대하던 김기림을 직접 만난 김광균은 그와 나눈 대화에서 더 큰 충격을 받았습니다. 김기림으로부터 외국 시단의 동향을 전해 들으며 시와 회화의 관계를 체감하게 된 것입니다. 이 일은 김광균의 시작(詩作)에 큰 영향을 끼쳤습니다. 그는 고흐^{Vincent van Gogh}의 그림 〈수차(水車)가 있는 가교〉를 처음 접하고는 두 눈알이 빠지는 것 같은 감동을 느꼈다고 합니다. 고흐의 강렬한 색채와 열정이 그를 단숨에 사로잡았지요. 이때부터 그의 책상 위에는 시집보다 화집이 놓였습니다. 김광균은 『세계 미술 전집』을 보며 회화의 바다를 표류했고, 그림을 통해 자신의 정신세계가 변화해 가는 것을 감지했습니다. 그때부터 그는 시의 회화적인 기법을 탐구했던 것으로 보입니다. 시의 제목에도 '도(圖)'와 '화(畵)'처럼 그림을 지칭하는 말을 자주 썼지요. 그가 작품에서 추구했던 도시적 감각과 시각적 이미지는 이렇게 시작되었습니다.

소리조차 모양으로 번역하는 기이한 재주꾼

김광균은 1938년 군산에서 서울 본사로 직장을 옮겨 오면서 중앙 문단에서의 활동도 더욱 활발하게 펼쳤습니다. 일간지와 여러 문학지에 시는 물론이고, 산문 및 평론까지 발표했지요. 그런데도 그는 특이하게 신춘문예에 응모를 했습니다. 이미 십여 년 이상 시를 써 왔고 왕성하게 작품 활동을 했는데 왜 다시 그런 도전을 했는지 정확히 알 수 없지만, 어쨌거나 그는 1938년 《조선일보》 신춘문예에 1등으로 당선됐습니다. 그 당선작이 바로 그의 대표작 「설야」입니다.

설야(雪夜)

어느 먼— 곳의 그리운 소식이기에
이 한밤 소리 없이 흩날리느뇨

처마 끝에 호롱불 여위어 가며
서글픈 옛 자천 양 흰 눈이 나려

하이얀 입김 절로 가슴이 메어
마음 허공에 등불을 켜고
내 홀로 밤 깊어 뜰에 나리면

먼— 곳에 여인의 옷 벗는 소리

희미한 눈발
이는 어느 잃어진 추억의 조각이기에

싸늘한 추회(追悔)¹ 이리 가쁘게 설레이느뇨

한 줄기 빛도 향기도 없이
호올로 차단한² 의상을 하고
흰 눈은 나려 나려서 쌓여
내 슬픔 그 위에 고이 서리다

이 시로 인해 김광균은 다시 한 번 문단에서 인정을 받게 되었습니다. 감각적 세계와 인간의 내면을 심화·확대했다는 평가가 뒤따랐습니다. 눈 내리는 밤의 감수성을 이토록 섬세하게 그려 내기란 쉽지 않을 것입니다. 그 점이 큰 공감대를 불러일으켜, 많은 사람들이 눈 오는 밤이면 이 시를 절로 떠올리며 오랫동안 사랑해 왔나 봅니다.

모두가 잠든 깊은 밤에 소리 없이 내리는 흰 눈을 보고 금방 자리를 옮기기는 어렵습니다. 그동안 깊이 묻어 두었던 그리움이 되살아나고 "잃어진 추억의 조각"들도 눈송이처럼 날리면, 나도 모르게 이끌려 뜰에 나가 눈을 맞는 일도 생기지요. 그 깊은 고요와 침묵 속에서 들리는 건 사르륵사르륵 눈 오는 소리뿐이니, 그 소리에 귀를 기울이면 마침내 내 안의 목소리도 들을 수 있습니다. 지나간 추억을 돌이켜 보면

---

1. 지나간 일을 후회함.
2. 차디찬.

뉘우칠 만한 잘못도 있었을 테니, 슬픈 기억도 흰 눈처럼 소복소복 가슴속에 쌓일 테지요. 호롱불이 가물거리는 것도 잊은 채 눈 속에 서 있는 화자가 보이는 것 같습니다.

무엇보다 이 시는 참신한 비유와 감각적 이미지를 잘 활용하고 있습니다. "먼 ─ 곳에 여인의 옷 벗는 소리"는 눈이 얼마나 고요하고 조심스럽게 내리는지를 알게 하면서도 환상적이고 신비로운 분위기를 만들고 있지요. 눈의 모습은 "그리운 소식", "서글픈 옛 자취", "잃어진 추억의 조각"으로 다양하게 비유되며 화자의 정서를 드러내 줍니다. 시간이 흐르고 밤이 깊어 감에 따라, 그리움에서 시작한 시의 정서는 슬픔으로 바뀌어 마무리됩니다.

이 시는 발표된 이듬해 김광균의 첫 시집 『와사등』(1939)에 다시 수록되었습니다. 총 27편의 시를 담은 첫 시집에서 시인은 회화적인 표현 기법을 의도적으로 구사하고 있습니다. 도시적 이미지와 현대 문명을 시각적 심상으로 표현하고자 한 그의 시작(詩作) 태도를 분명히 보여 주고 있지요. "분수처럼 흩어지는 푸른 종소리"(「외인촌」)나 "자욱 ─ 한 풀벌레 소리 발길로 차며"(「추일서정」)와 같은 공감각적 이미지의 사용은 그가 이미지에 대해 특별한 관심과 재능을 가지고 있었음을 짐작케 합니다. 이러한 김광균의 시를 두고 김기림은 "소리조차를 모양으로 번역하는 기이한 재조를 가졌다"고 상찬의 말을 아끼지 않았습니다. 어쩌면 그는 인간의 내적 감정까지도 시각화하려고 한 것이 아닐까 하는 생각이 든답니다. 시인의 주관과 감정을 최대한 억제하고 풍경만

이 제시된 '그림 같은 시'를 선보이기도 하거든요.

회화적 기법과 감각적 이미지를 탐구하다

첫 시집이 나오고 두 번째 시집 『기항지』(1947)가 출간되기까지 8년 정도의 기간은 김광균이 가장 활발하게 시를 썼던 때입니다. 문단에서 그는 시인으로서의 자리를 확고하게 다져 갔지요. 《조선일보》특집에서 경향문학의 대표 격인 임화와 세 번에 걸쳐 대담을 나눈 것은 당시 문단에서 김광균의 위상을 짐작하게 합니다.

이 무렵 그는 도시 문명을 비판하는가 하면, 인간의 소외와 고독, 외로움 등의 정서가 깃든 작품을 주로 발표했습니다. '전신주', '고가선', '역로', '급행차', '시계탑', '램프', '씨네마' 등 도시 문명과 연관된 시어와 외래어를 자주 사용한 것도 그만의 특징입니다. 그는 시에 사상이나 관념을 담기보다는, 한 편의 그림처럼 대상의 이미지를 선명하게 그리는 데 더 집중했습니다. 「데생」에 그 면모가 잘 나타나 있습니다.

데생

1
향료를 뿌린 듯 곱—단한 노을 위에
전신주 하나하나 기울어지고

먼― 고가선(高架線) 위에 밤이 켜진다

2
구름은
보랏빛 색지 위에
마구 칠한 한 다발 장미

목장의 깃발도 능금나무도
부을면 꺼질 듯이 외로운 들길

　이 시는 '데생'이라는 제목에서부터 회화적인 느낌을 물씬 풍깁니다. 제목처럼 해가 지는 저녁 풍경을 소묘하고 있어요. 붓을 들고 시인이 말하는 그대로 옮기기만 해도 한 장의 그림이 완성될 것 같습니다. 그만큼 시각적 이미지가 선명하다는 뜻입니다.
　화자는 주홍빛이 번지는 저녁 하늘을 조용히 바라보고 있었나 봅니다. 저무는 시간처럼 풍경도 마음도 쓸쓸하게 가라앉는 시간이지요. 그 순간의 아름다운 풍경을 "향료를 뿌린 듯 곱―단한 노을"이라고 공감각적으로 표현했습니다. 그러나 풍경을 바라보는 화자의 느낌은 겉으로 잘 드러나지 않습니다. 어둠이 짙어지고 전신주들이 자취를 감추는 모습이 다시 이어지면서, 쓸쓸하고 고즈넉한 분위기만 나타나 있을 뿐입니다.

　뒤이어 시인은 새로운 종이를 꺼내, 한 장 더 그림을 그립니다. 이제 화자의 시선은 구름과 목장으로 조금 이동했습니다. 붉게 타던 석양이 사라지고 어둠이 스며 오는 것을 오랫동안 바라본 경험이 있다면 시시각각 달라지는 하늘빛에 놀라움을 느끼기도 했을 것입니다. 노을과 어둠이 섞이면서 붉은빛은 푸른빛과 보랏빛 중간의 색으로 바뀌었다가 이내 검은빛으로 둘러싸이지요. 그때 하늘에 떠 있는 구름을 시인은 "보랏빛 색지 위에/마구 칠한 한 다발 장미"라고 했습니다. 구름의 모양이 어떤지, 무슨 색인지 금방 떠올릴 수 있을 만큼 시각적으로 선명하게 표현했지요. 그래서 시를 읽는 동안 마치 그림을 보는 듯한 착각이 든답니다.

　이와 같이 김광균이 시에 그린 그림은 향토적이고 순수한 자연이 아니라, 도시의 문명을 담은 풍경화입니다. 1940년대의 '전신주'와 '고가선'은 주로 도시에서 만날 수 있는 것이니까요. 그는 감정의 노출을 억제하고 이미지만으로 시의 공간과 분위기를 형상화했습니다. 이런 점에서 「데생」은 이미지즘의 대표적인 시로 꼽힙니다.

　첫 시집과 두 번째 시집으로 그는 우리 문단에서 모더니즘 계열의 시인으로 주목받으며 자신만의 시 세계를 펼쳐 보였습니다. 그러나 김광균은 6·25 전쟁을 기점으로 시인이 아닌 사업가로 오랜 시간을 보냈습니다. 전쟁 때 그의 동생이 납북되어 동생을 대신해 사업을 떠맡아야 했거든요. 온 가족의 생계를 책임지는 일이 무거웠으므로 시를 쓰지 못했다고 합니다. 그때의 마음을 그는 「노신」이라는 시에 적었습니다. "시(詩)를 믿고 어떻게 살아가나/서른 먹은 사내가 하나 잠을 못 잔다"고 탄식하거나 "먹고산다는 것,/너는 언제까지 나를 쫓아오느냐"고 원망하고 있습니다.

하지만 기업 경영에 몸담게 되면서 시를 접기는 했어도, 시와 예술을 사모하는 마음을 버리지는 않았던 것 같아요. 전쟁과 가난 때문에 여러 지역을 옮겨 다니던 이중섭 화가를 도와준 일은 따뜻한 일화로 남아 있습니다. 그뿐 아니라 김기림의 시비를 비롯하여 작고한 시인들의 시비를 곳곳에 세워 준 사연도 기사로 읽은 적이 있습니다. 그렇게 30여 년의 시간을 문단의 바깥에서 보내며 사업가로 성공한 삶을 살았으나, 문학에 대한 향수와 미련을 다 버릴 수는 없었던 모양입니다. 그의 나이 일흔에 접어든 1980년대 중반에 네 번째 시집을 내며 시단으로 돌아왔기 때문입니다.

긴 공백기를 지나고 난 그의 시에는 많은 변화가 있었습니다. 노년에 이른 김광균은 예전과는 달리 이미지에 주력하기보다는 일상생활의 애환을 소박하게 노래했어요. 이는 어쩌면 당연하고 자연스러운 흐름이 아닐까 생각됩니다. 가톨릭에 귀의한 것도 영향이 있겠지만, 원숙한 시인의 눈빛은 겉으로 보이는 풍경 뒤편의 깊숙한 곳까지 가닿았을 테니까요. 그는 중풍으로 쓰러져 투병 중에도 시작(詩作)에 전념해 시집 『임진화』(1989)를 마지막으로 출간하고 80세의 나이로 세상을 떠났습니다.

이미지스트 시인으로 남다

김광균은 정지용에서 김기림으로 이어지는 모더니즘 계열의 시인이자, 도시적 감수성을 회화적 수법으로 표현한 대표적인 시인으로 평가받고 있습니다. 감정을 배제하며 서구 문명과 도시 풍경에 탐닉한 그의 시는 시대와 역사를 깊이 파헤치지 못했다는 비판이 따르기도 합니다. 그가 그려 낸 시적 공간은 역사성이 부족하고, 내면의 구체적 체험 또한 드러나지 않아 감동으로 연결되지 않는다는 것이지요.

그러나 시가 언어의 예술이라는 점을 생각한다면 참신한 비유와 독창적인 이미지를 창조한 그의 시는 문학사에서 결코 소홀히 할 수 없습니다. 그와 같은 시대를 살아간 시인 가운데 김광균만큼 세련된 감각으로 시의 언어를 다룬 사람은 찾기 힘드니까요. 이런 이유로 이미지적인 측면에서 눈길을 사로잡는 몇몇 시편들이 먼저 주목받고 대중에게 널리 알려져 있지만, 그가 남긴 작품의 스펙트럼은 훨씬 다양합니다. 어머니를 그리는 「목련」이나 자식을 잃은 부모의 비통함이 절절한 「은수저」, 그의 시비에 적힌 「반가(反歌)」와 같이 처연한 시들은 읽을수록 깊은 맛이 배어나지요.

생애 마지막 시집이 된 『임진화(壬辰花)』를 펴내면서 그는 "죽은 후 실업인(實業人)이 아니라 시인으로 불리길 더 원한다"는 말을 했습니다. 이 말에는 평생 시인으로 살지 못했던 아쉬움과, 그럼에도 끝내 시인의 모습으로 마지막을 정리하게 된 작은 안도감이 동시에 느껴집니다. 그리고 앞으로도 여전히 김광균의 이름 앞에는 모더니즘을 이끈 시인이라는 수식어가 사라지지 않을 듯하니, 그는 자신의 바람대로 시인으로 길이 기억될 것입니다.

세월(世月)

차고 슬픈 것이 어른거리고 있다.

나무 나무 사이사이론

백금(白金)빛이 비쳐 오고

나뭇가지들은 화장(化粧) 끝내고 움트고 있다.

목련, 산다화(山茶花), 철쭉나무

어느 날 땅 위에 사라질 꽃잎들

꽃나무는 한숨짓는다

어느 크만한 손이 움직여

산천(山川) 위에

봄맞이를 마치고

가을 어느 날 남은 잎을 몰아가고 있다.

하늘가 위에 世月이 지나간다

世月이 지나가는 사이에

꽃이 피고 꽃이 지고 가을에 낙엽이 진다.

풍경은 바라보는 사람의 영혼의 상태를 반영하는지도 모르겠습니다. 같은 바다, 같은 하늘, 같은 꽃, 같은 달이라 해도 무궁무진한 의미로 받아들여지고, 또 묘사되니 말입니다. 그래서 시 속의 풍경을 읽으면 시인의 마음이 보이는 것이겠지요.

「세월(世月)」의 화자는 차고 슬픈 것이 어른거리는 밤하늘을 조용히 바라보며 생각에 잠긴 듯합니다. 나뭇가지 사이로 하얀 달빛이 내리고, 달빛을 받은 꽃봉오리들은 마치 화장을 한 듯 예쁜 모습이 되었습니다. 그런데 화자는 곧 그다음의 일을 말합니다. 아무리 곱게 피어난들 "사라질 꽃잎들"이라고요. 꽃봉오리를 보고 아름다움을 느낄 겨를도 없이 낙화를 생각한다면 마음에 쓸쓸함이 깊이 자리 잡고 있다는 말일 것입니다. 한숨짓는 꽃나무는 바로 시인 자신인 것이지요. 하지만 이것은 누구도 어길 수 없는 자연의 이치이므로 "어느 크만한 손이 움직여" 가는 대로 따라갈 뿐이라고 화자는 자신에게 말하고 있습니다. 꽃이 피고, 지고, 낙엽이 지듯 세월 앞에 그 무엇도 자신할 것이 없다는 사실을 그는 알고 있는 것입니다. 그리고 그 진리를 말하는 시인의 목소리에는 팔십 평생의 세월이 덧입혀져 묵직해집니다.

어쩌면 평범한 이야기를 쉬운 언어로 노래했지만, 시인은 자신만의 언어유희를 즐기고 있습니다. 이 시의 제목 '세월'을 흘러가는 시간이라는 뜻의 통상적인 한자어 '歲月'이 아니라 '世月'이라고 적어 놓았으니까요. '세상의 달'이 차고 기울면 '歲月'이 되는 것이니 어쩌면 '世月'이라는 말이 더 실감 나는 것 같습니다. 하늘 위로 달도 지나가고 시간도 지나가는 긴 세월이 끝나 가는 것을 시인은 가만히 보고 있는 것이 지요.

　김광균은 1990년 12월 《회귀》에 이 작품을 마지막으로 남겼습니다. 그가 사망하기 3년 전입니다. "시의 졸렬(拙劣)은 생각할 겨를도 없었고 그것을 종이에 옮기는 것으로도 숨이 찼다"고 한 고백을 다시 생각나게 하는 시입니다. 그는 투병 중에 이 작품을 썼으니까요. 그 이후의 작품이 없는 것은 연로한 몸과 병고 때문이겠지요. 지나온 삶과 남은 삶을 쓸쓸하게 긍정하는 시인의 목소리가 가을 바람결에 잔잔히 들리는 듯합니다.

김종삼

1921 ~ 1984

"살아가노라면 어디서나 굴욕 따위를 맛볼 때가 있다.
그런 날이면 되건 안 되건 무엇인가 그적거리고 싶었다. …
나의 좁은 창고 속에서 끄집어내는 몇 줄의 메모를 나열해 보는 것이다."

─ 산문 「이 공백을」에서

내용 없는 아름다움의 시학

서양 고전음악에 탐닉하다

젊은 시절, 시 창작 모임을 하는 우리에게 고민과 매혹을 동시에 안겨 준 구절이 있습니다. "내용 없는 아름다움처럼"이라는 시구였지요. 모임이 있을 때마다 알 듯 모를 듯 미끄러지는 그 말의 의미를 붙잡으려고 애를 썼던 기억이 납니다. 이 시구를 모방해 얼마나 많은 말을 패러디하며 즐거워했는지! 친구 중의 누군가는 이런 구절 하나만 지어 봤으면 소원이 없다고까지 했지요. 스무 살의 우리는 아직 내용이 없어서 아름다웠고, 또한 억지로 아름다운 내용을 채울 필요가 없어서 아름다웠던 것임을 이제야 깨닫고 있습니다. 언제든 저를 금방이라도 스무 살로 되돌려 놓는 이 문장을 남긴 이가 김종삼 시인입니다.

김종삼의 고향은 황해도 은율입니다. 1921년 은율에서 태어나 평양에서 성장했습니다. 그의 아버지가 평양에서 동아일보 지국을 운영했기 때문입니다. 김종삼은 평양의 광성보통학교를 거쳐 숭실중학교를 다니다가 중퇴한 것으로 알려져 있습니다. 1938년 형이 유학하고 있던 일본으로 건너간 그는 도쿄의 도요시마[豊島]상업학교를 졸업하고 도쿄문화학원에 입학했는데, 작곡을 하고 싶어 주로 음악 공부를 했습니다. 그러나 이를 반대한 아버지가 학비를 비롯한 일체의 지원을 중단했고, 김종삼은 이때부터 스스로 돈을 벌며 고학했습니다. 비록 입학 2년 만에 도쿄문화학원을 그만두긴 했지만, 이 시기 그는 세계문학을 탐독하는 한편 음악에 더욱 심취했답니다. 학교를 그만둔 뒤에는 고전음악만 틀어 주는 도쿄의 다방을 매일 찾아갈 정도였지요.

1945년 해방과 함께 귀국한 김종삼은 이후 국방부 정훈국 방송실과 동아방송국에서 음악 담당자로 수십 년간 근무했습니다. '고전음악 마니아'로서의 음악적 취향과 관심은 그의 시에도 그대로 드러납니다. 김종삼의 작품들 가운데 음악가가 등장하거나 음악적 구성이 두드러진 시가 많이 있거든요. 음악은 단순히 그의 취향과 교양을 보여 주는 소재를 넘어서, 그의 시 세계를 채우는 가장 중요한 주제 중 하나랍니다.

음악을 듣는 취향 또한 여간 독특한 것이 아니었다고 전합니다. 김종삼은 아끼는 음악이면 한 달 또는 그 이상을 그 곡만 고집스럽게 반복해서 들었다고 합니다. 모차르트Wolfgang Amadeus Mozart와 바흐Johann Sebastian

Bach, 드뷔시Claude Achille Debussy와 말러Gustav Mahler의 곡을 좋아하고, 음악이 없으면 그나마 글 한 줄 못 쓴다고 말하기도 했지요. 그는 자신처럼 덕지덕지 살아온 인생은 음악에서 감정을 정화시킬 수 있다며, 음악은 "세상을 살아가게 하는 힘"이자 "지상의 양식" 같은 것이라고 했습니다. 음악에의 탐닉은 그에게 종교의식과 맞먹는 경건한 일이었나 봅니다.

음악과 술, 그리고 시

음악에 빠져 있던 김종삼이 처음 시를 쓴 것은 사춘기 무렵이었습니다. 그는 늘 낙제만 하는 학교도 의미가 없고, 집은 더욱 싫고, 아버지에 대한 불만을 속에서 삭여 내느라 글을 썼다고 밝히고 있지요. 그의 말에 의하면 "쓰지 않을 수 없어서 쓰기 시작한" 시였지만, 정작 문단에서는 그의 시를 달가워하지 않았나 봅니다. 김종삼은 시인 김윤성의 추천으로 《문예》지에 등단 절차를 밟으려 했는데 퇴짜를 맞고 말거든요. '꽃과 이슬'을 노래하지 않았고, 시가 지나치게 난해하다는 이유로 심사위원들의 눈에 들지 못했기 때문이지요.

'꽃과 이슬'을 노래하지 않았다는 그의 시는 서정시의 전통에서 보자면 낭만적이거나 감상적이지 않아서 무척 낯선 느낌을 줍니다. 김종삼의 시는 감정이 극도로 절제되어 있고, 비약이 많은 불완전한 문장들로 짜여 있거든요. 그는 때때로 시어의 미학적 효과를 고려해 사전에 없는 말을 만들어 쓰기도 했답니다. 어쨌든 한 차례의 해프닝 뒤에 김종삼은 1953년 종합잡지 《신세계》에 「원정(園丁)」을 발표함으로써 문단에 데뷔했습니다. 이 작품으로 김춘수의 찬사를 받은 일은 그에게 큰 기쁨이 되었답니다.

등단 후 간간이 작품을 발표하던 그는 6·25 전쟁이 끝난 후 김광림, 전봉건과 함께 3인 시집 『전쟁과 음악과 희망과』(1957)를 펴냈습니다. 시집 속에는 피난길에 착상했다는 「돌각담」이라는 시가 수록되어 있습니다. 누구에게나 그렇겠지만 6·25 전쟁과 피란의 체험은 그에게 깊은 상흔을 남겼는데, 그중에서 동생의 죽음은 먼 훗날까지 슬픔으로 남아 여러 작품에 연이어 나타나고 있습니다. 특히 전쟁의 상처를 담은 그의 시들 중에서 「민간인」은 제2회 '현대시학 작품상'을 받은 작품이자, 경기도 광릉에 있는 그의 시비에 새겨진 대표작으로 문학사에 남을 걸작으로 뽑힙니다. 그만의 절제된 시어와 간결한 시행으로 전쟁 난민의 비극을 그 어떤 고발보다 진실하게 담아낸 작품이지요. 또 아우슈비츠를 모티프로 한 시들도 여러 편 눈에 띄는데, 이는 그가 전쟁을 인류 전체의 불행과 고통으로 생각하고 있었음을 보여 줍니다.

전쟁과 함께 죽음의 그늘은 평생 김종삼을 따라다닌 어둠 중 하나였습니다. 시집 곳곳에 등장하는 죽음의 예감, 죽은 자들의 사연은 그의 어두운 내면을 엿보게 하지요. 시를 떠나서 보자면 그는 성실한 생활인은 아니었던 모양입니다. 방송국에서 음악 담당자로 오래 일했음에도 불구하고 가족의 안정된 생활을 책임지는 가장으로 살지는 못했습니다. 늘 집을 옮겨 다녀야 했고, 돈을 즉흥적으로 썼던 터라 빈곤을 벗어날 수 없었습니다. 가난과 폭음, 그로 인한 병고, 그리고 죽음 충동으로 이어지는 고통을 어루만지기 위해 그는 음악과 시, 술에 의지했습니다. 시 「극형」에서 그는 돈이 없어 구멍가게에서 술 한 병을 훔쳤다고 고백하기도 합니다. 어쩌면 그는 자유인이었는지도 모르겠습니다.

최소한의 언어로 써 내려간 시

전쟁과 분단 뒤에 이어진 1960년대는 격랑의 시기였습니다. 4·19 혁명과 5·16 군사정변이 일어났고, 뒤이어 한일협정(한일기본조약) 반대 운동의 혼란스러운 정국이 이어졌지요. 문학의 영역에서는 정치 현실과 사회 상황에 적극 대응하면서, 참여시의 목소리가 높아지던 때이기도 했습니다. 하지만 다른 한편으로 정치적인 문제로부터 자유롭고자 하는 경향도 존재했는데, 김종삼 역시 시에서만은 순수의 세계를 고집했습니다. 그의 작품에는 여전히 서양 음악가들이 등장했고, 트럼펫 소리와 첼로 소리가 끊이지 않았으며, 말라르메Stéphane Mallarmé와 사르트르 Jean Paul Sartre, 고흐Vincent van Gogh와 샤갈Marc Chagall이 불려 나왔습니다. 전쟁 체험을 기록한 시편들 외에 그가 당대의 현실 문제를 직접적으로 고발한 작품은 남기지 않았습니다. 그 대신 김종삼은 일체의 의미가 개입하지 못하는 절대적인 세계, "새소리 하나/물방울 소리 하나"(「라산스카」)의 순수한 아름다움을 꿈꾸었던 것 같습니다. 그 절정의 아름다움을 보여 주는 시가 바로 「북 치는 소년」이 아닌가 합니다.

북 치는 소년

내용 없는 아름다움처럼

가난한 아희에게 온
서양 나라에서 온
아름다운 크리스마스카드처럼

어린 양(羊)들의 등성이에 반짝이는
진눈깨비처럼

김종삼은 할아버지 때부터 기독교를 믿었던 집안에서 자라 일찍이 세례를 받았습니다. 어른이 되어서는 무신론자를 자처했지만, 그의 시에는 여전히 '교회당', '그리스도', '안식날' 등 기독교와 관련된 시어가 많이 등장합니다. 「북 치는 소년」에 나오는 '크리스마스'와 '북 치는 소년'에서도 종교적 분위기가 물씬 풍기지요.

「북 치는 소년」은 6행의 짧은 시임에도 불구하고 어떤 내용인지 정확히 알기가 어렵습니다. 제목에서 크리스마스 캐럴 〈북 치는 소년 (The Little Drummer Boy)〉이 떠오르기는 하지만, 연관성을 확신할 수도 없습니다. 세부적인 묘사를 생략하고 화자의 감정도 배제한 채 내용을 짧게 압축했기 때문입니다. 그 덕분에 생긴 작품 속의 여백은 다양한 해석의 공간을 열어 주고 있습니다. '~처럼'이라는 연결어를 써서 직유법만으로 시를 완성한 점은 이 시의 또 다른 매력이고요.

일제강점기를 거쳐 6·25 전쟁으로 전 국토가 폐허가 된 우리나라는 당시 외국으로부터 인도적으로나 경제적으로 여러 도움을 받고 있었습니다. 가난한 우리나라 아이들을 위로하기 위해, 실제로 지구 반대편의 나라에서 위문 카드를 보내기도 했다고 해요. 그러니 어쩌면 크리스마스가 가까운 어느 겨울날, 화자는 낯모르는 서양 아이의 순수한 마음이 담긴 카드를 받았을 수도 있겠지요. 그 카드엔 흰 눈이 쌓인 언덕 풍경과 양 떼를 모는 목자, 아니면 양철북 치는 소년이 그려져 있었는지도 모릅니다.

크리스마스카드를 받아 든 "가난한 아희"는 어땠을까요? 카드의 메시지가 외국어로 적혀 있어 읽을 수 없었거나, 아니면 카드에 전혀 내용이 없기도 했을 거예요. 이국적이어서 아름답든, 헤아릴 수 없어서 아름다운 것이든, 아름다움을 느끼지만 아름다움의 내용은 알지 못하는 것이지요. 이 시를 이끄는 중요한 구절인 "내용 없는 아름다움"에 대해 화자가 아무런 설명을 하지 않던 터라 이런 상상도 해 보는 것입니다. 그리고 그 아름다움 속에는 슬픔이 깃들어 있어 모호한 의미에도 불구하고 마음을 끕니다. 포근한 눈송이 대신 진눈깨비가 내리는 크리스마스가 그렇고, 더군다나 어린 양들의 등성이가 젖고 있는 상황이 더없이 쓸쓸합니다. 한편으로는 모호하고 한편으로는 아름다운 이 시는 가장 김종삼다운 시라는 생각이 듭니다.

진정한 시인의 길을 묻다

　김종삼은 누차 자신은 시인이 아니라고 말하곤 했습니다. 그는 시인이라고 자처해 본 적도 없고 시론을 중얼댈 형편도 못 되는 '엉터리 시인'이라고요. 스스로 반성해 보건대 '시인의 영역'에 도달하기엔 터무니없는 인간이기 때문이라는 것이지요. 자신이 쓴 작품을 한 편 두 편으로 따지지 못하고, '한 개 두 개'라고 셈한다고 할 만큼 그는 스스로를 낮추었습니다. 시는 소박하고, 무엇보다 거짓말이 끼어들지 않아야 하는데, 자신은 거짓에 사로잡혀 고역을 치르고 있어서랍니다. 김종삼에게 진정한 시는 순도 높은 정신을 요하는 것이었나 봅니다. 그러니 "망가져 가는 저질 플라스틱 임시 인간"(「나」)인 자신은 결코 시인으로 불릴 수 없다고 거듭 고개를 숙인 것이지요. 시인이란 어떤 사람이며, 시는 무엇인가 하는 고민이 아마 다음 시를 쓰게 한 것 같습니다.

　　누군가 나에게 물었다

　　누군가 나에게 물었다. 시가 뭐냐고
　　나는 시인이 못 됨으로 잘 모른다고 대답하였다.
　　무교동과 종로와 명동과 남산과
　　서울역 앞을 걸었다.
　　저녁 녘 남대문 시장 안에서

빈대떡을 먹을 때 생각나고 있었다.

그런 사람들이

엄청난 고생 되어도

순하고 명랑하고 맘 좋고 인정이

있으므로 슬기롭게 사는 사람들이

그런 사람들이

이 세상에서 알파이고

고귀한 인류이고

영원한 광명이고

다름 아닌 시인이라고.

이 시는 그의 세 번째 개인 시집 『누군가 나에게 물었다』(1982)의 맨 마지막에 수록된 표제작입니다. 서술된 내용으로 짐작해 보면, 어느 날 누군가가 시가 뭐냐고 물어 왔는데 자신은 시인이 못 되어 잘 모르겠다고 대답했나 봅니다. 이 시집이 나올 무렵이면 시인의 나이 예순둘, 시를 쓴 지 삼십 년이 되었을 때인데 말이지요. 아직도 자신은 시인이 되지 못했다는 말에서 김종삼의 엄격한 마음이 느껴집니다. 그는 다른 작품 「올페」에서도 "나는 죽어서도/나의 직업은 시가 못 된다"라고 고백한 바 있습니다. 죽을 때까지 노력해도, 혹은 죽은 뒤에도 자신은 진정한 시인이 되지 못할 거라고 생각하고 있지요.

그렇다면 김종삼 시인이 생각하는 진짜 시인은 어떤 모습일까요?

그는 남대문 시장에서 고생하며 열심히 사는 사람들을 "다름 아닌 시인"이라고 믿었습니다. 그들은 가난하고 소외되었지만 "순하고 명랑하고 맘 좋고/인정이 있으므로 슬기롭게 사는 사람들"이기 때문입니다. 김종삼에게 시인이란 인간답고 아름다운 마음과 덕성을 갖춘 사람이었던 것이지요. 시인을 결정짓는 스스로의 기준이 이러하다면, 자신은 결코 시인이 될 수 없었던 게 맞습니다. 그는 알코올중독자였고 여러 차례 자살을 기도했던, 절망에 빠진 인간이었으니까요. 죄가 많은 "불구의 영혼"(「형(刑)」)이니 도저히 시인이라고 당당하게 말할 수 없었던 것이지요.

이것은 또 다른 의미에서 공연히 시인임을 자처하며 떠드는 이들에 대한 그의 질책이 아니었을까 하는 생각도 해 봅니다. 많지 않은 그의 산문 중에서 김종삼은 시인이랍시고 "허영의 소리를 내거나, 자기 과장의 목소리로 수다를 떠는 것을 보면 메슥메슥해서 견디기 어렵다."라고 분명하게 말하고 있거든요. "인간다운 아름다움의 내면세계"(「연주회」)를 지닌 사람이 진짜 시인이라는 것이지요. 그런 의미에서 「누군가 나에게 물었다」는 시인 자신뿐 아니라, 시인이고자 하는 모두에게 던지는 엄중한 경고로 읽히기도 합니다.

시는 쉽사리 잡히지 않고 시인의 영역은 아주 멀다고만 했던 김종삼의 말년은 투병과 가난과 몇 차례의 자살 기도로 더욱 힘들었습니다. 그는 유품으로 본인의 시집과 작품상 상패, 모자와 신분증, 볼펜 한 자루처럼 사소한 물품 몇 점만을 남기고 1984년 사망했습니다.

인간을 위한 물 몇 통

김종삼은 『십이음계』(1969), 『시인 학교』(1977), 『누군가 나에게 물었다』(1982) 등 3권의 개인 시집을 내며 200여 편이 조금 넘는 시를 남겼습니다. 제대로 된 수필집 한 권이 없을 만큼 과작(寡作)의 시인이었지요. 그럼에도 그가 빚어낸 불완전한 구문들, 생략과 비약으로 짜인 단상들, 논리적 해석을 거부하는 이미지의 파편들은 새로운 시의 풍경을 열어 주었습니다. 군더더기 없이 아껴 쓴 짧은 시들을 읽을 때면 "내용 없는 아름다움"이야말로 김종삼의 시 세계를 요약하는 압축적 표현이라는 생각이 듭니다.

그는 평생을 변방에서 스스로 삼류를 자처하며 살았으나, 이제 우리 시단에서 "가장 순도 높은 순수시"를 쓴 시인으로 평가받고 있습니다. 이것은 그가 음악과 시, 예술의 순수한 공간을 사랑했고, 그 안에서 발견한 아름다움을 나누고 싶어 했기 때문일 것입니다. 다만, 저는 그가 좋아했던 음악을 그만큼 알지 못해서 시의 감동에 제대로 공감하지 못하고 깊이 빠져들지 못하는 아쉬움을 느끼곤 합니다.

「물통」이라는 시에서 김종삼은 말했습니다. 죽은 후에 누군가 너는 무엇을 하였느냐 묻는다면, "인간을 찾아다니며 물 몇 통 길어다 준 일밖에 없다고" 말하겠다고요. 다행히도 그 말은 참말이 되었습니다. 우리의 메마른 마음에 그가 힘들게 길어다 부어 준 물 몇 통은 시의 마중물이 되어 시원한 물줄기를 만들고 있으니까요.

전정(前程)

나는 무척 늙었다 그러므로

나는 죽음과 친근하다 유일한 벗이다

함께 다닐 때도 있었다

오늘처럼 서늘한 바람이 선들거리는

가을철에도

겨울철에도 함께 다니었다

포근한 눈송이 내리는 날이면

죽음과 더욱 친근하였다 인자하였던

어머니의 모습처럼 그리고는 찬연한

바티칸 시스틴의, 한 벽화(壁畵)처럼.

김종삼의 시집에서 죽음의 음영을 찾는 것은 어려운 일이 아닙니
다. 너무 많아서 다 열거하기가 번거로울 정도이지요. 젊은 나이에 동
생의 죽음, 가까운 문우의 죽음을 보았고, 그 자신이 깊이 병든 몸이

었으므로 항상 죽음의 예감을 안고 살았습니다. "나는 이 세상엔 맞지 아니하므로/병들어 있으므로/머지않아 죽을 거야"(「그날이 오며는」)라고 입버릇처럼 말하곤 했습니다. 그가 사망하기 한 달 전에 발표한 마지막 시편들에서도 마찬가지였습니다.

김종삼은 1984년 《문학사상》 11월호에 「전정(前程)」을, 《현대문학》 11월호에는 「사별(死別)」이라는 시를 실었습니다. 두 편 다 죽음의 예감이 짙게 드리워져 있습니다. 그중 「사별」에서는 병든 자신을 보살펴 준 시인들을 차례로 호명하고 있습니다. 아마 그동안 마음에 두었던 고마움을 이렇게라도 남기고자 했던 것 같습니다. 그러고는 돌아가신 어머니와 먼저 죽은 아우, 형을 불러 보는데, 말 그대로 이제 '사별'할 사람들과 죽음 이후 다시 만날 사람들을 생각하며 마지막 날들을 보내는 모습입니다.

이것은 「전정」에서도 그대로 나타납니다. 시인은 '전정(前程)', 즉 '앞으로 가야 할 길'을 죽음이라고 인식하고 있습니다. 매일매일의 삶을 둘러싸고 있는 죽음이 자신의 유일한 벗이라서 늘 함께 다니고 있다고요. 얼마나 깊이 죽음을 받아들여야 이런 말을 할 수 있는 걸까요. 시인의 꺼져 가는 목소리에 마음이 에이는 듯합니다. 이 작품의 끝에 덧붙인 시인의 말은 「사별」과 「전정」이 거의 동시에 쓰이지 않았을까 추측하게 한답니다. 자신의 임박한 죽음을 의식하고 있다는 점에서요. "구질구질하게 너무 오래 살았다. 더 늙기 전에 더 누추해지기 전에 죽음만이 극치가 될지도 모른다. 익어 가는 가을 햇볕 속에 작고한 선배님들이 반갑게 아른거린다."라고 적고 있거든요.

　세상의 마지막 시간에 기억해야 할 일이 있다면 그건 무엇일지, 혹은 누구일지, 있는 그대로의 삶을 모두 용서한다면 〈천지창조〉가 그려진 시스티나 성당의 하늘 속으로 들어갈 수 있을 것인지, 죽음을 준비하는 시인을 보며 생각했습니다. "나 지은 죄 많아/죽어서도/영혼이/없으리"(「라산스카」)라 걱정하던 시인이 지금쯤은 벽화 속 하늘의 변두리라도 거닐고 있기를 바라 봅니다.

김춘수

1922 ~ 2004

"나는 언어를 버리고 싶고 언어로부터의 해방을 절실히 회구하기 때문에
그나마 나는 시인이다. 그것이 그러나 불가능하다는 것을
절실히 또한 느끼고 있기 때문에 그나마 나는 시인이다.
언어로부터의 해방은 의식으로부터의 해방이요, 절대 자유의 경지가 된다.
자유여 왜 너는 나에게로 오지 않는가,
그 탄식이 나를 시인으로 만들어 준다. 나는 그렇게 믿고 있다."
— 산문집 『왜 나는 시인인가』에서

관념에서 무의미를 넘어 다시 일상으로

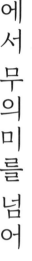

청년, 릴케를 만나다

사춘기 시절, "너는 나에게 나는 너에게/잊혀지지 않는 하나의 눈짓이 되고 싶다"는 시구를 옮겨 좋아하는 사람에게 마음을 고백하려 한 적이 있었습니다. 몇 날 며칠을 고민해도 이보다 멋진 문장을 쓸 자신이 없었고, 이 한 줄이면 얼음 같은 마음도 녹일 수 있을 것 같았지요. 두근거리는 가슴을 더욱 뛰게 만들던 시였습니다. 그땐 용기가 없어 수도 없이 적었던 시를 끝내 전하지 못했지만 시를 옮기는 동안 늘 설레고 행복했던 것은 「꽃」이라는 시의 힘이 아니었나 싶습니다. 그러나 그 「꽃」은 연애시로 쓴 것이 아니라는 시인의 글을 읽었을 때의 충격은 「꽃」에 얽힌 저만의 또 다른 기억일 것 같습니다.

'꽃의 시인' 김춘수는 1922년 경상남도 통영에서 3남 1녀 중 장남으로 태어났습니다. '대여(大餘)'라는 그의 호는 김춘수가 50대 중반일 무렵 서정주가 지어 준 선물이었다는군요. 김춘수는 서두르지 말고 큰 그릇의 시인이 되라는 바람이 담긴 '대여'라는 호를 아주 흡족해했다고 합니다. 김춘수의 할아버지는 고을 원(수령)을 지낸 만석꾼의 큰 부자였으며 아버지 역시 지주로, 그의 집안은 대대로 부유했습니다. 그래서 그는 일제강점기에 유년기를 보내지만, 호주 선교사가 운영하는 유치원에 다닐 만큼 좋은 환경에서 자랐지요.

그의 아버지는 4남매의 교육을 위해 서울로 이사를 할 정도로 교육열이 무척 높았습니다. 덕분에 김춘수는 통영에서 보통학교를 마치고 서울의 경성공립제일고등보통학교(김춘수가 4학년 되던 해 경기공립중학교로 개칭)로 진학했는데, 3형제가 모두 당시 명문으로 알려진 그 학교를 다녀서 신문에 기사가 나기도 했다는군요. 그렇지만 그는 일본인 교사와 알력이 생겨 졸업을 몇 달 앞두고 자퇴를 했다고 합니다. 그 뒤로 일본에 건너가 1940년 니혼[日本]대학 예술학원 창작과에 입학했지만, 여기서도 학업을 다 마치지 못하고 퇴학당하고 말았습니다. 조선인 고학생들과 함께 호기심에 부두에서 하역 일을 하다가, 일본 천황과 총독 정치를 비방했던 것이 문제가 되었거든요. 그는 조선인 고학생에게 밀고당했고, 사상범으로 반년 넘게 감옥살이를 하게 됩니다. 이 사건으로 퇴학 처분을 받은 김춘수는 '불령선인(不逞鮮人, 말을 듣지 않는 조선인)'으로 지목당해 일본 본토에서 조선으로 추방되었습니다.

그 이후 해방이 될 때까지 김춘수는 요시찰 인물로 낙인찍혀 두더지처럼 숨어 살았다고 합니다. 그가 일본 유학 시절 겪은 일은 나중에 연작시 「처용단장」의 시편들 곳곳에 나타납니다. "나는 그때 세다가야서[セタガヤ署]/감방에 있었다"라든가 "나이 겨우 스물둘, 너무 억울해서", 혹은 "나의 서기 1943년은/손목에 쇠고랑이 차인 채" 등의 문장들로 기록되어 있지요. 여든의 나이에 쓴 글에서도 김춘수는 그때의 충격적인 경험을 "크나큰 좌절감과 절망적인 굴욕감"을 안겨 주었다고 생생하게 회상하기도 했습니다. 역사의 이름으로 행해진 폭력의 체험은 그의 시작(詩作)과 더불어 삶에 평생을 두고 영향을 끼친 것이지요.

하지만 일본 유학은 청년 김춘수가 시에 눈을 뜨게 된 계기이기도 했습니다. 대학 입학 전, 열여덟 살의 그는 도쿄의 고서점에서 릴케Rainer Maria Rilke의 일역판 시집 『사랑은 어떻게』를 사서 읽고는 아찔한 충격을 받았다고 합니다. 릴케의 시는 그에게 하나의 계시처럼 다가왔고, 이로 인해 그는 시의 존재를 알게 되었습니다. 릴케 관련 서적들을 하나둘 찾아 읽던 김춘수는 차차 릴케의 작품 세계에 깊이 빠져들었지요. 릴케는 실존의 문제를 다룬 존재론적 시를 많이 썼는데, 김춘수는 여기에 큰 영향을 받습니다. 그의 초기 시가 '존재론적 탐구'의 경향을 보이는 것도 이 때문입니다. 「꽃」도 이러한 배경에서 탄생한 작품이랍니다. 겉으로 보기에는 평범한 연애시로 읽히지만, 깊이 들여다보면 존재의 본질과 의미를 탐구하는 관념적이고 철학적인 시였던 것이지요.

감옥살이를 마치고 귀국한 김춘수는 고향 통영에 자리를 잡고, 그곳의 문인들과 통영문화협회를 만들어 예술 운동을 펼쳤습니다. 그의 말에 따르면 해방되던 그해 가을부터 각지의 신문과 잡지에 시를 발표하기 시작했다고 합니다. 그러니까 김춘수는 신춘문예나 잡지의 추천을 통해 문단에 나온 것이 아니었습니다. 김춘수의 회고에 따르면, 초기의 습작과 아류 시들을 모아 첫 시집『구름과 장미』(1948)를 500부 한정판으로 자비를 들여 발간했다고 합니다. 시집 서문에서 유치환은 "여기에 새로운 한 시인을 우리가 얻게 됨은 우리 겨레가 진실로 의로운 겨레임을 신이 스스로 증거하여 주심이라"고 극찬을 아끼지 않았답니다. 이에 보답이라도 하는 듯 김춘수는 첫 시집 출간 이후 10여 년 동안 6권의 시집과 시선집, 시론서 등을 쏟아 내놓았습니다. 누군가는 평생을 두고 쓰는 분량을 10년 사이에 집필한 것이지요.

하나의 의미가 되고 싶다

김춘수는 자신의 시적 변모를 설명하는 자리에서, 1940년대는 아직 스스로의 개성을 발견하지 못한 채 선배 시인들의 시를 모방하는 아류의 시기였다고 고백했습니다. 1950년대에 들어서면서는 비로소 개성에 대한 자각이 생겼고, 그 끝에 창작된 것이 '꽃'을 소재로 한 일련의 작품들이었다고 합니다. 실존주의 철학의 영향 아래 창작된 이 시기의 작품들은 '언어'와 '존재' 사이의 관계에 집중하고 있는데, 그는 이를 특별히 '관념시'라고 정의했습니다. 그 대표적인 작품이 바로 「꽃」
입니다.

　「꽃」은 김소월의 「진달래꽃」, 윤동주의 「서시」와 함께 우리나라 국
민이라면 모르는 사람이 없을 정도로 널리 알려져 있고 사랑받는 시
중 하나입니다. 십여 년 전 어느 문학잡지에서 '시인들이 좋아하는 애
송시'라는 제목으로 설문 조사를 했을 때도 당당히 1위를 차지한 시이
기도 해요. 한국의 대표 애송시라고 불러도 손색이 없을 정도이지요.
또 이 시는 다양한 패러디 작품을 만들어 낼 만큼 시단에 영향을 끼치
고 있답니다. 한마디로 「꽃」은 김춘수라는 이름이 알려지는 데 결정적
인 기여를 한 작품입니다.

　꽃

　내가 그의 이름을 불러 주기 전에는
　그는 다만
　하나의 몸짓에 지나지 않았다.

　내가 그의 이름을 불러 주었을 때
　그는 나에게로 와서
　꽃이 되었다.

내가 그의 이름을 불러 준 것처럼

나의 이 빛깔과 향기에 알맞는

누가 나의 이름을 불러 다오.

그에게로 가서 나도

그의 꽃이 되고 싶다.

우리들은 모두

무엇이 되고 싶다.

너는 나에게 나는 너에게

잊혀지지 않는 하나의 눈짓이 되고 싶다.

이 시는 다섯 번째 시집 『꽃의 소묘』(1959)에 수록되어 있습니다. 김춘수가 존재의 본질을 탐구한 시기에 창작된 대표적 작품입니다. 6·25 전쟁 당시 마산중학교 교사로 근무하던 시인의 실존적 상황을 형상화한 것으로 알려져 있습니다. 방과 후 점차 어두워지는 교정에서 그는 멀리 건너편 책상에 무심코 눈길을 던졌는데, 그때 불현듯 책상 위에 있는 두어 송이 꽃이 자신을 응시하고 있다는 사실을 발견했다고 합니다. 순간 그는 꽃이라는 대상에 어떤 의미를 부여하고픈 열망이 생겼고, 그것에 대한 탐구가 「꽃」이 되었다고 말했습니다. 그러니 저와 같은 독자가 「꽃」을 연애시로 읽는 것을 시인은 이해하지 못하겠다고 한 것이지요. 그의 창작 동기와 의도에 따르면 '꽃'은 장미나 백합과 같은 자연물이 아니라, 인식의 대상이 되는 '존재'를 의미하니까요. 관념적이고 철학적인 시라고 부르는 이유가 여기에 있습니다.

한 존재가 우리에게 의미로 다가오기 위해서는 이름이 필요합니다. 산책길에 피어 있는 들꽃도 그냥 꽃이 아니라 달맞이꽃이라는 이름으로 바라볼 때가 다르듯이, 이름을 안다는 것, 이름을 불러 준다는 것은 의미 있는 관계의 출발점입니다. 이름을 불러 주는 순간, 삶에서 소중한 것이 하나 더 늘어나는 것이니까요. 나와 무관한 무의미한 존재였다가, 이름을 부르는 인식의 과정을 통해 의미 있는 존재가 된다는 것이 시인의 전하고 싶어 한 말입니다. 우리는 누구나 '나'라는 존재를 인정받길 원한다는 점에서 이 시는 큰 공감을 이끌어 냅니다.

그런데 1960년대로 접어들면서 김춘수는 '관념시'에 대한 회의에 빠지게 되었습니다. 상투적인 의미를 지닌 언어로는 대상을 있는 그대로 드러낼 수도 없고, 그 본질적인 의미 또한 나타낼 수 없다고 느꼈기 때문입니다. 그는 언어가 대상을 온전히 표상할 수 없다는 깨달음, 그리고 '시가 철학이나 사상과 같다면 굳이 시를 쓸 필요가 있는가.' 하는 생각들로 고민했다고 합니다. 그 결과 도달하게 된 것이 그의 독창적인 시론인 '무의미 시'입니다.

'무의미 시'는 무의미하지 않다

1960년대 중반에 이르러 김춘수는 시는 '철학 이전의 세계', '관념으로 굳어지기 이전의 세계'여야 한다는 생각에 이르렀습니다. 그래서 시에서 의미, 그의 말에 따르면 관념을 배제한 '무의미 시'를 시도하지요. 의미를 배제한다는 말은 의미 전달 수단으로써의 통상적인 언어의 속성으로부터 벗어나, 새로운 언어의 차원을 개척하고자 했다는 뜻입니다. 다시 말하면, 기존의 관념이 침범하지 않는 '순수한 언어'의 경지를 실험하고자 한 것이지요.

그러다 보니 그는 언어의 일상성을 전면적으로 거부했습니다. 시어에서 관념을 지우기 위해 리듬만으로 시를 만들기도 하고, 한걸음 더 나아가 낱말을 해체해 음절 단위의 시를 시도하기도 했습니다. 언어도단의 단계까지 밀어붙인 것이지요. 이 때문에 그의 '무의미 시'는 비약이 심해 종종 난해하고 생경하다는 느낌을 줍니다. 이런 김춘수의 시적 실험은 시집 『남천』(1977)에서부터 시작돼, 『처용단장』(1991)에서 절정을 이루고 있습니다.

　　남천(南天)

　　남천과 남천 사이 여름이 와서
　　붕어가 알을 깐다.
　　남천은 막 지고
　　내년 봄까지
　　눈이 아마 두 번은 내릴 거야 내릴 거야.

무의미 시의 대표적인 예로 자주 언급되는 「남천」은 의미와 맥락이 분명하게 통하지 않습니다. '남천'은 작고 붉은 열매가 달리는 나무인데, 붕어가 그 나무에 알을 깐다고 하니까요. 혹은 한자어대로 '남천(南天)'을 남쪽 하늘이라는 뜻으로 읽어 보아도, 붕어가 하늘에 알을 낳는다는 이상한 내용이 되고 맙니다. 어느 쪽으로도 논리적인 설명이 불가능합니다. 군이 시를 해석하자면, 여름이 되어 '남천'이라는 나무에 흰 꽃이 핀 것을 붕어가 알을 낳은 모습으로 비유한 정도로 이해할 수 있지 않을까 합니다.

하지만 이 시를 감상할 때는 이러한 의미를 찾기보다는, 시인이 자의적으로 편집한 몇 개의 이미지를 상상하는 것이 더 맛깔스럽습니다. 그는 연관성 없는 이질적인 이미지들을 의도적으로 나란히 배치함으로써 새롭고 다양한 시적 뉘앙스를 만들어 내고 있거든요. 이것이 바로 '무의미 시'가 열어젖힌 새로운 지평입니다. 일관되고 통일적인 이미지를 드러내는 시들에 비해, 역설적으로 자유로운 해석의 가능성을 열어 준 것이지요.

이런 식으로 김춘수는 우리가 얽매여 있는 관습적인 의미와 정서를 배제하며 시를 '제작'했습니다. 철저한 목적과 의도를 가지고 작품을 만들었던 것입니다. 무려 30년 동안 계속된 작업이었습니다. 그가 1960년대 후반부터 30여 년 동안 줄곧 매달려 온 무의미 시는 동시대 시들과 현저히 다른 급진적인 언어 실험의 산물로, 종종 불편하고 낯설게 느껴지는 것도 사실입니다. 그래서 문단에서는 현실을 외면한 말놀이라는 부정적인 평가가 나오기도 했지요.

긴 시간의 시적 실험 끝에, 김춘수 또한 무의미 시가 더 이상 나아
갈 곳이 없음을 고백하기에 이릅니다. "나의 무의미 시는 막다른 골목
에 다다르게 되었다. 나는 여기서 또 의미의 세계로 발을 되돌릴 수밖
에 없게 되었다."라고요. 30여 년간 시도했던 무의미 시의 종착점에서
그는 산문시로 엮은 시집 『서서 잠자는 숲』(1993)을 펴내며, 마침내 긴
장을 풀고 편안한 시를 선보였습니다. 그의 표현대로 읽기 수월해진 시
로 변화를 보이면서 시적 행로를 바꾸었지요.

슬픈 사랑 이야기

김춘수가 다시 의미의 세계를 기웃거렸다고 해서 그의 시가 무의
미 시 이전의 관념적인 시로 돌아간 것은 아니었습니다. 대신에 그의
시선은 주로 주변의 소박한 삶과 일상에 머물게 됩니다. 특히 그가 말
년에 펴낸 시집 『거울 속의 천사』(2001)와 『쉰한 편의 비가』(2002)는 아
내와의 사별로 인한 슬픔과 그리움을 지극하게 그려 내고 있습니다. 존
재의 본질을 고민하고, 언어를 실험하며 시작(詩作)의 긴장을 늦추지 않
았던 시인의 작품이 맞는가 싶을 정도로, 두 시집에는 인간적인 외로움
과 육체적 쇠락의 고통이 짙게 배어 있습니다. 아내의 죽음으로 홀로
지내던 그는 어느 때보다 진솔하게 이 시들을 썼습니다. 자신의 감정에
가장 충실한 모습으로요.

강우(降雨)

조금 전까지는 거기 있었는데

어디로 갔나,

밥상은 차려 놓고 어디로 갔나,

넙치지지미 맵싸한 냄새가

코를 맵싸하게 하는데

어디로 갔나,

이 사람이 갑자기 왜 말이 없나,

내 목소리는 메아리가 되어

되돌아온다.

내 목소리만 내 귀에 들린다.

이 사람이 어디 가서 잠시 누웠나,

옆구리 담괴가 다시 도졌나, 아니 아니

이번에는 그게 아닌가 보다.

한 뼘 두 뼘 어둠을 적시며 비가 온다.

혹시나 하고 나는 밖을 기웃거린다.

나는 풀이 죽는다.

빗발은 한 치 앞을 못 보게 한다.

왠지 느닷없이 그렇게 퍼붓는다.

지금은 어쩔 수 없다고,

오랜 세월을 함께한 부부들에게는 응달에서 반쯤 썩은 솔가지의 향이 배어 있는 듯합니다. 시간이 아니라면 도저히 만들 수 없는 향기이지요. 그런데 부부 가운데 한 사람이 먼저 떠나고 남은 이가 부재를 감당해야 하는 일, 다투고 서로 눈 흘기는 날에도 밥상을 나누던 사람이 사라진 것을 매일 확인하는 일은 누구라도 쉽게 적응하기 힘든 과정일 것입니다. 시인에게는 백여 편이 넘는 시를 쓰게 했을 정도로 지독하게 슬픈 일이었던 것처럼요.

밥상 위에 수저 한 벌만을 올려놓을 때 심장이 섬뜩해지는 이유는 아내의 빈자리 때문입니다. 고소하고 따뜻한 "넙치지지미"가 차갑게 식어 버리는 것만큼 삶이 빠르게 지나가는 줄 알았더라면, 그 맵싸한 냄새를 밥상 위에 차려 주던 손길이 고된 하루를 위로해 주었다는 사실을 진작 알았더라면, 혼자 남은 슬픔이 조금 덜할 수 있었을까요. 방마다 문을 열었을 때 내 목소리만 들리는 빈집에서 화자는 풀이 죽고 맙니다. 그런데도 홀로 있는 화자를 달래 주는 것은 한 치 앞도 보이지 않게 퍼붓는 빗줄기뿐이고, 그 빗소리가 보내는 대답이 "지금은 어쩔 수 없다"이니, 그 막막함이란 지금의 제가 다 헤아릴 수 없는 것이겠지요.

이 시는 감추어진 의미를 깊이 고민할 필요도 없이 술술 읽히며, 「꽃」과 같은 철학적 질문을 던지고 있지도 않습니다. 그저 가슴을 먹먹하게 하는 비애를 함께 나누면 되는 시입니다. 누구에게든 일어날 삶의 한 장면을 미리 보면서, 지금 곁에 있는 사람의 손길에 새삼 고마움을 갖게 하는 작품이지요.

한때 김춘수는 국회의원과 KBS 방송국 이사를 맡으며 정치와 사회에 발을 담근 적이 있었는데, 훗날 그는 그 일을 "길게 말하고 싶지 않은 지우고 싶은 기억"이라고 회고했습니다. 한 산문집에서는 "내가 5공에 붙들려 가서 하기에 겨운 국회의원 노릇을 4년이나 하고 학교로 돌아오니까 제자들이 대자보를 붙이고 나를 배척하는 시위를 벌이곤 했다. 나는 한마디 변명도 못 하고 타의로 역사의 죄인이 되었는가 보다."라고 적고 있답니다. 그는 정계에서 다시 대학으로 돌아왔을 때, 학생들의 반발이 커서 정년퇴직을 한 학기 남기고 사직서를 냅니다. 쿠데타로 집권한 신군부 치하에서 여당의 비례대표 국회의원으로 정치 생활을 한 이력은 그에게 상처와 오점을 남겼지요. 평생 1,000여 편의 시를 쓰고 다수의 시론집과 수필집을 출간하며 생의 마지막까지 작품 활동을 멈추지 않았던 김춘수는 2004년 늦가을, 아내 곁으로 돌아갔습니다.

탐색을 멈추지 않은 시인

김춘수는 자신만의 독창적인 시론을 펼친 흔치 않은 시인입니다. 하나의 묵직한 시 세계가 농익었는가 하면, 다시 이를 비판하고 변화시키며 60년의 긴 시력(詩歷)을 실험 정신으로 이어 갔지요. 그중에서도 시적 입지를 획득했던 '무의미 시'는 지금까지도 수많은 논란과 연구 대상이 되고 있습니다. "시는 완성된 작품 속에 있는 것이 아니라, 그것을 추구하는 과정에 있습니다."라는 시인의 믿음대로 그의 시적 탐구는 평생에 걸쳐 그칠 줄 몰랐지요. 마르크 샤갈Marc Chagall, 살바도르 달리Salvador Dalí, 조르주 루오Georges Rouault, 잭슨 폴록Jackson Pollock 등의 회화, 그리고 음악으로부터 영감을 받아 시작(詩作)에 응용할 만큼 그의 호기심과 열정은 이웃 예술에까지 뻗쳤습니다. 특히 러시아의 문호 도스토옙스키Fyodor Mikhailovich Dostoevskii의 작품을 재해석한 시집 『들림, 도스토예프스키』(1997)는 그의 실험 정신이 얼마나 컸는지 짐작케 합니다. 이 시집 4부의 「대심문관」은 흔히 볼 수 없는 '극시'라는 독특한 형식을 사용하기도 했거든요.

평소 김수영을 가장 큰 라이벌로 생각했다는 김춘수는 5공 시절의 정치 이력과 난해한 시들로 비판과 비난의 대상이 되기도 합니다. 1960년대 독재 권력을 비판하는 참여문학과는 상당한 거리를 두고, 순수한 예술미를 추구했기 때문이지요. 하지만 시의 언어와 형식에 대한 그의 뜨거운 탐색은 분명 의미 있는 일이었습니다. 한곳에 머물기를 거부하고 끊임없이 서성거리며 새로운 시를 찾아다닌 시인, "이제 시를 버릴 수 없게 되었다"던 그의 고백을 이렇게 바꿔야 할 것 같습니다. 이제 우리 문학사는 김춘수를 버릴 수 없게 되었다고요.

찢어진 바다

시인의
마지막
작품

비가 오고 눈이 오고

바람이 불고

물새들이 울고 간다.

저마다 입에 바다를 물었다.

어디로 가나,

네가 떠난 뒤

바다는 오지 않는다.

새앙쥐 같은 눈을 뜨고

아침마다 찾아오던 온전한

그 바다,

김춘수는 바다를 무척 좋아했습니다. 바다의 가장 애절한 표정을
읽을 줄 알았던 그는 다른 글에서 "몇 겹으로 두텁게 두텁게 싸인 흰
구름 뭉치와 한려수도로 멀리 뻗어 나간 쪽빛 바다"는 "할머니와 어

머님의 치마폭"이라고 말한 적이 있습니다. 바닷가에서 태어나 바다를 보며 어린 시절을 보낸 김춘수에게 바다는 고향 이상의 의미를 지닌 장소였지요. 수심을 알 수 없이 푸른 바다는 마음이 평화를 찾는 곳, 늘 돌아가고 싶은 엄마 품과 같은 곳이었습니다.

그런데 그런 바다가 찢어진 것입니다. 흰 구름이 떠가며 낮달이 졸고 있던 청명한 하늘에는 비가 오고, 눈이 오고, 바람만 붑니다. 물새들마저 울고 가는 쓸쓸한 곳이 되었습니다. 왜냐하면 이제 시인의 곁에는 '네'가 없기 때문입니다. 네가 없어서 더 이상 "바다는 오지 않는다"고 합니다. 매일 아침 눈부신 해를 밀어 올리던 그 온전한 바다는 이제 없어졌다고요. 할머니이자 어머니였던 유년의 바다는 이제 시인에게 아내를 떠올리게 했는데, 시인은 그 모두를 잃고 슬픔에 잠겨 있는 것처럼 보입니다. 자신을 지탱하던 바다가 찢어졌다는 말로 그 아픈 심정을 표현하고 있지요. 「바다」라는 짧은 글에서 그는 또다시 말합니다. "바다는 내 유년이고, 바다는 또한 내 무덤이다."라고요.

「찢어진 바다」는 김춘수가 2004년 《현대시학》 1월호에 발표한 8편 중 하나입니다. 8편의 시는 시인의 갑작스러운 죽음으로, 그가 생전에 세상에 내놓은 마지막 작품들이 되어 버렸습니다. 그해 그는 또 한 권의 시집을 내기 위해 손수 작품을 정리하고 출판사에 원고를 보내 놓고 있다가 갑자기 쓰러져서 병원에 입원했습니다. 그러고는 의식을 회복하지 못한 채 치료를 받다가 와병한 지 넉 달 만에 사망했지요. 결국 김춘수가 손수 정리한 시들은 그가 떠난 지 겨우 며칠 후에 유고 시집 『달개비꽃』(2004)으로 세상에 나오게 되었고, 「찢어진 바다」도 그 안에 재수록되었습니다. 죽음에 대한 예감과 고독으로 가득한 생의 마지막 노래들은 「꽃」으로부터 멀리 떠나와 있지만, 삶을 바라보는 깊어진 눈빛에 오히려 편안함과 위로를 느끼게 됩니다.

○ 6장 ○

‘나,라는 소실점

∴ 내면에서 나오는 목소리

신
석
정

1907 ~ 1974

"시를 쓴다는 것은
시에서 살고 싶은 욕망에서 발로하는
행동의 일단이라고 나는 말하고 싶다."
— 산문 「젊은 시인에게 보내는 편지」에서

목
가
적
서
정
아
래
흐
르
는

지 사
사 정
정 신
신

독학으로 시의 세계에 빠져든
문학소년

수천만 년의 시간을 쌓아 놓은 채석강과 책바위를 찾아갔다가 우연히 시비(詩碑) 하나를 만난 적이 있습니다. 자연의 위대함에 뛰는 가슴이 진정되기도 전에 또 하나의 잔잔한 바람이 가슴을 스치는 기분이었습니다. 시비에는 신석정 시인의 「파도」라는 시가 적혀 있었는데, 그곳이 시인의 고향이라는 것을 시비를 보고서야 생각했습니다. 마침 시속의 구절처럼 "애가 잦아 타는 노을"이 하늘에 가득 번지고 있던 때였지요. 눈과 마음으로 만지는 시와 풍경이 하나처럼 느껴지던 기억이 납니다. 시인의 아름다운 목가시가 이렇게 나왔겠구나 싶었지요.

신석정은 고향과 전원을 즐겨 노래한 시인입니다. 그는 어릴 적부터 자연을 좋아했던지, 노을이 타는 수평선을 덧없이 바라보면서 망연자실하는 것이 일과였다고 말하기도 했지요. 그에게 이런 자연을 선물한 곳이 바로 고향인 전라북도 부안입니다.

그는 1907년 부안의 몰락한 선비 집안에서 태어났습니다. 한학자인 할아버지에게 한학과 당시(唐詩)를 배우며 어릴 적부터 시적 소양을 키웠지요. 하지만 집안 어른들은 신석정이 문학 공부하는 것을 좋아하지 않았던 것 같습니다. 십 대 무렵에는 그가 이광수의 소설 『무정』을 읽다가 아버지에게 들켜서 책을 다 찢기는 일도 있었습니다. 유교 철학을 중시했던 엄격한 집안 분위기여서 문학 서적을 읽는 일도 눈치를 보고 감시를 받았나 봅니다.

그럼에도 불구하고 신석정은 투르게네프Ivan Sergeevich Turgenev와 하이네Heinrich Heine, 괴테Johann Wolfgang von Goethe의 작품을 읽으며 문학의 꿈을 꾸었습니다. 특히 그 무렵 읽은 주요한의 「불놀이」와 「봄달잡이」는 훗날에도 서슴없이 떠올릴 수 있을 만큼, 그가 시의 세계에 빠져드는 데 깊은 영향을 끼쳤다고 회고했습니다. 「봄달잡이」의 "달은 물을 건너가고요…", "재 너머 기울고요…"와 같이 섬세하고 고운 어조에 매력을 느껴서 그것을 흉내 내어 시를 쓰기도 했지요. "해는 기울고요—"로 시작하는 그 시가 바로 신석정의 등단작 「기우는 해」입니다. 1924년 '소적'이라는 필명으로 《조선일보》에 발표되었습니다.

등단 이후 중앙 일간지에 꾸준히 작품을 발표하던 그는 창작의 와중에도 문학의 길을 계속 걸어야 하는지 몇 번이나 고심했다고 합니다. 그동안 써 놓은 일기, 시 등을 불사르고 다시 쓰기를 몇 번이나 반복하기도 했지요. 집안의 반대가 계속되었던 건지, 아니면 아내의 결혼반지까지 팔아서 책을 사야 했던 가난 때문이었는지 모르겠지만, 문학을 그만두려고 작심한 적이 여러 번 있었던 것으로 보입니다.

그 후 그의 관심은 노장 철학과 불교 철학으로 이어져 정식으로 공부해 볼 작정으로 상경까지 했지만, 불경보다 문학을 탐독하며 시간을 보냈다고 합니다. 그러다가 1930년대 초 정지용, 김영랑, 박용철 등의 문인들과 교류하며 본격적으로 문단 활동을 하게 되지요. 시를 불사르는 정도로는 그가 이미 빠져 버린 문학의 마력에서 벗어날 수 없었던 것입니다.

목가시인의 이유 있는 절필 선언

초기의 신석정은 '어머니'와 '자연'의 세계를 추구한 작품을 많이 썼습니다. 「그 먼 나라를 알으십니까」, 「아직 촛불을 켤 때가 아닙니다」, 「나의 꿈을 엿보시겠습니까」 등의 작품들이 모두 '어머니'에게 속삭이는 듯한 나직한 어조로 쓰여 있지요. 그는 식민지 현실의 비극 속에서 피폐해진 영혼을 위해 '어머니'와 '자연'을 자신만의 작은 안식소(安息所)로 삼았다고 훗날 밝히기도 했습니다. 어둡고 괴로운 현실을 감당할 수 없게 되자, 현실로부터 벗어난 이상향을 작품 속에 그려 낸 것입니다.

평화와 안식의 공간인 목가적 세계에 대한 갈망은 식민지 시대 망국의 상실감을 역설적으로 드러내고 있습니다. 신석정의 첫 시집 『촛불』(1939)은 이러한 특징을 고스란히 담고 있습니다. 그가 직접 밝힌 바와 같이 『촛불』은 노장 철학을 바탕으로 도연명과 타고르^{Rabindranāth Tagore}, 소로^{Henry David Thoreau}에게 큰 영향을 받았습니다. 그런 이유로 신석정은 김기림으로부터 "목신(牧神)이 조는 듯한 세계"를 노래했다는 평가를 받으며 '목가시인' 혹은 '전원시인'으로 불리게 된 것입니다.

첫 시집 『촛불』이 나온 뒤, 나라 안팎의 사정은 더욱 나빠져 암흑기가 되어 가고 있었습니다. 시를 검열하고, 잡지를 폐간시키는 등 일제의 압박이 심해지며 친일 문인들과 친일 문학지가 세력을 넓히고 있었지요. 이때부터 신석정은 친일 문학지의 청탁을 거절하고 해방을 맞이할 때까지 거의 절필하다시피 했습니다. 한학과 동양의 정신을 공부하며 올곧은 선비 정신을 체득한 그가 지조를 지키는 것을 얼마나 중요하게 여겼는지 보여 줍니다. '대나무'에 관한 시를 여러 편 남긴 것도 이런 바탕 때문인 듯합니다. 대나무는 사군자 가운데 하나로, 사철 푸르며 곧은 모습 때문에 예로부터 강직한 선비 정신을 대표해 왔으니까요. 그의 시에 등장하는 '대나무'는 단순한 자연물이 아니라, 일제의 탄압에 굴하지 않겠다는 시인의 다짐을 보여 주는 상징물로 이해할 수 있습니다.

대숲에 서서

대숲으로 간다
대숲으로 간다
한사코 성근 대숲으로 간다

자욱한 밤안개에 벌레 소리 젖어 흐르고
벌레 소리에 푸른 달빛이 배어 흐르고

대숲은 좋더라
성글어 좋더라
한사코 서러워 대숲은 좋더라

꽃가루 날리듯 흥건히 드는 달빛에
기척 없이 서서 나도 대같이 살거나

신석정은 고향 집 앞뜰에 30여 종이 넘는 나무를 심고 가꿀 만큼 나무를 좋아했습니다. 그래서인지 그의 시에는 정원에 심은 나무들이 자주 등장하곤 하지요. 그중에서도 그는 대나무를 좋아해서 대숲으로 가고, 나중에는 대나무처럼 살고 싶다고 「대숲에 서서」에서 말하고 있어요. 대나무 하면 떠오르는 곧고 바른 이미지에 자신이 추구하는 삶의 자세를 빗댄 것입니다.

이 시를 쓴 때가 1941년이라는 점을 생각하면 대나무가 상징하는 바가 더욱 선명해집니다. 그는 "한사코 서러운" 시절, 일제강점기라는 암울한 현실 속에서 "기척 없이 서" 있었을 뿐입니다. 여기서 "기척 없이"라는 표현이 눈길을 끕니다. 훗날 그는 문학적 자서전에 이런 말을 남겼습니다. 그때는 "일제와 정면으로 싸울 수 있는 용감한 청년이 못되어 부끄러웠다"고요. 그저 없는 듯이 있었을 뿐, 더 치열한 행동으로 나아가지 못한 자신의 나약함을 고민했던 것이 분명합니다.

대나무를 소재로 쓴 시 가운데 1940년 《문장》지에 기고한 「차라리 한 그루 푸른 대로」라는 작품은 일제의 검열로 인해 수정 요청을 받기도 했습니다. 하지만 그는 수정을 거부하고 아예 발표를 포기했으며, 그 후 해방 때까지 절필을 했습니다. "한 그루 푸른 대(竹)로/내 심장을 삼"겠다는 작품 속 외침은 절필로 실천되었던 것이지요. 그럼에도 신석정은 자신의 모습이 지사와 같지 못함을 못내 부끄러워했던 것 같습니다.

어둠 속 현실을 직시하다

얼룩진 역사의 현장에서 날카롭게 벼려 낸 고민과 탄식은, 해방 이후 그의 시에 변화를 가져왔습니다. 현실에 한층 밀착해 정치 문제에 대한 인식을 담아내기 시작한 것이지요. 1960년대에는 민주주의에 대한 열망을 집중적으로 발표하고 군사 정권을 비판하는 시를 썼다는 이유로, 두 번이나 정보기관에 끌려가 고초를 겪는 일도 있었습니다. 그가 평소 독설로도 유명했다는 일화를 생각하면, 그를 목가시인으로만 부르는 것에 조금 미안한 마음이 들기도 합니다. 그의 문학 세계를 지나치게 단순화하는 것 같아서요. 해방 직후에 쓴 다음 시를 읽으면 이 말이 더 잘 이해될 것입니다.

꽃덤풀[1]

태양을 의논하는 거룩한 이야기는
항상 태양을 등진 곳에서만 비롯하였다.

달빛이 흡사 비 오듯 쏟아지는 밤에도
우리는 헐어진 성(城)터를 헤매이면서
언제 참으로 그 언제 우리 하늘에
오롯한 태양을 모시겠느냐고
가슴을 쥐어뜯으며 이야기하며 이야기하며
가슴을 쥐어뜯지 않았느냐?

1. 꽃덤불.

그러는 동안에 영영 잃어버린 벗도 있다.

그러는 동안에 멀리 떠나 버린 벗도 있다.

그러는 동안에 몸을 팔아 버린 벗도 있다.

그러는 동안에 맘을 팔아 버린 벗도 있다.

그러는 동안에 드디어 서른여섯 해가 지나갔다.

다시 우러러보는 이 하늘에

겨울밤 달이 아직도 차거니

오는 봄엔 분수처럼 쏟아지는 태양을 안고

그 어느 언덕 꽃덤풀에 아늑히 안겨 보리라.

해방 이후 1946년에 발표된 이 시는 당시의 혼란한 시대적 상황을 잘 보여 주고 있습니다. 일제 치하 36년 동안 일어났던 비극적인 일들, 즉 조국을 '영영 잃어버리고, 멀리 떠나 버리고, 몸을 팔아 버리고, 맘을 팔아 버린' 우리 민족의 모습을 낱낱이 지적하고 있지요. 그는 수많은 사람들이 변절하고 친일했던 부끄러운 과거를 반복된 문장으로 강조하고 있습니다.

"겨울밤 달이 아직도 차거니"라는 표현은 일제강점기가 끝나고 해방을 맞았지만 여전히 혼란과 갈등이 사라지지 않고 있다는 시인의 인식도 함께 보여 줍니다. 그가 직면한 현실은 여전히 팍팍하고, 좌익과 우익이 첨예하게 대립하는 상황이었습니다. 그가 그 무렵을 회상하며 "의지할 데 없는 정신적 고아"였다고 한 말이나, 다른 시에서 "새로운 세대가 오리라는/그 막막한 이야기"(「밤」)라고 노래한 것도 같은 이유에서일 테지요. 완전한 희망을 노래하기엔 우리 앞의 어둠이 너무 짙었습니다.

그 어둠이 걷히면 나타날, 시인이 바라는 세상은 어느 나지막한 언덕의 평화로운 "꽃덤풀" 같은 곳입니다. 정해진 것 없이 마음 가는 대로 피고, 어느 꽃이든 가리지 않고 다 함께 피어 어우러진 꽃덤풀 말입니다. 그리고 시인은 그곳에 '아늑히 안겨 보는 날'을 간절히 꿈꾸고 있습니다. 이처럼 새로운 시대에 대한 열망이 커질수록 시인의 목소리는 점점 강해졌습니다.

해방 후 곧바로 닥친 6·25 전쟁과 1960년대의 4·19 혁명, 5·16 군사정변의 역사적 격랑 속에서 시인은 더 적극적으로 항의를 표현했습니다. "오늘만은 아예 양보할 수 없다!/내일은 더구나 빼앗길 수 없다!"(「쥐구멍에 햇볕을 보내는 민주주의의 노래」)라고요. 서정적인 초창기의 어조를 찾아보기 힘들 정도로 거칠어진 시인은 마음속의 울분과 저항을 적극적으로 표현하기에 이릅니다. 그리하여 「나에게 어둠을 달라」, 「축제―산이여 통곡하라」와 같이 현실의 무게를 더욱 묵직하게 담고 있는 시들을 발표했지요. 민족사의 슬픔을 읽어 낸 이 시편들은 그가 역사의 격동기 속에서 '목가시인'에만 머물러 있지 않았음을 보여 줍니다.

격동기를 산 난초 같은 시인

20여 년간 시골 학교의 선생님이었고 지인들로부터 외골수로 불리던 신석정은 첫 시집 『촛불』(1939)에 이어 『슬픈 목가』(1947), 『빙하』(1956), 『산의 서곡』(1967), 『대바람 소리』(1970)까지 다섯 권의 시집을 냈습니다. 그 안에는 전원시를 쓰던 모습부터 현대사의 질곡을 바라보던 모습까지 그의 변모하는 삶과 눈빛이 서려 있는데, 지조를 지키고자 한 그의 정신은 한결같이 작품 속에 흐르고 있습니다. 이는 그가 쓴 수필 「젊은 시인에게 보내는 편지」에서도 확인할 수 있습니다.

"괴테만 못해도 좋습니다. 에즈라 파운드Ezra Pound[2]만 못해도 좋습니다. 그러기에 나는 우리 민족의 영원한 시인 한용운을 존경하고, 내 가슴에 지니는 것입니다. 너무나 일찍 떠난 지훈조지훈을 아끼는 까닭도 여기 있습니다. 이들의 높은 지조는 우리 문학사의 영원한 등불이기 때문입니다."

그는 역사의 소용돌이 속에서 아름다운 자연의 서정을 노래하면서도 선비와 같은 지조와 비판 정신을 보여 준 시인이었습니다. "도연명보다도 청담한 풍모"(「난초」)를 갖춘 난초처럼 살고 싶다고 노래한 시구는 그가 추구한 삶의 자세를 거울처럼 비춰 줍니다.

그는 사철 그리워하던 산으로, 어머니에게로, 대바람 소리 들리는

---

2. 이미지즘의 거장인 미국 시인.

먼 나라를 찾아, 1974년 여름날에 홀연히 우리 곁을 떠났습니다. 하지만 그토록 살뜰하게 노래했던 자연과 끝까지 고집한 지사로서의 면모는 시에 새겨져 앞으로도 널리 불릴 것입니다.

뜰을 그리며

—병상 시고 2

멧새가 네 배나
새낄 까 가지고 날아와

뜨락에서 분주히
뛰놀더니

철쭉나무에선
비비새가

또 새낄 까 가지고
나갔다 한다.

이 어린 새들과
같이 사는 게 얼마나
즐거운 일인가.

공해 걱정 없이
산다는 것을 기쁜 일이다.

　신석정은 문학상 심사 도중 고혈압으로 쓰러져서 7개월의 눈물겨운 투병 끝에 생을 마쳤습니다. '병상 시고'라는 소제목이 붙은 것은 이 시가 그 무렵에 쓰였기 때문입니다. 집필 일자가 1974년 6월 15일로 남겨져 있으므로 시인이 이생에서의 삶을 겨우 20여 일 남겨 놓은 때였다는 것도 알 수 있지요. 이 시는 시인이 사망한 이틀 뒤인 1974년 7월 8일 《동아일보》에 발표된 것으로 보아, 생전에 신문사의 청탁이 있었던 게 아닐까 짐작해 봅니다.
　온종일 병석에 누워, 그는 뜰 안의 나무들을 관찰했을 것입니다. 나무가 많은 집이니 찾아오는 새들도 많았을 테지요. 멧새가 사는 나무와 비비새가 사는 나무가 다르다는 것도 발견했습니다. 그 나무에서 새끼를 까고 키우는 새들이 기특하고 예쁘게 보였을 거예요. 새끼 새의 울음소리와 앙증맞은 모습에 잠시나마 아픔을 잊고 외로움도 잊었을 듯합니다. 그래서 그는 어린 새들과 사는 즐거움이 얼마나 크고 지극한지 꼭 말하고 싶었나 봅니다.
　아픈 몸에도 불구하고 마지막까지 '시를 살아 냈던' 시인의 모습은 인상적입니다. 하루하루를 인생 마지막 날처럼 정성을 다해 맞이하고 보내는 시인의 자세는 초연하고 투명하여 마음이 뭉클해집니다. 어쩌면 가장 힘든 고비였을 텐데도 시인은 아름다움만을 보고 있습니다. "불행한 세대에 태어나서 불행한 속에서 불행한 청춘을 고스라니 장사 지냈다"(『난초잎에 어둠이 내리면』)고 썼던 시인은 온데간데없고, 오로지 충족함만이 있습니다. 누구 못지않게 가난하고 힘든 삶을 견딘 시인은 이제 그 모든 것을 다 껴안고, 산다는 것은 기쁜 일이라는 마지막 결론에 이르렀던 것입니다.

언젠가 저도 마지막 시를 쓸 날이 올 텐데, 그땐 이 시인처럼 관용을 노래할 수 있기를 바랍니다. 하늘의 별들 사이에 있는 것처럼 맑고 담백하게, 무구한 마음으로 지나온 삶을 이야기할 수 있길 말입니다.

유치환

1908 ~ 1967

"항상 시를 지니고 시를 앓고 시를 생각함은
얼마나 외로웁고 괴로운 노릇이오며 또한 얼마나 높은 자랑이오리까.
이 자랑이 없고 시를 쓰고 지우고, 지우고 또 쓰는 동안에
절로 내 몸과 마음이 어질어지고 깨끗이 가지게 됨이 없었던들
어찌 나는 오늘까지 이를 받들어 왔아오리까."
— 시집『청마시초』서문에서

'깃발'의 의지와
사랑의 세레나데

문학에 빠진 식민지 조선의 유학생

"사랑하는 것은/사랑을 받느니보다 행복하나니라/오늘도 나는/에 메랄드빛 하늘이 환히 내다뵈는/우체국 창문 앞에 와서 너에게 편지를 쓴다"(「행복」)

이 멋진 시 구절을 외우며 열심히 편지를 쓰던 시절이 있었습니다. 이 시 때문에 편지 쓰는 일이 무척이나 낭만적으로 느껴졌었지요. 딱히 사랑을 고백할 사람이 없어도 늘 가슴을 설레게 하는 시였습니다. 제게 유치환이라는 이름을 새겨 준 시이기도 했고요. 친구들과는 '우체국 시인'이라고 불렀던 즐거운 기억도 납니다. 그런데 정말로 유치환 우체통이 생겼다는 기사를 접하고는 꼭 가 보고 싶다는 생각이 들었습니다. 유치환 시인이 오래 살았던 부산에, 시인의 이름을 단 빨간 우체통이 시비와 나란히 세워져 있다고 하거든요. 그의 시 「행복」이 새겨진 시비는 더 많은 행복을 전하고 싶은 사람들의 우체통이 된 듯 수줍게 서 있겠지요.

당대의 어느 시인보다 많은 시집을 내며 활발하게 문학 활동을 했던 유치환은 1908년 경상남도 거제에서 태어나 두 살 때 통영의 외가로 이사하여 그곳에서 성장했습니다. 출생지인 거제보다 통영의 시인으로 더 많이 알려진 이유가 이 때문인가 봅니다. 유치환은 8남매 중 둘째 아들이었는데, 극작가로 유명한 유치진이 친형입니다. 아마 유치환이 문학에 눈 뜨고 문학적 토양을 일구는 데 형의 영향이 상당했을 겁니다. 형 유치진은 중학교 2학년 동생이 쓴 작품을 보고 상당한 시재(詩才)를 보인다고 칭찬하기도 했고, 그 습작 시를 일본에서 자신이 주도했던 문학지 《토성》에 수록하기도 했거든요.

외할아버지가 차린 서당에서 한문을 공부하다가 통영보통학교를 졸업한 유치환은 형을 따라 일본으로 유학을 갔습니다. 그러나 아버지의 사업 실패로 귀국하여 연희전문학교에 입학했다가 학교의 기독교적인 분위기가 싫어서 중퇴하고 다시 일본으로 건너갑니다. 그땐 학업도 문학도 아닌 사진 학원을 다니면서 별로 하는 일 없이 세월을 보냈다고 합니다.

이렇게 방황하던 시기를 회상하며 그는 "이 시절까지도 나는 나의 장래에 대해서 무슨 희망이라든지 목표를 가져 보려고 생각조차 안 했다"고 썼습니다. 어떻게 보면 식민지 청년으로서 자연스럽게 빠져들 수 있는 허무주의적 생각입니다. 당시는 민족의 앞날이 캄캄한 일제강점기였으니까요. 하지만 방황하던 일본 유학 시절은 그에게 문학 공부의 시간이기도 했습니다. 그는 일본에서 여러 일본 문인들의 작품을 탐독했습니다. 한국 문단의 시인 중에서는 정지용으로부터 상당한 자극을 받았고요. 이 무렵 접한 책들과 아나키즘 같은 사상은 훗날까지 유치환의 시 세계에 그림자를 드리우고 있습니다.

나부끼는 '깃발'이 향하는 곳

어쨌거나 두 번째 일본 유학 시절에 배운 사진 기술로 결혼 후 사진관을 운영하기도 했으나, 시인의 서투른 물정으로 제대로 될 리 없었지요. 김소월이 신문 지국을 경영하다 접었던 것처럼, 장사꾼의 자질로 보자면 유치환도 낙제 점수를 면치 못했던 것 같습니다.

하지만 문학의 측면에서 보면 상황이 달라집니다. 유치환은 이미 중학교 때 습작 시를 발표하고 청년 시절 고향의 문인들과 동인지를 만들어 활발히 창작 활동을 하고 있었습니다. 그러다 그의 나이 스물넷, 1931년 《문예월간》에 시 「정적」을 발표하면서 드디어 정식으로 문단에 등단합니다. 그리고 그의 대표작이 된 「깃발」의 발표와 함께 문단의 주목을 받는 시인으로 떠오르지요. 이 때문에 유치환은 지금까지

'깃발의 시인'으로 불리고 있습니다.

깃발

이것은 소리 없는 아우성
저 푸른 해원(海原)¹을 향하여 흔드는
영원한 노스탤지어²의 손수건

순정은 물결같이 바람에 나부끼고
오로지 맑고 곧은 이념의 푯대 끝에
애수는 백로처럼 날개를 펴다.
아아 누구던가
이렇게 슬프고도 애달픈 마음을
맨 처음 공중에 달 줄을 안 그는.

「깃발」은 1936년 《조선문단》 1월호에 소개됐습니다. 이 시는 떠나고 싶어 하는 것과 붙잡혀 있는 것 사이의 관계를 '깃발'을 통해 비유하고 있습니다. 특히 1행의 "소리 없는 아우성"이라는 표현은 역설법을

1. 바다.
2. 고향을 몹시 그리워하는 마음.

설명할 때마다 예시로 만나는 구절이지요. 원래 아우성이란 사람이 떠들썩하게 기세를 올려서 지르는 소리인데, 여기에 "소리 없는"이라는 모순된 말을 붙임으로써 오히려 깃발의 나부낌을 시각적으로 더욱 격렬하게 만들어 놓았습니다. 그 격렬한 몸부림 속에는 삶을 바라보는 시인의 시선이 담겨 있지요. 바람의 방향에 따라 깃발은 이리저리 나부끼지만, 실은 깃대에 꼭꼭 묶여 있는 처지가 삶과 비슷하다고 생각한 것 같습니다. 운명에 묶여 있으면서도 끊임없이 자유와 이상향을 갈망하는 것이 바로 우리의 모습이잖아요. 이상하고 모순된 표현이지만 이런 모순 어법이 오히려 시적 이미지를 풍요롭게 만들고 있습니다.

"소리 없는 아우성"은 "노스텔지어의 손수건"과 "백로"로 이어지면서 애달픈 마음으로 바뀌어 갑니다. 깃대를 벗어난 깃발은 한낱 천 조각에 불과할 뿐이니, 깃대에서 풀려날 수 없는 운명의 한계를 알고 있기 때문입니다. 아주 먼 곳, 혹은 영원의 세계를 꿈꾸면서도 결코 벗어날 수 없는 우리의 일상도 마찬가지이지요. 살면서 느끼는 근원적인 모순을 다시금 깨닫게 될 때, 그리고 그 한계를 인정해야 할 때, 우리는 "슬프고도 애달픈 마음"이 되고 맙니다. 그렇다면 시인이 그토록 꿈꾸던 곳은 어디였을까요? 우리의 마음속 깃발도 이처럼 무언가를 갈망하며 나부끼고 있는 걸까요? 바람 속 깃발을 떠올리며 몇 가지 질문도 던져 보게 됩니다.

이 시에 등장하는 '깃발'은 이후로도 계속 유치환 시의 주요한 소재로 쓰였습니다. 그의 삶을 따라 변하는 깃발은 때로는 정치적인 깃발이 되기도 하고, 사랑과 희망의 깃발이 되기도 하면서 한 조각 헝겊 이상의 의미를 지니게 되었지요.

초인, 한계를 뛰어넘는 의지의 화신

1930년대 중반을 넘어서자 일제의 감시와 억압이 날로 심해지면서 현실은 점점 어두워지고 있었습니다. 유치환도 평양에서부터 부산, 통영 등지로 옮겨 다니며 사진관 경영인, 백화점 직원, 교사 등 여러 직업을 전전하고 있었지요. 그는 1939년 자신의 호 '청마(靑馬)'를 제목으로 단 첫 시집 『청마시초』를 발간하며 문학적인 성취를 이루기도 했지만, 결국 이듬해 가족을 데리고 만주로 이주했습니다.

만주에서 유치환은 정미소를 운영하며 농장 관리인으로 지냈다고 합니다. 그 덕분에 경제적인 어려움은 해결할 수 있었지만 공허한 마음만큼은 어쩔 수 없었던 듯합니다. 머나먼 만주 땅에서도 나라 잃은 민족의 설움은 계속되었고, 여기에 이민족들 사이에서 식민지 백성으로서의 치욕까지 견뎌야 했지요. "괴나리보따리 하나 들고 땅끝까지 좇기어 간다기로/우리는 조선 겨레임을 잊지 않고 죽을 것"(「나는 믿어도 좋으랴」)이라고 당시의 심정을 노래했습니다. 게다가 만주에서 어린 아들을 병으로 잃었으니 그 아픔은 더욱 견디기 힘들었을 것입니다.

길다면 긴 5년간의 만주 생활을 접고 해방과 함께 고향으로 돌아온 유치환은 중학교 교사로 근무하며 창작 활동에 전념했습니다. 그렇게 해서 두 번째 시집 『생명의 서』(1947)가 세상에 나오게 됩니다. 이 시집에는 그를 '의지의 시인'으로 이름 붙여 준 작품들이 수록되어 있습니다. 그는 작품 속에서 생명에 대한 의지를 자주 표출했는데 「바위」, 「해바라기 밭으로 가려오」와 같은 시들이 대표적이지요.

　　해바라기 밭으로 가려오

　　해바라기 밭으로 가려오
　　해바라기 밭 해바라기들 새에 서서
　　나도 해바라기가 되려오

　　황금 사자 나룻
　　오만한 왕후의 몸매로
　　진종일 짝소리 없이

　　삼복의 염천을 노리고 서서
　　눈부시어 요요(嬝嬝)히³ 호접(胡蝶)⁴도 못 오는 백주(白晝)!
　　한 점 회의도 감상도 용납지 않는

3. 맵시가 있고 날씬하게.
4. 호랑나비.

그 불령(不逞)스런[5] 의지의 바다의 한 분신이 되려오

해바라기 발으로 가려오
해바라기 발으로 가서
해바라기 되어 섰으려오

이 시는 「바위」보다는 덜 애송되지만 개인적으로는 더 좋아하는
작품입니다. 노란 해바라기 밭 풍경이 선명한 시각적 이미지를 만들어
저를 끌어당기거든요. 시인처럼 해바라기 밭으로 서슴지 않고 들어가
고 싶어집니다. 물론 해바라기를 두고 시인이 말하고 싶은 것과 저의
감상과는 차이가 있겠지만요.

유치환은 "부대껴 견딜 수 없는 인생의 애환에서 해바라기 같은 거
만한 의지의 화신이 되고 싶다"고 말했습니다. 실제로는 1년생 식물에
불과한 해바라기에 시인은 모든 것을 위압하는 '왕후'의 자격을 주었습
니다. 정오의 뜨거운 태양을 피하지 않고 맞서는 해바라기의 모습에서
생의 의지를 보았기 때문이겠지요. 그리고 자신이 바로 그 해바라기가
되길 바랍니다. 이것은 "두 쪽으로 깨뜨려져도 소리하지 않는 바위"(「바
위」)가 되리라던 그 목소리와 동일합니다. "한 점 회의도 감상도 용납지
않는" 결연한 의지를 꿈꾸고 있다는 뜻이지요. 「바위」, 「해바라기 밭으

5. 원한, 불만 따위를 품고서 어떠한 구속도 받지 않고 제 마음대로 행동하는.

로 가려오」는 시인이 가장 가치를 두고 있는 정신세계가 무엇인지 잘
보여 줍니다. 이 시편들은 어떤 시련에도 굴하지 않으려는 의연함을 강
한 남성적 어조로 풀어내어 매우 강한 인상을 남기고 있습니다.

"사랑하였으므로 행복하였네라"

유치환이 남성적 어조를 구사한 시인이라고 해서, 그의 시가 마냥
거친 것만은 아닙니다. 유치환의 작품 세계를 이야기할 때 빼놓을 수
없는 주제가 바로 '사랑'입니다. 그 시대에 유치환만큼 아름답고 대중
적인 연애시를 많이 쓴 시인도 흔치 않거든요.

그는 평생 숱한 연애시를 썼고, 유명한 연애담을 남기기도 했습니
다. 도입부에서 언급한 「행복」이라는 작품도 '사랑'을 다룬 시인데, 여
전히 많은 사람들에게 사랑받고 있으며 연애시의 모범으로 여겨지고
있습니다. 그런데 유치환의 연시에는 사랑의 기쁨이나 즐거움보다는
그리움과 기다림을 노래하는 것이 많습니다. 그 이유는 그가 이룰 수
없는 사랑을 했기 때문인지 모릅니다.

유치환의 곁에는 몇 명의 연인이 있었다고 알려져 있습니다. 그중
에서도 가장 유명한 여인이 바로 시조 시인 이영도이지요. 유치환은
1947년 이영도와 같은 학교 교사로 근무하면서 알게 된 뒤부터 거의
매일 사랑의 시와 편지를 써서 보냈다고 합니다. 그러기를 3년여, 마침
내 이영도의 마음도 기울기 시작했고 둘은 본격적인 편지를 주고받게

되었습니다. 유치환은 이미 결혼한 상태였으니 두 사람의 사랑은 현실적으로 결실을 맺는 것이 불가능했는데도 말이지요. 그래서 간절하고 애틋한 시들이 그 사이에서 태어나게 되었나 봅니다.

유치환이 보낸 사랑의 시편에는 사랑에 빠진 사람의 애틋함이 짙게 배어 있습니다. 그의 시에 자주 등장하던 남성적인 목소리는 사라지고, 부드럽고 절절한 목소리가 읽는 이의 가슴을 파고들지요. 유치환은 1967년 갑작스런 교통사고로 사망할 때까지 이영도에게 계속 편지를 보냈는데, 이영도는 그 편지를 보관해 두었다가 책으로 펴내서 세간의 이목을 끌기도 했습니다. 한때 저도 애타는 마음을 안고 속수무책일 때, 그의 시 「그리움」이 더없이 좋은 위로가 된 적이 있었습니다.

그리움

파도야 어쩌란 말이냐
파도야 어쩌란 말이냐
임은 물같이 까딱 않는데
파도야 어쩌란 말이냐
날 어쩌란 말이냐

사랑에 빠진 이가 얼마나 그립고 괴로운지 다른 설명이 필요 없어 보입니다. 전체 5행의 짧은 시에서 "파도야 어쩌란 말이냐"를 세 번씩이나 반복했을 만큼 답답한 심정도 읽힙니다. 시적 화자의 그리움은 끊임없이 밀려오고 스러지는 파도처럼 멈추지 않는데, '임'은 까딱도 하지 않습니다. 매일매일 편지를 보내고 시를 보내도 눈길도 주지 않습니다. 그러니 어쩌란 말입니까. 절로 탄식과 절망의 눈물만 흐를밖에요.

이 시는 넋두리처럼 주절대지 않으면서도, 사랑 때문에 아픈 가슴 속 여러 감정을 압축적으로 담고 있습니다. 파도도 식힐 수 없는 뜨거운 그리움과 안타까움, 애달픔, 그로 인한 격렬한 고통까지 느껴지지요. 사랑을 갈구해 본 사람이라면 누구나 쉽게 공감할 감정들입니다. 거기에 시인의 체험일 것이라는 상상까지 더해져 마음에 사무치는 시가 되었습니다.

이런 시를 평생 받아 본다면 어떤 기분일지, 문득 생각하다가 혼자 웃고 맙니다. 꼬박꼬박 받아서 읽는 일도 만만치 않을 듯싶어서요. 그런데 유치환은 20년 동안 무려 5,000통이 넘는 편지를 썼다고 하니, 그의 열정에 놀라고 감탄하게 됩니다. '사랑의 시인'이라는 별명은 앞으로도 그의 것으로 남을 것 같습니다.

시는 인간과 인생 속에서 발견되는 것

유치환은 종종 '허무의 시인'으로도 불리지만, 천여 편에 달하는 작품을 모두 이 한마디로 묶을 수는 없을 겁니다. 방대한 양의 작품은 육십 평생 시인의 삶과 관심사를 오롯이 담고 있으니까요. 6·25 전쟁 당시 종군작가단으로 활동했던 경험을 바탕으로 전쟁 시집 『보병과 더불어』(1951)를 낸 것이나, 휴전 이후 자유당 정권을 비판하는 논설과 시를 쓰는 바람에 교장직에서 물러났던 일은 그가 현실적인 문제에도 적지 않은 관심과 발언을 했음을 보여 줍니다.

사회나 자연에 대해 노래하지 않은 것은 아니나, 그는 "참으로 시란 인간 내지 인생 속에 있는 것이요, 시는 시인이 발명하는 것이 아니라 인간과 인생 속에서 발견되는 것"이라는 믿음을 끝까지 지켰습니다. 시인이 되기 전에 인간이 되어야 한다고 역설한 것에서도 그가 추구한 삶의 자세가 보입니다. 인간과 인생의 끈질긴 탐구가 유치환 시의 목적이었던 겁니다. '생명파' 혹은 '인생파'라는 호칭은 이 때문에 주어진 것이지요.

유치환은 다작(多作)의 시인이었습니다. 40여 년에 이르는 문단 생활 동안 열 권이 넘는 시집과 시 선집, 그리고 수상집 등을 꾸준히 출간하며 자신의 문학 세계와 인생관을 자주 표명했고, 각종 문학상을 수상하는 명예까지 누렸지요. '깃발의 시인'으로만 알던 그의 삶과 사랑과 문학작품을 찬찬히 살펴보니, 그를 가리켜 "삶에 대한 열애"를 가진 시인이라고 하는 이유를 짐작하겠습니다. 그는 자신의 인생 앞에 놓인 모든 것들을 열렬히 사랑했던 것입니다. 그리고 그 뜨거운 마음이 시 속에 남아 우리를 부르고 있습니다.

운명보다 하층의 것

겨울철 한강 같은 데

빙판 아래 낚싯줄을 내려놓고

기다리고 앉았는 고기꾼을 보았는가

그러한 개털 모자를 덮어쓴 고기꾼이

어쩌면 인간의 머리 뒤에도 있어 낚싯줄을 내려놓곤 기다

리는지 모른다

　그래 그런 고기꾼 같은 목적의 낚시 끝 믿음직한 미끼를

덤벼 먹고 낚여선 무수히 버둥대는 불상한 인간들

　1967년 2월, 유치환은 교통사고를 당해 병원으로 가는 도중 사망

했다고 합니다. 허망하고 갑작스런 운명을 맞이했지요. 그렇게 세상

을 떠나기 사흘 전에 쓴 시가 바로 「운명보다 하층의 것」입니다. 생전

에 발표된 적은 없으나 날짜가 확인된 생의 마지막 작품으로 알려져

있습니다.

육십 세에 이른 시인은 여전히 삶을 고민하고 있습니다. 평생 그가 탐구한 인간과 인생의 문제를 다시금 생각하고 있지요. 낚시를 하는 고기꾼을 보면서도 삶의 미끼를 무는 우리의 어리석음을 빗대는 시인의 시선이 날카롭습니다. 꽁꽁 언 겨울 강에서 싱싱한 먹이를 본 물고기는 얼른 그것을 낚아채 먹을 것입니다. 그것이 자신의 목숨을 가져가는 것인 줄도 모른 채. 우리네 삶도 이와 같다고 합니다. 인간의 머리 뒤에도 먹음직스러운 미끼를 단 낚싯줄이 드리워져 있다고요.

그 미끼가 구체적으로 의미하는 바는 각자의 욕망에 따라 다를 테지만, 아주 믿음직스러운 겉모습으로 우리를 유혹하고 있습니다. 조금 더 빨리, 조금 더 쉽게 삶에서 승리하고 싶어 미끼를 모른 척하기 힘들 때도 많을 것입니다. 하지만 물고기처럼 덤벼들어 먹는다면 삶이 통째로 낚여 버둥거릴 것이라고 시인은 진심어린 충고를 건넵니다.

시인이 마지막 당부처럼 남긴 시를 거울삼아 삶을 들여다봅니다. 혹여나 머리 뒤에 내가 낚여 들기만을 기다리는 미끼가 있는 건 아닌지 돌아보고, 스스로가 맛있는 미끼를 찾아다니고 있는 건 아닌지 잠시 걸음을 멈추고 생각해 봅니다. 유치환이 영향을 받았던 니체의 말처럼 "운명을 걸머질 뿐 아니라 나아가서 스스로 운명이 되며 스스로 운명을 사랑하"는 일이 결국 "운명보다 하층의 것"에 휩쓸리지 않는 방법이 아닐까 싶습니다. 나 자신으로 산다는 것은 하루하루의 결실 속에서만 가능하다는 것을 무겁게 되새기게 됩니다.

노
천
명

1911 ~ 1957

"내 마음속에 사라지지 못한 슬픔과 무서운 고독이 몸부림쳐
견뎌 내지 못할 지경인 것을 아무도 모를 것이다.
사람은 영원히 외로운 존재일지도 모른다."
— 산문 「설야 산책」에서

고독한 사슴의 시인

자의식 속에 칩거한 문학소녀

저는 시를 쓰는 여성의 입장이다 보니, 여성 시인들의 삶에 더욱 관심이 갑니다. 최남선부터 한용운, 김소월, 정지용 등 구한말에서 근현대에 이르는 시기까지 문단을 주도한 이들은 대부분 남성 문인이었습니다. 근현대 문학 초창기의 한국 문단은 여성 시인에게 불모지와 같았지요. 그 속에서 여성의 목소리로 삶을 노래하고 때로는 여성 해방을 주장하기도 한 이들은 개척자라는 생각이 들기도 합니다.

개화기에 서구 문물을 접하고 신교육을 받은 여성들이 늘어나면서, 여성의 사회 진출과 자유를 요구하는 목소리가 생겨나기 시작했습니다. 가부장제와 유교적 전통으로부터 벗어나고 싶어 한 것이지요. 이런 분위기에 힘입어 한국 현대 시단에 여성 시인이 등단한 것은 1920년대의 일입니다. 김명순, 김일엽, 나혜석 등이 그 시대의 시인이지요. 그러나 모두 낯설게 느껴질지도 모르겠습니다. 저도 나혜석을 제외하고는 그들의 작품을 접한 일이 없습니다.

나혜석조차도 그녀의 시보다 화려한 모피 코트를 걸친 무희 그림이 먼저 떠오른답니다. 한국 최초의 여성 서양화가이기도 했던 그녀의 유명한 작품이지요. 나혜석은 전통적인 여성상에서 벗어나 여성해방을 주장한 진보적인 신여성으로 꼽히는 대표적 인물입니다. 이혼 후 잡지에 기고한 「이혼 고백서」라는 글과 헨리크 입센의 희곡 『인형의 집』에서 모티프를 얻은 「인형의 가(家)」라는 시를 저도 인상적으로 기억하고 있습니다. 이처럼 근현대 문학 초창기의 여성 시인들은 미술, 연기 등 다른 예술 분야에서 함께 활동하는 경우가 꽤 있었고, 소설과 수필, 시를 넘나들며 창작 활동을 펼치기도 했습니다. 또 1920년대의 여성 시인들은 작품 자체보다 당시로서는 아주 드문 '여성' 시인이라는 점과 자유롭고 파격적인 삶이 더 자주 눈길을 끌곤 했습니다. 물론 작품의 양과 질적 수준에서 전반적으로 부족한 점이 많기도 했지만요. 그러다가 1930년대에 들어서면서 우리는 여성 특유의 섬세한 감각과 표현으로 시를 창작하는 두 여성 시인을 만나게 됩니다. 바로 노천명과 모윤숙입니다.

노천명과 모윤숙 두 시인은 비슷한 시기에 문단에 등장하여 활약했기 때문에 자주 비교되곤 합니다. 두 사람은 1930년대에 보다 본격적이고 전문적인 여성 시인의 면모를 보여 주었다는 공통점이 있는데, 각자가 추구한 작품 세계는 사뭇 다릅니다. 모윤숙 시의 주제가 나라와 겨레에 큰 줄기를 대고 있다면, 노천명의 시는 내면의 세계를 보다 세밀하게 바라본다는 점에서 뚜렷한 차이를 보이지요.

흔히 '사슴의 시인'으로 불리는 노천명은 1911년 황해도 장연군에서 태어났습니다. 가정 형편은 비교적 넉넉했으나 남자아이처럼 머리를 넘기고 남자 옷을 입고 자라야 했다고 합니다. 아버지가 사내 동생을 보려고 그녀에게 남장을 시킨 것인데, 노천명은 그 차림이 몹시 괴롭고 싫었다고 회고했습니다. 그녀는 잦은 병치레를 했던 것 같습니다. 한번은 홍역을 심하게 앓다 겨우 살아났는데, 그때 하늘이 주신 명으로 살아났다고 해서 '기선(基善)'이라는 이름을 '천명(天命)'으로 바꾸었다고 합니다. 병약했던 그녀는 자주 아프고 홀로 누워 있는 시간이 많아서 어릴 때부터 명상에 잠기는 일이 많았다고 훗날 적어 놓았습니다.

노천명은 내성적인 성격 때문에 친구가 많지 않았습니다. 일곱 살에 아버지가 돌아가시자 서울로 이사를 했습니다만, 동네 아이들과 어울리지 못하고 '시골뜨기'라고 놀림받는 것이 괴로워 집 안에서만 지냈을 정도라는군요. 설상가상으로 열아홉 살에 어머니마저 여의고 남동생의 죽음까지 겪어야 했던 일은 그녀가 일찍 고독에 눈을 뜨도록 했습니다. 「고독」이라는 시에서 그녀는 말합니다. "어린애처럼 울고 나서/고독을 사랑하는 버릇을 지었습니다"라고요.

노천명의 시에 나타난 고독과 소외감은 식민지라는 시대 상황으로 인한 것이라기보다는 개인적 기질과 주변의 경험으로부터 비롯된 것으로 보입니다. 그녀는 자신의 삶과 경험에 밀착된 정서를 주로 시에 담아냈습니다. "조그만 거리낌에도 밤잠을 못자고" "괴로움을 내뿜기보다 흔히는/혼자 삼켜 버리는 서글픈 버릇"(「자화상」)을 가진 내성적인 성격이라고 작품에서도 직접 밝히고 있지요. 시와 시인이 그만큼 가깝게 연결되어 있는 것입니다. 노천명의 시를 두고 자전적인 색채가 강하다고 말하는 이유도 여기에 있습니다.

화려한 시인의 이름을 얻다

감수성이 예민한 노천명은 여고 시절부터 시를 써서 친구들 앞에서 곧잘 낭독했고, 진명여자고등보통학교를 졸업하고 이화여자전문학교에 입학해서는 정지용과 변영로 등 당대 유명 시인을 스승으로 만나 직접 시를 배웠습니다. 교지에 종종 글을 싣던 노천명은 1932년 「밤의 찬미」를 데뷔작으로 활발하게 시를 발표했습니다. 그러고는 곧 첫 시집을 출간하고 이름을 널리 알렸지요.

1938년 첫 시집 『산호림』이 간행되자 노천명은 남산의 경성호텔에서 당대 주요 문인들이 대거 참석한 출판기념회를 열었습니다. 진달랫빛으로 아래위를 차려입고 박수를 받으며 화려하게 입장했던 일을 결코 잊을 수 없다고 그녀는 「나의 이십 대」라는 글에서 회고하고 있지요. 첫 시집은 그녀에게 명성을 안겨 주었습니다. 특히 평론가 최재서의 찬사에 힘입어 문단에서의 입지도 확고하게 마련되었지요. 노천명의 시는 "정서를 감추고 아껴서 미화하고 순화하려는 점"에서 탁월한 성과를 이뤘다고 평가받았습니다. 앞 세대 여성 시인들에게서 흔히 보이는 감상주의를 극복하고, 언어를 절제해 다룰 줄 아는 여성 시인으로 인정받은 것입니다. 그 첫 시집 속에 바로 우리가 오래도록 애송하는 시 「사슴」이 실려 있습니다.

사슴

모가지가 길어서 슬픈 짐승이여
언제나 점잖은 편 말이 없구나
관(冠)이 향기로운 너는
무척 높은 족속이었나 보다

물속의 제 그림자를 들여다보고
잃었던 전설을 생각해 내곤
어찌할 수 없는 향수에
슬픈 모가지를 하고 먼 데 산을 쳐다본다

이 시는 『산호림』의 대표작으로, 노천명이라는 이름을 대신할 정도로 그녀의 시 세계를 단적으로 보여 주고 있는 작품입니다. 고독과 향수를 사슴이라는 동물을 통해 형상화했지요. 물속의 자기 그림자를 들여다보는 사슴의 기품 있는 모습에서 자신의 고독을 읽어 내는 시인이 겹쳐 보입니다. 노천명의 시에서 '장미'와 '고독'이라는 어휘와 함께 가장 빈번하게 등장하는 말이 바로 '사슴'입니다. 그녀가 유독 '사슴'을 중심 소재로 삼은 이유는 알 수 없지만, 모든 작품을 통틀어 총 13번이나 쓰였다는 연구 결과가 있습니다. '사슴의 시인'이라는 애칭이 괜한 별명은 아닌 것 같습니다.

그런데 「사슴」을 두고 아주 호기심이 생기는 이야기를 읽은 적이 있습니다. 노천명의 「사슴」이 백석 시인을 염두에 둔 작품일지도 모른다는 글이었지요. 당시 가까이 지냈던 노천명, 모윤숙, 최정희 3인방은 백석과 친했는데, 세 사람은 백석을 '사슴', '사슴군'이라 불렀다고 합니다. 물론 노천명 시의 '사슴'이 백석을 가리키는 것이라고 쉽게 단정할 수는 없습니다. 다만 백석의 첫 시집 『사슴』이 문단에서 주목을 받았다는 점, 그리고 백석이 당대 많은 여성 문인들의 흠모를 받았다는 점들로 미루어 본다면 노천명의 「사슴」은 당시 문단의 풍경을 상상하는 즐거움을 가져다준답니다.

『산호림』 발간 이후의 몇 해 동안 노천명은 인생의 절정기를 누렸습니다. 신문사 문화부 기자와 잡지 편집자를 하며 직업여성으로 왕성한 활동을 했고, 끊임없이 작품을 발표했지요. 그녀는 그때의 일을 "나이팅게일이 노래를 토하듯이 쉴 새 없이 시를 토했"다고 했습니다.

그러나 그 무렵은 노천명이 사랑의 아픔을 겪은 때이기도 합니다. 평생 독신으로 살다 갔지만 그녀에게도 결혼을 약속할 정도의 사랑이 지나갔습니다. 극예술연구회에 참여해 연극을 하다가 김광진이라는 대학교수와 사랑에 빠진 것이지요. 이미 유부남이었던 사람을 사랑하는 바람에 둘의 연애 사건은 세간의 이목을 끌었습니다. 소설가 유진오가 이들의 사연을 소재로 「이혼」이라는 단편소설을 쓸 정도였다고 합니다. 그러나 김광진이 또 다른 여성과 함께 월북함으로써, 노천명의 사랑은 비극으로 끝나게 됩니다. 홀로 외로이 남은 노천명은 사랑의 시편들을 쓰며 마음을 달랬던 것 같습니다. "맘속 붉은 장미를 우지끈 꺾어 보내 놓고-/그날부터 내 안에선 번뇌가 자라"(「장미」)난다거나, "멀쩡하니 바보가 되어 서 있"(「아름다운 새벽을」)다고 했지요. 이렇듯 노천명의 작품을 더 깊이 이해하기 위해서는 그녀의 삶을 도외시할 수 없습니다. 특히 역사의 고비를 넘을 때마다 그녀가 보여 준 행동은 그녀의 작품들과 직접적인 상관관계를 보여 주고 있어 흥미롭습니다.

치욕과 모순의 시를 쓰다

일제 식민지를 지낸 문인들은 각자의 방식으로 암흑기를 헤쳐 나갔습니다. 어떤 이는 절필을 하고 또 누군가는 은둔을 선택했지만, 익히 알려진 많은 이들은 일제를 찬양하기도 했지요. 노천명을 평가할 때 결코 빼놓을 수 없는 것이 바로 친일 행위와 친일 문학입니다. 그녀가 기자로 일한 신문사는 조선총독부의 기관지였던 《매일신보》였고 노천명은 여기에 여러 편의 친일 시를 발표했습니다. 두 번째 시집 『창변』을 《매일신보》 출판부에서 낸 것도 지탄을 면하기 어려운 일입니다. 1945년 해방을 6개월 남짓 앞둔 시점에 발간된 이 시집에는 친일 시가 9편이나 수록되어 있었지요. 그런데 시집이 나오고 곧 해방이 되자, 그녀는 이 시집에서 친일 시 부분만 삭제하고 재판을 출간하기도 했답니다. 또 일제의 어용 문인 단체 조선문인협회에 가입해 적극적으로 활동한 일 역시 씻지 못할 과오로 남아 있습니다.

그녀의 친일 행적에는 유명세만큼이나 거센 비난의 화살이 쏟아졌습니다. 그런데 노천명은 다시 한 번 역사의 소용돌이에 휩쓸리고 맙니다. 6·25 전쟁 발발 이후 미처 피난을 가지 못한 것이 화근이었지요. 그녀는 인민군이 점령한 서울에서 좌익 계열 작가들이 주도한 조선문학가동맹에 가담하여, 우익 계열 문인들을 체포하는 일을 도왔습니다. 친일 시 발표, 전쟁 중 부역 행위와 같은 행적을 지켜보며 저는 의구심이 들었습니다. 「자화상」에서 스스로 "대처럼 꺾어는질망정 구리모양/ 휘어지기가 어려운 성격"이라던 말이 과연 정말일까 하는 생각이 들었거든요. 역사의 격랑을 만나면 헤쳐 나올 엄두를 내지 못하고 쉬운 길을 선택하곤 했으니까요. 노천명은 결국 북한에 부역한 죄로 체포되어 징역 20년을 선고받고 수감 생활을 하기에 이릅니다. 진달랫빛 옷을 입고 화려한 이름을 날리던 시인은 옥중에서 고통의 시를 쓰는 처지로 바뀌고 말았지요.

이름 없는 여인 되어

어느 조그만 산골로 들어가

나는 이름 없는 여인이 되고 싶소

초가지붕에 박 넝쿨 올리고

삼밭엔 오이랑 호박을 놓고

들장미로 울타리를 엮어

마당엔 하늘을 욕심껏 들여놓고

밤이면 실컷 별을 안고

부엉이가 우는 밤도 내사 외롭지 않겠소

기차가 지나가 버리는 마을

놋 양푼의 수수엿을 녹여 먹으며

내 좋은 사람과 밤이 늦도록

여우 나는 산골 얘기를 하면

삽살개는 달을 짖고

나는 여왕보다 더 행복하겠소

노천명은 감옥에서 스무 편이 넘는 시를 썼습니다. 그 시들은 부역 혐의에 대한 해명과 같이 자신을 방어하는 내용을 담고 있습니다. 그래서 절망과 고통, 좌절감이 절제되지 않은 채 직설적으로 표현되어 있습니다. "나는 저기서도 여기서도/걸려 넘어지고/처참하게 찢겨졌다"(「유명하다는 것」)나, "콩밥과 눈물을 함께 씹어 넘기며/이런 하루하루가 내 피를 족족 말리운다"(「누가 알아주는 투사냐」) 같은 구절에서 당시 시인이 느낀 심정이 잘 읽힙니다.

어쨌거나 문인들의 구명 운동으로 6개월 만에 출감한 노천명은 세 번째 시집 『별을 쳐다보며』(1953)를 펴냈습니다. 전체 40편 중에서 21편이 옥중에서 쓴 시로 채워졌는데, 그중 널리 알려진 작품이 「이름 없는 여인 되어」입니다. 감옥에 갇혀 불안한 나날을 보내는 시인은 소박하고 평범한 삶을 꿈꾸고 있습니다. 그 바람 속에는 자신이 현재 유명한 시인이라는 인식이 은근히 깔려 있고, 높은 명성을 버리고서라도 평화로워졌으면 하는 도피의 마음도 엿보입니다. '산골', '초가지붕', '박 넝쿨', '삼밭', '오이', '호박', '부엉이', '놋 양푼', '수수엿', '여우', '삽살개'와 같은 토속적인 시어들은 고향에 대한 그리움에서 비롯된 것으로 보입니다. 안식처인 고향에서 "이름 없는 여인"이 되어도 여왕보다 더 행복할 것이라고 합니다. 다른 작품에서는 이보다 한층 더 간절한 심정으로 거지가 부럽다고까지 말하기도 했습니다. "나도 거지가 부러워졌다/빌어먹으면 어떠냐/자유! 자유만 있다면"(「거지가 부러워」)이라고요. 감옥의 고통에서 벗어나고 싶은 처절한 목소리가 들리는 것 같습니다.

저는 노천명의 시를 읽으며 이런 혹독한 경험을 하는 동안, 그녀가 절망에 압도당하지 않고 자신의 고민을 내면으로 치열하게 심화시켰더라면 어땠을까 하는 생각을 해 보았습니다. 그랬다면 그녀의 역사의

식에도 변화가 있었을 테고, 다른 선택을 할 수 있지 않았을까 하는 안타까움 때문입니다. 일제 치하에서는 조선총독부의 침략 정책에 동조하고 찬양하는 글을 썼는가 하면, 6·25 전쟁 중에는 인민군에 부역했으며, 복역 이후 다시 지사의 어조로 애국과 반공의 시를 쓴 노천명의 행적은 허위와 모순을 적나라하게 보여 주고 있거든요. 그녀의 시를 읽으며 당혹스러움을 느끼는 것은 이상한 일이 아니라는 생각이 듭니다.

한국의 마리 로랑생, 영욕의 삶을 살다

생의 후반기에 접어든 노천명은 종교에 귀의해 자신의 굴욕과 상처를 달랬습니다. 작품 속에도 '성모마리아', '참회의 눈물', '죄인', '새벽 미사', '유다', '메시아', '성당 종소리', '베들레헴'과 같은 종교적 색채의 시어들이 많이 나타납니다. 이 무렵 노천명은 시와 수필을 열심히 발표하기도 했지만, 1957년 재생불능성빈혈로 길에서 쓰러진 뒤 석 달 남짓의 투병 생활을 이기지 못하고 끝내 고독한 일생을 마쳤습니다. 그녀가 사망한 뒤 유고 시집 『사슴의 노래』(1958)가 네 번째 시집으로 세상에 나왔습니다.

짧은 생애 동안 그녀는 찬란한 명성과 비애를 남보다 더 크게 겪었습니다. 그때까지 '한국의 마리 로랑생Marie Laurencin'으로 치켜세워진 여성 시인은 없었으니까요. 여성의 사회 진출이 흔치 않았던 시대에 남성 화가와는 다른 독특한 작품 세계를 보였던 프랑스의 여성 화가가 마리

로랑생입니다. 코코 샤넬의 초상화를 그려서 널리 알려졌는데, 그림뿐 아니라 시에도 조예가 깊었고 시인 기욤 아폴리네르Guillaume Apollinaire의 연인으로 유명한 여성이지요. 절정기의 노천명은 바로 이 여성 화가와 비교되곤 했습니다. 한국 현대 시단에 본격적인 여성 시인의 입지를 세운 노천명의 활동이 그 같은 평가를 받도록 했을 것입니다.

이런 이유로 "이름 없는 여인"이 되고자 했던 그녀의 바람은 앞으로도 이루어질 수 없을 것 같습니다. 일제강점기, 6·25 전쟁 등의 험난한 시기를 겪어 내면서 문학과 인생에 커다란 오점을 남긴 것도 그녀의 이름을 지울 수 없게 하고요. 그럼에도 불구하고 노천명의 문학은 당대 여성 시의 수준을 한 단계 끌어올리고, 이후에 수많은 여성 시인들이 등장하는 기반을 마련했다는 점에서 큰 의의를 지닙니다. 문단의 새 길을 열었으나 좌초하고 만 그녀의 생애는 말 그대로 영애와 치욕이 교차한 세월이었지요.

나에게 레몬을

하루는 또 하루를 삼키고
내일로 내일로
내가 걸어가는 게 아니요 밀려가오

구정물을 먹었다 토했다
허우적댐은 익사(溺死)를 하기가 억울해서요

악(惡)이 양귀비꽃마냥 피어오르는 마음
저마다 모종을 못 내서 하는 판에

자식을 나무랄 게 못 되오
울타리 안에서 기를 수는 없지 않소?

말도 안 나오고
눈 감아 버리고 싶은 날이 있소

꿈 대신 무서운 심판이 어른거리는데
좋은 말 해 줄 친구도 안 보이고!

할머니 내게 레몬을 좀 주시지
없음 향취(香趣) 있는 아무거고
곧 질식(窒息)하게 생겼소!

레몬은 상큼하고 신선한 맛 때문에 문학 작품에서 생명력과 생기를 상징하는 경우가 종종 있습니다. 노천명의 이 시를 읽다가 문득 소설 하나가 떠올랐는데, 레몬으로 자신의 권태와 우울을 해소하는 이야기랍니다.

"온종일 내 마음을 억누르고 있었던 불길한 응어리가 레몬을 손에 쥔 순간부터 다소 느슨해진 것 같았다. 나는 거리에서 무척 행복했다. 그토록 집요하게 따라다녔던 우울이 레몬 한 개로 사라져 버리다니,"

가지이 모토지로[梶井基次郞]라는 일본 작가의 단편소설 『레몬』의 일부입니다. 1920년대 소설이지요. 작가는 정체를 모르는 우울과 허무가 단지 레몬 한 개로 사라져 행복하다고 합니다. 믿기 어렵지만 때때로 마음이란 이런 것이지요. 노천명이 삶에 질식하지 않게 레몬을 좀 달라는 말의 의미도 이와 다르지 않을 듯합니다. 자식도 친구도 하나 없이 하루하루 시간에 떠밀려 가는 신산한 인생에 싱그러운 향기라도 느끼고 싶은 게 시인의 심정이었겠지요.

그런데 놀랍게도 노천명보다 이십 년이나 먼저 "레몬 향기가 맡고 싶소."라는 마지막 말을 남기고 눈을 감은 시인이 또 있습니다. 일본 땅에서 외롭게 사망한 이상이 그 주인공입니다. 더 이상 삶에서 다가올 것이 없다고 여길 무렵, 심신이 피폐해진 이들이 모두 레몬을 찾았다는 사실이 신기하고 놀랍습니다.

「나에게 레몬을」은 노천명이 숨지기 전날 발표된 마지막 시입니다. 1957년 6월 15일자 《세계일보》에 실렸습니다. 그러니 생의 숨결이 가늘어지는 것을 느끼며 쓴 작품이지요. 투병 중이었으므로 아마도 병실에서 썼을지도 모릅니다. 생활이 어려워져서 치료비를 위해 벽에다 원고지를 대고 끝까지 글을 썼다고 하니까요.

레몬을 원했던 세 사람의 목소리를 기억하는 한, 이제 노란 레몬은 더 이상 평범한 레몬이 아닐 것 같습니다. 저도 가슴이 불안하게 두근거리는 날이면 레몬 향기를 찾아 나설지도 모르겠습니다. 어색한 위로의 말보다 레몬 한 개의 마법을 믿으면서요.

기
형
도

1960 ~ 1989

"내가 거듭 변하지 않는 한 아무것도 변하지 않을 것이다.
거듭 변하기 위해 나는 지금의 나를 없애야 한다.
그것이 구원이다."
— 산문 「짧은 여행의 기록」에서

죽음과 허무의 아픈 기록

영원한 청년 시인

　1989년의 봄을 기억합니다. 대학교 1학년의 우울치고는 꽤 깊고 어두웠던 봄날이었지요. 고향과 부모님을 떠나 난생처음 객지 생활을 시작한 제게 서울은 외롭고 막막한 도시였습니다. 조그만 자취방에서 혼자 밥을 먹고 잠을 자는 일은 도무지 익숙해질 기미가 보이지 않았습니다. 창문 너머로 보이는 달빛도 서늘한 기운만 감도는 그런 나날이었지요. 마음 둘 곳도 없고 찾아갈 곳도 없는 도시의 구석, 그 짙은 그늘 속에서 벼락처럼 한 시인의 죽음까지 만나야 했습니다. 신춘문예 당선 시집에서 인상 깊게 읽었던 「안개」를 기억하고 있었으므로, 그의 갑작스러운 죽음은 봄날에 작은 파문을 일으켰습니다. 스무 살도 되지 않았던 저의 봄은 혼자 좋아했던 사람과의 이별처럼, 모호한 슬픔처럼 무거웠습니다.

그 봄이 채 끝나기도 전에 서둘러 나온 시인의 유고 시집은 오랫동안 제 가방에서 나올 줄을 몰랐습니다. 몇 번의 봄이 그렇게 지나가는 동안, 그의 유고 시집은 문학청년이라면 누구나 통과의례처럼 읽어야 하는 책이 되었지요. 언젠가 국문과 학생들에게 가장 좋아하는 시인이 누구냐는 설문 조사를 했을 때, 그가 1위를 차지하는 건 당연하게 보일 정도였으니까요. 시집보다 요절한 시인의 죽음을 먼저 알게 된 것처럼 그와의 만남은 기이했으나, 제가 청춘의 한 시절을 그의 시에 의지했던 것은 분명합니다. 영원한 젊음의 표상으로 남은 그의 이름은 기형도입니다.

기형도는 1960년 인천광역시 옹진군 연평도에서 3남 4녀 중 막내로 태어났습니다. 아버지의 고향은 황해도였는데, 6·25 전쟁 당시 피란하여 이곳에 정착했다고 합니다. 그는 초등학교 시절부터 뛰어나게 공부를 잘했고, 그림과 음악에도 남다른 재능을 보였습니다. 그런데 열 살 무렵, 아버지가 중풍으로 쓰러지는 바람에 집안 형편이 어려워지기 시작했지요. 어머니가 생계를 책임져야 했고, 누나들도 신문 배달을 하며 생활을 도왔다고 합니다. 그때의 경험은 「위험한 가계·1969」에 고스란히 담겨 있습니다. 가난 때문에 선생님의 가정방문을 거부한 이야기며, 구멍이 숭숭 난 점퍼 대신 새 옷을 사고 싶어 했던 기억, 상장을 받았으나 자랑할 식구들이 없어서 상장으로 종이배를 접어 개천에 띄워 보낸 가슴 아픈 비밀들이 차례로 불려나옵니다. 마치 시인의 일기장을 열어 보는 듯하지요. 그의 어린 시절은 가난과 외로움으로 채워져 있던 것 같아요. 이런 상황으로 인해 기형도는 중풍으로 쓰러진 아버지에 대해 증오와 연민의 복잡한 심정을 나타내곤 했습니다. 아버지를 향해 "나는 혐오한다"(「늙은 사람」)라고 환멸을 드러내는가 하면, "아버지, 불쌍한 내 장난감"(「너무 큰 등받이 의자 - 겨울 판화 7」)이라며 안타까움을 보이기도 했지요.

하지만 그의 마음에 더 깊은 우울을 드리운 사건은 중학생 때 바로 손위 누이가 불의의 사고로 죽은 것입니다. 이 일은 기형도의 시에 '죽음'의 색채를 덧입히는 계기가 되었고, 이때부터 그는 시를 쓰기 시작했다고 알려져 있습니다. 누이의 죽음으로 인한 충격과 커다란 상실감은 세월이 한참 흐른 뒤 「나리 나리 개나리」, 「가을 무덤 - 제망매가(祭亡妹歌)」에 잘 나타나 있답니다. 그는 가족의 죽음을 통해 상실과 삶의 허무를 일찍 겪었습니다. 그리고 이 아픈 체험을 시로써 위로했던 것 같습니다.

나는 고통을 사랑하였다

기형도를 가까이했던 지인들은 평소의 그는 오히려 유쾌한 농담과 재치 넘치는 수다로 주위를 밝히는 편이었다고 회고합니다. 그래서 그의 어둡고 절망적인 시를 읽었을 때 무척 당혹스럽고 견디기 힘들었다고 말하기도 하지요. 이런 이야기를 읽으면서 그는 말할 수 없는 아픔을 결코 들키고 싶지 않았거나, 아니면 누구도 들여다볼 수 없는 심연을 가졌던 건 아닐까, 그래서 시를 붙잡은 게 아닐까, 하는 생각을 했습니다. 외면과 내면의 간극이 큰 만큼 그의 고독과 외로움은 더 깊었을 테니까요.

어쨌거나 여러 가지 어려움에도 불구하고 그는 중학교와 고등학교를 모두 우등으로 졸업하는 뛰어난 학생이었습니다. 특히 노래를 잘 불러서 교내 중창단 활동을 무척 열심히 했다고 하더군요. 노래 솜씨가 유난히 좋아서 어디서건 노래를 자주 불렀던 모양입니다. 노래 부르는 시인을 추억하는 사람들이 많은 것을 보면요.

서울의 중앙고등학교를 졸업한 기형도는 1979년 연세대학교 정법 계열에 입학해, 연세문학회에서 문학 공부를 이어 갔습니다. 대학 교내 신문과 교지에 연이어 가작으로 입선했고, 1983년 대학신문이 제정한 '윤동주문학상'에 시 「식목제」를 응모하여 당선되는 영광을 안았지요. "희망을 포기하려면 죽음을 각오해야 하리"라는 인상적인 문장이 바로 이 시에 나온답니다. 그의 일기장에 "나에게 지금 희망은 어떤 모습일까?"라는 물음이 있는 것을 보면, 그에게 청춘은 결코 희망적이지 않았나 봅니다. 진눈깨비와 안개, 얼음, 거센 바람, 그리고 검은색과 회색빛으로 가득한 기형도의 시어들은 그가 일찍부터 비관적인 인식에 사로잡혀 있었음을 보여 줍니다.

아무려나 기형도는 윤동주문학상 수상을 계기로 신춘문예에 관심을 돌리게 되었고, 2년 뒤인 1985년 《동아일보》 신춘문예에 시 「안개」가 당선되어 마침내 시인이 되었습니다. 「안개」는 시인이 살던 안양천 뚝방길을 배경으로, 산업사회로 인한 비인간주의를 고발하며 생의 환멸을 강하게 드러내고 있습니다. 그의 눈에 비친 세상은 '축축한 안개'로 둘러싸인 익명의 공간이었지요.

한편 그의 문학이 생애와 얼마나 밀접한 관계를 맺고 있는지 짐작할 수 있는 또 다른 전기적 사실이 있습니다. 1980년부터 기형도는 중이염으로 한쪽 귀가 잘 들리지 않게 되었는데, 이때의 체험을 토대로 「미로」라는 단편소설을 썼습니다. 그러고 보면 "소리 나는 것만이 아름다울 테지"(「종이 달」) 같은 시구와 「소리 1」, 「소리의 뼈」 같은 작품을 창작할 수 있었던 것 역시 그가 병으로 소리에 민감해진 탓이 아닌가 짐작해 봅니다. 늘 자신의 균열과 상처를 들여다보는 사람이었으니, 생의 감각을 자극하는 일이라면 뭐든 글로 남긴 것이지요. 비록 고통일지라도, 기형도는 그것을 직면하고 사랑한다고 말하거든요.

그는 대학을 졸업한 후 중앙일보의 정치부 기자가 됩니다. 그런데 정치부 기자라는 것이 그에겐 좀 힘든 일이었나 봅니다. 정치판을 쫓아다니며 가끔은 상식과 양심에 맞지 않는 일도 겪어야 했을 테니, 스스로 보통 사람들과는 다른 "반 토막 영혼"(「병」)을 가졌다고 말하는 그에겐 적응되지 않는 일이었겠다 싶습니다. 실제로 그는 중앙청 출입 기자로 있는 동안 신작 시를 거의 쓰지 못했을 뿐 아니라, 등단 전 써 놓았던 작품을 손질해서 발표해도 반응이 좋지 않아 고민했다고 합니다. 기형도는 "글을 쓰지 못하는 무력감이 육체에 가장 큰 적"이 된다고 시작(詩作) 메모에 쓸 정도로 기자 생활에 힘겨움을 느끼고 있었지요. 좋은 신문기자보다 좋은 시인이 되고 싶다는 말을 평소 자주 했다는 그의 마음이 어땠을지 이해됩니다.

어둠 속의 푸른빛

기형도의 시에는 유년의 아픈 경험이 자주 나타납니다. 아버지의 병과 유년의 가난은 그의 시에 적지 않은 영향을 끼치며 어둠과 고통의 이미지를 만들었지요. 그가 스스로 느낀 영혼의 어둠이 얼마나 깊었는지, "누가 내 정신을 들여다보면 경악할 것이다"라고 산문에서 고백할 정도였습니다. 그래서 그는 "나를/한 번이라도 본 사람은 모두/나를 떠나갔다"(「오래된 서적」)라고 말했나 봅니다. 혼자 남겨진 시인에게 위로란 낡아 가는 악기와 시뿐이었음을 「먼지투성이의 푸른 종이」는 잘 보여 주고 있습니다.

    먼지투성이의 푸른 종이

    나에게는 낡은 악기가 하나 있다. 여섯 개의 줄이 모두 끊어져
    나는 오래전부터 그 기타를 사용하지 않는다. (한때 나의 슬픔과

격정들을 오선지 위로 데리고 가 부드러운 음자리로 배열해 주던) 알 수 없는 일이 있다. 가끔씩 어둡고 텅 빈 방에 홀로 있을 때 그 기타에서 아름다운 소리가 난다. 나는 경악한다. 그러나 나의 감각들은 힘센 기억들을 품고 있다. 기타 소리가 멎으면 더듬더듬 나는 양초를 찾는다. 그렇다. 나에게는 낡은 악기가 하나 있는 것이다. 그렇다. 나는 가끔씩 어둡고 텅 빈 희망 속으로 걸어 들어간다. 그 이상한 연주를 들으면서 어떨 때는 내 몸의 전부가 어둠 속에서 가볍게 튕겨지는 때도 있다.

먼지투성이의 푸른 종이는 푸른색이다.
어떤 먼지도 그것의 색깔을 바꾸지 못한다.

앞에서도 잠깐 말했듯이 기형도는 음악에 관심이 아주 많았습니다. 신대철의 시 「처형 3」에 곡을 붙인 적도 있고, 이별가를 자작곡으로 만들어 군대 가는 선후배를 환송하며 종종 불렀다고 합니다. 노래를 즐겨 부르는 것에 그치지 않고 직접 곡을 쓰기도 할 만큼 음악에 심취했던 것이지요. 음악에 대한 관심이 보통이 아니었던 그가 노래를 지을 때면 「먼지투성이의 푸른 종이」에 등장하는 낡은 기타를 사용했을 거라는 상상이 갑니다. 고등학교와 대학교 입학 선물로 두 번이나 기타를 선물로 받았다고 하니까요. 그는 선물 받은 기타로 조카를 위한 자장가를 녹음해 줘서 '기타 삼촌'이라는 별명이 붙었을 만큼 기타를 가까이

했습니다. 기타는 그에게 안온한 시간을 만들어 주는 친구였는지 모릅니다. 기타 줄을 퉁기는 순간만큼은 가난한 형편도, 병든 아버지도 잊고, 누이에 대한 그리움도 잠시 내려놓은 채 마음을 달랠 수 있었을 테니까요.

어느 날 문득 화자는 여섯 개의 줄이 모두 끊어진 채 구석에 서 있는 낡은 기타에 눈길이 머물렀나 봅니다. 마치 벽처럼 늘 그 자리를 지키는 기타의 먼지를 털어 주다가, 그날따라 마음에서부터 울리는 기타소리에 아득해진 것이지요. 한때 기타는 화자의 슬픔과 격정을 부드러운 음으로 바꿔 주던 악기였으니, 줄이 끊어진 기타에서 소리가 들렸다는 것은 무언가를 추억하고 있다는 뜻일 겁니다. 어둡고 텅 빈 방 안에서 홀로 옛 시간을 더듬고 있을 때, 기타는 과거에 연주했던 아름다운 소리를 내 준 것이지요. 아무도 치지 않지만 들리는 "그 이상한 연주"에 귀 기울이면, 온 몸이 음악처럼 가볍게 퉁겨지면서 "텅 빈 희망"이라도 다시 믿게 될 것 같다고 합니다. 언제나 "희망을 감시해 온 불안"(「정거장에서의 충고」)을 잊게 하는 낡은 기타. 그러므로 기타는 기형도의 추억을 불러오는 매개물이면서 평화로움을 대변해 주는 사물이라는 생각이 듭니다.

기억과 같은 작은 방 안에 담겨, 기억으로부터 재생되는 기타 소리를 들으며 시인은 생각합니다. 푸른 종이의 푸른색은 그 무엇으로도 바꾸지 못한다고요. 기타와 같이 있는 종이라면 악보가 그려진 종이일지도 모르고, 어쩌면 화자가 작곡한 노래가 적힌 종이였는지도 모릅니다.

그 푸른 종이 위에도 먼지가 두껍게 쌓여 있는 것이지요. 하지만 아무리 먼지투성이여도, 푸른빛의 본질을 바꾸지 못하듯이 시인의 '부드럽고 아름답던' 기억도 마찬가지라는 의미가 아닐까 싶습니다. 그래서 검은빛과 어둠이 시의 도처에 산재해 있는 가운데, 희미하게나마 떠오르는 푸른색과 푸른 기억은 그에게 더없이 소중해 보입니다.

생의 뒤에도 남아 있을 망가진 꿈들

기형도는 결국 신문사의 꽃이라는 정치부 기자를 스스로 그만두고, 문화부를 거쳐 다시 편집부로 자리를 옮겨 갔습니다. 이때부터 그는 활발하고 지속적으로 작품을 발표했습니다. 그의 신문사 후배는 당시가 기형도에게 "시의 폭죽"이 터지던 때였다고 회고할 만큼, 젊은 영혼의 열망이 시에서 마음껏 표출되었지요. 당대의 가장 유명한 비평가인 김현의 월평(月評)을 받은 것도 이 무렵이었습니다. 또 '시 운동'이라는 모임에 객원 시인으로 활발하게 참여하기도 했습니다. 문단에서 조금씩 주목을 받기 시작한 그는 문학과지성사에서 시집 출간 제의를 받아 출판을 준비하는 중이었습니다. 그는 "자신의 생을 계산하지 못"(「봄날은 간다」)하고 불꽃처럼 뜨겁게 타오르며 우리에게 남길 마지막 시를 쓰고 있었습니다. 전 생애의 무게를 담은 시편들이 한꺼번에 발표되던 1989년의 마지막 봄날. 그는 「빈집」의 문을 잠그고 그 안으로 사라져 버렸습니다.

빈집

사랑을 잃고 나는 쓰네

잘 있거라, 짧았던 밤들아
창밖을 떠돌던 겨울 안개들아
아무것도 모르던 촛불들아, 잘 있거라
공포를 기다리던 흰 종이들아
망설임을 대신하던 눈물들아
잘 있거라, 더 이상 내 것이 아닌 열망들아

장님처럼 나 이제 더듬거리며 문을 잠그네
가엾은 내 사랑 빈집에 갇혔네

기형도의 시는 주로 1960년대의 유년 시절에서 1980년대 말까지
에 이르는 자기 삶의 이야기를 다루고 있습니다. 한 시대의 역사적 아
픔을 직접적으로 드러내기보다 뒤틀린 가족사, 삶의 비애와 자기성찰,
그리고 잃어버린 사랑에 대한 한없는 절망으로 시를 채우고 있습니다.
「빈집」은 언제 읽어도 매번 아프고 흔들리는 촛불처럼 위태로운
작품입니다. "사랑을 잃고 나는 쓰네" 이 시구를 처음 읽었을 때나 지
금이나, 저는 여전히 묘한 슬픔에 가슴을 쓸어내립니다. 사랑을 잃는

일은 한 세계를 잃어버리는 것과 다르지 않지요. 그런 혹독한 이별의 아픔을 이 시는 먹먹하게 되살려 놓았습니다.

다른 한편으로는 "잘 있거라"를 반복하며 모든 것과 헤어지려는 표현이 시인의 죽음과 묘하게 겹쳐지며 슬픔을 더하기도 합니다. "짧았던 밤", "겨울 안개", "촛불과 흰 종이", "눈물과 열망"은 시인의 생애를 채우던 것이었는데, 그 모든 것과 작별을 하고 있으니까요. 그러고는 어둠 속에서 더듬거리며 문마저 잠가 버리고 맙니다. 저는 빈집의 문을 잠가 버리는 이 행동이 참으로 아프게 느껴집니다. "내 생의 뒤에도 남아 있을 망가진 꿈들"(「이 겨울의 어두운 창문」)을 시인이 떠올렸을 것 같아서입니다. 그 꿈들이 나보다 더 오래 세상에 남아 떠돌아다니는 소리를 들으면, 나의 죽음이 괴로워할 것이라고 말한 적이 있거든요. 그러므로 "빈집"은 죽음이 평화로워지도록 이 모든 것을 다 비워 버린, 혹은 그 모든 것을 다 가두어 놓은 곳은 아닐까 추측해 봅니다.

「빈집」은 1989년 봄에 발표되었습니다. 시인이 사망했던 바로 그해이지요. 그래서 이 시는 시인이 세상을 향해 남기는 마지막 인사같이 느껴지기도 합니다. 실제 장지에 그를 매장할 때 무덤을 다지면서 하재봉 시인이 이 시를 낭송했다고 알려져 있습니다.

짧은 삶, 그러나 긴 노래

기형도는 서른의 생일을 엿새 앞둔 1989년 3월, 세상을 떠났습니다. 통속 영화가 상영되는 심야 극장에서 뇌졸중으로 홀로 죽음을 맞았지요. 그것은 일대 사건이었습니다. 그의 수상쩍은 죽음은 온갖 풍문, 호기심과 더불어 신비스러워져 갔지요. 그는 그해 가을에 첫 시집을 출간할 계획이었으므로, 꼼꼼하게 선정한 자신의 시를 잘 배열하고 정리해서 늘 가방 속에 지니고 다녔다고 합니다. 첫 시집의 제목은 '정거장에서의 충고'로 하면 어떨지 고민 중이라고 누나에게 의견을 묻기도 했다지만, 우리에게 남겨진 그의 첫 시집은 『입 속의 검은 잎』(1989)이 되었지요. 이것은 그의 시집에 해설을 쓰고 일찍부터 기형도의 재능을 눈여겨보았던 평론가 김현이 정한 것이라고 합니다.

기형도가 공식적으로 등단하여 활동한 시기는 1985년부터 1989년까지 고작 5년 남짓에 불과한데, 그의 시는 그의 생전보다 지금 더 활발하게 읽히며 재생산되고 있습니다. 시인을 모티프로 한 시와 소설은 물론이고, 그의 생애를 담은 연극이 만들어지기도 했지요. 박찬옥과 김기덕 감독에 의해 〈질투는 나의 힘〉(2002)과 〈빈집〉(2004)이라는 영화가 만들어지기도 했고요. 박찬옥 감독은 기형도가 쓴 「질투는 나의 힘」의 마지막 구절, "나의 생은 미친 듯이 사랑을 찾아 헤매었으나/단 한 번도 스스로를 사랑하지 않았노라"를 읽으며 주인공의 이미지를 만들었고, 단숨에 시나리오를 썼다고 인터뷰에서 밝혔습니다. 청년 시인의 투명한 우울과 비애가 영화로 변주되고 확대된 것입니다.

젊은 그가 남긴 죽음과 불안, 고독과 상처의 시들은 분명 매혹적입니다. 시 속의 잠언적인 구절들은 감수성을 자극하여, 그의 정서에 쉽게 감염되도록 합니다. 그러나 무엇보다 내면의 아픔을 쏟아내고, 죽음의 예감을 기록한 그의 시집을 읽다 보면, 결국 상처투성이인 나를 만나게 됩니다. 그것 때문에 우리는 끊임없이 그를 불러내고 있는 것이 아닐까 하는 생각이 듭니다. 우리는 젊음과 죽음을 동시에 비추어 주는 '기형도'라는 거울을 가진 것입니다.

그날

어둑어둑한 여름날 아침 낡은 창문 틈새로 빗방울이 들이
친다. 어두운 방 한복판에서 김(金)은 짐을 싸고 있다. 그의
트렁크가 가장 먼저 접수한 것은 김의 넋이다. 창문 밖에는
엿보는 자 없다. 마침내 전날 김은 직장과 헤어졌다. 잠시
동안 김은 무표정하게 침대를 바라본다. 모든 것을 알고 있
는 침대는 말이 없다. 비로소 나는 풀려나간다, 김은 자신에
게 속삭인다, 마침내 세상의 중심이 되었다.

나를 끌고 다녔던 몇 개의 길을 나는 영원히 추방한다. 내
생의 주도권은 이제 마음에서 육체로 넘어갔으니 지금부터
나는 길고도 오랜 여행을 떠날 것이다. 내가 지나치는 거리
마다 낯선 기쁨과 전율은 가득 차리니 어떠한 권태도 더 이
상 내 혀를 지배하면 안 된다.

모든 의심을 짐을 꾸리면서 김은 거둔다. 어둑어둑한 여름
날 아침 창문 밖으로 보이는 젖은 길은 침대처럼 고요하다.

마침내 낭하가 텅텅 울리면서 문이 열린다. 잠시 동안 김은 무표정하게 거리를 바라본다. 김은 천천히 손잡이를 놓는다. 마침내 희망과 걸음이 동시에 떨어진다. 그 순간, 쇠뭉치 같은 트렁크가 김을 쓰러뜨린다. 그곳에서 계집아이 같은 가늘은 울음소리가 터진다. 주위에는 아무도 없다. 빗방울은 은퇴한 노인의 백발 위로 들이친다.

시인이 사망한 뒤, 그의 가방 속에는 발표되지 않은 3편의 시가 있었다고 합니다. 「입 속의 검은 잎」, 「그날」, 「홀린 사람들」이었지요. 사후에 발견된 이 시들은 곧바로 1989년 《문예중앙》 봄 호에 유작으로 실렸습니다. 기형도는 사망하던 그 봄에만 이미 6편의 시를 발표했습니다. 마감에 맞춰 미리 보낸 6편의 시와 나중에 발견된 이 3편의 시, 그리고 유고 시집에 수록된 미발표 시 10여 편 중에서 어느 것이 시인의 마지막 작품인지 정확하게 확인할 길은 없습니다. 다만 그가 끝까지 가방 속에 넣어 다니며 매만지던 시였다면 가장 최후에 쓴 작품이 아니었을까 짐작하는 것이지요. 「그날」이라는 시에 담긴 시인의 사연이 이처럼 아프고 안타까워서 시를 읽을 때면 자꾸 시인의 마지막 '그날'은 어땠을까 혼자 궁금해집니다.

기형도는 살아 있는 동안 누구보다 죽음을 깊이 의식한 시인이었습니다. 절망과 삶의 비의를 일찍 알아 버렸으므로 그가 시에서 허무와 죽음을 탐색한 것은 당연한 일이었지요. 암울한 세계관으로 직조한 그의 시에서 "나와 죽음은 서로를 지배하는 각자의 꿈이 되었네"(「포도밭 묘지 1」)와 같이 죽음의 그림자가 드리워진 구절을 찾는 것은 어렵지 않습니다. 이 시도 '김(金)'이라는 사람을 통해 죽음에 대한 그의 인식을 다시 한 번 보여 주고 있습니다.

생의 막바지에 마침내 자유의 시간을 얻어 '김'은 여행길을 나서려고 합니다. 그는 삶을 속박하던 몇 개의 길을 버렸습니다. 권태에 젖은 마음 대신 자신을 이끌어 갈 육체를 생각하며 희망으로 내딛으려는 순간, 쇠뭉치 같은 트렁크가 다시 '김'을 덮쳤습니다. 미루고 미루던 '그날'을 얻었으나 자신의 넋이 담긴 무거운 가방에 무너지고 마는 비극적 상황. 그리고 어쩌면 이 어처구니없는 일에도 겨우 "가늘은 울음"밖에 울지 못하는 백발의 노인이 내 모습이 될 수도 있을 듯해 가슴이 섬뜩해졌습니다.

청춘의 기형도는 마지막까지 죽음을 이처럼 다각도로 탐색했습니다. 한 걸음도 마음대로 들어갈 수 없는 죽음에 대한, 혹은 실존의 우울에 대한 고민을 멈추지 않았던 것이지요. 그래서 그가 얻은 대답은 무엇일까, 혼자 생각하다 보니 그의 목소리가 들리는 듯합니다. "우리는 모두가 위대한 혼자였다. 살아 있으라, 누구든 살아 있으라"(「비가 2-붉은 달」)고 하는 유난히 아픈 그의 목소리가 귓가를 맴돕니다.

작품 참조 판본

1장 – '오래된 미래'를 찾아서: 전통의 재구성

한용운 「복종」 최동호 엮음, 『한용운 시 전집』, 서정시학, 2014.

한용운 「꽃이 먼저 알어」 최동호 엮음, 『한용운 시 전집』, 서정시학, 2014.

한용운 「어옹(漁翁)」 최동호 엮음, 『한용운 시 전집』, 서정시학, 2014.

김소월 「먼 후일」 김용직 주해, 『원본 김소월 시집』, 깊은샘, 2007.

김소월 「산유화(山有花)」 김용직 주해, 『원본 김소월 시집』, 깊은샘, 2007.

김소월 「천리만리(千里萬里)」 김용직 주해, 『원본 김소월 시집』, 깊은샘, 2007.

김소월 「기회(機會)」 김용직 주해, 『원본 김소월 시집』, 깊은샘, 2007.

박용래 「저녁 눈」 박용래, 『먼 바다』, 창비, 2013.

박용래 「꽃물」 박용래, 『먼 바다』, 창비, 2013.

박용래 「감새」 박용래, 『먼 바다』, 창비, 2013.

박재삼 「울음이 타는 가을 강」 박재삼기념사업회 엮음, 『박재삼 시 전집』, 경남, 2007.

박재삼 「엿장수의 가위 소리」 박재삼기념사업회 엮음, 『박재삼 시 전집』, 경남, 2007.

박재삼 「기다리는 것」 박재삼기념사업회 엮음, 『박재삼 시 전집』, 경남, 2007.

2장 – 응답하라, 흑역사!: 시대의 고뇌를 응시하다

이육사 「절정」 김학동, 『이육사 평전』, 새문사, 2012.

이육사 「청포도」 김학동, 『이육사 평전』, 새문사, 2012.

이육사「파초(芭蕉)」김학동,『이육사 평전』, 새문사, 2012.

이용악「풀벌레 소리 가득 차 있었다」곽효환·이경수·이현승 엮음,『이용악 전집』, 소명출판, 2015.

이용악「오랑캐꽃」곽효환·이경수·이현승 엮음,『이용악 전집』, 소명출판, 2015.

이용악「유정에게」곽효환·이경수·이현승 엮음,『이용악 전집』, 소명출판, 2015.

윤동주「서시」홍장학 엮음,『정본 윤동주 전집』, 문학과지성사, 2004.

윤동주「사랑스런 추억」홍장학 엮음,『정본 윤동주 전집』, 문학과지성사, 2004.

윤동주「쉽게 씌어진 시」홍장학 엮음,『정본 윤동주 전집』, 문학과지성사, 2004.

김수영「눈」김수영,『김수영 전집 1─시』, 민음사, 2003.

김수영「푸른 하늘을」김수영,『김수영 전집 1─시』, 민음사, 2003.

김수영「금성 라디오」김수영,『김수영 전집 1─시』, 민음사, 2003.

김수영「풀」김수영,『김수영 전집 1─시』, 민음사, 2003.

신동엽「내 고향은 아니었네」강형철·김윤태 엮음,『신동엽 시 전집』, 창비, 2013.

신동엽「껍데기는 가라」강형철·김윤태 엮음,『신동엽 시 전집』, 창비, 2013.

신동엽「산문시 1」강형철·김윤태 엮음,『신동엽 시 전집』, 창비, 2013.

3장 - 우리말 꽃이 피었습니다: 시어를 가꾸다

김영랑「끝없는 강물이 흐르네」허윤회 주해,『원본 김영랑 시집』, 깊은샘, 2007.

김영랑「모란이 피기까지는」허윤회 주해,『원본 김영랑 시집』, 깊은샘, 2007.

김영랑「오월 한(五月恨)」허윤회 주해,『원본 김영랑 시집』, 깊은샘, 2007.

정지용「향수(鄕愁)」권영민 엮음,『정지용 전집 1─시』, 민음사, 2016.

정지용「조찬(朝餐)」권영민 엮음,『정지용 전집 1─시』, 민음사, 2016.

정지용「나비」권영민 엮음,『정지용 전집 3─미수록작품』, 민음사, 2016.

백석「오금덩이라는 곳」고형진 엮음,『정본 백석 시집』, 문학동네, 2007.

백석 「고향」 고형진 엮음, 『정본 백석 시집』, 문학동네, 2007.

백석 「남신의주 유동 박시봉방(南新義州柳洞朴時逢方)」 고형진 엮음, 『정본 백석 시집』, 문학동네, 2007.

서정주 「화사(花蛇)」 서정주, 『미당 서정주 전집 1』, 은행나무, 2015.

서정주 「연꽃 만나고 가는 바람같이」 서정주, 『미당 서정주 전집 1』, 은행나무, 2015.

서정주 「겨울 어느 날의 늙은 아내와 나」 서정주, 『미당 서정주 전집 5』, 은행나무, 2015.

4장 - 어느 자연주의자의 시선: 청록파로 남다

박목월 「나그네」 이남호 엮음, 『박목월 시 전집』, 민음사, 2003.

박목월 「가정(家庭)」 이남호 엮음, 『박목월 시 전집』, 민음사, 2003.

박목월 「구고(舊稿)에서」 이남호 엮음, 『박목월 시 전집』, 민음사, 2003.

박두진 「묘지송(墓地頌)」 박두진, 『박두진 시 전집 1』, 홍성사, 2017

박두진 「도봉(道峯)」 박두진, 『박두진 시 전집 1』, 홍성사, 2017

박두진 「인간 밀림」 박두진, 『박두진 시 전집 1』, 홍성사, 2017

박두진 「겨울 나라 시」 박두진, 『당신의 사랑 앞에』, 홍성사, 1999

조지훈 「승무(僧舞)」 조지훈, 『조지훈 전집 1—시』, 나남, 1997.

조지훈 「동물원의 오후」 조지훈, 『조지훈 전집 1—시』, 나남, 1997.

조지훈 「혁명」 조지훈, 『조지훈 전집 1—시』, 나남, 1997.

조지훈 「이력서」 조지훈, 『조지훈 전집 1—시』, 나남, 1997.

조지훈 「병(病)에게」 조광렬, 『승무의 긴 여운 지조의 큰 울림』, 나남, 2007.

5장 – 근대성을 깊이 탐구하다: 모더니즘의 계보

김기림 「태양의 풍속(風俗)」 김기림, 『길』, 깊은샘, 1992.

김기림 「바다와 나비」 김기림, 『길』, 깊은샘, 1992.

김기림 「조국의 노래」 《시인세계》, 2013년 가을호.

이상 「꽃나무」 이승훈 엮음, 『이상 문학 전집 1—시』, 문학사상사, 1989.

이상 「오감도—시 제10호 나비」 이승훈 엮음, 『이상 문학 전집 1—시』, 문학사상사, 1989.

이상 「자상(自像)」 이승훈 엮음, 『이상 문학 전집 1—시』, 문학사상사, 1989.

김광균 「목련」 오영식·유성호 엮음, 『김광균 문학 전집』, 소명출판, 2014.

김광균 「설야(雪夜)」 오영식·유성호 엮음, 『김광균 문학 전집』, 소명출판, 2014.

김광균 「데생」 오영식·유성호 엮음, 『김광균 문학 전집』, 소명출판, 2014.

김광균 「세월(世月)」 오영식·유성호 엮음, 『김광균 문학 전집』, 소명출판, 2014.

김종삼 「북 치는 소년」 권명옥 엮음, 『김종삼 전집』, 나남출판, 2005.

김종삼 「누군가 나에게 물었다」 권명옥 엮음, 『김종삼 전집』, 나남출판, 2005.

김종삼 「전정(前程)」 권명옥 엮음, 『김종삼 전집』, 나남출판, 2005.

김춘수 「꽃」 김춘수, 『김춘수 시 전집』, 현대문학, 2004.

김춘수 「남천(南天)」 김춘수, 『김춘수 시 전집』, 현대문학, 2004.

김춘수 「강우(降雨)」 김춘수, 『김춘수 시 전집』, 현대문학, 2004.

김춘수 「찢어진 바다」 김춘수, 『김춘수 시 전집』, 현대문학, 2004.

6장 – '나'라는 소실점: 내면에서 나오는 목소리

신석정 「대숲에 서서」 신석정, 『그 먼 나라를 알으십니까』, 창비, 1990.

신석정 「꽃덤풀」 신석정, 『그 먼 나라를 알으십니까』, 창비, 1990.

신석정 「뜰을 그리며—병상 시고 2」 신석정 전집 간행위원회, 『신석정 전집 2』, 국학자료원, 2009.

유치환 「깃발」 남송우 엮음, 『청마 유치환 전집 1』, 국학자료원, 2008.

유치환 「해바라기 밭으로 가려오」 남송우 엮음, 『청마 유치환 전집 1』, 국학자료원, 2008.

유치환 「그리움」 남송우 엮음, 『청마 유치환 전집 1』, 국학자료원, 2008.

유치환 「운명보다 하층의 것」 남송우 엮음, 『청마 유치환 전집 4』, 국학자료원, 2008.

노천명 「사슴」 배선애 엮음, 『산호림/창변』, 소명출판, 2014.

노천명 「이름 없는 여인 되어」 김삼주 엮음, 『노천명』, 문학세계사, 1997.

노천명 「나에게 레몬을」 김삼주 엮음, 『노천명』, 문학세계사, 1997.

기형도 「먼지투성이의 푸른 종이」 기형도 전집 편집위원회 엮음, 『기형도 전집』, 문학과지성사, 1999.

기형도 「빈집」 기형도 전집 편집위원회 엮음, 『기형도 전집』, 문학과지성사, 1999.

기형도 「그날」 기형도 전집 편집위원회 엮음, 『기형도 전집』, 문학과지성사, 1999.

시인을 만나다

: 한용운에서 기형도까지, 우리가 사랑한 시인들

1판 1쇄 발행일 2018년 2월 9일

지은이 이운진
펴낸이 권준구 ┃ 펴낸곳 (주)지학사
본부장 황홍규 ┃ 편집장 김지영 ┃ 편집 양선화 서동조 김승주
책임편집 김지영 ┃ 일러스트 하완 ┃ 디자인 정은경디자인
마케팅 송성만 손정빈 윤술옥 박주현 ┃ 제작 김현정 이진형 강석준 오지형
등록 2017년 2월 9일(제2017-000034호) ┃ 주소 서울시 마포구 신촌로6길 5
전화 02.330.5265 ┃ 팩스 02.3141.4488 ┃ 이메일 booktrigger@naver.com
홈페이지 www.jihak.co.kr ┃ 포스트 post.naver.com/booktrigger
페이스북 www.facebook.com/booktrigger ┃ 인스타그램 @booktrigger

ISBN 979-11-960400-5-5 03810

북트리거

트리거(trigger)는 '방아쇠, 계기, 유인, 자극'을 뜻합니다.
북트리거는 나와 사물, 이웃과 세상을 바라보는 시선에 신선한 자극을 주는 책을 펴냅니다.